江苏省作家协会重大题材文学创作扶持项目
常州市委宣传部优秀精神文化产品扶持项目
金坛区委宣传部优秀精神文化产品扶持项目

—蓝水谣—

蓝水谣

葛安荣　李永兵◎著

江苏凤凰文艺出版社
JIANGSU PHOENIX LITERATURE AND ART PUBLISHING

图书在版编目（CIP）数据

蓝水谣 / 葛安荣, 李永兵著. -- 南京 : 江苏凤凰文艺出版社, 2023.7

ISBN 978-7-5594-7836-8

Ⅰ. ①蓝… Ⅱ. ①葛… ②李… Ⅲ. ①长篇小说—中国—当代 Ⅳ. ①I247.5

中国国家版本馆CIP数据核字(2023)第110685号

蓝水谣

葛安荣　李永兵　著

责任编辑： 万馥蕾

装帧设计： 周　伟

责任印制： 刘　巍

出版发行： 江苏凤凰文艺出版社

南京市中央路 165 号，邮编：210009

网　　址： http://www.jswenyi.com

印　　刷： 武汉鑫佳捷印务有限公司

开　　本： 787 毫米 × 1092 毫米 1/16

印　　张： 21

字　　数： 315 千字

版　　次： 2023 年 7 月第 1 版

印　　次： 2023 年 7 月第 1 次印刷

书　　号： ISBN 978 - 7 - 5594 - 7836 - 8

定　　价： 88.00 元

目　录

>>

引 子

蓝水窑并非水好，北架山算不上好山。两个江南村庄的名字听起来很美。

明末清初，两村为土地纷争绵绵不绝，几回大打出手。这边举锄操耙，那边挥锹舞棍，犄角对峙，杀气腾腾，那阵势犹如两头牯牛红了眼拼命，令人恐惧。官府获悉，几番差人斡旋，软硬兼施，促使两村化剑为犁，和平相处。重压之下，两村争斗表面停风息浪，百姓心中的怨恨却燃烧不息。

两村争夺之地在童子塘。一个咬牙说童子塘自古隶属北架山，一个信誓旦旦，童子塘是蓝水窑的毋庸置疑，各自搬出理由种种。

童子塘镶嵌在两村接壤处，好大一片水，终年满满汪汪，说来也奇怪，即使大旱之年，农田龟裂生烟，也不见塘水枯竭。传说童子塘为“地眼”，是玉皇大帝安放在大地的一面镜子，每年四月四，玉帝透过“地眼”，察看人间烟火。莳秧时节，两村在童子塘岸梗各架水车数部，南北分列，引水灌溉，破垡莳秧。

花开花落，日沉月升，转眼又是数十年而过，许多故事都已如明日黄花。这一年又是风吹水皱，烟雨江南。

村首，一幢明清老宅。

林义轩须髯飘飘，临窗而坐，目光不时逡巡童子塘那边莳秧的人儿，嘴里哼哼唧唧，似唱似念——

手把青秧插满田，低头便见水中天。六根清净方为道，退步原来是向前。

林义轩年轻时是声名远播的一把莳秧好手，奈何年老体衰，腿脚不便，虽万般不舍当年风光，也只得赋闲宅家，大门不出，二门不迈。

这刻儿，孙儿问他“咕噜咕噜”念叨什么？

“来来来，爷爷问你一个字！”林义轩伸出中指，蘸一蘸杯水，在桌子中央写个“坏”字，又一个“坏”字。

“‘坏’字！爷爷，你教我好多回了。”

林义轩笑笑：“噢噢，你可晓得‘坏’字从哪里来的？何人为‘坏’？”

孙儿一脸疑惑。

“你看你看，坏字由‘土’和‘不’组合，‘土’作边旁，‘不’字边旁长‘土’字，跟着‘不’，两字抱起来为‘坏’，不要土地的人是坏人，懂吗？不要土地就没有粮食，民以食为天，懂吗？”

孙儿点头，懂了的样子。孙儿记住爷爷几回讲过的“土地”，记住北架山有人抢蓝水窑的土地，抢童子塘，也是坏人！说着说着，又缠着爷爷讲好人打坏人的故事。

林子寒也知道关于土地的神话。希腊神话里有个英雄叫安泰俄斯，是地母的儿子。他拥有无穷无尽的力量，只要不离开土地，他就所向无敌。一个勇士在同他角力时，发现打败他几乎是不可能的。安泰俄斯每次倒地起来时都获得了新的力量，勇士把安泰俄斯打败了三次，终于找到了安泰俄斯恢复的秘密，于是勇士用强有力的双臂把安泰俄斯高高举起，让他离开地面，终于击败了战无不胜的安泰俄斯。林子寒不说，他知道父亲不喜欢外国的故事。

林义轩捻捻胡须，再和孙儿说鲁智深怒打镇关西——

一日鲁智深来到酒楼，和史进、李忠说一些江湖趣事，忽然听见隔壁有女孩哭泣，便转过去问缘故。原来女孩名叫翠兰，和父亲在酒楼卖唱为生。哪知，当地的“镇关西”郑屠户看中翠兰……鲁智深忿忿不平，去找郑屠夫，先叫他把10斤瘦肉剁成肉泥，又叫他把10斤肥肉剁成肉泥，接着又叫他剁软骨。郑屠户难忍被一次次羞辱戏耍，操刀砍向鲁智深。他哪里是鲁智深

的对手，结果鸡蛋碰石头，被鲁智深几拳打死。此时围观的人越来越多，鲁智深粗中有细，故意说郑屠户装死，然后趁机逃走……

孙儿蹦蹦跳跳："鲁智深好人，郑屠户坏人，好人打坏人，打死了好！"

"父亲大人，你又在添加仇恨记忆了！"林子寒进屋，撩一撩长衫，躬身施礼，笑说。

林义轩鼻孔里喷出个滞重的"哼"字。

子寒谦谦低语，告诉父亲，正午时刻，北架山来人到学堂里传递口信，托他转告，明日登门拜访汪老先生，共商童子塘争端……

堂堂蓝水窑人岂与奸刁之流同坐共语！林义轩一巴掌拍得桌子尘灰袅袅："童子塘不容谈，每一瓢水与北架山无关！"

孙儿见爷爷和父亲争辩激烈，吓跑了去找奶奶。

忍一忍风平浪静，退一退海阔天空。林子寒劝父亲息怒，他查了相关资料，明朝中叶，蓝水窑和北架山友好相邻，互通有无。如今何不化干戈为玉帛，何必仇人相见，刀光剑影？

林义轩："听你言下之意，舍得把童子塘割让给北架山？刚给孙儿讲了'坏'的含义……"

"庄子将死，弟子欲厚葬之。庄子曰：吾以天地为棺椁，以日月为连璧，星辰为珠玑……"林子寒劝父亲看开，放下。

林义轩一阵冷笑："古训，冤家宜解不宜结。我言有仇必报仇，有恩必报恩！"

不觉重提旧话。当年清军入关，世间风雨飘摇。清军兵不血刃攻克南京，以为一统天下已呈必然趋势，随后颁布政令：剃发令。强制人人改剃满族发型。"留头不留发，留发不留头。"一霎时人心惶惶。子寒的曾祖父难以接受。"身体发肤，受之父母。不敢毁伤，孝之始也。"此后，他四处躲藏，抗拒新令，后被一个北架山人告密……

林义轩责备子寒书生意气，缺失男儿血性。自古寸土必争，土地是命脉，血脉并非兵家一家争夺！

林子寒深深懂得父亲对蓝水窑一方水土的用心用情，也熟知父亲脾性刚烈，宁断不弯，他只得赔着笑脸。

阴云慢慢上来了，聚拢了，天空灰暗凄凄。屋内光线暗淡。青云习惯了丈夫与儿子的争执，权当小唱，听过丢过，这刻儿在里屋哼着滩簧小戏，紫竹调，轻柔婉转，恰似行云流水："五月里来是秧场，农家姑娘栽秧忙。花鞋脱在田埂上，脚踩泥浆手栽秧……"耳听父子对话归于平静，她轻托油灯出里屋，开口便责怪二人："有理不在高声，何必鸡啄鸭一口，鸭还鸡一舌呢？一个个牛气冲天！灯花儿蹦跳两记，映得一片黄黄亮亮。"

林义轩突然一句："我不怕对牛弹琴，就怕牛对我弹琴！"

青云噗地吹明油灯，一转身，还一个肥臀摇摇。

忽然间，门外来人急告："童子塘那边，秧田里，北架山人咒骂蓝水窑人……"

"俗话说，癞蛤蟆咒天，越咒越仙。蓝水窑好着呢，骂不倒骂不垮！他们胆敢跨过童子塘半步……你们没长手吗？"

林子寒欲随来人出门，去童子塘那边劝说，免得发生斗殴。

林义轩疾言厉色，喝令子寒不准出门。

……

四季轮回，流年似水。转眼间到了20世纪80年代，童子塘不见踪影，蓝水窑、北架山还是一样的名字。两村过去的故事已随风而去，少有人知道，也没有人谈论。又至莳秧季节，一曲插秧小曲响起："山北山南遍插秧，天时较似去年强。从今无事闲风月，分作屏星一半凉。"

小曲儿悠悠扬扬，飘荡在蓝水窑和北架山的上空。

第一章

去蓝水

1

1月20日，大寒：小苍兰，诗曰：天生兰蕙气芬芳，无意风吹染雪香……

去蓝水。

蓝水行，一定行！

林秋云本想在台历空白处写“回蓝水”的，但是离开蓝水村很多年了。自己在蓝水村也没有待过多久，恐怕蓝水村也并不是记忆里的蓝水村了，怕人说她矫情。便写下“去蓝水”，这个有些陌生的故土。为了给自己打气，她又写下“一定行”，三个朱红的字。每一次重要行程和事项，林秋云喜欢用红笔做记录，像是给自己批改作业，无形中多了些庄重和压力。放下笔，连她自己都笑了，特别是“一定行”三个字，像广告语，说明她内心还是不够自信，才会用这么幼稚的方式给自己打气。

菱湖市从2009年就开始出台选派村官政策，轮到她林秋云已经好几个批次了。她主动报名，经过组织部审核考试，终于如愿以偿。经过一个月的培训，她多少知道村官的一些情况了，以前只是在报纸上看到过。

她在“蓝水村”附近画了很多问号。 这些问号有些能够预见，有些心里没底。

2月4日是她到蓝水村上任的日子。蓝水村现在属于临湖镇管辖，临湖镇没有安排行程，也没有电话跟她联系，只是元旦前给她电话通知，2月4日去蓝水村报到。还有15天，她要把手上的工作交接一下。她不知道为什么组织会让她2月4日去蓝水村，而不是1月1日。她事先翻看了台历，2月4日是立春，没几天就是春节了。今年的春节来得晚，2月16日是春节。她又特意翻看了台历，就像上学时翻看练习本后的答案一样。林秋云从小就喜欢春节，到现在都没有改变。就像女儿小米一样，像孩子一样。

还不如让自己过一个完整的年再去。林秋云知道乡村工作不像在机关，特别是在蓝水村。

怪了，还没人跟她对接。她只好准备一个人前去报到。想想也是，一个小小的蓝水村书记，还想要镇里安排，不太现实。她是下级，只能服从指派。蓝水村的党支部书记，说小吧，倒也是真小，也就是一个村官。村官能算官吗？当然不算。在村民的眼里，有事的时候，你是官，比谁都管用，比谁都牛，俗话说，县官不如现管。说你是官吧，没事的时候，哪个村民还把你一个村支部书记放在眼里？

21世纪的乡村官员就是这么尴尬。你越有官威，老百姓就越不买账。这是欧阳给她说的，听着还是蛮有道理的。

不过，蓝水村的村支部书记也不小。蓝水村以前是蓝水乡，后来行政区域调整，划到北架山镇，再后来独立出来，成了蓝水镇，风光了好一阵，最近几年才合并到临湖镇，由镇变成了村，蓝水人自嘲，冷水洗鸟，越洗越小，妥妥的三姓家奴。蓝水村有三宝：蓝水湖、北架山、民间传统文化。蓝水村人有三好：好玩牌、好告状、好卖地。当然，土地是国家的，不能卖，为了进城，逃离农民的身份，村民大量抛荒，不然就是把土地三文不值二文承包给外来办厂的人，闹出了不少问题。

林秋云的台历是农业大学的学长欧阳送的，很别致，除了一年365日，二十四节气，主要有花。欧阳说那是花历。每个节气都有对应的花卉，也有对应的诗文。欧阳了解她。

林秋云喜欢花，喜欢天高地阔和鸟兽鱼虫，喜欢绿植和旷野。她习惯性地在日历空白处记下要办的事情，以及注意的事项。台历就变成了记事本。这么多年，从大学到菱湖市农林局，从办事员到副科长，未曾间断。同事们都认为林秋云很笨拙，劝她说，林秋云，你可以用手机呀，记事本谁要用台历呀，多不方便。倒也是，林秋云的手机从父亲给她买的第一部波导，再到自己偷偷摸摸买的三星，再到男友曾帆送的苹果，再到自己才换的华为，这不就是中国社会经济发展的缩影吗？也可以说是中国科技的发展史，她简直就是中国科技发展史的一部分。不过林秋云觉得用笔随时记录工作重点和心得，很舒服，也不至于换了手机就找不到记录。

中国科技发展太快了，嫦娥三号都登月了。可是她还是习惯用古老的方式记录着自己的工作和生活，有时候甚至记录情绪，但不包括情感，这是私密的。

台历记事本其实也方便。主要是林秋云习惯了，不管方便不方便，林秋云都不愿意随意改变自己。同事们说得对，她确实比较拙。

欧阳送给她这本台历后，没事时，她也喜欢看看花信风，有图有真相，赏心悦目。

林秋云没想到来接她去蓝水村的是欧阳。欧阳不是临湖镇机关的人，也不是她的下级。欧阳说："要不要通知一下蓝水村村委会，让他们安排个十桌八桌迎接他们的新领导？"

林秋云说："这个玩笑开大了。我又不是八府巡案。"

当然是玩笑。

你以为是玩笑，常常成了现实。

晚上，欧阳还真在蓝水湖上摆了一桌，说是为林秋云接风。是船宴。在菱湖市，蓝水湖的船宴在省内外出了名的，据说正向省里申遗。

"有哪些人？"林秋云问欧阳。

欧阳说："你放心，这是私人宴请，没有任何交易，工作餐，没有酒。"

"你一向都说没有酒的。"林秋云还是不放心。

"真的没酒。"欧阳笑着说。

林秋云真是不会喝酒，也不敢喝酒。这个欧阳是知道的。欧阳站在林秋云面前，满面春风。林秋云打量着欧阳，他的灰色耐克鞋上还有泥浆，似乎刚从田野里赶来的。

林秋云说："我们欧阳老总还蛮喜欢土地的么，亲自到地里去视察？"欧阳听了，赶紧用湿巾纸把鞋上的泥浆擦掉，谁知道泥浆的颜色虽然淡了些，却怎么也擦不掉污泥的痕迹。

"真不好意思，有些失礼。"欧阳抱歉地说。

"土地给了我一切，我们却嫌它脏。"林秋云笑着说。

"对对，林书记说得太精辟了，有点像艾青的那句诗'为什么我的眼里常含泪水，因为我对这土地爱得深沉'。"欧阳慢慢地说。

"不愧为我农大的学长，文学修养不错嘛。"林秋云说。

"我也是混混，在你面前献丑了，到时候聚聚，好好叙旧。"欧阳说。

2

林秋云更没想到，她到蓝水村的第一件事居然是吃饭。当然，吃饭不是只吃饭。吃饭能解决一些问题，用欧阳的话说，在临湖镇，没有什么问题是吃饭解决不了的。欧阳又说笑了。他说的是他，而不是林秋云。林秋云从来不会在酒桌上谈事情。因为在酒桌上，她是没有话语权的。在酒桌上，能喝才是硬道理，不然就是能吹，要不然，你是酒桌上的主座，都有绝对的权威。林秋云都没有。

欧阳把林秋云接到饭店，饭店在蓝水湖的船上。包厢已经来了四个人。三男一女。

欧阳做一个"请"的手势，她被安排在主座右手。主座的椅子包裹的布颜色不一样，其他六个是黄色的布，而主座是土豪金色的。

欧阳跟林秋云做了介绍，依次是蓝水村的何主任，蓝水村治保主任老秦，会计小吴和妇女主任小左。

林秋云坐下时，四个人屁股都离座位，把椅子挪动，给林秋云让开位置。其实林秋云的位置已经很空了，他们这样一动，林秋云的位置左右都空空荡荡的了，像是孤家寡人。而他们都朝那个主座靠近。主座左边是欧阳，右边是林秋云。

主座空着。

林秋云知道，今天会有神秘人物出现。林秋云也知道今天谁才是真正的主角。而来之前，欧阳没有告诉她，也没有说明，林秋云是来作陪的。

林秋云不反感作陪，但是反感被包办、被操控，即使是最要好的朋友也不行。

林秋云看了看欧阳。欧阳接了个电话神色慌张地小跑着出去了。

三个男人见了林秋云，笑着点点头算是打招呼，然后低头玩手机，声音很大。小左起身，忙给林秋云倒茶。

"林书记，你习惯绿茶还是红茶？"

"我都可以，不讲究。"林秋云说。

"冬天的话，红茶养胃。蓝水村的红茶特别养颜。"小左举起白瓷茶壶，慢慢抬起，给林秋云泡茶。

小左其实不小，三十多岁，看起来比林秋云大了许多。脸上长了许多雀斑。她一看到林秋云，赶紧站起来，满脸的笑，雀斑开了花，走上前说："林书记，谢谢你！"

林秋云也笑了，像姐妹一样，拍了拍女人的手腕，很亲热地说："你好，你好，久等了！"林秋云心里却不知道这个女人谢谢她什么。

林秋云看着外面的湖面，微波起皱，寒风阵阵。屋内空调开着，嗡嗡轻响。左春霞主动坐在正对空调的地方，她脸色潮红，雀斑在潮红里变淡了，肤色也变好了。她不时盯着林秋云打量，似乎林秋云是她从未见过的美女，似乎林秋云高高在上。林秋云不比她年轻，却比她漂亮，但是女人看女人，这样的目光还是怪怪的。林秋云不能太高冷，偶尔也会看看左春霞，左春霞目光有些躲闪，似乎很惧怕林秋云。

湖船很大，除了外面的廊桥，还有大厅前台，十几个包厢。

欧阳从湖船外面走进来，看着林秋云，说："林书记，本来临湖镇的刘镇长要来的，欢迎我们林书记来蓝水村大展宏图，但是有个会，可能晚点来。"

林秋云说："没关系，好饭不嫌晚！"

何主任何显贵把手机屏幕挪来说："刘镇长工作忙，向来这样，五加二，白加黑，吃饭总是迟到。欧阳老板，你说是吧！"

欧阳站在何主任身边，把手搭在他的肩上，说："你何主任忙起来，不也是一样。"

"欧阳，你算是了解我们，基层工作不容易，而且一点也不能马虎。上面一根针，下面千条线，没有歇息的时候，马上春节慰问低保户、蓝水村病人又是一大堆事情，我们刘镇长都忙得晕头转向了。"何显贵说。

"林书记，你来了，我们就轻松多了。"何显贵又笑着说。

林秋云听得出，何主任跟刘镇长的关系不一般，和欧阳的关系也不一般。蓝水村的病人是怎么回事？她听了心里一惊，但是不好问。耳听为虚，眼见为实，只有经过自己的调查，她才会清楚。"蓝水村病人"，她记住了。现在没有带台历，但是她记在心里了。

欧阳的电话响了，铃声居然是流行的《泡沫》，今年大街小巷都是那个女孩的沙哑的嘶喊声。

"刘镇长，你到了啦，好好，我来接你！"

"刘镇长到了。"欧阳看了林秋云一眼，还没来得及把手机塞进口袋，就朝湖船门口奔去。

林秋云也起身向门口走去，想：欧阳还挺赶时尚的。

何主任、秦主任、吴会计和小左都跟着起身，鱼贯而行。

经过廊桥，一辆黑色的帕萨特慢慢向码头驶来。轿车慢慢停下来，开起了双闪。

五个人一字排开，看着刘镇长的车。欧阳瞟了眼林秋云。林秋云自然知道欧阳的意思。林秋云刚想伸手开车门，谁知道，小左的动作比她还快。

车门开了。

刘镇长低着头慢吞吞走出来，看着小左，问："你是？"

"我是蓝水村的小左，左春霞。"

“哦。”刘镇长看了眼林秋云。欧阳明白刘镇长的意思，忙说：“林书记，这位就是刘镇长，这是新来蓝水村书记林秋云。”

“刘镇长你好，我见过的。”林秋云笑着伸出手。

“哦哦。”刘镇长打着哈哈，走向何显贵，说：“老何，吃饭倒是积极的嘛！”

“刘镇长，你工作积极，我们吃饭积极，优势互补！”

“老何，你又胡说八道，村主任难道不是干部？”刘镇长严肃地说。

林秋云让开，让刘镇长走在前面。到了门口，欧阳加快速度，开门，说：“刘镇长你请！”

“林书记在蓝水村的第一次相聚，不能不来！”

“刘镇长，我来蓝水村是争取只添彩，不添乱。即使是鸿门宴，也是满堂红的红！”林秋云开玩笑。

“小林这态表得好，我看好你！”刘镇长看着林秋云说。“林书记啊，蓝水村可是临湖镇的心病，问题多还杂，你得多有点耐心。有问题可以找我。”

刘镇长径直走到主座，看了看空调，脱下外套，说：“这天，快下雪了。”

“瑞雪兆丰年！”何显贵帮刘镇长拿起外套，挂在衣架上说。

“你去叫小刘一起来吃饭。”刘镇长对何显贵说。何显贵急急忙忙跑出去了。欧阳加了个座说，刘镇长真是关心下属。

“工作上是上下级，生活中是朋友嘛，人生而平等。”刘镇长哈哈笑着说。

落座以后，小左准备给刘镇长倒茶。小刘坐在小左旁边，不言不语。

林秋云说：“左主任，我来亲自给我们刘镇长沏茶。”其实，刚才帮刘镇长开车门的时候，自己慢了一拍，刘镇长已经不高兴了。林秋云总是会这样，有时候脑子转得慢些。其实，不是自己转得慢，而是别人转得更加快而已。

小左说：“你是书记，还是我来吧！”小左伸手拿过刘镇长的茶杯。

“做妇女工作的就是勤快，而且细心。”刘镇长笑着对小左说。

“这个杯子要换一下。”林秋云说。小左一看，确实，白瓷茶杯内侧有一些黑胎斑。小左拿着杯子去找服务员了。

“这里还有一套备用的。”欧阳说着，从自己面前拿过杯子，递给林秋云。

刘镇长看着欧阳，笑笑，没有作声。何显贵双手递给刘镇长烟，给他点上。看着刘镇长点上烟，何显贵过了一会儿，也点上。老秦也点了。一时间，包厢里烟雾缭绕。

小左匆匆忙忙地拿着茶杯进来。

“有了。”何显贵淡淡地说了一句。小左感觉到何主任话里有些不快，脸色也暗了下来，潮红变成苍白，雀斑越发明显了。

小左默默坐下来，屁股一半挨着椅子，一半悬空，似乎随时都要端茶倒水似的。

各人入席就坐，热菜还没走。八个凉菜在圆桌上，散发出冷清的气息。

“边吃边等。这里最有名的是湖八鲜，还有醉虾。”欧阳说。

开始走菜的时候，欧阳拿出两瓶白酒，两坛封缸酒，两瓶红酒。封缸酒是紫红色的瓷坛，上面用荷叶包着，最外面是黄色的绸布包裹。

小左瞟了林秋云几眼，小声地说：“林书记，你的皮肤真好，我没见过皮肤这么白的，特别衬托你文化人的气质。我就不行，皮肤黑，还粗糙。”小左的眼里充满了羡慕。

“可能以前在学校，之后在办公室工作，平时很少晒太阳，以后在村里，就要天天晒太阳，到时候，你可比我还白。”林秋云说笑着。

已经在开酒了。服务员在每个人面前放一个分酒器。

林秋云觉得不妙，朝欧阳看看。那意思是说，你不是说不喝酒的吗？

欧阳笑笑，弯着腰说：“刘镇长，你来点白的，驱驱寒？”

刘镇长把烟蒂摁在透明的玻璃烟灰缸里，烟还有一半，从中间弯曲了，烟头还在冒烟。刘镇长看着封缸酒，说：“我是三种全会。但是，在什么山头，唱什么歌，你们蓝水村的封缸酒不错，来点黄酒吧，明天还有个重要的会议。听说，封缸酒和绍兴的女儿红、古越龙山也不差，我喝过几回，不是吹牛，蓝水湖酿造的封缸酒，回味无穷。”

欧阳起身开始斟满酒，透明的玻璃杯子里散发出一阵阵淡雅的酒香，粗闻有米酒的香甜，但是等米酒的清香在鼻息里打着转而悄悄融化以后，还能感受到白酒的醇厚。淡黄的封缸酒丝丝缕缕地流淌进刘镇长的玻璃酒杯，杯沿口还挂着几滴。包厢里瞬间酒香氤氲。

林秋云用手扶着玻璃杯，仰头看着欧阳，心里骂道：还是学长呢，不过是个骗子！但是刘镇长都喝了，她不好不喝。幸好刘镇长不喝伏特加，不然，自己也要跟着受罪。

这封缸黄酒，据说是明朝开国皇帝朱元璋的御用贡酒。当年朱元璋和元朝打仗，到菱湖时已经精疲力尽，当地老百姓用黄酒慰问朱元璋的军队，朱元璋把剩下的黄酒用坛子封起来，埋在蓝水村的地底下，说等平定天下后，再来畅饮。后来明朝一统中原，当地官员就把当年用坛子封起来的黄酒进贡给皇宫。朱元璋饮酒后，大赞，并亲自赐名封缸。于是封缸酒一时名声大噪，甚至超过了女儿红等黄酒。

“欧阳，我说得对吧？”刘镇长问的是欧阳，却拿眼看着在座的每一个人。

“刘镇长真是学识渊博，我们一起敬敬你！”

刘镇长举起杯抿了一口，打量着众人说：“这酒至少有16度。”

“刘镇长，你真是行家里手！正好16度，可是我不明白你怎么知道这酒的度数？”欧阳说。

刘镇长哈哈地笑着：“这很好明白，就从口感来说，16度的黄酒比12度的尖锐一些，入口的感觉清冽而持续，12度的温和而短暂，18度又烈了些。况且16度正好适中，有利于珍藏。这黄风酒的年份20年不到，但是绝对超过15年。不过，也算不错的，没有走掉一丝的酒气。还有，据我对黄风酒的了解，你看这酒坛子还是用黄泥加荷叶密封，这样的技术十几年前就绝迹了。”

欧阳轻轻地拍着手说：“刘镇长真是识酒，懂酒！这坛子黄风酒是19年前密封的。”

刘镇长端起的酒杯又放下，似乎想起什么来，脸色隐隐地飘过一缕不快。

林秋云瞄了刘镇长一眼，举起酒杯说：“谢谢你，让我见识到这么有历史的封缸酒。”说着碰了碰刘镇长杯腰，喝了一大口。

封缸酒沾唇入口，一股浓烈的香气和酒气入鼻，林秋云精神为之一震，也许是香气，也许是酒精的刺激。

林秋云放下酒杯，缓缓坐下，感觉脸上一阵麻木，她感觉自己浑身都是鸡皮疙瘩。

刘镇长除了谈酒，再也不谈别的话题。林秋云隐隐地感觉到一些不妙。

“其实，我父亲以前就是封缸酒的酿酒师，只是现在蓝水村的封缸酒已经败落了。”刘镇长有些失落。

“怎么会呢？”林秋云问。

“据说是蓝水村的水土问题，已经不适合酿酒了。”刘镇长放下酒杯说。欧阳朝林秋云看一眼，脸色也变了。林秋云不应该问这样愚蠢的问题，让刘镇长不自在，酒桌上的人，都会不自在。

“刘镇长，马上湖八鲜上来了。”说着，欧阳起身去厨房催了。

“以前蓝水湖的水质好，水草肥美，但是大多养些鲫鱼、白鲢、青鱼，经济价值不是太高。后来有人想出新招，开始养中华大闸蟹和青虾。还有痴呆鱼、昂公等，价格是一般鱼类的几倍。蓝水湖的水质优良，蓝水湖里的大闸蟹个儿大，色泽好，黄多而结实，被国人熟知。蓝水湖的‘湖八鲜’更是声名远播，带动了蓝水村的旅游产业。”刘镇长做起了讲解员。

何显贵连连鼓掌。

湖上大大小小五花八门的餐饮船停泊在湖面。天色已晚，船上的霓虹灯在夜空绽放，投射到波澜摇曳的湖面，闪闪烁烁，人眼花了，有些恍惚，似乎到了仙境。不少大城市的人也来此享受。到蓝水湖吃大闸蟹喝黄风酒，这是黄风人接待贵客的最佳选择。刘镇长又拿出一根烟，何显贵弯腰帮他点上。刘镇长抽了几口，说忘了什么，又抽出一根扔给何显贵。何显贵笑嘻嘻地起身接住，手一抖，香烟差点掉到了地上，何显贵的烟断了，他不敢放在桌上，趁大家听刘镇长说话，把香烟塞进了口袋。

欧阳回来了。

领班拿着菜单清清嗓子给大家介绍蓝水湖特色菜：“我们蓝水湖最有名的美食就是‘湖八鲜’——青虾、甲鱼（团鱼）、鳜鱼、昂公、白条、鲇鱼、痴鱼、大闸蟹。‘湖八鲜’皆选蓝水湖湖鲜上品，精心烹调，香气浓烈，鲜嫩诱人。”

“青虾，蓝水湖的特色水产品。蓝水湖水草茂盛，因为水浅而光照易透，加上水质纯净，非常适宜青虾的生长。蓝水湖青虾形娇色亮，体态丰腴饱满，肉质白嫩细腻，味道鲜美。比如以青虾为原料的菜肴有：黄风虾仁、凤尾虾、椒盐虾、红汤虾、青椒爆炒仔虾、虾米炖蛋等。

“昂公，有红烧昂公、雪菜昂公、剁椒昂公、竹笋烧昂公、昂公炖豆腐等。

“白条，又被黄风人称为参条，白条肉质细嫩，身白如玉，烹调后鲜而不腥、口感肥而不腻。有煎烹翘嘴白条、干炸白条、清蒸白条等。

“鲇鱼，我们蓝水村人又称为鲇娃郎，有剁椒鲇娃郎，红烧、清蒸、煨汤都是一绝。

“痴鱼，我们称为痴鼓呆子，它形短壮实，肉质细嫩，味道肥美，鱼刺极少，营养成分丰富。

“甲鱼，蓝水湖里的甲鱼体肥饱满，稀少价格贵，是待客的珍品，也是食补的首选。有清蒸甲鱼、干烧甲鱼、浓汤甲鱼、煨裙边、汽锅甲鱼。

“‘湖八鲜’中尤以大闸蟹最为食客们赞誉，蓝水湖里的大闸蟹蟹体肥满，蟹黄厚实，蟹膏肥糯，肉体鲜嫩柔白，其色香味在淡水湖蟹中‘一蟹独鲜’！黄风酒蒸大闸蟹、蟹黄豆腐、蟹粉蹄筋、蟹粉狮子头，蟹黄汤包、芙蓉蟹粉等，都是蓝水湖的美味，如果再配上陈年的封缸酒，那可是神仙都不想当了。”

“小丫头，你说慢点，来，喝口茶！”欧阳起身给领班倒杯茶。领班摇着手说：“谢谢，谢谢，这是我们应该做的。要走菜，你招呼一声门口的服务员。”说着笑笑，匆匆忙忙地出去了。

何显贵扭头看着领班的背影说：“把我口水都说出来了。”包厢一阵浅笑。

刘镇长看着杯子里颜色发黑发紫的封缸酒，说：“我这辈子从来没见过颜色这么深的封缸酒，至少封藏了16年。”说完，他端起酒杯翕动鼻翼闻着，然后痛快地呼出一口气，说：“你们闻到没，呼吸里都有封缸酒的香味哩！”

林秋云笑了笑，用手轻轻地触碰了下酒杯。酒杯里的黄风酒漾起细密的波纹。那酒香也是一缕一缕地荡漾开了。

包厢外服务员，翕动着鼻子，往包厢里张望。

“好香啊！”

小左捂着嘴笑了。

一巡巡地敬酒，一杯杯地喝。推杯换盏一轮又一轮。每个人的嘴里，身上和心上都溢满了酒香，不觉喝得有点面红耳赤。

“老何，你锡剧唱得不错，来一段。”

何显贵摇摇头，说：“我是狗肉上不了宴席。”

“不要妖怪，你唱！”刘镇长笑着用筷子敲着何显贵的杯子说。

何显贵站起来，唱起了《珍珠塔》：

“娘说我有十样好，日后定能伴当朝。娘说我头儿圆圆生得好，一定要戴乌纱帽。戴了纱帽还嫌小，脱去红袍换紫袍。娘说我的白虎背，青龙腰，日后定要玉鼓套……”

“好！”刘镇长喝道。

“好好！”欧阳和老秦也连连拍手叫好。

刘镇长一吆喝，何显贵额头直冒汗，手心、脚心都像被烈火炙烤。他情难自禁地唱着，拿起了筷子，有节奏地敲打着酒杯，声音清脆爽耳。

刘镇长不时瞧着林秋云，笑意盈盈的，欲说还休。林秋云不敢与刘镇长的目光对视。

林秋云把头别到一边，看着湖船窗户的玻璃颤动。

刘镇长清清嗓子唱起来：

“虎头包，龙盘梢，走到御道像踏高跷。摇摇摆摆，摇摇摆摆见当朝，你说光耀不光耀……”

何显贵唱道：

“你拿了这包点心千万千万要当心，倘若路上腹中饥，解开包裹里吃点心，四面望望可有人，不防君子要防小人……”

林秋云的笑渐渐地稀疏了，没了笑的林秋云脸很白。林秋云端酒杯的手左右摇晃着，不知道该放到哪里。刚才林秋云也确实感觉到湖船很不平稳。

“湖船摇了下。”欧阳说。

“摇了吗？”刘镇长问。

没人敢搭话。

气氛骤然紧张了。

这时候年轻的大堂经理突然走进包厢，说：“刘镇长，不好意思，刚才起了一阵大风，没吓到你们吧？”

“我可不是吓大的。”刘镇长说。他没看大堂经理，却看着林秋云，笑了。因为他在玩梗。林秋云也知道这个梗。

刘镇长缓了会儿举起杯看了看林秋云，一边笑，一边唱道：

“我亲娘，庆寿多饮酒三盏，望表弟酒言酒语你休做真……”

欧阳低着头有节奏地敲打着杯沿，叮叮当当地响。

“来，林书记，我敬你一杯酒。”小左的语气有些硬了，语速也快了些。

“左主任，我敬你，我敬你，以后都是姐妹，还请多多关照！”林秋云说。她突然又说：“我们的刘镇长要多多教诲！”说着举杯向刘镇长。

刘镇长没有理会左春霞，也没有跟林秋云举起酒杯。刘镇长眯着眼，还沉静在《珍珠塔》中，其实，他唱得并不好。

屋里半晌没有动静。

“这些个痴鱼也太小了吧？”刘镇长盯着桌子上开口说。

“啧啧，现在这鱼是越来越小了。”何显贵说。

左春霞放下酒杯，用筷子把一条痴鱼翻身，看清楚了说：“还真是的。”

“我们老渔民吃鱼是不翻身的！”刘镇长瞪了左春霞一眼说。

“对不起，我忘记了你祖上是蓝水湖的渔民。这个是禁忌，你还记得，我们左主任可能不是渔民，不太清楚这规矩。我去找厨师？”欧阳半来开玩笑地说，起身朝门外招手。

左春霞似乎听出话音来，悄悄吐了吐舌头，放下了筷子。

服务员来了。

“美女，你看这痴鱼还没长大吧？”刘镇长问。

女孩一笑，双手交叉放在身前，弯腰说:“现在的蓝水湖，这规格已经很大了。”

何显贵瞟了左春霞一眼。

“刘镇长的嗓子真是金嗓子！”何显贵笑着说。女孩也咧嘴笑了。

欧阳挥挥手，女孩慌慌张张地退出去了。

“继续，继续，一边吃饭一边听锡剧，真是人生一大乐事。”欧阳打趣说。

大约过了一刻钟，屋里又喧闹起来，碗筷又响起来，何显贵突然唱道：

“今日痛饮庆功酒，壮志未酬誓不休，来日方长显身手，甘洒热血写春秋！”

跑调了。

“跑了跑了，你跑太远咯！”刘镇长用筷子指着何显贵说。

“你跑调了”，大家嚷嚷着。

“喝多了喝多了，在什么山头唱什么歌，我搞砸了！”何显贵不停地笑着，给刘镇长赔罪……

“林书记，来一段！”何显贵冲着酒精说。

大家的目光都盯着林秋云。林秋云在大学也是文艺活跃分子，现在不怎么能唱了，也不太会闹了。特别是在这样的场合，但是她看到刘镇长在看她。刘镇长看起来也天性活跃，但是不说话，就有些不怒自威的感觉。用他自己的话来说这就叫“避鼠”。

“小林，你唱！”刘镇长的口吻轻轻地，但是酒一多听着倒像是命令。

林秋云知道躲不过，说：“刘镇长，我真的不会唱锡剧，小时候老师教过，但是全忘记了。”

“你们这个年纪，哪里会唱戏哦，锡剧在菱湖市都快绝种了。”刘镇长说。何显贵仰头看着刘镇长，又看着林秋云，不停地点着头。刘镇长也看着何显贵，有种怅然若失、惺惺相惜的感觉。

“林书记，刘镇长很开明的，唱流行歌曲也行，刘镇长对吧？”欧阳说。

“我也年轻过，我现在也还年轻。”刘镇长笑着说。

林秋云显然看出了刘镇长的失落，林秋云知道自己不能唱太流行的，就选了《感恩的心》。

“林书记唱得不错，选得也不错。我们要懂得感恩，感恩现在的好政策。”刘镇长举起杯站起来，大家跟着站起来，碰杯。

大概是酒多了，小左主动请缨，说她给刘镇长来一首《小苹果》，连唱带跳的那种，何显贵大着舌头说：“不就是广场舞吗！”小左边唱边跳，气短了，声音在喉咙口打战，唱成了颤抖版的《小苹果》，大家都欢呼，开心，鼓掌。

上过了湖鲜佛跳墙，高潮算是过了。幸好湖鲜佛跳墙跟海鲜比便宜很多，不然林秋云都担心。

服务员端上来一个碟子，上面有个盖子。不知道是什么菜，都是欧阳安排的。

“这是船宴醉虾。”服务员轻言轻语地介绍。

服务员揭开盖子，透明的河虾不停地跳跃着。服务员往碟子里到了些白酒，鲜活的河虾跳跃得更厉害。不一会儿，慢慢安静下来。

“醉虾要趁它们最活跃的时候，放入口中，它们会在嘴里不停跳跃，让整个口腔都像享受到按摩一样。我们的嘴就像天空，跳跃的醉虾就像天空飞翔的鸟儿。酒的香气掩盖了河虾的腥味。这样吃虾营养价值最高。”服务员笑语嫣嫣地介绍。

刘镇长不动筷子，其他人也没动。刘镇长听完，才吃醉虾。

林秋云没有吃。生吃河虾，让她感觉自己是一条大鱼，无论怎么也忍受不了这样浓重的腥味。

刘镇长这次没有勉强林秋云。

小刘的眼神一直跟着刘镇长。

欧阳去了洗手间。

回来的时候，手里拎着几个精巧的工艺品手袋。每个人发一个。欧阳笑着说，也没什么礼品，也就是蓝水村剪纸，每个人的都不一样，伴手礼。

“欧阳、欧阳，你这人办事就是，哎！”刘镇长起身，“那么，我今天就到这里，我回去还要赶个材料。”他看看众人。

大家起身送刘镇长。

刘镇长回头看着大家，说：“有同路的吗？一起。”说着温和地笑了。

“刘镇长你先忙，这里我会安排。”欧阳说。

“欧阳，你不做秘书可惜了。”刘镇长拍着欧阳的肩膀说。

“我做秘书，也只愿意做你的秘书，只有你能够抬举我。”欧阳作揖说。

3

欧阳送走刘镇长一行人，匆匆忙忙地赶到包厢。林秋云忘记拿欧阳送的工艺品了。欧阳说：“我回去帮你拿。”

林秋云说：“我自己去拿。”

林秋云把工艺品打开，是一幅《渔光曲》剪纸。拿出来，放在墙边。欧阳道：“你看，这是蓝水村的剪纸艺术。”

踢脚线边上还有半坛子封缸酒。欧阳抱起来摇了摇，里面哗哗地响着，还有不少。“刘镇长忘记把剩下的封缸酒带回去了。”林秋云说。

“哪有让人家带半坛子回去的。”欧阳说。

“这是刘镇长自己的酒，让我带来给你们尝尝的，船宴也是他私人请的，我只负责安排。他说要为你鼓劲，又不能让你有压力。”欧阳淡淡地说。

林秋云听了心里有些热血沸腾。说实话，她今天见了刘镇长，没想到，他还是这样的人。她真的误解刘镇长了。

林秋云起身低头欣赏《渔光曲》。举着鲤鱼的胖娃娃，向空中撒网的老渔民，那红色的纸上，密密麻麻细小的渔网，一只只鸬鹚在水中逮鱼，细腻而匀称。夕阳无限好，水光山色。杨柳依依。杨柳岸晓风残月。顽皮的孩童在乌篷船上嬉戏。一个个人物在纸上活灵活现，仿佛要从纸面跃起。林秋云从小受传统文化熏陶，对博大深邃的历史文化一直喜爱。

欧阳在旁边看着她，说：“我特意送你《渔光曲》的，就如同现在的蓝水湖。”

“谢谢，我回去裱好，放在办公室。”林秋云说。

“蓝水村村委会办公室？”欧阳笑着问。

“当然，我明天就要去报到，我想先到蓝水村各地走走。”林秋云说。

“走什么？”欧阳问。

“刘镇长的话我记得，蓝水村情况比较复杂。”林秋云说。

“他说的话，不要十分相信。”欧阳笑着。“你要真去，我可以给你当导游。蓝水村我顶熟悉。”欧阳说。

“再说吧。”林秋云说。

林秋云在甲板站着。突然，林秋云指着湖面说：“你看！”

此时正值蓝水湖渔灯节。在暗夜的蓝水湖里，一盏盏彩色的渔灯缓缓在湖面漂浮，把黑色的蓝水湖点亮，灯光暗淡处，漫无边际的芦苇随风摇曳，影影绰绰，给人无限的遐想但也给人无限的惆怅。

天空月光皎洁，闪着亮光的波纹承载着成千上万只亮着灯光的渔灯轻轻划过。近看，一朵朵莲花在水中绽放，灿烂夺目，目不暇接；远看，像银河倒映水中，繁星闪烁。

欧阳说：“这是一年一度的渔灯节。在蓝水村，渔灯分为放湖灯与放旱灯两种。这是放湖灯。湖灯有很多样式，有荷花、小船，也有飞禽走兽等。渔灯以竹篾扎骨蒙上透光的彩色纸，再配上一块便于漂浮的硬纸板、木片或泡沫，渔灯里放上半截蜡烛。渔灯多能在湖面绵延几公里。”

“那旱灯什么能看到呢？”林秋云问欧阳。

“哦，等过年就能看到。”欧阳说。

他们刚到廊桥，还没到码头，就听到湖船上有人争吵。林秋云回头听着。欧阳拉拉她的衣袖说：“快走吧，不早了，天又冷，说不定真的像刘镇长说的，晚上会下雪。”

“这里就是蓝水村了，我现在就可以了解一些情况。”

林秋云回到湖船前，一只小渔船停在湖船的船舷下，像个小不点。湖船像是航空母舰。湖船上灯火通明。

红红的灯光照在湖面，湖水也被染红了，闪闪烁烁的。阴天，天上没有星星。蓝水湖深沉辽远，大概天空有星星，也看不清。远处，霓虹照不到的地方，一片幽暗。幽暗处，有点点渔火，在孤寂地摇晃，不时传来狗叫声。

狗叫声越来越近。一只黑白相间的花狗在小渔船上不安地来回走动，望着湖船上灯火一阵狂吠。

“小粉，不要吵！”一个中年渔民伸手拍着狗头骂道。

这只叫小粉的狗果然不叫了，只是嘴里发出呜呜的声音，很压抑。

风没有停歇，小渔船摇晃得厉害。

小渔船上的人不停地喊着：“让我上去，我晚上不是送鱼的，也不是来吵架的，我有宝贝给你们。”

“童家声，你这家伙，昨天早晨送的痴鱼小得不像话。”湖船的厨师站在船舷甲板上，一袭白衣，戴着高高的厨师帽，看得出是一个高级厨师。

“蓝水湖的痴鱼只能长这么大，我也没办法呀！”那个叫童家声的渔民说。

“那明天你就不要送来了，我们不能做这么小的，砸了蓝水湖船宴的招牌。”厨师摘下帽子说。

“这蓝水湖的鱼虾能不能活过明天还说不定呢，我明天也上岸了，要不然都要饿死在湖里。”

“上不上岸是你的事，再送这么小的鱼虾，我们就收购别家的了。”厨师说。

“你祖上也是蓝水湖渔民出身，不要为难我这个小老百姓，再说，你又不是老板，那些到湖船吃饭的人都是有钱人，连痴鱼都没见过，他哪里知道大小？”童家声说。

“好你个童家声。”厨师说着倒是笑了。

“这次我是来送宝贝的，不是痴鱼。”童家声说。他从布袋里掏出一只野鸟，说：“这个大。”

厨师瞥了一眼说：“我还以为是什么宝贝呢，不过是蓝水湖芦苇滩的黄雀嘛，还是老样子收购，10块一只。”厨师不耐烦地说。

“你看啊，这黄雀可比以前的都肥，怎么能按原价呢？”童家声小声地说，似乎在刻意地控制自己的嗓门，听起来声调怪怪的，像太监说话。童家声和厨师在讨价还价，林秋云和欧阳在远处看着。林秋云朝童家声走过去。欧阳说：“你干吗，也想吃油炸黄雀，下次来，我叫厨师小赵给你做。”“不是，我是想看看这蓝水湖的黄雀长什么样的。”林秋云说。欧阳知道林秋云是个喜欢管闲事的人，何况又是个环保人士，平时喜欢花花草草，也喜欢动物。

“你今天还不是蓝水村支部书记呢。”欧阳笑着说。

林秋云显然不听欧阳的，她走近童家声，看着脚下的小渔船。

小渔船的乌篷上挂着一个小灯，灯光暗淡，特别在湖船霓虹的照耀下，显得昏暗，像是白天的萤火虫。

童家声站在船头，两脚岔开，弯着腰，保持身体的平衡。他身后是船舱，乌篷开了一条缝。船舱里睡着一个男孩和一个女孩，绿色的被子盖着。

“这么冷的天，不要冻着孩子。”林秋云蹲下说。童家声回头看看，忙把乌篷的帘子放下，拉上拉链，说：“我们这些黑屁股，早就习惯了，风吹雨打。”

林秋云听到“黑屁股”显得有些尴尬。欧阳似乎看出来了，说：“‘黑屁股’是岸上人对跑船的和渔民的戏称，总是弯腰，连屁股也晒黑了，说明船上的人很苦。”

“师傅，你刚才说什么黄雀，我看看呢？”林秋云说。

“有什么好看的，你们城里人对什么都好奇，以为菱角长在树上的，以为黄雀是水里游的。”童家声紧张地把黑色布袋扎紧了。

“黄雀你要吧？不要我就回家自己下酒，现在难得打到好货了，多日不曾沾荤了，还有这点痴鱼。”童家声盯着厨师问。

这时候林秋云才发现童家声身边还有一个塑料水桶，里面一些黑漆漆的，像是鱼，却不怎么游动。怪不得叫痴鱼呢。

“我能看看吗？”林秋云盯着塑料桶问。

“你买就给你看。”童家声说。“我先看看再买。”林秋云说。童家声把塑料桶提上来，林秋云伸手，触碰到了冰冷的水里，一阵寒冷游动在林秋云的身上。林秋云摸到一条鱼，鱼不动，像是睡着了一样。林秋云看了看痴鱼，黑黑的脑袋，露出两排锋利的牙齿。眼睛上一片红斑，像是腐烂了，鳞片被腐蚀脱落了，露出红红的肉，看得林秋云一阵心惊。林秋云又抓了几条，不少都是这样的。林秋云觉得这是个问题，而且是个严重的问题。

“你这些鱼怎么都这样？”林秋云把一条眼睛烂掉的痴鱼拿在手里问。

童家声接过鱼，看都没看一眼，就丢进塑料水桶里，说："皮肤病嘛，跟人一样，有什么大惊小怪的。"说着还瞪了林秋云一眼，嫌弃林秋云事多。

"赵师傅，痴鱼这个美女想要，我先尽你选，你要的话，就给你，不然就卖给这美女了。"童家声说着弯腰钻进船舱那网兜。

厨师站在湖船上，笑着说："死鱼烂虾，送命冤家，我们船宴一律拒绝，你又不是不知道。"

"赵师傅，鱼病了，不是我的问题，是蓝水湖的问题，追根问底，还是蓝水村干部的问题，化工污染这么严重，鱼病了，我有什么办法，再说，我在湖上，还只是鱼病了，岸上的人病了，也没人敢管，而且肯定也是化工污染问题。"童家声大声说着，有些激动。

狗似乎也在回应童家声的情绪，又开始汪汪地吠着。

"小粉，你这不识好歹的东西！"童家声一巴掌打在狗的身上，狗身体一晃，一下子掉进冰冷的湖水里，呜呜地叫着。

花狗在黑夜的湖水里扑腾着。童家声看都不看一眼。他反而盯着厨师。

赵师傅只是笑，他知道童家声的鬼把戏，耍脾气给谁看，就是和狗合起来演苦肉计，他也不吃这一套。

"美女，你要的话，我可以便宜卖给你。"童家声把塑料水桶举到林秋云面前，用网兜接着。哗哗啦啦地水落入湖中，痴鱼落入网兜。这时林秋云才看到在网兜里跳动的痴鱼。

"你把黄雀和痴鱼都给我吧，多少钱？"欧阳问。

"野生痴鱼120块一斤，黄雀10块一只。"童家声说，"你给300块吧，微信、支付宝、现金都可以。"他又拿出微信二维码。

"怎么样？"童家声征求赵师傅的意思。厨师说："随便你，反正蓝水湖船宴今天不要这个。"厨师气呼呼地说。

欧阳准备扫微信。林秋云拉住他说："我来吧。"说着拿出 300 元现金，递给童家声，说："以后你有关于蓝水湖的水产销售可以找我，生活上遇到问题也可以找我。"说着，林秋云递给童家声一张名片。童家声接过名片缩回身体，靠近乌篷里那个挂着的灯泡，仔细看着，说："农林局的，你管我们吗，你是头头吗？"

"哎，看到了，是个副科长，还是女的。女人能当官吗，看你细皮嫩肉的、白白净净的，没吃过苦？"童家声喃喃自语。

林秋云笑笑。林秋云说："女的不但能当官，还能顶上半边天呢！都21世纪了，思想要转变了。"

"我不是说你，我是说有些女人，你不是一般的女人。"童家声仰头看着林秋云说。

"这是蓝水村新来的书记，林书记。"欧阳凑近童家声说。

"好好，我就在蓝水村，能管我们就好。"童家声喜笑颜开。

赵师傅也看了看林秋云，朝林秋云点头笑笑。

"狗崽子饿了，我们要上岸了。"童家声说。

"你们岸上也有房子吗？"林秋云问。"没有，是租的人家的，蓝水村岸上空房子多的是，就是没有土地给我种。听说我们渔民也要上岸了，不能捕鱼了，是不是真的，如果没有土地分给我，我上岸只能吃风屙屁。"童家声说。说完便发动马达，驾驶着渔船消失在暗夜里。

突突的马达声越来越小，最终风平浪静。

厨师小赵不知道什么时候也不见了，湖船的大门关了。林秋云和欧阳走到码头上，码头远处是一片芦苇滩。冷风吹来，干枯的芦苇发出哗哗的声响，像是惊涛拍岸一般。

"这个怎么处理？"欧阳举起黑布袋子和网兜。

林秋云心里想着童家声的话，这是她来到蓝水村必须面对的问题。蓝水湖的污染是不是真的，蓝水村的病人是不是真的像童家声说的那样，是化工污染造成的，蓝水村的土地是什么情况……也许酒多了些，冷风一吹，林秋云的心情就像冷风吹着芦苇一样，杂乱一片。

"你说什么？"林秋云突然问欧阳。

"我说你买的痴鱼和黄雀怎么处理，放生吗？"欧阳看着林秋云。

林秋云拿过黑布袋子，把绳子解开，拉开袋口，伸手抓住黄雀，黄雀的身体暖暖的、小小的，林秋云抓着它们的身体，就像握着一个孩子的小手。

黄雀飞进了黑夜，飞进了无边的芦苇。

林秋云白皙的脸蛋，还泛着红晕，一阵风吹来，她感觉整个蓝水湖码头都在摇晃，她的身体也在摇晃。林秋云伸手扶着码头的金属栏杆，才勉强站稳。胸口泛着酒气，酒气带着尖锐的气息，扑向鼻翼。她的心都在摇晃。

"蓝水湖的风真大。"林秋云说。

欧阳伸出的手，又突然缩回，静静地看着微醺的林秋云。

"你醉了。"欧阳站在林秋云身边说。

第二章

蓝水村病人

1

2月4日，立春：迎春花，诗曰：争春万物齐心好，只待东风一夜吹……

“蓝水村病人。”

林秋云在台历上记下了这个词。这也会是她到蓝水村面临的第一个问题。

欧阳在2月4日一大早就发信息来，问林秋云怎么到蓝水村。林秋云说，开车。欧阳说，开车不好。不如我送你，反正，我去蓝水村有事情，正好顺路。

你去蓝水村干吗，看丈母娘？林秋云也会开玩笑。

欧阳发了个笑脸，神秘莫测。

到蓝水村时，大概九点的样子。立春后，寒风还是一样的寒风，但是那种寒冷已经不刺骨了，已经有了一丝丝不易觉察的透明的温和。一路上，林秋云都不愿意多说话。她接手的是一个贫困的蓝水村吗？她不太清楚。欧阳跟她聊蓝水村的仙女桥，聊蓝水村的老槐树和七仙女与董永的故事，欧阳说，蓝水村除了是你的故乡，也是董永的故乡，说了就笑。林秋云觉得欧阳在笑她。因为要说的话，她还不是真正的蓝水村人。她是北架山人，和蓝水村隔着一条田埂，就是隔着一层纱，也不能算是蓝水村人。林秋云听爷爷说过，北架山和蓝水村人因为这条田埂的归属，大打出手，打死了几个人，自己祖上的一个人就是被蓝水村的人打死的，埋在了荒野，那荒野在蓝水村的边上，后来被蓝水村人知道了，还被蓝水村人刨了坟，把尸骨扔在了北架山地界。土地是蓝水村人的命，也是北架山人的命，现在时代变了，有些农民对土地已经不在乎了。林秋云在农林局的时候，经常下来做田野调查，到处都是被农民抛荒的地，他们进城了，土地是他们的大包袱，或者说农民的身份使他们感到羞耻。林秋云想着枉死的祖先，觉得真是时代跟他们开了个大大的玩笑。要是他们活在这个时代多好，他们可以拥有土地，可以安心耕种。可是，要是他们活在这个时代，进城寻个地方一打工，他们会甘心做一个农民吗？

林秋云想到了自己的青春故事。想到那个人，她就想起了祖上那次为土地发生的命案。在蓝水村和北架山之间，姓林的和姓汪的百年来没有通婚。她和好友林娟还有汪迁，也被卷入其中。他们三人从小就认识，虽然隔着一个村子，但是到菱湖市中学，他们又相聚了。林娟和汪迁早恋，遭到了所有人的反对。可是林秋云却支持汪迁和林娟在一起，还偷偷摸摸帮他们送情书，同学们都以为林秋云和汪迁有关系。其实后来林秋云想想，自己也是傻。林娟被他父亲打骂一顿，让转学，去了丹集中学，再也没有消息。汪迁从此一蹶不振，几次跳楼，差点死掉，人没死，腿却伤了。林秋云也被母亲痛骂，骂她招惹是非。

林秋云不知道为什么在蓝水村，姓汪的不能跟姓林的结婚，后来林秋云查了些资料，发现为土地两个姓不和只是表象，更深刻的是，他们两个姓，原属于一个祖先，即防风氏，防风氏在大禹会稽大会，因为迟到被杀，防风氏的后人逃逃到蓝水村，怕被大禹追杀，改成了汪姓和林姓，还有其他的姓林秋云就不知道了。但汪、林两姓繁衍至今，形成了一个不成文的规矩。林秋云其实对这段历史不甚了解，甚至以为是为了发展旅游编撰的噱头。很难说，防风氏逃到蓝水村是文人编造的，也许就是真实的。不过现在想想，汪迁和林娟肯定不会结婚的。

车停了。欧阳说："前面就是蓝水村了。"

林秋云才回过神。林秋云在车里安静地坐了会儿，才下车。

我还是来了。林秋云轻盈地跳下车，看了欧阳一眼，又看了看眼前的村庄，心里默默地念了这样一句。

小寒一到，就算蓝水村真正的冬天了。有风的冬天，即使天气晴朗，蓝水村也显得特别地孤寂。

按照节气算的话，蓝水的冬天从小寒开始，直至春分才能算结束。有一年更过分，到了五月蓝水村还下过大雪。那时林秋云才十四岁，在临湖镇上小学。

“小寒时处二三九，天寒地冻北风吼。”这说的就是蓝水村的天气。现在，立春了，也同样如此。立春了，春节还没到，今年是个“无春”年。

蓝水村的寒风吹得林秋云的刘海飘飘，像二月青浅的麦浪。欧阳朝她微微一笑，没有说话。

林书记来了，问题也都来了。这是蓝水村人后来最常说的话。这是林秋云没有想到的。

林书记走了，她家里的麻烦也桩桩件件地来了。这是林秋云更没想到的。这跟她是不是蓝水村的书记有关。她丈夫汪俊贤逢人就这样说。林秋云却不这么认为。

世界上是先有麻烦，还是先有林秋云，这是个问题，还是个哲学问题，就像先有鸡还是先有蛋的道理是一样的。

林秋云不是蛋，也不是鸡，更不是麻烦。恰恰相反，林秋云是解决麻烦的。

蓝水村是林秋云丈夫汪俊贤心里的一根刺，是一种羞耻。林秋云能感觉到。蓝水村也是她自己心里的一根刺，时时隐痛。

蓝水村也是菱湖市的一根刺。

林秋云的任务就是来拔刺的。于公于私，都是这样。

林秋云喜欢田园生活。读江东农业大学那会就喜欢，也许是跟她学的专业有关。其实小时候的她不愿待在农村。那时的农活不眠不休，也干不完。但是离开家乡后，她对农村有了新的念想，对农村的植物有了新的认识。

二月，蓝水村的植物缩在泥土里，还在冬眠。只有麦子和油菜泛着绿意。油菜是栽培的，须茎还没有在泥土里完全伸展开来，看起来稀稀拉拉的，不是很精神，像是丈夫汪俊贤的头发，裸露着棕色的头皮。

林秋云眼前棕色的是泥土。泥土比皮肤更加肥沃。只要有泥土的地方，就会生长植物。而有皮肤的地方，未必会生长毛发。

林秋云想到了泥土。土地是神奇的。

女娲用泥土按照自己的模样造出了千姿百态的人。男人和女人，高的和矮的，胖的和瘦的，丑的和俊的。

女娲能用泥土捏出人形，却无法塑造人的心性，聪明的和愚蠢的，善良的与奸诈的。画虎画皮难画骨，知人知面不知心。同样的道理。

女娲造人只用了一瞬间，而人却活出了千万年的悲喜来。更神奇的是，泥土有棕色的、黄色的、黑色的，还有白色的。人种也是这样的，有棕色人种、黄色人种、黑色人种、白色人种。所以传说并非无源之水、无本之木，传说似乎变得更加真实。

丈夫汪俊贤不想她去，汪俊贤说："你本来可以在菱湖市的农林局当个小领导，安心过日子，何必跑到蓝水村去当个什么破书记，那里的人你招惹得起吗？就你能干，蓝水村有那么大吸引力？"

"我看不起那些村里的人。"这是汪俊贤说得最狠的一句话，也是最伤林秋云的心的一句话。

"你不也是从蓝水走出来的？"林秋云不屑地说。

"今非昔比啦，我是出来了再也不想回去了。好马还不吃回头草呢！"汪俊贤说。

"我最看不起你这样的人，今非昔比？两脚离开泥土，你就高人一等？你是什么好马？驴都算不上。"林秋云说这句话时始终望着汪俊贤。

汪俊贤一气之下，就拿着手机，躲进了卫生间。林秋云望着丈夫的背影，想到马上离开丈夫和女儿，心里总有些失落，脾气也急了，暴躁了些，有些过分了。

临行前，林秋云几乎一夜没睡。她和小米玩到很晚，小米睡了，林秋云还没有睡意。她告诉丈夫她把餐巾纸放在枕头边上了。她又帮丈夫汪俊贤把衣服折好，给汪俊贤买的两条烟放在抽屉里，和他约法三章，一天最多抽8支烟。汪俊贤说，为什么是8支，而不是10支，不是12支？林秋云没有接话，只是和他说小米的营养问题，说小米学习习惯的养成，还有汪俊贤的健康问题，主要是发质的保养问题，总之，林秋云和汪俊贤今晚有探讨不完的问题。林秋云不停地和丈夫说话，汪俊贤却突然拉过林秋云，关了灯，说他只喜欢探讨一个问题……

2

林秋云到蓝水村，是临湖镇的欧阳开着二手帕萨特送她来的。

用欧阳的话说，是他用“八抬大轿”把林秋云抬到蓝水村当支部书记的。说完，很不严肃地哈哈哈笑了。

林秋云听了，觉得欧阳话里有话，是不是有暗示的成分呢？要么是欧阳说话满嘴跑火车、不严谨，要么是欧阳别有用心。

她到蓝水村，出奇地顺利，她不知道是不是真的是欧阳把她“抬”来的。

不好说。

欧阳是一个民营企业家，生意做得风生水起，但凡会做生意的人，也会说话，但不是什么都说。欧阳人还低调，这样的生意人在乡镇不多，不像乡下暴发户那么老气横秋。欧阳有点儒商的感觉。欧阳说话总能恰到好处，什么话该说，什么话不该说，恰到好处。比如欧阳到底是做什么生意的，他就不说，还讳莫如深。林秋云知道他在临湖镇乃至菱湖市，是个角色，有些角力。黑白通吃不敢说，但是黑白都不会动他的面包。林秋云一直也弄不清欧阳的“面包”在哪里，是什么。林秋云也不去想，跟自己无关。

林秋云和欧阳很早就认识，特别熟，他是自己的学长。江东农业大学的哪一届，欧阳也不说。起初，林秋云是怀疑过欧阳的话，但是学校的老师欧阳都认识，也能说出个张三李四来，林秋云便不再疑心，也对这个学长多了些亲近。在仕途上，每一步选择，她都会和欧阳聊，迷茫的和欢乐的。欧阳总是会适时地出现在林秋云的身边，给她一些建议，或者仅仅是陪伴。平时欧阳却很少现身，也不主动和林秋云联系。最多过年过节发些问候的话，或者送些礼物，简单的那种。欧阳从来不给林秋云发红包。欧阳说那样就俗气了。林秋云觉得这样挺好，要是他们之间有些金钱的联系，友情就不纯粹了。

到蓝水村来，欧阳执意要护送林秋云。林秋云说：“我有车，自己来就行。”欧阳说：“你是蓝水村走出去的人才，现在回来任职，衣锦还乡，是蓝水村人的幸运。造福蓝水村，我是愿意为你牵马坠蹬的。”欧阳似笑非笑地看着林秋云，那笑是慢慢在欧阳脸上生长出来的，他在沉思的时候，也会有这样敦厚的笑，听得出欧阳的话很真诚。

“再说，这也是刘镇长的意思。”欧阳无意间冒出一句。

林秋云似乎听出一些滋味来。林秋云也不好再拒绝。

在心里，林秋云把欧阳引为知己，或者说蓝颜。

“我生君未生，君生我已老。”欧阳这样开玩笑。其实欧阳只比林秋云大八岁。其实他们还是同一代人。但是欧阳比林秋云老成得多，也比丈夫汪俊贤更加善解人意。至少林秋云这样认为。

林秋云还是想和欧阳保持一定距离。朋友也是需要距离的，否则友情就会遭到破坏。

欧阳似乎也是这样，他们从来不突破这一点。君子之交淡如水。他们之间的友情也是这样的。

欧阳和林秋云若即若离，欧阳对林秋云的行踪却很了解。林秋云在农林局工作时到临湖镇做田野调查，监测蓝水湖水质时，刘镇长和欧阳接待过她，他是刘镇长的朋友，午饭就是欧阳安排的。

林秋云发现欧阳真的神通广大，他在哪里都是左右逢源，什么人都会给他面子。

“你居然也在这里？”林秋云笑着问。

“我是来尽地主之谊的。”欧阳淡淡地笑了，神秘莫测。

“有朋自远方来不亦乐乎！”欧阳玩笑着说。

林秋云说：“菱湖市就巴掌这么大的地方，东西最长的距离不过 80 公里。”

“远吗？”欧阳问。

“不远。”林秋云笑了。

“更多的时候，远和近是心理的距离。”欧阳说。

“我的心从来没有离开过蓝水村的土地。”林秋云笑着。

临走前，欧阳送了桶水给她，放在她汽车的后备箱里，上面盖了一层水葫芦，水葫芦叶子圆润，肚子鼓鼓囊囊的。水在桶里晃荡，水葫芦也在晃荡。欧阳说：“蓝水湖的水，林科长带回去，需要的话，再检测一下。”

林秋云觉得欧阳这个人很有意思，还送水。

回去后，林秋云才发现，桶里是活脱脱的籽虾。林秋云微信问欧阳，说：学长你搞错了。

欧阳说：没错，棒打狍子水舀鱼，蓝水湖的水，舀一桶，全是这样的，他也没有办法。

蓝水湖的水，林秋云比谁都了解。蓝水湖的鱼虾在渔民几百年的捕捞下，已经所剩无几了，还没有来得及发育成熟，就进入了渔民的网，端上了餐桌。蓝水湖已经贫瘠了，所以，风里浪里的渔民口袋更加干瘪。菱湖市最穷苦的，还是渔民。

这虾，不是蓝水湖的虾，这水，也不是蓝水湖的水。水里满是氯气的味道。沉淀后，还呈现出漂白粉的气味，很淡，不过依然能够嗅到，显然是自来水。蓝水湖的水质已经很糟了。蓝藻横生，远远地就能闻到一股奇怪的味道。哪能生长出这样好的青虾，个头也均匀，很明显这是养殖的。但是林秋云不想戳破欧阳的把戏。

林秋云没有再回消息。

欧阳似乎有些担忧了，出了纰漏不好。只好亲自打电话给林秋云：“我亲自养的，不算行贿吧？再说，在商言商，我不是官员，我也无所求。无所求，就不算行贿。”说着哈哈笑了。就像今天一样。笑过之后就将电话挂了。

林秋云不肯要，回电话，欧阳也不接。看来欧阳是故意的。

有了这层关系，两人倒是有些微妙了。

这句话，更加真切。听到轿子，林秋云觉得双脚离地，悬在了空中，心也悬在了空中，没有了着落。

“哪有八抬的轿子，只有一台轿车。”林秋云故作轻松，看欧阳如何接招。

林书记，蓝水村就靠你了。欧阳看着不远处的村庄说，然后很认真地注视着前方，满眼都是对未来的憧憬和期待。

这招有些乱，乱拳打败老师傅，林秋云有些失望。林秋云也是一个开得起玩笑的人。这招有些官方了，说话也上纲上线了。好在欧阳不是官，说的不是真正的官话，但是他却像是刘镇长的传话筒。那样的腔调不是官员胜似官员。

欧阳是个“80后”，看起来更像个“90后”，或者在“80后”的尾巴上。头发比“90后”茂盛，没有焗油，油亮油亮的。

林秋云也一样。属于谈爱太老、谈死太早的一代人。

“蓝水村的人，可不好惹，你要保重。”欧阳说。

我也是蓝水村的人。林秋云想说，却没好意思说出口，心里有一种说不出的尴尬。

“我也是在蓝水村长大的。”林秋云到底忍不住了。

“凡事都有例外。学妹就是蓝水村的例外。哈哈哈。”欧阳的笑，一气呵成，不容林秋云质疑。在单位待久了，眼睛耳朵都围着领导转，林秋云一直在关注欧阳的一举一动。

“林书记。”欧阳盯着陷入沉思的林秋云。

林秋云第一次听见有人叫她书记，心里有一种说不出的感觉，很陌生，就像欧阳在跟别人说话一样。林秋云没有反应过来，她在想象蓝水村的样子。

“不要怕，蓝水村民风彪悍，但是应该不会欺负女孩子。”欧阳笑着说，似乎有意让林秋云放松。

“林书记，你是我见过的最不像官员的官员。”欧阳缓缓地说。

“你还是叫我林秋云吧。”林秋云抚了抚被风吹乱的刘海，朝欧阳笑笑。

“林——秋——云。”欧阳缓缓地，嘴唇呈半圆，说得艰难，很笨拙的样子。

林秋云和欧阳都笑了。

林秋云慢慢敛住了笑，看着不远处的蓝水村。

通往蓝水村只有一条狭窄的水泥路，水泥路的尽头是一座桥，叫仙女桥，传说董永遥望七仙女的故事，就发生在这里。林秋云小时候经常在这里望着夜空，却从来没有看到过七仙女。她和年少时的好友汪迁还有林娟也经常跑到董永墓地去玩。墓地一片荒草，墓碑上的字能够看清。每年清明，有不少人拿水果和点心等贡品，放在董永的墓前。汪迁还偷过贡品。汪迁偷给林秋云吃。林秋云和汪迁都吃了。吃了后，他们很期待，会不会也跟七仙女一样飞到天上去。

再后来，林秋云的父亲给她买了一个城镇户口，全家都到了临湖镇。多年以后，这是林秋云父亲最后悔的一件事情。现在，蓝水村的土地寸土寸金，有农村户口才有资格拥有土地，想要农村户口就太难了，有钱也不行。“现在，城市户口没有用，一点光也沾不到，还是农村户口吃香呢！”林秋云的父亲总说。

林秋云再也没有回来过，很多记忆都不清晰了。连好友汪迁，她也渐渐忘记了。要不是丈夫最近总提起，她几乎不会再想起这个人。

仙女桥像是一道关隘。

路两边是轮廓坚硬的水杉和高矮不一的杨柳。水杉命软，初冬时节，残枝败叶，树干精瘦精瘦的，远看已经枯萎。水渠边的杨柳不成才，歪歪扭扭，树干冒出很多不该有的枝节，像是瘤子，粗糙的树干上，树皮被虫子啃食了，粘着许多木屑，看起来极脏。

水泥路还不旧，路两边造型还有模有样，棱角分明，只是路中间有些地方已经裂开了缝，有些地方已经塌陷了，污泥裸露着，蓄积着泥水。被泥水冲刷的水泥路横截面，露出一颗颗硕大的石子。

二月初，风是多了些，也是草枯鸟藏的季节。

来毒草的枯萎的藤蔓还爬上了水泥路面。来毒草学名叫葎草，多年生茎蔓草本植物。来毒草夏天的时候生长旺盛，水沟边有很多，一旦碰到了，像锯齿一样的藤蔓就会把腿上胳膊上割出一条条血印，让人奇痒无比。有些地方来毒草也叫降龙草，意思是蛇爬过也要脱一层皮。

林秋云突然看到几棵车前草，肥硕的叶子就在脚边。她忍不住蹲下来，采了一朵车前草瘦得跟麻花一样的花朵，闻了闻，果然没有香气。车前草是两年生或多年生草本植物，在《本草纲目》里，李时珍做了重要的介绍，是一味举足轻重的中药。当然，林秋云读的是农学专业，跟《本草纲目》关系不大。植物学，只是林秋云的个人爱好。

林秋云望着村里的青砖黑瓦的平房，还有一栋栋小楼，小楼的墙壁上江南水乡的山水壁画，氤氲多姿，有些壁画被涂鸦了，涂满了蓝色和红色的广告语。

商机就像生命力顽强的野草，长遍了每一个角落，就连这个贫困村也被惦记着。林秋云怎么也无法把它跟贫困联系起来。

只有黑洞洞的窗户，给林秋云的感觉是真实的。跟临湖镇扶贫办的描述是一样的。那些是没有玻璃的窗户，那些是被荒弃的家。

远处的一片蓝色，透明得像玻璃一样，和天的颜色一样，那是蓝水湖，比蓝水湖更远的，是北架山的轮廓，不像北方的硬朗、柔软和圆润，一片朦胧。

山间的云烟雾气还是雾霾，现在的人是分不清的。现在的人，更相信是雾霾。现在的人不识雾，只知道霾。

PM2.5就是细颗粒物，雾霾主要由二氧化硫、氮氧化物和可吸入颗粒物组成，进入鼻腔和肺部，伤害呼吸系统和器官。林秋云知道。

北架山上漂浮着的是云烟雾气还是雾霾，林秋云也不清楚。她很想去看看。像云像雾又像风，说的就是此时的北架山。

只在此山中，云深不知处。林秋云在远处，也看不清北架山的模样。

林秋云当然知道蓝水村的情况，据说镇上的干部很少进村，每逢过年会送点东西给低保户，比如大米，比如色拉油，比如方便面，就匆匆忙忙地撤了。不然就走不了。

蓝水村的人不缺米，更不是要饭的，色拉油和方便面值几个钱？蓝水村人这样说。在菱湖市政府大院，林秋云也听到过这样的说法。那时，她林秋云还是菱湖市农林局的一个小小的副科长。

蓝水村在菱湖市是最穷的村，脱贫攻坚，就是攻像蓝水村这样的穷地方，就是啃这块硬骨头。

很难。扶贫小组换了一拨又一拨，效果有，但是吧，不大。铁打的蓝水村，流水的扶贫人。有人说蓝水村人缺心眼，有人甚至说，蓝水村人缺德。他们不求上进，又看不起小恩小惠。其实，政府是下了大力气的。菱湖市财政不可能都扶持一个村一群人。

“蓝水村的人一喜欢告状，二呢，好高骛远，好逸恶劳，都认为自己是被耽误的智多星吴用。我听镇长这样说过。”欧阳说这话时，没有看林秋云。“当然，这还是别人的看法，不要影响你的判断。”欧阳轻轻地说。

“我明白刘镇长的意思。我也知道你的想法。”林秋云说。

蓝水村人到底缺什么，林秋云不清楚，因此她才决定下来走一走。

“蓝水村的人像蚂蟥，咬住你就不会松口。”欧阳说。突然他又觉得自己的表述有问题，看了看林秋云，说：“蓝水村的人喜欢告状，不要被咬一口，走群众路线你也要当心，群众未必把你当群众。”欧阳说。

“说实话，在农村，‘官’可不是什么好话。”欧阳说。

“是你对官没有什么好话吧？”林秋云说。有些开玩笑的意思。

“有困难，你的组织会帮你，也可以打电话给我。蓝水村，我比任何人都熟悉。”欧阳钻进汽车说。

没一会儿，欧阳突然下车，打开后备箱，拿出一根铝合金的棍子，递给林秋云：“拿着，很可能用得上。”说完，欧阳从后备箱拿出一块毛巾，擦着车。车很旧了，黑色的油漆有些脱落了，略显斑驳。靠近轮胎的车身有些泥浆，流线型的。欧阳长弯着腰，细致地擦着。欧阳的车身其实蛮干净的，能映衬着蓝水村上空漂浮的云朵。

“又不是田野调查，用不上。”林秋云盯着铝合金棍子，委婉拒绝了。

林秋云知道欧阳的意思，上任的第一件事，林秋云执意要来蓝水村走访摸底，任命的红头文件还没有下达，找根拐杖，权当给林秋云壮胆。

毕竟林秋云是个女人。

“记住，有没有困难都可以找我。”欧阳再次嘱咐道。

“扶贫工作不是接近尾声了吗？”林秋云问。

“这是上面的调调，我只负责刘镇长交给我的任务，把你送到蓝水村。这里我熟悉，刘镇长更熟悉，可是他有别的事情要忙。”欧阳倒是变得严肃了。

“你的宿舍村主任老何已经给你安排好了。你去村委会找他就行。刘镇长早就叫老何安排了。他那个人不错，很热情。”欧阳确实对蓝水村很了解，甚至对村主任都很了解。而林秋云却两眼一抹黑。

林秋云听到一阵马达轰鸣，欧阳已经走了。林秋云以为欧阳会送他到村委会的。

林秋云不知道欧阳是怕狗，还是怕人，还是怕蓝水村的路弄脏了他的车。也许是蓝水村狭窄的路，他的车开不过去，怕林秋云笑话。

远处，一个院子，院子里一座纪念碑矗立着，很显眼。林秋云来时已经做了一些功课。那是蓝水村抗日烈士就义的地方，风风雨雨几十年，如今保存依然完好。

林秋云收回目光，看着灰色的村庄。

大鱼吃小鱼，小鱼吃虾米，虾米吃泥巴。这是后来童家声说给林秋云听的。

这个村支部书记，也是吃泥巴的命。可是眼下，蓝水村的泥巴都快没有的吃了。

农村没有泥巴吃，岂不是笑话？

还真是笑话。

还有，在蓝水村，人们不把官当一回事，有些人也不把学历当一回事。他们看中的是一个人的年龄。

这不是林秋云心里的村庄，也不是林秋云记忆里的故乡。

林秋云觉得自己不该这么想。但听了欧阳的话，这话还是从她心里冒出来了，她也想起了丈夫汪俊贤的警告。

但是，该来的总会来。

蓝水村是贫困村，不然组织上也不会派她来蓝水村。这贫困也是相对的。比起西北偏远的山区，这里是富庶的。至少山不险恶，水不泛滥。

林秋云的手机突然响了。

“喂，你是新来的官吧，我是蓝水村的童家声呀，我们都在村委会等你呢！出事了，出大事了，再没人管就要死人了！”童家声火急火燎地说。

“你先找村里的何主任，我马上就到了。”林秋云急切地说。

“你怎么有我电话的？”林秋云脱口而出问。

“你在湖船上给我你的名片，你这么快就忘记啦？”童家声说。

“哦，记得。”林秋云说，她觉得自己问得很不合时。

“你们何主任呢？”林秋云问。

“何主任肚子拉稀，他还说当官不带长，放屁都不响。现在蓝水村你说了算。他可做不了主呀！”

看来有些传言，并非空穴来风，林秋云到了蓝水村，还没有接触蓝水村的人，就感觉到了。特别是何主任，现在就似乎在将她的军。她林秋云还没了解蓝水村的情况，何主任就在撂挑子了。此时，童家声和村支部的人都急不可耐地在等着林秋云，林书记。

这个何显贵！林秋云想。

3

蓝水村的天气很怪，过了十二月，湖上没有一天是不刮大风的，带来彻骨的寒冷，哪里都躲不开。

童家声大多数时间生活在船上，除了买生活用品，他很少下船。除非哪里有吃的，他就会搬着一个小板凳，循着食物的味道跟去。蓝水村人说，童家声跟狗一样。不是说他人，是说他的鼻子。

童家声的船上养了一只狗，母狗，黑白相间，尾巴黑色多一些，很多年了，比童家声愚笨。但是性格跟童家声相似，喜欢胡搅蛮缠。总是莫名其妙地追着人一阵狂咬，你要是发狠，它⿰从乚层。

童家声到哪里，童家声的狗就跟在哪里。蓝水湖现在鱼虾少了，渔政部门也下文禁止过度捕捞。湖边开始办起了工厂，野草一样，污水都往湖里排。别看白天安静，到了晚上，只要在湖边路过，就能听到哗哗的排污声。四乡八邻，空气臭不可闻。鱼虾都被熏死了。

童家声的小渔船经常停在岸边趴窝不动。蓝水村靠捕鱼为生的人家不多了，前几年汪德厚一家也上了岸，就只剩下童家声。童家声本来想上岸的，可是相关政策还没有落实。他没有房子住，只好在蓝水村租房，结果在岸上没待多久，老婆也不见了。童家声说，还是湖里住着安心。后来就一直僵着。拆迁的也是这么个情况，童家声没拆迁，但是没吃过猪肉，总见过猪跑，没见过猪跑，还听过猪叫。拆迁的，哪个不是熬到最后，得个甜头，政府给个台阶，就下了。为了两个孩子，他童家声也要熬一熬。甘蔗没有两头甜，自己吃亏得骂名，孩子得实惠就行。

童家声捕不到鱼，倒是经常靠岸来玩，说是玩，其实是在打听岸上消息。虽然他常年漂泊在湖上，但是区域规划上他还是归蓝水村，谁叫他属于临湖镇呢。何况还要送孩子读书，没办法不到岸上。只有开湖的时候，他待在船上。

童家声的船摇摇晃晃地靠岸了。童家声慢慢下了船，一只狗也跳下船了。

“小粉，回去，狗崽子，给老子滚回去！”

呜呜。这只叫小粉的母狗，就是对童家声不离不弃。童家声就用石头砸得小粉呜呜叫。虽然被打完了，小粉好了伤疤忘了疼，没多久，还是会形影不离地随着童家声。

一个愿打一个愿挨。没有办法。

其实童家声一叫小粉的名字，蓝水村人听了就觉得好笑。童家声跟别人跑了的老婆就叫汪小粉。

小粉，小粉！有些不正经的人也会学着童家声的腔调喊童家声的母狗。

童家声不恼，反而跟着乐。不知道是他受到羞辱还是狗受到羞辱。

蓝水村大多是老人，童家声吃席的机会也多。

不过，最近一个多月蓝水村没死过人。童家声心里很惦记大鱼大肉，还是免费的。

吃席是指望不上了。童家声心里空落落的。他突然想起了汪老爹，汪德厚。汪德厚以前是他丈人，他丈人一向看不起他，总是撺掇女儿跟童家声闹。在湖里的时候，两人相依为命，接触的人也不多，汪小粉怎么也不肯离开童家声，后来汪德厚连女儿汪小粉也看不上了。汪德厚看不起女儿汪小粉后，汪小粉就离家出走了，不知道跟谁在鬼混。童家声就看不起蓝水村所有的女人了，对开小店的李招娣更是没有好话说。

汪德厚不是童家声的丈人以后，童家声比任何人都渴望汪德厚倒霉，比任何人都巴望汪德厚死掉。

汪德厚果然倒霉了。

汪德厚84岁了，得了老年痴呆症，躺在床上半年了。儿子虽然在蓝水村顺泰化工厂上班，但是居住在城里，只有放假才能回来照顾他，她的女儿汪小粉是去年不见的，童家声报了警也找不到，活不见人死不见尸。片警汤警官三天两头来蓝水村询问调查。

蓝水村的人说，老汪熬不过这个冬天了 。蓝水村人还说，汪小粉肯定死在外面了，有人说是为情，有人说为钱，还有人说为地。你们说的都是狗屁，为地就是为钱，童家声说。童家声不想说老婆汪小粉是为情跟人私奔。他说，汪小粉拿了政府的补贴，有钱了，就跑了。汪小粉拿的补贴其实跟童家声没有关系，是汪德厚上岸后分的土地，给儿子女儿各分了两亩地。汪小粉的那两亩地正好在路边上，卖给别人办工厂了，据说拿了不少钱，然后就经常不着家。童家声跟她吵，跟她闹，跟她打。后来，汪小粉就不回家了。

谁说男人有钱就变坏，女人也一样。童家声说。他妈妈的！不要土地的人才是真坏。这是蓝水村一直流传的话。以前，在湖里，成天在船上飘飘荡荡，童家声就想有几亩地可以过安稳的日子，没想到，有了土地，她汪小粉就更加不安稳了。

汪小粉就是一个不安分的女人。童家声逢人就说。

童家声想去看看汪老汉，看他死了没有。汪德厚住在蓝水村一个陡坡上，童家声的脚步有些艰难。

老汪靠在门口的墙上，墙是红砖起的，上面涂了不少的汉字，山、石、田、土……再多，童家声就不认识了。童家声看着墙上的字，嘿嘿地笑了，龟儿子。

红砖上的字是他儿子童岩和女儿童雨的杰作。在蓝水村，本地人的孩子都进城读书了。只有他这个外地人的崽崽，还留在乡下，蓝水村小学。不在船上的时候，他们会满村子转悠，就是不肯回家。更多的时候，童岩和童雨就赖在外公汪德厚家不肯回家，怕童家声打骂。谁愿意为难孩子呢，还不是他们那个倒霉的妈。

哎，没有娘的孩子。村里人说。

呸，天下的女人都是狼心狗肺，喂不家！童家声想起老婆汪小粉，恨不得把血喷在地上。小粉还远远地跟着，童家声捡起石子就打，狗杂种！

老汪看到童家声了，在朝童家声笑。

他朝谁都笑。

汪老汉露出了金牙。童家声低着头打量着汪老汉的金牙，不知道这颗金牙是那时候装上去的，还是他天生就长了金牙。反正童家声和汪小粉结婚的时候，那颗金牙就在汪德厚的嘴里了。不知道是不是拿了童家声的彩礼钱镶嵌上去的。

真是有钱得很。童家声恨恨地想。

还好，门口没有风，日光晃眼。

"我的儿，你从地里回来啦，稻子长得好吧？"汪老汉眯着眼问。

"我是从船上下来的，我不是你的儿，我也没有地种。"童家声进屋，屋里黑黢黢的，一股药味，童家声对药味很敏感，但是他不知道汪老汉喝的什么药，反正跟他的不一样。哪里不一样，童家声就不知道了。童家声拿起一把竹椅子挨着汪老汉坐下。椅子的脚松了，吱吱地响，还摇晃，有些支撑不住童家声。

"我的儿，稻子收好了，不要忘记种红苕。"汪老汉盯着童家声说。汪老汉的眼睛里包裹着一层白茫茫的膜，看上去怪吓人的。

"我是童家声，我现在不是你的儿了。"童家声的声音很冲。脚蹬着椅子，椅子的两只脚悬空，童家声身体朝后仰，砰的一声，靠在墙上，脑袋撞在墙上的"山石田土"上。

"老汉，你今年84了吧，73、84是一道坎，你老汉也快办席了！"童家声笑着问。

"我的儿，吃席好，吃席你要喊我，不要忘记种红苕。"汪老汉盯着童家声。

"我不是你的儿，我是你老子！"童家声说。童家声一直想跟汪德厚要点土地，哪怕给点钱也没事。汪德厚比童家声识趣，脑子那时候也灵光，政府一说话，他就丢船上岸了，他的船还在蓝水湖边，烂掉了，不像样子了。不过他的几亩地，倒是实实在在的。去年得病前，他就安排好了，把地分给儿女。汪小粉比汪德厚更加狡猾，拆迁的时候，偷偷摸摸签字了。他的儿子汪明在城里上班，对土地不上心，该荒着就荒着。如果跟村里何主任说说，把土地转让也不是不可能，还能得不少钱。何主任对转让土地还是很在行的，村里很多本转让不出去的土地，只要给何主任打点一下，基本上都可以转让出去，价钱或多或少。反正种地也不划算。不过，他有底线，村民说何主任卖土地有一手，何主任说，土地是国家的，不叫卖叫转让。

汪德厚以前是个人精，不然他也不会看不起自己的女婿。他除了把田地分给儿女，自己还留了两亩地。虽然种不动了，但是有土地，就有了后路。世道再怎么变，农民有地总是饿不死的。

说到底，童家声还是后悔的。很多年前，种地各种费用，什么提留款、水费，杂七杂八的，一亩地没收到多少，倒是还要交钱，出力不讨好。那时候，蓝水湖的水产也多，比种地划算。临湖镇有安置渔民上岸的政策，那时候土地多，抛荒的也多，上岸的渔民还能分到不少土地。汪德厚说了很多回，让童家声也到岸上来，政府还给安排住房。可是童家声不种地，更不喜欢交税，一直拖着。

2006年以后，国家不让农民交税了，不但不交税，每亩地还给补贴。这样的好事童家声打破脑壳也想不到。

童家声想不到的事情，汪德厚居然撞上了。

你看，几千年来，哪有种地不上交税钱的？汪德厚看着童家声说，满是得意。汪德厚越得意，童家声就越后悔。童家声越后悔，汪小粉就越嫌弃童家声窝囊。

童家声还是想让汪德厚给他一点土地，哪怕租给他也行。蓝水村现在也寸土寸金了。风风雨雨地说了多少回，说土地要拆迁了，每一粒土都是人民币。

童家声年轻的时候馋女人的身体，现在馋土地。可是他醒悟的不是时候。现在上岸，没有土地可以分了，只能安排进厂，附近的厂多，都是化工厂。

怕是有命挣钱没命花。童家声想。他还是想要前丈人的土地。

可是汪德厚的脑子不管用了，大舅子又不常回来。

风很乱，突然转了方向，地上的灰尘被吹起来，落在汪老汉的身上。汪老汉缩着头，看着远处的田地。田地里麦子泛青了，麦苗随风摇摆，发出哗哗的声响，像是风的声音，又像麦苗的声音。

麦田不大，远处是一块荒地，麦苗和荒草都被铲除了，一片混黄。据说那里要建一个厂子。可能是顺泰化工厂。在蓝水村，没有别的厂子，都想搞化工，搞化工赚钱。

一片暗黄的沙尘在那片荒地里打转，朝这边扑来。

刚才落在汪老汉身上的尘土大概是从那里刮来的。

汪老汉命硬得很，看来吃席还不是时候，不过汪老汉瘦得连干瘪的血管都能看到，还有高低不平的骨节。他风烛残年，大概也快了。童家声起身想走。

汪老汉已经开始打鼾了。

“我的儿，我的地呀……”童家声听到汪老汉在喊他。童家声慢慢抬起脚给这个占他便宜的老东西一脚。他一看，汪老汉闭着眼睛，眼里都是泪水，阳光下闪闪烁烁，跟他嘴里的金牙一样。

汪老汉在说胡话。

风呼呼的，吹得门前的塑料纸哗哗的，吵闹得很。白色的塑料纸被掀起来，露出几根木头。那是汪老汉的农具，铁锹、钉耙、镰刀都有。木柄裂开了，颜色暗黑，多年没用过了。

童家声悄悄地走过去拿着墙旮旯的碎砖想把塑料纸压住。汪老汉的房子破败了，风雨侵蚀，半截半截地脱落，漏出一个一个的坑。

童家声拿起砖走过去时发现铁锹和锄头都不见了，只剩下几根竹柄。童家声还看到一个沙子枪的木柄，那是汪德厚在湖里打野物用的。水鸡、野鸭子，什么都有。童家声也打过不少，现在偶尔也能打到，可是不敢卖，怕坐牢。不过自己吃没问题，但是味道也不好，骚气重，没有家鸭子好。吃野物，不过是个名头。

当当当！不远处传来收旧货的声音。

收旧电视、旧冰箱、旧电脑咯！收废品的人挨家串户地叫喊。一条小狗被惊吓到了，在一个破房子门口汪汪地叫，怯怯地。

童家声想：铁锹和锄头大概就是被那个家伙偷走的。

都不是些好层！童家声学着蓝水村的方言骂着。

他悄悄地循着声音走去，看见一个穿着肮脏的老人正停下车，去捉小狗。

黑色的小狗，屁股上有白色的斑点。一看就是黑白杂种。小狗往墙根退缩。房子是香山的，他进城后，就废弃了，门前屋后都生长满了荒草，荒草枯萎了、腐烂了，满屋子散发着枯草腐烂的气息。香山一直想卖，可是房屋基地是公家的，过不了户，没人接手。

蓝水村的人走了，蓝水村的狗却没办法进城。造孽。童家声骂道。

“做什的！”童家声大声呵斥。他说的是蓝水村的方言，不然怕收旧货的欺负他。

本地人的狗，本地人护，天经地义。

“你想抓我家的狗，我要找汤警官！”童家声说着要往村委会会走。

村委会在蓝水村街边上。汤警官是负责这里的片警，大到坑蒙拐骗，小到偷鸡摸狗，他都管。不过，他不常在。大概是有更重要的案件要办理，比如汪小粉的失踪案。

收旧货的老头掏出一支玉溪烟，递给童家声，满脸赔笑说，就是看着狗好玩。

“你看到蓝水村的女人好玩，是不是也想逮！”童家声说着，心里一紧。他想到了被人拐走的老婆。童家声伸手把收旧货的一包烟都抢过来，说：“这次就算了，下次非要汤警官带你去坐牢！”

收旧货的人朝童家声看看，还在说，跟狗闹着玩的，然后慢悠悠上车走了。

还抽玉溪！童家声把烟放进了口袋。

小狗躲进了草垛。童家声跟着收旧货的跑了一段路。

收旧货的不见了，童家声才回来。

他回头的时候，发现汪老汉摔在了地上。腿不停地蹬着，怎么也爬不起来，像一只翻不过身的老龟。

童家声哈哈地笑着。

“我的儿！”童家声喊着朝汪老汉走去。

汪老汉看到童家声，笑了：“我的儿，你从地里回来啦，稻子收了不要忘记种红苕。”汪老汉喃喃自语。

童家声把翻倒的椅子扶起来，坐在他原来的位置，看着汪老汉在地上打滚。他点了一支烟，慢慢地看着。然后掏出手机，开始刷短视频。

哎呀！燃尽的香烟烫疼童家声的手指，他才从屏幕里醒悟过来。

汪老汉躺在地上，看着童家声手里的香烟，怪异地笑着。

“哎呀，我的儿！”童家声扔掉香烟，起身靠近汪老汉，抱起他，往屋里走。突然，他似乎想到什么，他一点一点地把汪老汉往地下放，谁知道，抱起来还行，慢慢放的时候，汪老汉却更加重了。童家声有些吃不消，他和汪老汉一起跌倒在地上。

“死沉死沉的。”童家声拍了拍手掌上的灰自言自语地说。

“痛痛，我的儿！”汪老汉尖叫着，缩成一团。

童家声把汪老汉抱到床上，汪老汉还在喊痛。

童家声吓得浑身冒汗，要是汪老汉现在死了，他童家声逃不了责任。

就是你喜欢管闲事！童家声恨恨地想。

赶紧往村委会跑，去找何主任。

童家声刚走到大路上，看到开超市的李招娣。李招娣是个寡妇，去年他老公得了膀胱癌去世了。李招娣嘴巴最尖刻，做生意也精明，虽然老公死了，但是日子比以前好了，不但开了超市，还开始做死人业务。村里为照顾她，给她评上了低保户。童家声更激动，不知道是李招娣评上了低保户日子变得更好过，还是李招娣的日子更好过了才评上低保户；不知道是李招娣因为死了老公才评上低保户的，还是要评上低保户必须死了老公。他愤愤不平的是，他老婆跑了，怎么就没有评上低保户。老婆跑了跟死了有什么区别？他到村委会找何主任就这这样说的。何主任说，老婆跑了，还会回来的嘛，人死了哪里还能活过来，再说李招娣是个女人。

“女人比男人更加放得开，女人比男人更加过得快活。再说，她是开店的，怎么说都是个老板，怎么是低保户呢？我在船上，蓝水湖被你们污染了，鱼虾都快绝种了，我生活哪里过得下去，我才是蓝水村最该有低保的。”

“童家声，你怎么能跟一个女人计较？”妇女村主任小左也说。

“我就要计较。你们是不是得了李招娣的好处，才给她评定的低保户，我总是看到你们从李招娣家拿东西。”童家声看着何主任说。

“我们那是拿食品和日用品慰问蓝水村的病人。”

童家声说：“我也是病人，你们怎么不慰问我。”

何主任说：“你在湖里，我们找不到了你。”

“我马上上岸了，租个房子，就等你们来慰问我。”童家声说。

“童家声，你可以质疑我，但不要质疑我们工作的公平。”何主任说。

“只有对我童家声公平，才是公平，我这么难，身体也有病，你们就应该照顾我。”童家声一说自己有病，有些激动。

“童家声，不要胡搅蛮缠，你不是身体有病，你是心里有病。”何显贵说。

“何主任，不要说我心里有病，蓝水村，好多人心里有病。”童家声说。

“你说话注意点，这是村委会，是公共场所，不是你家。”

“怎么啦？做人事我才把他当人，不做人事，算个什么东西！”童家声说。

童家声在村委会要低保的事情之前在蓝水村疯传，蓝水村人都说，童家声能在村委会跟主任干仗，是个男人。童家声在村里长脸了。童家声觉得自己是个男人后，对李招娣这个寡妇就更加看不顺眼了。切，女人！童家声想。女人无非关心两件事，特别是李招娣这个寡妇，一是别人口袋里的钱，二是别人家的老公。

他就是到了李招娣的小店门口。门口用红漆写了“招娣超市”几个字。粗粗壮壮的，像李招娣的身材。那一定也是李招娣写的，字如其人。

李招娣超市的门口没人，门里黑漆漆的，舍不得开灯。童家声看到李招娣的身影，水红色的羽绒服，惹眼得很。李招娣死了老公后，越来越骚了。童家声经常说。自从李招娣评上了低保户，童家声就跟李招娣成了冤家。蓝水村的人都这么说。可是童家声却说，妈妈的，她刚刚死老公，竟然每天欢欢喜喜地过日子，看来，她一定是外面有相好的了。死了老公都不难过，这样薄情寡义的女人我童家声看不过去。

童家声停下来，把板凳提着，动作慢了，身体也缩着，一点一点移动。

“嘿，李寡妇，汪老汉不行了。”童家声喊。

“童家声你个讨债鬼！”李招娣骂道。

“你本来是寡妇呀，我说错了吗？”童家声说。

“童家声，你这么缺德，不要跟我说。”

“我也是刀子嘴豆腐心，我也很可怜你的。”童家声说。

“我不要你可怜，你来什么事，要买些什么？”李招娣问。

“我不买东西，我找你帮忙，汪德厚不行了。”童家声说。

“他经常不行，也没见死掉，他是你老丈人呀，你怎么叫他汪德厚？”李招娣笑着从小店里走出来。

李招娣突然想起来了，说：“这次你可不要吹牛皮，我马上安排人去他家。你不是他女婿吗，你能做主吗？”童家声说：“女婿还不知道是哪个鸟人。你找汪明。”

李招娣说：“汪明的电话我有。”说着要掏手机。童家声说：“蓝水村哪个男人的电话你都有。”说着呵呵奸笑着。“他还赊账，差我钱，我留下个电话咋啦，我还没留下他身份证呢！你们几个人，连个老子都养不好。跟你说，今天要是你老丈人死了，我给他一条龙服务。”

“真的，这次汪老汉估计快死了，他早就不是我丈人了！”童家声认真地说。

李招娣看了看童家声，回到店里盘点货物，又转身回店门口。“你这个死相，还是担心你自己吧，走路都要命的样子。”李招娣哈哈地笑了。

“你没有死相，你帮我去村委会通知何主任吧，晚了怕来不及了。”童家声敲打着椅子说。

“我哪里有空啊，我一走又有人买东西。”李招娣说。

“吹牛，你这都是过期的货物，村上也没几个人，谁来买？”童家声说。

“你这个烂嘴巴的！”李招娣恨恨地骂道。

“对对，我忘了，马上过年了，你这过期货还能骗骗人。”童家声说。

“你赶紧去当你的孝子吧，不然披麻戴孝都轮不上你，还装好人！”李招娣说。

“喂，婆娘，汪老汉真的不行了。”童家声说。

“哪个是婆娘，不要乱叫，你个烂嘴巴！”李招娣生气了。

“我烂嘴巴不要紧，只要那里不烂，你要不要？”童家声嬉皮笑脸。

“怪不得你老婆跟人跑了，没个正形！”李招娣想说，又不好意思，只是瞪着童家声佝偻的身体，好久不说话。

李招娣的电话汪德厚的儿子汪明没有接。李招娣骂骂咧咧地说：“欠钱的比老子还凶。”说着就丢下童家声不管了。

童家声只得亲自去村委会。

童家声推开门，看到何显贵坐在办公室和人谈话，有说有笑。

屋子里一股喷香的烟味，是薄荷的香烟。一定是金陵十二钗。童家声抽过。

窗户开着，蓝色的烟雾像淡淡的云丝往外飘。

“何老板。”童家声龇着牙喊了一声，然后自顾自地坐在村主任何显贵的对面，看着何主任的办公桌上摆着浅绿色的烟盒。童家声看着何显贵，又看看陪伴的人。也就是客气地朝那人点点头，笑笑。算是给何主任面子。

那人也点点头。他仔细一看，原来是汪迁。一个村的。他是个残疾人，矮子，腿还断了，听说是为一个女人。真是没出息。童家声想：看来又是来跟何主任要低保户名额的。

一想到低保户名额，童家声就气不打一处来。他是蓝水村真正的低保户。老婆跑了，自己一身病，还有两个娃要养，却一直没有评上贫困户，补贴一分钱也没有。倒是李招娣评上了。大概因为他是外地人的缘故，自己来蓝水村三十年了，童家声觉得村里的干部还有村里人还是看不起他。

童家声一进门，何显贵不笑了，也不说话了。偶尔说两句，都很小声，好像故意做给童家声看的。童家声手里摸了摸香烟，想发给何主任和汪迁。但是看他俩鬼鬼祟祟的样子，完全是看不起他这个船上人的模样。

他们一定又在搞鬼。童家声暗暗地想。他看着汪迁，悄悄把烟塞回去了，那是跟老头耍赖的。好烟，不能轻易散。

童家声想想都恨，就把到嘴边的话咽下去了。他坐在何主任办公室，没多久，就坐不住了，捂着胸口，嘴里呼噜呼噜地喘着。然后从胸腔里发出掏心掏肺的咳嗽。办公室不大，墙壁上贴着蓝水村的行政规划图。大片大片的红色区域和虚线，是正在规划的厂区。一个角脱落了，边角在童家声的咳嗽声中不停地飘荡。

“你把门打开，到处都是你喷的口水。”何显贵不耐烦地说。

“我一动更厉害。”童家声佝偻着身体，双手扶着拐杖说。何显贵没作声，起身把门打开。一阵清爽的风从外面灌进了。何显贵刚坐下，冷风吹着脸皮，他摸了摸脸，又起身把窗户关好。

屋子里的烟雾浓烈了。

“何主任，给你添麻烦啦。”汪迁慢慢起身离开，侧脸看到了童家声，点点头。

童家声看到了汪迁跟他打招呼，他却面无表情地盯着汪迁，似乎他是竞争对手 。

“好，你的事情等新书记来了再定。”何显贵抬头目送汪迁。汪迁一晃一晃地走到门口，打开门，朝远处走去。童家声斜着身体，一直盯着门旁的小窗户，直到汪迁摇摇晃晃的身体消失。

“何老板。”童家声不咳嗽了，起身弓着背给何显贵散烟，然后摸索着打火机。

“不用。”何显贵淡淡地说。

“又是来要名额的吧，年纪轻轻的。”童家声满脸的不屑一顾。

“你这鸟人，不关你的事情，不要烦。”何显贵丢下童家声给他的香烟，自顾自地在绿色烟盒里抽出一根细烟。他很恼火地瞪着童家声。

童家声被何显贵唬得一愣一愣的。何显贵平时很喜欢和大家说说笑笑，蓝水村的人都知道。童家声知道何显贵发火了。

“有事说事，没事死走，我还有事情要忙。”何显贵收起烟盒，塞进裤兜，弯腰在抽屉里抽出几张餐巾纸。烟雾缭绕，熏得何显贵睁不开眼。

“何老板，我的事情，不知道有没有眉目。”童家声赔着小心说。

“我是村干部，不是什么老板。”何显贵终于发作了。

“那我平时喊你，你也没有意见呀，再说，在蓝水村，你是村委会主任，不就是老板吗？”童家声赔着笑。

“私下，你喊我爷爷，我都没有意见，你不能见谁都喊我老板。见人说人话，你不懂？”何显贵说着，激动地把餐巾纸往办公桌上一掼。“上面派来了一个书记，以后你赶紧去喊人家老板啊，你大声喊，你逢人就喊。”何显贵看着童家声说。

“我哪里是那样的人，在我的心里，只有你何主任一人是蓝水村的老板。我不是见风使舵的人，你放心。”童家声颤颤巍巍地站了起来。

“你个龟儿子！”何显贵学着童家声的老家话，面无表情地看着童家声，脸上的怒气还未消失。但是他的心里还是很享受的。

“汪老汉快不行了，我来就是跟何老板报告情况的。”童家声不敢再提低保户名额的事情了，只好拿汪德厚来做挡箭牌。

“你害的？”何显贵说。

“是他自己一下子就喊痛，身体都缩成一团了，吓死老子了！”童家声说。

豆腐脑子还差不多。何显贵一巴掌打在童家声的肩膀上。童家声的肩膀像被一个锤子敲打了一样。童家声哪里吃得消。

“嗨呀，嗨呀，痛。我的肩膀脱臼了。”童家声捂着肩膀喊道。一喊，何显贵显得高兴了、兴奋了，还笑了。

“痛就对了，毕竟第一次嘛，以后要是随便乱说话，就有你痛的时候。你晓得我的手段。”何显贵说。

“何老板、何主任在蓝水村神通广大，我们当然知道，我们都快脱贫了，都是你的功劳。哎，脱贫好是好，就是再也没人给我送吃的了，哪怕是几斤油，几包面呢？也不知道脱贫好了谁。反正我是占不到便宜了。这个蓝水村好几家厂都是何老板找来的，不然我怎么会叫你何老板呢，不光我，大家背地里都这么喊你。”

“你习惯占便宜，脱贫了大家日子都好过了。你心里堵得慌是不是？你这个家伙。童家声，我跟你说，那些厂的老板是看到我们蓝水村的区位优势才来投资的，可不是我找来的。你不要乱说。”

童家声不敢乱说了。他只好扯到汪德厚。

“何主任，你看，汪德厚真的快没命了。你是蓝水村的老板，你要出面才行呀！”

“我已经不是了，新书记马上到任，你跟她说去吧。”

“我找不到，我只认你。”

“你平时没有这么好，是不是做了亏心事？”何显贵说。

“我说的是真的，我喜欢骗人、开玩笑，但是这次是真的，何主任，你千万要相信我，不然那会死人的。”童家声急切地说。

何显贵看着童家声：“这次没骗人，可你到处说汪德厚要死了。我怎么相信你。”

“这次是真的。骗人的话，我断子绝孙。”

“你个烂嘴巴，怎么能拿你孩子发毒誓呢？”

“哦，不行了，肚子不舒服，要拉屎了。你自己给林书记打。手机上有。”

何显贵捏着餐巾纸匆匆忙忙地出去了。

童家声就是不想给林书记打电话，他不愿意跟女人打交道。主要自己跟汪老汉已经没关系了，怕人笑话，再说打电话哪里不要钱？

何显贵不接招。童家声只能自己打电话了。

何显贵不知道，童家声根本没拿他手机，童家声从湖里回来，就保存了林秋云林书记的电话。低保户的名额，何显贵是不会给他的，要给早就给了。他童家声不傻，在蓝水村，老书记退休后，何显贵是一把手，他童家声就一点好处没捞到，有什么倒霉事何显贵才会想到他。因为他是湖里的，何显贵只在乎有土地的人，有土地就可以请他帮忙租出去，他就能捞到甜头。李招娣家十几亩地长期承包给外地人，就是何显贵操作的，其中的关卡，童家声也能猜到，不然李招娣又不穷又没病的，怎会有低保名额的？

蓝水村的潜规则，童家声看得通透。在何显贵面前得好处，除非你有钱，要么菱湖市或者临湖镇有人，要么你是女人。

4

欧阳说得倒是没错，蓝水村的狗比人还多。林秋云从水泥小道进入蓝水村，先遇到的就是一群狗。几只狗跑到村里去了，还想再追逐一只老鼠。

只有一条花狗，在几个鱼塘边上打转。狗是黑白相间的。狗瘦毛长，黑白相间的长毛许久没洗了，上面粘上了干枯的苍耳，苍耳与长毛纠缠在一起，像一个个变形的绣球。苍耳在狗的身上，跟着狗到处跑，也不知道多少时间了。

狗不怕人，和林秋云对峙。林秋云知道，不能正眼看它。幸好林秋云带着欧阳给她准备好的铝合金棍子。林秋云紧紧地捏着棍子，眼睛不时瞟一下那只狗。

那只狗知道林秋云手里有根棍子，也不招惹林秋云，夹着尾巴走到路边的一个小鱼塘边。鱼塘的水不深，一些枯树枝岔在水里，像许多鹿角，冒出了头。冬天，鱼塘的水位下降了不少。一个男人正在整理水管，一只生锈的水老鼠躺在田埂上，像是在抽水。那个男人的腿脚不方便，一跛一跛的。

那人没有发现林秋云，却发现狗在偷他的鱼。那狗，男人认识，是小粉。小粉要么在船上，要么在岸上，在蓝水村窜来窜去，是只母狗，村上许多小狗，都是它的后代。

狗趴在鱼塘边，爪子不停地扒水面。男人抬头盯着狗，笑笑。狗拿耗子算什么，还会逮鱼！

鱼塘的边上，是一个不小的养鸡场，里面养着鸡，鸡已经不小了，咯咯地叫，温室棚子外面，有几只死鸡。

母狗闻了闻，逃开了。这狗东西，还不喜欢死的。

男人把抽水的水管接好，悄悄地来到狗背后。

“小粉！”男人大喊一声。“嗷嗷嗷嗷”，这只叫小粉的狗，吓得哀嚎着逃走了，躲到水杉树后干涸的水沟里面去了。

林秋云觉得这个男人有趣，她仔细看看，好像有些熟悉。

“汪汪汪汪汪！”小粉从水杉树后面冲出来，朝林秋云冲过来。林秋云举起铝合金棍子，在空中挥舞着。

“小粉、小粉，不许瞎叫！”男人从地里捡起泥块，朝花狗扔去。

小粉吓得逃走了。

“你这鸡怎么都死了呀！”林秋云看到男人说。

男人一惊，说：“原来是你。”男人站着，一只脚踩在高处，尽量使两只脚一样长。

“你也在养鱼。”林秋云没有回应，只是客气地说。

“鱼塘荒着也是荒着，就随便养些鱼。你离开这里了，不知道情况，蓝水村没法养鱼，水质不好，化工废水都排到蓝水湖里，有些排进水沟，沁入了泥土下面。鱼塘里的小鱼苗一阵一阵地死掉，能熬到冬天年关的，都是些大鱼，大鱼也没多少，该死的都浮水了。”男人用铁锹敲着一条死去的鲢鱼说，“鲢鱼的头烂掉了，露出紫色的鱼鳃，看，像这么大的，都熬不过化工污染。我也是没事养着玩，不然得亏死。我养的总是发瘟病，哎，做什么都难。”

“我们这儿的化工厂有几家？不是都有排污系统吗？”林秋云盯着男人问。

“还几家，两三家都已经让蓝水村受不了了。很多人都病了……”

“不是有重大疾病保险吗？”林秋云问。

男人说着有些低沉，说：“你不在蓝水村，不知道情况。”

“现在扶贫组不是进驻蓝水村了吗？”林秋云追问。

“这倒是，像我的扶贫组给我不少帮助，在慢慢脱贫。但是有些人，是扶不起的阿斗，你给他吃的，他就不干活。你帮他致富了，他就开始吃喝玩乐，有些还被骗了，挺惨的。”

虽然欧阳给她打过预防针，林秋云还是一惊。

“汪迁，你这些年还好吧，日子过得——”林秋云犹豫着，还是问了这个问题。

“我没事，有双手，总归饿不死。”汪迁笑笑说，话里还是有些不易察觉的情绪。

说到病人，林秋云突然想起一个叫童家声的给她打过电话。

“你认识一个叫童家声的吗？”林秋云问。

“知道，他是蓝水湖的渔民，不肯上岸，说是没有土地耕种，是个湖上的钉子户，蓝水村有土地的很多都抛荒进城了，没有土地的，恨不得把马路挖了种庄稼。”说着，汪迁呵呵地笑了。

“喏，刚才那只狗就是他的，跟他上岸，到处咬人。”汪迁望着水杉树那边说。

“你带我去村委会看看。”林秋云说。她的话语里有些僵硬，甚至有些不容置疑的味道。林秋云自己也感觉到了。这是她在家里的说话习惯，没想到跟汪迁也这样说。

“方便吗？”林秋云觉得自己跟汪迁这样说话不合适，忙改口。

“方便，我才从那里回来。”汪迁望了林秋云一眼，淡淡地说，然后笑了，“这有什么不方便的。你是领导嘛。”

“没有，私下我们还是朋友，跟原来一样。”林秋云这次很注意自己说话的语气。

“跟领导做朋友，可不容易。”汪迁笑着说。

还好汪德厚没死掉，不过医生说是肝癌。

是童家声领着林秋云到汪德厚家的。没多久，何显贵也到了。

何显贵看了看林秋云，点头笑着说：“林书记，我们又见面了。”

“何主任，你好！”林秋云本来想跟他多聊两句的，但是看看这么多人在场，就略过了。

“你应该打个电话，我们去接你！”何显贵说。

“我有手有脚，自己会来，倒是蓝水村的病人，要多关心。”林秋云说。

“我听童家声说了情况，本来一大早就准备联系汪德厚的儿子带他去医院的，哪知道肚子不争气，疼了一上午，才拉屎出来。这些事本来该他家人弄的。现在就去医院。”何显贵说。

“还没联系到老汪的子女吗？”林秋云问。

“这个也是，他女婿。”何显贵指着童家声说。

“前女婿。”童家声望着林秋云，尴尬地说。

林秋云看着童家声，童家声又犯病了，弯着腰，叉着腰，脸色铁青。“我身体也不好，再说，我也没有钱。我在湖上，现在打不到鱼了，上岸吧，又没有土地，没土地就没有饭吃，不然，我早带他去看病了。”童家声望着林秋云说。

“哦。”林秋云说。林秋云没有看童家声。她也早料到童家声会这样说。只是他没想到，童家声一开口，就给她施压。

童家声是个精明的人。这是林秋云对童家声的第一印象。

林秋云让何显贵联系医院，救护车来了，何显贵一定要和林书记去陪护病人。

童家声说：“我就不去了，免得你们还要花钱给我看病。”

汪德厚的儿子汪明终于到了。医生在跟林秋云说话，汪明坐在走廊的长椅上看手机。过了许久，汪明才站起来，走到医生面前说：“能看好吗？到底要多少钱？”

“这个病看好需要奇迹，太难了，需要到大医院去试试！”医生说。

“你说了这么多，不就是因为钱的事情吗？你说到底需要多少钱？”汪明又说。

“不是钱的问题，肝癌晚期，即使去大医院，也活不久了，只能维持生命。”医生瞟了汪明一眼。

“那到底要不要看？”汪明捏着手机问。

“这要看病人和家属的意愿。”医生说。

“还是不要看病人的意愿吧，不然还没到大城市，吓都把他吓死了。”汪明说。

医生没说话，他不知道汪明的意思。其实汪明也没有什么意思，只是不知道该怎么办。

“医生，你说，不看吧，我们做儿女的不孝顺，看吧，也实在看不起这个病。”

“村上不是有农保吗？”林秋云说。

“可是要自己先垫付。我们打工的没有这些钱。”汪明低头说。

“看还是要看的，村里可以先帮着垫付吗？”林秋云看了看何显贵说。

“林书记，我们是贫困村，帽子还没摘，哪里有钱垫付呀，再说，也没有办法做手续呀！”何显贵忙说。

林秋云脸色有些不好看了。

汪明看了看何显贵。谁知道何显贵也正盯着他看，目光有些凶。何主任看人一向这样。

“领导，还是不看了吧，我们农民都是啃泥巴的命，这么大岁数了，活一天就赚一天，古代皇帝活到80岁的也不多，我们知足了。”

汪德厚的儿子执意不再给父亲看病。他知道垫付的钱迟早还是要还给政府的。

政府的钱哪能那么花！汪明想。

医生给汪德厚打了止痛的针，汪德厚也不哀号了。医生开了药，又挂了生理盐水，汪德厚睡着了。

“你还是要回来多看看你老子，估计他疼得几夜都没睡了。”何显贵望着汪德厚对汪明说。汪德厚的头发还是浓密的，虽然有些白，但是黑的居多，看起来像抹了一层灰。脸上很黑，黄色的皮肤像是被染上了一层墨水，呈现棕色，跟脸上的老人斑的颜色差不多混合成一体了，如果不仔细看，还不容易发现他脸上藏着色素沉淀的一块块的老人斑。汪德厚虽然上岸很多年了，渔民的肤色还是没有改变。他的额头上一块皮破了，翘着，露出红色的肉，护士已经上了紫药水，但是边沿的地方药水涂得不均匀，还是能看到伤疤。何显贵特意看看了汪德厚的眼睛，眼角还有眼屎。

“何主任说得对，无论多忙，都要赡养老人的。”林秋云说。

“领导，你们是领导，有国家养着，我们这些打工的每一分钱都要靠自己扒出来，哪里有时间天天窝在家里哦，一天不上班，就没有钱进账。我前天就回来了，他还能动，我就给他准备好吃的东西了，还买了肉。不信你们去我家看。”汪明显得很委屈，说着就哭起来。

大家听了都没有说话。

“这个事情，你们不要跟我老子说，怕他受不了。”汪明看了看医生，又看看汪德厚。医生说：“那你要做好准备。我有个单子你还要签字。”说完，医生朝办公室走。

汪明站在原地，不停地点头，说："哦，我懂。"

医生走到走廊里了，汪明还站在病房里。

"9床的家属，来我办公室。"医生说。汪明看了看汪德厚床头的牌子，又看了下，确定是9号，匆匆忙忙地追着医生，一路小跑。

汪明看到"病危通知书"的时候，眼泪一下子又出来了。

"我老子要死了是吧？可是我妹妹都找不到了，我一个人可咋办？"汪明说。

"这还不是最坏的情况，你签个字。"医生用笔指着的空白地方说。

"我们不住院，我们回家了。"汪明突然说。汪明也不敢看"病危通知书"，似乎不看，似乎离开医院，死亡就离开他老子了。

汪明慢慢吞吞地到了病房。

"你要是决定看病，村里会帮着想想办法。"林秋云说。

"捐款也可以。"何显贵说。林秋云看了何显贵，没有作声。他知道何显贵故意岔开话题。乡村哪有捐款看病的。即使开了这个口子，蓝水村能捐到几个钱？

"医生都下了病危通知书了，没看头了。"汪明说。

"切，听医生的吓死，听菩萨的饿死，都是唬人的。有新来的林书记在，你就不要怕。"何显贵说。

林秋云也不知道该怎么解决，农民看病问题，是个难题，她一来蓝水村就遇到了。她得好好想想。

汪明看着林书记和何主任的身影在长长的走廊里越来越小，脚步声也越来越模糊，他的心慢慢地放下了。

"喂，你老子在哪个病房，我已经到楼下了，还买了些苹果和香蕉。"汪明突然接到老婆的电话。

"买这些干什么，老头子还睡着呢！"汪明说。

"睡着好呀，睡不着才危险呢，你吃饭没，要不要我给你带点快餐，医院楼下就有！"老婆气喘吁吁地说。

"我天天吃快餐，都吃够了。"汪明说。

"不吃拉倒。"老婆说。

汪明的老婆拎着大包小包来了。

病房里送饭的人三三两两地都来了。坐在床头的人说：“刚才走的是你们村的领导？”

汪明点点头。

“你还别说，现在的村干部还真不错，要是过去，谁管你死活。”坐在一边陪伴病人的家属说。

“干部又看不好病又不给报销医药费，做做样子的嘛。”汪明的老婆笑着说。

“你还别说，新来的林书记感觉还不错，不像是个做做样子的人。”汪明说。

“呵呵，到了年底你就知道了。”汪明老婆说。

“你老子住院钱都付了吗？”汪明老婆问。

“我知道，我会记账的，要是找到小粉，我会跟她要的。”汪明话里有话。

“我是在乎钱，但是给你老子看病的钱就算了。谁让你是儿子呢！再说，他手里不是还有两亩地吗？听说那里快拆迁了。”

“看病的钱要留着，不然办后事都没有钱。”汪明说。

“老子有病不看，你不怕别人笑话？”汪明老婆盯着汪明说，“再说，你安心吗？”

“医生都下病危通知书了。”汪明说。

“那怎么办？”

“先回去，熬熬看，熬过冬天可能会好些。”

“倒也是，落叶归根，死在医院的话，孤魂野鬼。”汪明老婆说。

5

蓝水村村委会所在是两层老楼，有一个不大的院子。院子外面是蓝水村的政务公开栏和财务公开栏。林秋云来了蓝水村以后，又增加了村民意见信箱，村民有什么意见可以直接投入信箱，还公布了村民热线，村两委电话都写在公告栏里，方便随时联系。

在一楼办公的是何显贵，何主任，还有妇联主任小左和治保主任老秦。一楼还有院子，院子里停了几辆各种颜色的电瓶车，黄的、黑的、红的、土豪金的，有些破了，没有了后视镜，有些塑料被撞坏了，也没有修理。

院子里种了几棵蜡梅和桂花，小寒的尾子上，蜡梅花就开了，蜡梅的花期不断，立春了，蜡梅还开得蜡黄蜡黄的，开得轻盈。蜡梅树下是一个水泥做的花坛，上面迎春探出枝条，挂在花坛上，垂落到地上。一朵朵迎春花，开得热闹，像是春天已经到了。其实，蓝水村还在冬天里。

林秋云的办公室在二楼，最里面。二楼总共有四间办公室。林秋云对面是会计小吴的办公室。还有一间是老书记的，他退休后，那间办公室就一直空着，最外面靠楼梯的是会议室，会议室的门总是开着，村民找林秋云，林秋云在接待别人、来访者需要等待的时候，会议室就成了等候室。

会议室看起来不大，但是能坐很多人。前几天的党员会议，来了不少人，还没坐满。林秋云来蓝水村，请党员们对蓝水村的乡村振兴和生态保护提供建议。大家都东拉西扯，不愿意开口说实话。有些人私底下议论，每个到蓝水村的都喜欢做表面工作，不过这个林书记表面工作做得比较到位，请大家提意见或者建议。农村人不识几个大字，说不出个黑白雌雄。再说，我们老百姓说话还不如一个屁响呢！

只有一个头发花白的老人，坐在角落里，看着台上的林秋云，露出淡淡的笑意。林秋云与老人的眼神相遇，她内心涌起一阵暖意。她知道，老人是善意的。不像那些人，还没有说话，就对林秋云表示了怀疑的态度。

何显贵听了坐不住，不停地翻着手机，里面有锡剧短视频。何显贵目不转睛地盯着手机屏幕。腿子在桌子底下晃悠着。林秋云看了看他，本来想让何主任说两句的，看来何显贵不在状态。

林秋云知道，来蓝水村是一种挑战，因为她动了某些人的蛋糕，伤了某些人的利益，比如说何显贵。

其实想开了，这又何必呢？蓝水村的工作总要人来做，在林秋云看来，这不是蛋糕，而是开水里煮烫的豆腐。蓝水村是菱湖市的革命老区，是菱湖市最偏远的村庄。她林秋云来蓝水村，根本不想图什么。

林秋云说：“各位，都是蓝水村的人，虽然蓝水村至今没有脱贫，现在还在为过去生态换经济的政策买单，但是，我们要相信上级政府的领导，相信国家的发展方针，相信我们蓝水村有能力扭转现在的局面。”

童家声不知道什么时候摸进来，坐在最后面。他站起来说：“我们当然相信党的政策方针，我们只是不信有的办事人。没有好处就不做事情。”童家声瞟了一眼何显贵。又看着林秋云说：“你看，我们这么多人在开会，好多干部在看手机，唱大戏，还像个样子吗？”会议室哄堂大笑。

林秋云盯着何显贵。

“童家声，你是党员吗？”何显贵问。

“怎么，我不是党员就不能来听你们开会吗？这次又不是干部的会议，是老百姓的会议，我就是老百姓。”

会议室突然没有了声音。何显贵也坐不住了，他说：“童家声，你说我玩手机，你过来，看看我在看什么！”

童家声站在那里，不敢动了。他说：“你看什么关我什么事情，书记讲话，你在玩手机就不对。再说，你总喜欢看唱戏的，蓝水村哪个不晓得！”

“童家声，来看看，不要胡说！”何显贵呵斥道。

林秋云听出这个童家声真是个混子，说话不分场合。大家都盯着童家声笑，说：“去，童家声，监督一下村干部。机会难得！”说着有些人笑了起来。哈哈哈，会议室的气氛倒是热闹了。

童家声听了大家的话，浑身充满了力量，说：“何主任的手机我又不是没看过，还没我的新呢，皮都磨破了！”

哗啦。底下一阵大笑。

林秋云看着下面的人，她能够感觉到哪些人跟何显贵走得近，哪些人是真心为蓝水村好。林秋云也能猜到，这个童家声就是来捣乱的。但是为什么会捣乱，林秋云不知道。

林秋云觉得私下要找童家声聊聊。

童家声拿过何显贵的手机，念道：“关于蓝水村实行网格化管理的通知。”

下面的人不再笑了，有的人实在忍不住，就埋下头，肩膀不停地抖动着。

林秋云说：“大家静一静，开会，有很多种，当然，该活泼的时候活泼，该严肃的时候严肃。童家声，你坐到你的位置上去。你的建议很好，开会有开会的规矩。你说得最重要的是，我们的领导要严格要求自己。我们村委会会在宣传栏和财务公开栏安装一个干部监督信箱。大家有什么意见都可以提。

“既然开会说到这些了，今年村委会工作的重点，那就是保护耕地，减少环境污染，实行大型农田耕种，镇里下达任务要实施蓝水村千亩良田规划。土地是农民的命根子，是农村的全部。

“我林秋云在会议上说的话，你们可以录音，到年底，如果这些主要工作我们村委会没有落实，你们可以监督。我负责。”

后面白发老者依旧笑着，看着林秋云。

散会后，林秋云在办公室看着老者一瘸一拐地离开了村委会大院。林秋云想，说出去的话，就是一个唾沫一个钉。

林秋云看着老人颠簸的背影，想起老人的笑意，像信任，又像鼓励，还像期待。林秋云这是第一次担任领导职务，第一次在主席台讲话，过了很久，她还是很激动。

这几天，林秋云没有睡好。她建议在村委会财务公开栏安装一个政务监督信箱，何显贵和秦主任都反对。说，要是正常的监督没有问题，要是公报私仇，天天举报，那村委会的正常工作还怎么进行？

林秋云想想也是，但是会上的话，又不能不作数。林秋云跟大家说了很久，何显贵才同意，说：“既然你们同意，我也没有意见，我不是不想让大家监督，外行监督内行，迟早要出事。”

林秋云担心的也是这个问题。林秋云喝了口茶，望着破了皮的办公桌。茶不知道谁倒的，那个人大概摸清了林秋云来办公室的时间，林秋云喝的时候，茶是温温的，正好入口。林秋云想：这个人真是暖心。

林秋云的办公室窗台上有一盆鹤望兰，林秋云看了看，养鹤望兰的水都漫到花盆边沿了。林秋云以前很喜欢养花，特别是鹤望兰，临寒独自开。

林秋云正好有空，拿起村委会订的《人民日报》读起来。里面一篇评论员文章让林秋云深受触动，名字叫《守住土地　守住未来》。字数不多，林秋云反复看了几遍。作者很形象地把土地比喻成“命根子”。确实是，土地不仅是农民的命根子，也会是城市的命根子，更是国家的命根子。

左春霞楼上楼下来往走动，低着头，手里不是拿着报纸就是拿着各种文件，忙碌得很。左春霞看着林秋云在读报纸，就没敢惊扰，一直在门口徘徊。

“林书记，会议室准备好了，马上可以开会了。”妇女主任左春霞站在门口看着林秋云，她手里的几个牛皮纸的信封很惹眼。她放下牛皮纸信封，悄悄地走到办公桌前，伸手摸了摸林秋云的玻璃茶杯，说：“林书记，茶都冷了，我早晨来得早，给你先泡了杯茶，都快冷掉了，冬天要喝热茶的。茶叶是我新买的北架山青峰茶，也不知道你喝得习惯不？”

“谢谢左主任。挺合我的味口的。”林秋云放下手里的《人民日报》，收进抽屉里，望着左春霞。左春霞轻手轻脚地把林秋云的茶杯端着走到门口，双手端着杯子，颤巍巍地把杯子倾斜着，把杯子里的茶水倒掉了一些，她盯着杯子，嘬着嘴又掺了些开水，说：“林书记，你先忙，我到会议室去了。”

“好，辛苦你了，等人都走了再开今天的第二场会议。”林秋云扭头看着小左说。

“林书记，我一直忙，我不会养花，主要没精力，也不知道你喜欢不喜欢。大寒天气，好多花花草草都不好养，就这些鹤望兰最像样子。”小左迎脸笑着说。

“挺好的，就是水多了些，鹤望兰的根容易烂掉。”林秋云用一次性杯子舀了一些水倒掉。

“哦，听说你是行家，以后多向你学习。”小左说。

“这些小玩意，养养就会了，你去通知何主任他们开会。”林秋云说。林秋云想多了解一些情况，本想让几个村民小组长也来参会的，不过她又打消了这想法。才到这里，先把村委会的情况摸清再说吧。

“左主任，你手里拿的是什么？”林秋云问。

“哦，我正想跟你汇报，一下子倒是忙忘掉了，真是脑筋不够使。这是举报信。”左春霞回头，把牛皮纸信封举到林秋云的面前说：“你看看，我可不想让你一来就看到这些糟心的东西。”左春霞笑着，望着林秋云。

“举报谁的？”林秋云放下手里的一次性纸杯问道。

“那个人几乎一个礼拜就写一封举报信。写了差不多半年了。”左春霞说。

“那你们处理没有呢？”林秋云问。

“林书记，没法处理，都是历史遗留问题，当事人都找不到。就是蓝水村顺泰化工厂污染问题。”

“你知道是谁写的举报信吗？”林秋云问。“林书记，这都是匿名信，查不到的，肯定是蓝水村的村民。以前是塞进办公室。现在倒好，方便了，直接放到监督信箱里。”

“这个举报信不处理，村民得不到结果，肯定不会罢休，一定会往上捅。村民的问题不处理不行呀。何主任没有表过态吗？”林秋云问。

何主任说：“有书记在，他不好越权。到位不越位，帮忙不添乱。”

“我知道。”林秋云说。

“林书记，那我先去忙了啊。”说着，左春霞把举报信放在林秋云的办公桌上，退了出去，随手带上了门。

林秋云把几封举报信拆开来看了，主要是说顺泰化工厂排污问题，提了汪德厚的名字，他以前是化工厂负责污水处理的。还有就是土地流转不公开透明的问题。林秋云放下信件，看着歪歪扭扭的字迹，觉得写信的人没有什么文化，举报的事件也没有拿出具体的证据，也不知道是不是其中有私人恩怨，看看字迹，也不太像一个人写的。林秋云决定这个事情要弄清楚再说，不要把事情搞大，也不能不解决问题。林秋云呀林秋云，你可要悠着点。

林秋云想慢慢把事情搞清楚，悠着点，步子迈小点。可是现实却不允许。她刚坐下，想理清头绪，临湖镇的刘镇长发了信息：林书记，你村的举报信到了我手里，我先压一下，你处理后再向镇里汇报。

难道这个人写了两份举报信？还是两个人写的，一份送到村委会，一份送到镇里？林秋云一头雾水。

林秋云只能临时增加处理举报信的工作，开会时，在会上拿出来讨论。

蓝水村两委开会布置年前工作，重点走访慰问低保户，还有因病致贫的农户，以及春节值班事宜，还有蓝水湖蓝水村段堤坝的修缮和护坡工作，这个每年冬天村委会都要重点修葺，何显贵一直在负责。这些都是每年常规工作，和往年一样。只是多了走访因病致贫的农户，是林秋云提出的。汪德厚的情况给她很大的触动。据说蓝水村整个村在籍的有3251人，真正还在蓝水村的大概1800人。还有几家在湖里，等着上岸，可是因为土地和房屋的安置问题，一直拖着。

其中因病致贫的就有35户人家。

难道真的是蓝水村的水土有问题？林秋云不得而知，林秋云知道，此行走访，将是一场挑战，对她林秋云也是一次考验。面对群众的情绪她心里做了预案。

“你们看看这个！”林秋云把举报信放在会议桌上，力气有些大，啪的一声，悠长而沉重的声响在会议室回荡着。

“这些举报信来了这么久，怎么就没人处理，有些举报信都已经在刘镇长的手里了。他刚才发来信息，必须处理！”

会议室鸦雀无声。林秋云也知道，问不出个所以然，但是态度要表明，百姓的事情不能拖，也不能躲。

“村民之所以还愿意给你写举报信，是还对村委会、对村干部怀有希望，我们总不能置之不理，让大家绝望吧！”林秋云望着所有人说。

“林书记，那些人就是闲得慌，总是搞事情。我们要是能解决，早就解决了。”治保主任老秦说。

“我要了解一下情况。”林秋云说。

秦主任挪了挪屁股，扭头望着林秋云，身体朝林秋云靠了靠，说：“林书记，举报的是汪德厚排放化工污水，我们要找汪德厚调查，可是汪德厚都老年痴呆了，没法调查了呀？”

“何主任，你的看法呢？”林秋云望着何显贵。何显贵正低着头像是在打盹。

“哦，林书记，我们的看法和老秦一致，除非能查到谁指示汪德厚干的。”

“谁会指示汪德厚？还不是他们老板。”左春霞一边记着会议记录，突然抬头望着林秋云说。

“顺泰化工厂在哪里，我们有空去走访一下，要跟顺泰化工厂老板谈谈。”

“街上的蓝天制药、顺泰化工等，都是，汪德厚好像在顺泰化工，他们老总常年不在蓝水村，也并不在菱湖市，没人知道他具体的名字，反正没人找得到他。”何显贵说。

听着这显然是在给她林秋云出难题。

“化工污染先放一放，过了年，再处理。我们先把眼前的事情处理好，主要是慰问蓝水村的病人。趁机了解一下污染问题。也可以找汪德厚，也许能找到有用的线索。”

“林书记，这事情交给我吧，蓝水村的情况我熟悉。”何显贵说。小左看着何显贵，听着他的话，小左觉得好笑。

“何主任，你不是在负责修蓝水湖的堤坝吗，哪有时间？”这次笑着说。

“冻得我关节炎都犯了，还不许我休息几天？”何显贵说。

“林书记，这事何主任带我去就行了。蓝水村的情况比较复杂，野狗也多，要是出了事情，我们怎么忍心？”治保主任老秦说。

林秋云注意到小左的表情。过年慰问的事情，何显贵倒是积极，跟送病人汪德厚到医院的态度截然相反。

送人情的事情哪个都愿意做，帮人做事的却都躲在后面。林秋云有些不悦，但是没有表现出来。她拿着笔，在笔记本上写着，然后说：“就这么决定，我跟何主任还有左主任一起去。”

“林书记，我是治保主任，要跟着你去，村里那些人什么德行，一撅屁股我就知道拉的什么屎。”治保主任老秦说。

“秦主任，我们去慰问，了解一些蓝水村病人的情况，用不着动武。”说着林秋云朝秦主任笑笑，开玩笑似的。但是却有些暗示，对村民不能像对待敌我矛盾那样，不要有敌意和恶意。

“社会和谐才有力量嘛。”林秋云说，说的时候瞄了老秦一眼，他还是第一次看老秦。这还是个脸色黝黑的中年男人，说话嗓子沙哑，似乎是长期被香烟熏成的腔调。有点江湖气息，有些唬人。老秦脸上的肉很少，倒是有不少麻子。

“对对。林书记说得对，蓝水村的安定团结才是我们的工作重点。”老秦点点头，仰头看着林秋云。

秦主任最擅长的就是团结，他还团结了村里的一大批妇女，抢了小左的妇女工作。何显贵笑着扔了一支烟给老秦。可能是因为笑，分散了注意力，烟还没有过会议桌的中间线，老秦胸口贴着桌面，使劲伸手也没够着在桌上滚动的香烟。老秦抬起屁股，椅子的脚在地上晃动，发出吱吱的声响。

小左听着他们在林书记面前开玩笑，没有作声，低着头，认真记着笔记。

林秋云听到响声，看着老秦，一直盯着他伸手拿香烟的手指。

老秦的脸涨得通红，中指才勉强触着烟，正准备点烟，他看一眼林秋云，又把烟放到桌上。

老秦知道何显贵的玩笑不是玩笑，何显贵的香烟也不是香烟。这里面有文章。老秦给何主任面子，帮他说话，也只能点到即止，否则，林书记就会明显地感觉他和何显贵是一路的，是不把新来的书记放在眼里的。

老秦是老江湖了。他是有眼力见的。他给何显贵帮腔的时候，林书记已经不高兴了，只是没有露出来。

林书记，毕竟是书记。虽然初来乍到，跟在蓝水村摸爬滚打几十年的何显贵比，没有什么影响力，但是老秦知道，如果没有两把刷子，年纪轻轻的林书记最多是个小林，而不是书记。这么年轻既然能下来当书记，有朝一日就会上去，至于仕途能走到哪一步，很难说。但是在镇里当个副手，是一点问题都没有的。老秦知道自己不能跟何主任比，一来，他资历摆在那里，年龄也摆在那儿，只要不犯错，就能平安落地。无论临湖镇还是菱湖市，都有他的人脉，都有他的资源。不然蓝水村引进好几家工厂，是做不到的。表面上蓝水村是书记在主持日常工作，其实经济上，还是何主任抓。蓝水村，狠抓经济，脱贫致富是第一要务。所以，在会上，何主任的玩笑也就不是玩笑，何主任的烟也不是烟，是一种权威的显示，也是资格的显示——哪有书记讲话，主任跷着二郎腿在下面抽烟的？

林秋云的来头，老秦不知道，也不想知道，来蓝水村的书记，他经历了好几任，都是下来镀镀金就回去的，下面的事情都是交给何主任。但是这个林书记却事事过问。不像是来镀金的，是个做事的人。想做事和能做事，是两码事。何主任和林书记，老秦都不想得罪。

散了会，秦主任下了楼，从口袋里掏出何显贵给他的烟，准备抽上几口。可是风大，怎么也点不着。他只好躲在楼梯口的厕所里，终于点上烟。

“老秦，你个层[illegible] 给你烟只敢躲着抽。”何显贵也跟着来了。

“没有，正好撒尿。”老秦站在那里，却没有尿意。

“是老嬷嬷撒尿，滴不出来呀，前列腺不好，赶紧看，不然你老婆就跟别人跑了。”何显贵说。

何显贵说完就走了，似乎不是来撒尿的，是来冲老秦说两句话的。老秦笑笑，他了解何显贵这个人，就是管不住嘴巴，还粗手粗脚的。

“你也知道蓝水村以后书记主任一肩挑的消息啦？”何显贵突然问老秦。

“我没有听说，怎么可能呢？”老秦说。老秦确实听说了，别的村子已经开始实行两副担子一肩挑了。不过从情感上来说，老秦还是觉得何显贵怪可惜的，毕竟他为蓝水村做过很多贡献，又是蓝水村民选出来的，如果让何主任下来，有些卸磨杀驴了。林书记是不是下来卸磨的人，老秦不知道，但是何显贵很可能是那头驴。何显贵在会上的样子，显然是对林书记的到来不满，他以为临湖镇班子会让他上去，书记主任一肩膀挑的，谁知道空降了大学生书记，还是个女的，是个年轻娃娃。

散了会，已经快十点了。林秋云要去慰问蓝水村的病人。病人们有些是在医院，有些是慢性病只能在家熬着。

蓝水村没有配车。是会计小吴自己开着私家车去慰问的。当然，是何主任的意思。小吴当时准备在街上找一辆面包车的。何显贵说：“太贵。还是开你的车。”

“还开我的车？”吴会计没有表达什么情绪，只说了“还”。

吴会计不知道“还”了多少回，油费一直没有报销。何显贵说：“林书记来了，这点油费还会少你的？”

吴会计说：“以往都是腊月二十九才去的，今年这么早，再说，今天也太冷了，恐怕发动机都冻住了。”说着，把羽绒服的帽子拉起来，遮住脑袋和耳朵。风呼呼的，吹得羽绒服帽子上的绒毛不停地摇摆。

“吴会计，这是你老婆的羽绒服吧！男人的羽绒服帽子哪里还带绒毛哒。”小左跺着脚说。

“我老婆买的。”吴会计说。

“南风送大寒，正月赶狗不出门！现在不冷，哼哼，过年恐怕你会更受不了，你是不是肾虚呀？”何主任笑着说。

春节快到了，村里零零星星地响起来鞭炮声。空气里里弥漫着淡淡的爆竹爆炸的火药味。

天很冷。

“何主任，麻烦你准备 一些慰问的礼品。”林秋云走到办公室门口，朝楼下说。

“好，还是老一套？”何显贵仰头问。

“什么？”风很大，林秋云没听清楚。

“不能超支，只能买些油和米，这些是村民生活的必需品，就到招娣家买，招娣超市在村里，小吴还能省些油。”何显贵说。

“是为村委会省油。”小吴说着，小跑着去开车。

车门是小左帮林秋云开的，副驾驶。左春霞笑着说，副驾驶以前都是何显贵坐的。现在，林书记来了，何主任要跟我们打成一片了。

何显贵站在副驾旁边，看了左春霞一眼，让了让，说：“必须的。”

林秋云也没有谦让，她不能放低身份。林秋云坐到副驾驶，摇下车窗说：“何主任，抢你位置啦！”

“我反正也是骑车去。”何显贵被林秋云一说，反而僵住了，随口一说。但是他又有些后悔。这么冷的天，骑车也是受罪，可是他不想此时跟林秋云一辆车，他想到一个人自由。他在林秋云身上看到了强势的一面，他自己也是个强势的人，一山不容二虎，一辆车也容不下两个强势的人，只是低头不见抬头见，不尴不尬的，难受。

“林书记，我先去安排，在蓝水村，开车还真没有骑车方便。”说着，何显贵走到一辆蓝色的电瓶车车前，跨上去。旁边一辆黑色的电瓶车连屁股后面的灯也坏了，灯脱落了，只有一根线路挂着，像是露出的肚肠，落魄得很。

何显贵戴上了头盔和手套，却不走。他摸了摸裤子两边的口袋，又取下头盔，朝办公室走去。

林秋云摇上车窗，何显贵在跟她摆手。

“我们走吧，何主任肯定又把钥匙忘记在办公室了。”左春霞笑着说。

“好。”林秋云说。

何显贵说得倒是没错，在蓝水村开车真的不如骑车，虽然都是水泥路，但是九曲十八弯，又狭窄，不时还有岔路。打弯不方便，随时都可能冲到别人家里去。怪不得欧阳也不喜欢开车到蓝水村里来。

远远地，林秋云就看到何显贵破旧的电瓶车。

“林书记，以前都是在蓝水村招娣超市买的慰问品，今年在哪里买？”左春霞问林秋云。

“那是何主任的电瓶车吧？”林秋云故意问。其实，这些何显贵早就跟小吴说好了，没有争取林秋云的意见。林秋云知道，除了小左，没有人服她林秋云。林秋云不说话，但是听得出来他们没有把林秋云放在眼里。林秋云心里有些不痛快。她是来蓝水村做事的，来解决问题的，她林秋云不是提线木偶，不是傀儡。有人说蓝水村不把干部当回事，可是在蓝水村委会，他们也不把她林秋云当回事。

车停在李招娣的超市门口。

“排排坐，分果果，村上还有别的小超市，每个超市都要照顾一下生意嘛！”林秋云笑着说。

“这个来之前已经跟李招娣说过的，她都已经进货了。放人鸽子不太好吧？”

小吴支支吾吾地说。

“吴会计，你看，林书记肯定有林书记的想法，货比三家不吃亏，对吧！”左春霞说。

吴会计咂咂嘴，发出呲呲的声响，然后就沉默了。

汽车慢慢启动了。何显贵听到声音从李招娣超市门口笑着跑出来，看着汽车一点点朝蓝水村老街驶去。何显贵大声呼叫着，手舞足蹈。车没有停，何显贵不再笑了，反而十分愤怒。林秋云在后视镜看到何显贵张大嘴巴，是在骂脏话。一个肥胖的女人走出来，看着何显贵，默不作声，像一个水泥墩，杵在那里。

林秋云也在后视镜看到左春霞长满雀斑的脸上绽开不易被发觉的笑容。看来，平时左春霞没少受何显贵的气。

“小吴，我们先到汪德厚家，看看他的病情怎么样了。你知道他的家在哪里吗？你跟何主任打个电话。”

“林书记，好的。”小吴侧过头看看林秋云。

“左主任，帮我给何主任打个电话。我在开车，会被藏在树上的摄像头偷拍的。”小吴说。

“何主任，林书记说先到汪德厚家。”左春霞语气慌张地说。

“每年不都是先到汪迁家的，烦得凶的。”何显贵的声音很冲的。林秋云听得真切。

“何主任就是犟骨头。”左春霞笑着跟林秋云说。

林秋云抿着嘴笑笑，不说话。这个何显贵，处事霸道惯了，现在的干部哪能这样呢？

“平时何显贵就是个老子天底下第一的人，他不会跟林书记唱反调吧？”左春霞补了一刀。

林秋云不知道该如何说。

左春霞的电话响了。是何显贵打的。

“小左，我已经到了。你跟林书记汇报一下，到汪德厚家的路被谁堵死了，去不了了，村里那边的几家都去不成了，看来是故意搞破坏的。”何显贵说。电话里吵吵闹闹的，林秋云都能听到。

“不是何主任叫人把路堵死的吧？”左春霞呵呵笑着说，有点没心没肺地开玩笑。自从林秋云来了蓝水村，左春霞似乎感觉到，她可以自由自在地表达了。

“你不要煽风点火，瞎说八道！”何显贵喝道。

左春霞看了看林秋云，林秋云看着前方，左春霞只能看到林秋云的脖子，脖子白得像是一道荧光。

“谁做这样的缺德事呢？道路拦死了，不能去慰问蓝水村病人倒可以再想办法，但是来往的路人怎么办呢？”

“到底是谁呢？”林秋云想。可是她不好问，一问就觉得自己在蓝水村，什么都不懂了，就显得幼稚了。虽然她觉得她自己并不成熟，可是到了蓝水村，就不能做幼稚的事情，免得让人看轻了，那样的话，以后工作就不好做了。

汽车开到蓝水村腹地，路越来越窄，还是上坡。一堆土，拦住了去路。

路上停了好几辆电瓶车，还有收旧货的三轮车。何显贵的电瓶车也被挤到路边上，压着一堆枯枝败叶，旁边是一个水沟。水沟里的水结冰了，露出白色的冰凌。

土堆像一座横亘在水泥路上的山脉，土里面扎着些砖石，像从谁家的房前屋后挖来的。上面还露出许多被埋没的树枝跟方便袋，树枝是构树，废水发黑，方便袋已经融掉了。土堆上结了一层薄薄的霜花，散发着嫩嫩的光泽。

“何主任，你说说，我们要到街上去买菜，也不知道谁把路挡起来了，真是缺德！”几个村民正围着何显贵。

“不就是一堆土，又不是一座山，你们这点事情都不能做，不就是用铁锹把泥巴挖掉么，什么事情都等着村委会来解决？”何显贵看着那些围着他的人。

“何主任，把泥巴挖掉是小事，得罪人可是大事。也不知道是谁堆的，他堆土花了这么大力气，肯定是对蓝水村很恼火，对蓝水村人很恼火。要是我们哪个把这堆土挖走了，不就是得罪了人，这个人在夜里做事，心里阴毒得很。我们不是都怕么！我们哪里不要过日子呀！你说谁还会做出头鸟呢？”

“你们就是一群层臥'”何显贵看看林秋云，慢慢朝林秋云走来。

林秋云觉得这个土堆堆得很蹊跷，这显然不是今天堆的，也不可能是昨天白天，不然村民早就找上村委会了。一定是昨天夜深人静的时候干的，谁会这么无聊呢?

“林书记，你看，你才上任，就有这些人渣出来闹事。”何显贵怒气冲冲。说完，他点了烟，蓝色的烟雾在他面前缓缓升腾，像是内心的怒火在辗转腾挪。

汪汪汪。小粉从远处跑来了。小粉是好事的狗，哪里有热闹，它就往哪里钻。

林秋云有些怕狗，往车边上走了走。

“林书记，不要怕，是小粉，它就是装得很凶，其实不咬人。”小吴说着从车里钻出来。

小粉在林秋云的裤腿闻了闻，又朝远处跑去。

林秋云看着何显贵和村民有说有笑，似乎想看热闹。这件事也许跟何显贵有关，林秋云有预感。

小吴让林秋云回车里，外面太冷。林秋云在车窗里看着小粉跑开，才松了口气。

何显贵在土堆旁边，那个土堆差不多有半人高，要是清理的话也不容易。

这件事看起来并不简单。林秋云给治保主任老秦打了个电话。老秦说他马上来，老秦说他给汤警官也打了电话。

“好。”林秋云说。

老秦还没来，小粉把童家声带来了。小粉朝着人群汪汪汪地叫着。

“你看，还真是狗仗人势，什么样的人养什么样的狗。”小吴笑着说。

童家声慢慢悠悠地走来，说：“小吴，你这话我就不爱听，小粉在叫你哥哥，你还不领情。”说得何显贵哈哈地笑着。围观的人也在笑。

小吴也不甘示弱说：“你的狗和你一样喜欢看热闹，这话总不错吧？”童家声说：“你不也在看热闹吗？”

小吴倒是无话可说。

何显贵说：“童家声，我们是在工作，你跑来做什么，消息带怪灵通的，你先回家，待会去你家。把屋子收拾一下，林书记也去。这路不会是你拦住的吧？”

“我这病号，哪有这样的力气，也没这样的时间呀，只有某些人敢做这样的事情。”

何显贵丢给童家声一支烟：“你知道吗？”何显贵看着童家声，盯得童家声心里翻翻的。

童家声连连摇头，说：“我哪里知道？”

“不知道还抽老子的好烟！”何显贵说着就伸手拿回散出的烟。他伸手是板着脸的，但是眼睛却眯着，像是在笑。

“何主任，吐出的口水，哪有舔回去的道理。”童家声身体一歪，躲过了何显贵的手，说着就走了，走路的样子像一只老鹅，他佝偻着腰，双手抓住露出泥土的树枝，爬上去，像是落水的人找到了岸边的水草，逃上了岸，童家声站在土堆上，急忙点起了烟。

“这不是拦路打劫吗？我童家声不干这样的事！”童家声站在土堆上说。

老秦是骑着电瓶车来的。他下车看着土堆上抽烟的童家声，跑上去一把揪住他说：“你老卵的么，这么明目张胆地拦路，你知道你拦住的是谁的路？是我们新来的林书记的路，也是村委会的路，你是不想在蓝水村混了吧！”

被揪下来的童家声坐在地上。香烟被折断了，还冒着烟。在场的人都朝童家声笑，说：“不要怕他！”

童家声没动手。

小左下车跟老秦说了这里的情况。

老秦看了何显贵一眼问小左：“何主任怎么不出来收拾童家声这个无赖？”小左说：“林书记撇开李招娣家的超市，到别处买了东西，何主任没面子，他才不会出头呢！”

“林书记还是太嫩，怎么才来就跟主任正面硬杠，我们可有得麻烦了。”老秦说。

“这个跟我们有什么关系？”小左不解地问。

“哎，你不要装了。”老秦没心思跟小左胡诌。

“童家声是在犯贱。”有人说。

“我犯贱，我哪有你们贱，看到干部，就像看到爷爷一样，时代不同了，当官也要讲法律的，也不能随便糟践老百姓的。”

童家声赖着不肯起来，说脚崴了。

小粉跑过来舔着童家声的手，童家声一把搂过小粉的狗脖子，骂道：“你也来看我笑话？”说着手上使劲，小粉给他几个白眼，嗷嗷地哀鸣着，爪子抵在地上，挣脱了童家声的双手，在老秦身边转来转去。

“我要到临湖镇告你们，老秦，你随便打人。你今天不给我个说法，我绝对不会放过你，不然你还以为我童家声是好欺负的。”

“童家声，在这里的人都看到，我拉你一把，你自己站不稳，怎么说我打你的，你也够赖皮的，你这德行蓝水村哪个不知道，想诬赖好人，找死。”说着老秦又要走过去拖童家声。

“打人啦，蓝水村干部打人啦！”童家声望着身边的人喊道。身边的人只顾笑，童家声越呼喊，他们越笑得起劲。

林秋云从车上下来，走到童家声的面前，说：“你是童家声吧，我认识你的。”说着笑笑，伸手准备把他拉起来。童家声仰望着林秋云，没有伸手。他看着林秋云白白净净的手指，指甲里都是干干净净的，没有沾染一点烟火，像是个学生模样，哪有点当官的样子。

“我在蓝水湖的湖船上见过你。”林秋云说。她是想有意地提醒他，不要闹事，算是给她林秋云一点面子，至少他们是有点交集的。

童家声坐起来，蓝色破羽绒服的背部都是灰尘。“你是哪个，怎么认识我的？”童家声抬眼望着林秋云。

“这是林书记，新来的蓝水村书记。”左春霞走过来说。

童家声一听，也想起了林秋云。那不过是他平常的一桩买卖，一手交钱一手交货的买卖，很公平的买卖，没有谁欠谁的人情。何况今天是村干治保主任狗仗人势，欺负他童家声，他要不是村委会治保主任，他敢这样欺负人，还不是在他童家声面前像个龟儿子，老东西！没想到新来的书记不但不修理乱搞的干部，还来跟他谈话。那天晚上林书记买他的东西，他觉得这个干部还是通情达理、平易近人的，不像村主任何显贵。但是今天林书记的所作所为他很失望，原来还是逃不过官官相护。

“书记怎么啦，我有没犯罪，你们把我搞伤了，我本来身体就不好，从那么高的土山上摔下来，腿都摔折了，你看！”童家声把裤腿提起来。“还有我的腰，以前摇橹，腰椎盘突出，现在这么一摔，哪样经得起！”说完，童家声又往地上一躺，说，“你们干部打人，你这新来的干部不管吗？”

林秋云看着童家声无赖的样子，真是好气又好笑。林秋云大概在十天前，帮童家声，买了他的痴鱼，还买了他的黄雀，没想到他不但不感念她的好，反而跑过来捣乱说这样的话。林秋云想起欧阳的话，想起丈夫的话，觉得当初的想法太单纯，处理这些事情确实不能感情用事，不是越是底层就越善良。丈夫说的多少还是有点道理的，但是穷山恶水为什么出刁民，很多人没有深刻地思考，一定是穷山恶水没有人能和他们讲道理，或者深谙好的怕赖的，赖的怕不要命的“至理名言”。

“我今天不就看个热闹么，村里人都看，就不兴我看？我就站得高一些，看得明白一点，老秦凭什么把我拖下来，摔坏了我的腿！”

林秋云其实也知道老秦处理事情太粗鲁，怎么能这样呢，这下好了，童家声耍赖，她林秋云教训老秦也不好，训斥童家声也不好。她突然觉得来到蓝水村，大大小小的事情都不好处理。

何显贵在旁边看着，默默得意。虽然林书记一来就想给他下马威，树立自己的威信，可是在蓝水村，哪里水深，哪里水浅，哪里水清，哪里水浑，哪里有鱼，哪里有蛤蟆，他何显贵分得清。童家声出来耍横，不是傻子，不是犯浑得跟鬼一样。他是想趁新来的书记不了解情况把蓝水村的水搅浑时，他狗日的好趁浑水摸螺蛳。他一直想要低保名额，因为他没上岸，蓝水湖渔民的安置问题还没有落实，没有上面的指示，下面谁敢给他低保名额。所以他想给村委会施加压力。还有，最主要的是，他想要回汪德厚女儿汪小粉的田地。可是田地汪小粉私下给别人办厂征用了。村委会想找汪小粉了解情况，谁知道汪小粉又玩消失，一年多没回来了。没有办法，童家声三天两头跑村委会也没办法解决。这跟死无对证没什么两样。

童家声找村委会要汪小粉的土地，说是婚后财产，村委会找来的厂在他童家声不知情的情况下征用地，村委会必须赔偿他的损失。闹了也不知道多少天了，这个也是幌子，他只是想知道汪小粉的下落。汪小粉下落不明，谁都知道，童家声自己也知道，可是他就是无理纠缠。这是童家声对付村干部的芒刺，也是他自己的软肋。

这个软肋，新来的林秋云书记不晓得，可是他何显贵知道。

林秋云一筹莫展的时候，才是何显贵显示他在蓝水村地位的时候。

何显贵蹲下来，拍拍童家声身上的灰尘，说："起来吧，你别演戏了。谁还不知道你的鬼把戏。"童家声脸上一惊，说："何主任，你不要瞎说，我什么把戏也没有，老秦拉我跌跟头，你也在场，你也亲眼所见，不是我装的，我也没有耍赖，你看，脚踝都伤了！"

"童家声，有人写信举报你丈人，这条路是通往你丈人家的，你是不是怕我们村委会去你丈人家，才把去你丈人家的路拦起来的呀？"何显贵故意激童家声。

"汪老汉已经都不是我的丈人了，桥是桥，路是路，举报他关我屁事，我还要举报他呢，他怂恿汪小粉离开两个娃，还把我们两人的土地偷偷征用掉，拿了钱——跑了。"童家声想说，汪小粉跟人跑了，说了半句，又忍住，怕人笑话。

"来来，你们要找汪老汉麻烦，你们赶紧去，这条拦路的土堆不是我童家声搞的，我来帮你们把路上的土堆挖掉，这样总能证明不是我搞的鬼了吧？"童家声说着，起身回去找家伙挖土。

小粉又从远处跑来，跟着童家声溜达。

何显贵看着林秋云，林秋云抿着嘴笑笑。"还是何主任有办法。"

童家声拿着铁锹过来挖土，来看热闹的人越来越多。

"童家声，你不是有病吗？这会儿为拍干部马屁病都好了，为他们干活这么带劲？"一个女人骑着三轮车，远远地摇过来。人还没有到，喊叫声已经到了。林秋云抬头看见一个穿着绿色羽绒服的女人，慢慢地近了，是个老女人，60岁左右，黝黑的脸盘，枯黄的头发看似染过的，发端已经蔓延出白发。一头又白又黄的头发，看得人很难受。

林秋云仔细看着，似乎在哪里见过，很熟悉，却又想不起具体是谁了。

“童家声，你个狗腿子，我跟你说，你要跟整个蓝水村人作对，你就不得好死！”女人倾斜着身体，慢慢地抬起腿，车子的龙头不停地晃着，才停下来。女人下了车，往童家声扑过去，抢着童家声手里的铁锹。

童家声身体一横，挡着女人，说：“彩凤，你放屁都不臭，能代表谁，你只能代表你家那个肺痨鬼和瘸腿儿子！你想赶我，还不够分量！”童家声铲了几锹土，把铁锹竖着，双手扶着锹柄说。说话时，也许是过于激动，也许是身体吃不消，大口喘息着。

“你这个没有脊梁骨的，你还是滚回你的船上去，蓝水村就没有你这号人。”说着女人又来夺童家声手里的铁锹。童家声一把把女人推开说：“彩凤，我不对女人动手，要打架，你叫你儿子来！”童家声跑到土堆上面去了 。

“你们不要动手，有话慢慢说。”林秋云说。

这个叫彩凤的老女人朝林秋云瞟了一眼，说：“你们谁能解决我的事情，我就跟谁说话。”

“我就是来解决问题的。”林秋云一句一顿地说。何显贵看着彩凤，没有作声。

“能解决再说吧，怪不得蓝水村没有牛了。”彩凤说。

这时候，一辆警车开过来，停在路边。汤警官从车上下来。

他朝老秦走来，说：“老秦，到底发生什么事情啦？”

老秦没有回答汤警官的问题，指着林秋云说：“这位是蓝水村新来的林书记，还有何主任。”老秦朝何显贵努努嘴。

汤警官伸出手说：“林书记好，这里有什么事情，你尽管吩咐。”林秋云和汤警官握握手，说：“汤警官辛苦！”汤警官朝何显贵走去说：“何主任，又下来慰问啦？”何显贵说：“外甥给舅舅打手电，照旧（舅）”。

汤警官问林秋云：“出了什么事情了？”

“汤警官，没有大事，关于蓝水村的一些问题我还要咨询你。”林秋云说。

“林书记，我是知无不言，言无不尽！”汤警官说。

“你帮我介绍一下蓝水村的一些治安情况吧，老秦知道的也不全面。”

“林书记。”汤警官朝林秋云看看说。汤警官朝一颗构树走去。

林秋云自然知道汤警官有话要说，就跟着汤警官来到树下，远离了看热闹的人，也远离了何显贵他们。

“蓝水村现在最大的治安问题有几个，一是有人好吃懒做，把土地转包给别人，或者出让给别人办厂，得了赔偿款，也不打工，就在家打打小牌，输了的人心里不痛快，赢了的人到处显摆，输了的人更加不痛快，输赢都会招惹一些是非；还有的人真以为钱是人的胆，学着投资，因为没有经验，到外面有时候会遇到骗子。”汤警官说。

“那些骗子不怕你们警察吗？”林秋云笑着问。其实她想知道更多的细节。

“林书记，在国内肯定是被我们重点防控的，很少有逃脱的，现在大多是境外网络诈骗，容易隐匿，把一些村民的存款和安置款都骗走了，很多人才脱贫就开始返贫了。人一穷，开始想心思了，蓝水村就有了偷鸡摸狗的事情，甚至开始把大面积的土地低价抛掉，只要有企业进来，他们就千方百计地找人卖掉土地。你说，这些村民除了种地没有谋生手段，虽然种地不赚钱，但是温饱没问题，没有土地，什么问题都来了。”

“汤警官，你说得很对，一旦农民没有土地，就像鱼没有水，拥有的时候感觉不到，一旦失去了，那就是生存大事。”

“那有没有眉目呢，可以锁定哪些是嫌疑人吗？一定要严惩这些人。”林秋云说。她的脸色凝重，她没有想到蓝水村还有这么狠的人，为了利益，什么都可以出卖。

汤警官说：“我们正在排查，不要多久就应该能够查出来，到时候还请林书记和我们一起破案。”

林秋云说：“好，我一定会的。蓝水村的治安我也有责任。”

“还有就是一些卖保险的、卖保健品的，不时在村上转悠，以送礼品的方式诱惑老年人，甚至像儿女一样，关心他们、陪伴他们，然后忽悠他们花高价买假货。老年人，一些假药和保健品哪里能看到效果，可是他们偏偏说有效果，搞得我是哭笑不得，派出所下来严查，他们还主动给那些人通风报信。真是受不了。”

童家声看到穿警服的来了，不再和彩凤斗嘴，低着头，看着汤警官。他在船上的时候，也经常和穿制服的打交道，那是渔政。在禁捕的日子里，童家声三天两头要跟他们周旋。

彩凤看到警察，更加有话说：“我不管谁来，就是市长来，我也要把憋在心里的话说出来。”

林秋云看出来，这个拦路的土堆就是彩凤搞出来的。

“你怎么想到拦路的，村里人来来往往多不方便？”林秋云说。

“我拦路，你们都不给路我们老百姓走，我这还叫拦路吗？你们说汪德厚以前干的什么事情，这样缺德的人，政府还给低保，还每年过年过节来慰问他，他是个什么东西，蓝水村的那些病倒的人穷得趴到地了，难道不是人吗？”

“你慢慢说，阿姨。”林秋云说。

这时候，汪迁骑车来了。他拉着彩凤说：“妈，你怎么又在这里告状，不是跟你说了，有事情，我们找镇里干部好好反映情况，不要在大庭广众之下胡搅蛮缠，解决不了问题。现在蓝水村来了新领导，会解决这些老问题的。”汪迁说。

何显贵听了，脸上不自在，说：“这里太冷，人多嘴杂，还以为是又闹群体性事件呢，这样吧，彩凤，我们到你家去，了解了解情况？”

“林书记、何主任，到我家去坐坐吧，我妈就是这样一个暴躁脾气，没有办法。”说着快速地瞄了林秋云一眼。

“好好，大家都散了吧，没有什么事情！”汤警官说。

“路是大家的，不能拦着别人走路，我们把路打开再走。童家声，你把铁锹给我。”林秋云说。

童家声龇着牙，把铁锹递给林秋云。童家声以为林书记在表扬他，高兴地跳下来，把铁锹递给林秋云。

林秋云心里想：人不能端架子，要把自己当作蓝水村的一个村民。

林秋云弯着腰，铁锹很沉，没多久，她就浑身冒汗了。汪迁骑车朝村里去了，不一会儿，车上带了几把铁锹回来了，说："林书记，不能让你一个人做苦力，我们一起来。"汪迁第一个拿起铁锹帮忙了。

围观的人呢，不停地看着村委会的干部，说："别看这个女干部年轻，干活还像那么回事，也许以前就是农村的。""听说，她以前就是我们蓝水村的，大概十来岁才离开蓝水村的，据说为了离开蓝水村，她父亲还花了不少钱买了个城镇户口。""唉，现在农村户口才值钱，你看她爸爸做的事情……"

"林书记，路是通了，现在先到蓝水村，还是北架山村？"何显贵把铁锹收起来，问林秋云。

林秋云想想，刚开始为了树立在村委会的威信，擅自做主，现在看来，蓝水村没那么简单，一个村，其实它也是一个独立的江湖，一个小世界，还是要顺着乡村的规则。何显贵江湖经验丰富，还是要征求大家的意见。

"刚才说到阿姨家的，我们正好想去看看，了解诉求嘛！"林秋云说。

"好，我们去彩凤家。"何显贵说着，骑车先走了。

童家声也跟着来了。小粉也跟着，和童家声保持着一段距离，它一会儿闻闻柳树，一会儿在草丛里扒拉着什么，童家声想骂，却又怕它听不见。

"妈妈的。忘恩负义的东西。"童家声骂道。他在骂彩凤。

汪迁的家离汪德厚的家不远，一条岔路，三个方向，路越来越窄。小吴只能停车朝彩凤家走去。

"把慰问品也一起带过来吧。"林秋云说。

"那不是中了彩凤的计了，她把路堵上，不就是为了拦着我们去其他低保户的家，要我们先去她的家吗？"老秦说。

"老秦，彩凤这是针对汪德厚。我们这次来，正好了解一下具体情况，该解决的问题，一定立即解决，不能拖。就像洪水来了，想躲是躲不掉的，只能引发更大的隐患。"

"对，林书记说得对。我们这些个泥腿子，觉悟没有你这么高，村里的问题，一般都是能拖就拖，能压就压，我们可没有这些财力解决。现在也不敢靠武力解决。”老秦说的其实是气话。他虽然是治保主任，听起来很有实力，其实治保现在也只能靠嘴巴劝说，不敢动粗，也没有权利动粗。林书记没来之前，他处理的办法，大家也认可，至少不敢质疑。现在林秋云林书记来了，解决矛盾的方式显然不同，总是迎难而上，让他这个大男人都觉得汗颜。他自认为在蓝水村的权势，也荡然无存了。

林书记刚来蓝水村，第一次春节前的慰问就搞出这么大的问题来，不知道林书记会不会对他感到失望。治保主任不在体制内，他老秦基本上没有发展的机会，他以前不过是个生产队的队长，跟老书记混得熟悉了，被老书记提拔到蓝水村村委会，这对他们的生产队来说，是个奇迹，也是他老秦的奇迹。他没有想过当官，他也不可能当官。他之所以在治保主任这个位置上兢兢业业、忍气吞声，也是为了面子。他要在这个位置上干到退休。如果回到生产队，要被人笑死，再说，生产队已经没有他的位置了。一个队长一台戏，在他的生产队，已经没有他老秦的舞台了。

老秦带着林秋云朝岔路口走来。路口一摊药渣，棕色的、黑色的树叶树枝，散落着。老秦绕开走，没想到，还是一脚踩了上去，老秦说一出门就晦气。

没想到，每过一个岔路口，就会有这样的药渣子。

彩凤家是两层小楼，外墙是白水泥的，经过时间的腐蚀，已经变成浅灰色，排水口附近长满了黑色的霉斑。屋顶生了一些狗尾草，狗尾草已经枯萎了，屋顶估计落了尘土，土里长了两颗构树，叶子落光了，远看像几只鹿角，枯瘦枯瘦的。

这座房子大概有几十年了，林秋云小时候来这个村子的时候，汪迁就住在这座房子。

“林书记，你看。”小吴指着门口一个小个子男人。

那是汪迁的哥哥汪荣，是个侏儒，腿脚也不方便，他在门口等着林秋云，他仰着头，看着林秋云，眼神里散发出亲切的笑意。这笑意让林秋云又感动，又难受。对于林秋云来说，汪荣就像自己的哥哥一样。小时候，林秋云就能感受到汪荣那种毫无隔膜的眼神。大概是因为林秋云和汪迁很要好的关系吧。汪迁和汪荣都遗传了父亲的侏儒病。其实汪迁的爸爸也不算严重，汪迁也有 1 米 4 左右，只是汪荣严重些，双腿也得了软骨病，要拄着拐杖才能行走。据说，汪荣5岁以后，就长得很慢，只有3岁孩子那么高，到医院一查，彩凤婶子就得知了汪荣这个病，每天以泪洗面，汪迁的爸爸说，这个孩子算是没有指望了，还是再生一个，不然就绝后了。彩凤婶子说，第一个是儿子，你还想再生？汪迁爸爸去找村委会，好在村委会网开一面，说，你要在蓝水村里，人多嘴杂肯定不行。汪迁爸爸自然明白妇女主任的意思。彩凤婶子生汪迁的时候，一家人就去了蓝水窑厂，那里人员复杂，没人注意到。汪迁2岁的时候，他们一家才回到蓝水村，那些想生二胎的人检举，说彩凤家超生，当时村委会也做解释，汪家第一胎残疾，政策上是允许二胎的。

彩凤婶子知道后，还跟妇女主任吵架，说，政策允许，你还让我们一家东躲西藏？妇女主任说，你要是怀上后满村跑，那些想生二胎、三胎的不是要天天来村委会吵闹。人是讲情义的，你再闹，就到乡里去吵。彩凤才作罢。

你真是丢人现眼！汪迁的爸爸也发火了。

只是彩凤婶子没想到，汪迁到十岁以后，再也不长个子了。夫妻俩相对无言。不过汪荣和汪迁没有意识到这对他们意味着什么，他们还是每天吵吵闹闹，尽管上学时经常被人高马大的同学骑在身下，被他们骂，但他们没有在乎，因为他们认为，自己迟早会跟同学一样高的……

林秋云以前觉得这些没有什么大不了的，她也习惯了汪迁一家人这样的生活状态，但是后来懂事，特别是离开蓝水村以后，体会了人间疾苦，有了慈悲之心。每次想到汪迁在夕阳下落寞的背影，想起年轻的汪荣只能与拐杖为伴的时候，想到像哥哥的那个人只能永远孤苦伶仃的时候，林秋云就受不了了。

他们有没有办法脱离这样的困境呢？林秋云一直在想。

林秋云下车，跟汪荣握握手说："汪荣哥，你还好吧？"

汪荣不知道手该往哪里放，说："好，好。"

"林书记，你们先坐坐。"汪迁走出来说。

林秋云叫小吴过来，让他把那几封举报信拿出来。小吴说在车上。"在车上也要拿来，既然来了，不能不给人说法。"

“哎。”小吴点点头跑出去了。汪迁忙着给林秋云一行泡茶，说：“这是北架山的红茶，冬天红茶暖胃。”林秋云端着茶杯，看着屋子里的陈设很简陋。灰色水磨石的地板，显得光线暗淡。布艺沙发已经凹陷，高低不平，几把椅子倒是新的，还有淡淡的桐油味。中堂上摆着一个案板，上面零星地散落着一些硬币，还有一个香炉，香炉上插着几根燃尽的檀香，大概还是冬至供祖宗的时候上的香。一般蓝水村的中堂都是福禄寿，要么就是伟人的相。很多老年人的家庭都是挂着伟人的巨幅肖像，他们内心对伟人有着巨大的感恩和怀念。无论时代怎么变化，他们对党的恩情都没有褪色。汪迁家的中堂上也是挂着伟人朝世人挥手的肖像。

林秋云看得入神，像是青铜的，颜色很深。汪迁说：“林书记，这个是祖上传下来的，我们祖上世世代代都是农民，虽然是祖上的迷信，但是，也表达了他们对土地的感情。”

“大家都是同学，你叫我林秋云吧，叫书记生分了，我还以为你在叫别人呢！”林秋云笑着说。

汪迁笑笑：“我妈说，在什么场合说什么话！”

“这不是见人说人话，见鬼说鬼话嘛！”何显贵插嘴道。他盯着个杯子，不停地吹着泛上的茶叶，说，“乖乖，好烫。”

汪迁一跛一跛地来回忙着，给何显贵递烟，又给老秦递烟。别看汪迁个子小，还有残疾，做事很像样子的。

小吴风风火火地跑来，把一沓举报信递给林秋云说：“林书记，都在这里了。”

“好，吴会计你辛苦啦！”林秋云仰头朝小吴说，看得小吴倒不好意思了。他笑着说：“为人民服务嘛！”这么说，在场的人都笑了。

“这个小吴，倒学会来事了！”何显贵用眼指着小吴。

汪迁的妈妈却不见了踪迹。

“你妈妈呢，我们是来给她答复的。”何显贵说。

门口站了不少人，有人已经把脚迈到汪迁的家里了。几条狗在门口汪汪汪地吠着，淘气地游戏着。

童家声不知道什么时候也来了。

“我去看看她，她估计在给我爸爸喂药。”汪迁说着就上楼了。楼梯很窄，汪迁的身影也被拉得窄窄的，看起来也不那么跛了。

“这个彩凤，举报信倒是写得勤快的，又是村委会，又是镇里的，跟她来真格的，还不敢露面，这么多人都围着她转，她倒好，玩起了消失。”治保主任老秦把烟往外面一扔吐了口唾沫说。

“林书记，你说是吧，你才来蓝水村，有太多的事情要处理了，现在倒好，为她彩凤一个人兴师动众。”

林秋云也着急，马上到12点了，一上午准备慰问三家低保户的，现在只能扑在这一家了。过年也没几天了，这些事都要落实。林秋云说：“既然来了，就再等等吧，她肯定也真的有事。”

“还是林书记善解人意。”左春霞说。何显贵看了左春霞一眼，左春霞不说话了，看到了童家声。

“林书记，他又来了么，那个搞笑的家伙！”左春霞朝林秋云笑笑。

童家声显然看到左春霞在指他，就钻出人群，挤到屋内，说：“这个彩凤，真是狗肉上不了台面，有句话叫狗坐轿子不识抬举。你不来吧，它到处狂咬，你来了吧，它倒夹着尾巴躲起来了。”说着自顾自地笑起来了。

“这么好笑！”声音从楼上传来。童家声扭头盯着楼梯口，过了一会儿，彩凤从楼上下来了。

“你就像我家狗日的小粉，汪汪汪！”童家声学着狗叫。门外一阵笑声。

“林书记，我郭彩凤要是诬告好人，就不得好死，就没有下葬的地方。”

“我那不叫举报信，就是把我们家的情况还有蓝水村的情况如实地告知你们。林书记，我们家的土地、养鸡场，加起来没多少。我们都是靠土地吃饭的，你看，我家的鸡都病死了，我家的人呢也快病死了。”

“汪迁你下来，鸡！”彩凤喊道。

汪迁把一堆死鸡用蛇皮口袋拿下来，放在门口。几只狗要来叼鸡，猫也来了，蹲在不远处的松树下。

“林书记，你看，现在蓝水村的水，都是化工水，养的鸡都成了这副德行。汪迁，你把你爸爸背下来，给林书记他们瞧瞧，都成什么样子了，还有人形吧，都是土地污染。我老头子以前身体多好，一个人一天能栽秧一亩多地，现在能干什么？还剩下一口气，他才60岁。”

林秋云忙说，彩凤阿姨：“不要折腾了，我们上楼去看看叔叔。”

小吴把举报信递给郭彩凤，郭彩凤看一眼，扔在案板上，说：“我只举报了汪德厚，其他的不要安在我头上。”

林秋云看着郭彩凤，眼神露出异样的神色。林秋云想，那其他的举报信又是谁写的呢？

汪迁在前面带路。楼上的房间倒是不少，也很宽敞。只是墙皮脱落得厉害，白色的立邦漆结成了壳，掉落在地上，墙面像是世界地图一样，就像林秋云小时候见过的窑厂。窑厂挖了土地，形成一个一个的洼地，经年积水，形成了大大小小形状各异的潟湖，有些坟地和栽电线杆的地方没有发掘，形成了岛屿。林秋云站在蓝水窑，就像是站在世界之巅，看着七大洲和五大洋。地是才扫过的，地上被扫帚摩擦留下的痕迹。

“哦，我知道，他得了肺癌，难治。”何显贵说。

林秋云上楼后，才发现，何显贵没跟来。他与童家声在抽烟。

“何主任，一起上来吧。”林林秋云站在楼梯口说。

“好，我抽完烟就来，不然会呛到老汪的。”

到楼上的时候，林秋云就听到汪迁父亲的咳嗽声。那颤抖的咳嗽声在冷风里显得格外凄凉和无助。汪迁的父亲似乎听到了林秋云他们的脚步声，从被子里探出了头。被子是黄色的，被子靠头部分已经变成了棕色，看来他在病床上已经待了很久了。

进了房间，林秋云闻到一股浓浓的霉味，还有中药的气味。

老汪显然听到了林秋云和何显贵的对话。他慢慢爬起来，眯着眼看着林秋云。

老汪的胸口露在外面，林秋云看到了灰色的睡衣和肿胀的脖子，像是甲亢一样，但是比甲亢更加厉害。林秋云忙把被子往上拉了拉，盖住了老汪露在外面的脖子。说：“汪叔叔，我来看你了。你还记得我吗？”林秋云走近老汪。记得小时候，林秋云来给汪叔叔拜年，汪叔叔都要背着彩凤婶子塞给她压岁钱。那时候，林秋云家在蓝水村的条件不错，但是村上很少有人给她压岁钱，基本上是给些零食，花生呀，京枣呀，就是没有压岁钱。后来林秋云的爸爸让她到了临湖镇上学，就再很少见到汪叔叔了。汪迁后来到临湖镇读中学，汪叔叔也很少去中学，每次去开家长会，都是彩凤婶子去的。

汪迁的父亲显得特别疲倦，眼睛也肿了，他看到了林秋云，眼皮动了动，眯着一条缝，一束柔和的光从眼神里散发出来，他的嘴角动了动。他的笑还是熟悉的，就像以前过年给林秋云压岁钱的时候那样。

林秋云看到汪叔叔的头动了动，脖子却是僵硬的，像是被钢筋水泥固定了一样。林秋云看到汪叔叔的脖子下面像是有一个巨大的瘤。林秋云心里一惊，那是癌变的淋巴。林秋云的心里像是塞满了淋巴，压抑得无法呼吸。

汪叔叔艰难呼吸，每次咳嗽就像重生一样。汪叔叔不停地咳嗽，咳得痛苦，一阵咳嗽才能大口地呼吸。汪迁给他爸爸戴上了吸氧器。

汪叔叔呼吸了几下，又取下来，放在被子上。他抬起手，指了指窗户，说：“我叹的气有毒。”

汪迁搬来板凳，站在板凳上，打开了窗户，一阵冷风吹来，呼吸机发出呜呜的声响。

哐的一声，门关起来了。没有通风流淌，屋里的风也小了。

“汪叔叔，我代表村委会来看望你了！”林秋云几乎是含着眼泪说完这句话的。

“噢，噢……”汪叔叔头动了动，似乎是点头。

“林书记，你是有文化的，也是从蓝水村走出去的，对我们蓝水村的人有感情，不像村委会以前那帮人。”郭彩凤说。

“妈，林书记也不是蓝水村一个自然村的书记，她现在是蓝水村和北架山行政村12个自然村的书记，哪能只顾着我们村呢？”汪迁说。

“林书记管多少村我不管，只要她能管我们家，帮我们家解决问题，她就是好官，要是过路的，烧纸给鬼看，我也不认她。”

“妈，你别乱说，林书记刚来，你就这样不好。”汪迁急了。

“有什么不好的。当官的，他好我就好，他不好，我才不会热脸贴冷屁股。我就是这样直性子，得罪了也就得罪了。我家三个男人，就我一个女人是一个全人，我怕哪个！”说到伤心处，彩凤抽泣起来。

林秋云静静地听着，她的心里突然有些不是滋味。她本来就是下来慰问低保户的，具体能做什么，她也没底。

欧阳说的走群众路线。大概就是这样，必须是走群众路线，可是怎么走，路在哪里，线在何方，路线路线，她林秋云还是摸不到，也找不到路。来蓝水村时，她对乡村工作做了一些了解，她以为掌握了乡村工作的要点，现在想想，不过是皮毛，她了解的仅仅是表象，是形式。她差一点就陷入了形式主义的旋涡。在拿到彩凤的举报信时，特别是被刘镇长敲打时，她有些讨厌写举报信的人。甚至讨厌彩凤婶子，因为从小就有这样的印象，彩凤不是个善茬，汪叔叔在他面前一直抬不起头。她怕在蓝水村这些悍妇面前也抬不起头。林秋云本以为，慰问一下贫困户，表达一些关怀，他们就感恩戴德了，就像何显贵争着要来慰问一样。要不是林秋云咬定要亲自来，她根本没法了解蓝水村。

是匿名举报信让她下决心来走一走。她是来解决问题的。她还在台历山头写了“一定行”。行不行，成色在哪里，她现在终于知道了。她想：才来蓝水村，要尊重何显贵，要低调处事。可是，她没有办法低调，很多的事情必须要她去决断，而且要高调决断，要定调子。对于何显贵，该尊重她必须尊重，包括两委的成员，有时候尊重是相互的。

何显贵还在楼下，没有上来。这就是何显贵给她的尊重。林秋云想想，这不是对林秋云，是对蓝水村的病人。何显贵何主任大概是这样的事情经历多了，麻木了，也是怕沾腥。但是无论林秋云怎么为何显贵着想，他何显贵都不能这样。

“还是把窗户关起来吧，汪叔叔会冷的。”林秋云说。

“好，我去把窗户关起来。”左春霞笑着走过去关窗户。

“彩凤婶子，我们去楼下说吧，不要打扰叔叔。”林秋云望了望，把一个红包塞给彩凤，然后朝楼下走去。彩凤捏了捏红包的厚度，感觉比以前的厚实些，嘴角吊了吊，笑着塞进了口袋，说谢谢林秋云侄女。

“彩凤婶子，这是村委会对你们的关心，不是我给的红包。”林秋云严肃地说。

“林书记，哪路菩萨发善心，哪窝鸡窝生坏蛋，我心里透亮！”彩凤跟着林秋云的脚步，亦步亦趋地说。

“你说吧。”林秋云说。

“我举报汪德厚。他把我男人骗到顺泰化工厂，我男人得了癌症，跟他在顺泰化工厂有关。”

“你说说当时的具体情况吧？”林秋云拿出了手机录音。

“那是六年前的事情了，汪德厚从湖里上来，没事情做，也没有分到土地，就在蓝水村的顺泰化工厂做污水处理，到处找人到顺泰化工厂打工，据说找一个人有200块的奖金，他昧着良心，他哪里不知道化工厂对身体不好？当时我就反对汪迁的爸爸去顺泰化工厂，我对汪德厚说村里每天晚上都有顺泰化工厂排出的废水哗哗地往河里流，整个蓝水村都臭气熏天。去厂里上班，肯定要搞出一身的病。汪德厚到我们家来了好几次，说，没事的呀，我不是也在顺泰化工厂吗？就像你们在岸上种菜，撒了大粪，不是也臭得很，种的菜却很香。你说，现在的农民种地有什么意思，一年下来，一亩地还挣不来200块钱。还不如在厂里做两天。当时汪德厚一说，我想想也是的。蓝水村的土地以前被窑厂把土吃掉了，北架山也被挖了石头，当时都希望窑厂和水泥厂来把自家的田地收征用了，省得烦心。再说，我也是穷怕了，当时汪迁还在念书，每年的学费靠种地真的没办法交齐。我就答应让他去了顺泰化工厂。刚开始还好，就是每天回来浑身都是药水味道，怎么洗都洗不掉。整个房间都是味道，我们只好分房睡。就在去年，孩子的爸爸总是咳嗽，你说，即使不在一个房间，他咳嗽我们也能听到，哪里睡得安稳，就让去菱湖市医院检查，查下来没事，我当时就觉得不可能，连续咳嗽了几个月，不可能一点事都没有，我们只好再到大医院去查，结果查出来是肺癌晚期，已经扩散到淋巴。医生说扩散到淋巴，化疗已经只能看奇迹了。现在家里的钱都掏空了，该卖的东西都卖掉了，汪迁的养鸡场又被化工污染，土地也被污染了，连养的鱼也死掉了。我们看不起病，只好把老头子接回家等死。林书记，你说，我们这日子可怎么过？”

林秋云说：“村里没有农保吗？”

“农保重大疾病不给报，再说，好药有些是外国药，不给报销，你看我家，哪里吃得消？别说不能报销，就是能够报销，每个月要七八万的医药费治疗费，我们也只能眼巴巴看着，就是把我们一家人的骨头拆了卖，也不够呀。我们家以前可不差，你看看，我家三个劳动力，有腿有脚的……”彩凤说。

“光靠种地是挣不到钱，可是我们不能没有土地呀！”汪迁的父亲说着，望着天花板，思维陷入了凝滞。

林秋云听了，一阵心酸。特别是看到汪叔叔，曾经那么健康幽默的人，现在只能躺在床上等死，何况等的过程他都无法呼吸。想到他戴呼吸机的样子，她想起了自己的父亲，如果是自己的父亲成了这样，她会是何等地撕心裂肺。林秋云理解彩凤婶子的胡搅蛮缠，也理解她的愤怒。是的，每年送给他们一些油盐米面，算什么呢？林秋云想不到，汪叔叔病入膏肓，还惦记着土地。可是她能为蓝水村的土地做点什么呢？

“彩凤，你们家好歹还是低保户，一个月有600多的低保吃。还有土地可以种，你看我童家声，一个人拖着两个娃，土地也不分给我，还要我上岸，住房还是我自己租的，你就知足吧。”童家声说。

“你家没有病人，你不知道，土地上摸的那点钱还不够挂号，低保是每个月600块，能有什么作用呢？”彩凤说着眼泪又出来了。

“你真是，600块钱不是钱？”童家声说。林秋云看着童家声。

“我家的婆娘不知道哪里去了，跟病了、死了有什么两样？”童家声说。

“童家声，你不要捣乱，我在说汪德厚，跟你没关系。”彩凤说。

“汪德厚帮你老公找了工作，挣钱了，还是他的错，彩凤咋就这么霸道呢？他哪里知道你老公会得绝症。要是知道这样，他肯定不会帮你的忙。他在你困难的时候帮你了，现在他得老年痴呆落魄了，你就在蓝水村处处挤兑他，诬告他，你真是缺德！”童家声愤愤不平地说。

“我缺德？是你们家缺德，你是汪德厚女婿，当然为他说话。”郭彩凤说。

“我早就不是他女婿了，只是你的作为我看不惯。蓝水村得癌症的不只你一家，他们都没有像你这样乱咬。”

林秋云看着童家声，问：“蓝水村的病人都是因为化工厂吗？”

“蓝水村大多都是老年人，哪年不死人？只是现在多了。生病的也多得是，到底与蓝水村的土地出了问题，与化工污染问题有无关系，没人晓得。也没有人算过。我看是现在年轻人都进城了，村里留下的都是老弱病残，当然看起来每年都死人多了。”童家声说。

左春霞看了看林秋云。林秋云突然觉得自己的问题问得很幼稚，有些无的放矢。

果然，彩凤说话了：“林书记，他丈人以前在顺泰化工厂搞污水处理的，他舅子汪明现在是顺泰化工厂的污水处理工，你要说，蓝水村有的病人跟顺泰化工厂有关，他肯定帮那帮人推脱。”

林秋云决定把童家声跟顺泰化工厂的事情撇开，毕竟跟他本人无关。关于童家声，他的老婆倒是个问题。

“童家声，你老婆跑了，是不是你家暴的原因，你要老实告诉我，看我们能不能帮你把老婆找回来。”

“我童家声从来不打老婆，林书记，你行行好，千万不要把那个婆娘找回来，这样的女人我才不要，她偷偷摸摸把土地卖给办厂的人了，拿了钱丢下孩子去潇洒了。”

“你不要老婆可以，可是孩子不能没有娘呀。”林秋云对童家声的回答很意外。

说起童家声的老婆，汤警官表情有些变化。他给林秋云悄悄发了信息：监控显示，汪小粉最近在蓝水湖出现过，也许跟最近的一些案件有关。

林秋云拿起手机，看了，又放下手机，朝童家声看了看，心想，能回来就好。林秋云朝汤警官微微一笑，表示已经收到信息并表示感谢。

汤警官的电话响了，汤警官收起手机，说：“林书记、何主任，我还有事，先走了，堵路的事情已经处理好了，这里的具体情况，我也了解了，林书记等你和郭彩凤谈话结束，郭彩凤要去村委会的警务室做笔录。”说完就走了。

郭彩凤说：“我又没有犯法，干吗要去公安局。”汤警官走了，彩凤才埋怨道，还瞪着汤警官远去的背影。

“彩凤婶子，没事的，就是去解释一下，说说具体情况，顺便也可以反映一下民意，这是工作程序。你家里的情况 ，我们呢会想办法的，能帮尽量帮。”林秋云这么说，彩凤倒没话说了，她纠结了一会儿，说：“那我听林秋云侄女的。”

“在工作场合是要叫职务的。”左春霞瞄了眼憨憨彩凤说。

“哪有那么多形式主义？”林秋云笑了。

林秋云刚才看到时间，已经差不多了，还要去汪德厚家，看看能不能找到一些答案。还有，应该找汪明谈一谈顺泰化工厂污水处理的情况，最好找一找他们顺泰化工厂的老板。

林秋云说：“何主任，你看看，还有什么要补充的吧？”何显贵摆摆手，林书记都出面了，我也没什么意见。“小吴快去开车，我们去汪德厚家。”何显贵呼喊着。小吴半天没有回答，四周也看不到人。汪迁帮着到处找人。何显贵就给小吴打电话。原来小吴在彩凤家里嫌冷，就躲到车上了。

“这个小吴，屁事多！”何显贵说。

林秋云一路上都在想蓝水村村委会的事情。彩凤要举报汪德厚，还要举报蓝水村村委会。可是今天林秋云来了，彩凤并没有举报蓝水村村委会，也就是以前的蓝水村村委会，一句话都没有说。林秋云其实早就要走了，就是为了等彩凤把以前蓝水村的事情说出来，这些事肯定跟顺泰化工厂有关，跟蓝水村的土地河流污染有关。林秋云来了，她彩凤却退缩了不敢说了。到底她是怕某些人，还是忘记了，还是怕伤到林秋云，或者怕为难林秋云。林秋云不清楚。林秋云很疑惑，她想等机会再找彩凤婶子好好聊聊。

车停了。

“林书记，老汪家到了。”小吴说。

林秋云下车，看到门口的土地已经让挖掘机吃掉了，黄色的泥土裸露着，大大小小地挖了许多的坑。坑里是干燥的，看得出，这些挖掘机才休息没几天，大概回家过年了。这片土地是保不住了。不知道是办厂还是做别的工程。又是一片土地消失，又是几十亩的耕地这么消失。

“何主任，这片挖掉的土地是要做什么工程吧？”林秋云问何显贵。

“林书记，这是要准备建设一个农机厂，是把收购来的麦子和稻子烘干，这里马上还要修一条路，直通蓝水街上。”

“蓝水村还有多少土地可以耕种？”林秋云问。

“以前是5253亩，现在还有3932亩，以后可能更少。”

“农村没有土地，还是农村吗？农村没了耕地，就是缘木求鱼、本末倒置了。这个我们要记得。《人民日报》都刊登了《守住土地 守住未来》这样的评论文章。当然，我们不能拒绝企业进来，但是数量和质量要控制。我们不能靠出卖土地存活，那样蓝水村是没有未来的。”林秋云说。

何显贵知道自己说话漏风，让林秋云不舒服。何显贵话锋一转：“林书记说得没错，我们蓝水村是个革命老区，有蓝水湖和北架山，都不适合耕种，看起来土地面积不小，但是实际耕地面积在菱湖市所有的乡镇里是最小的。”

“所以呀，我们就要更加珍惜我们的土地……”林秋云说。

“这个农机厂是老书记汪木根定下来的，他才退下来，我们不敢赶走这个农机厂，再说也是签合同的，违约的事，我们也不敢做。”

林秋云不知道这个农机厂是谁引进的，也不知道是谁代表村委会签合同的，但是能从何显贵的口中听出，他何显贵是不敢违约，也不想违约的。是老书记还是何显贵搬出老书记压她，林秋云不清楚。有一点林秋云是很清楚的，何显贵看起来对自己恭恭敬敬，但是不时地用话明一句暗一句敲打她。

林秋云来蓝水村之前，就清楚了。这还是意料之内的事情。意料之外的事情却太多了。林秋云有些隐隐的感觉，何显贵与这些老企业联系太深，只是又说不清楚，毕竟引进这些污染企业的时候，何显贵是村委会主任，是两委的重要成员，是直接参与者、决策者。对这些引进来的企业，他多少是有些情感的，说实话对蓝水村的脱贫确实也起到了巨大的作用。林秋云希望何显贵对这些污染企业仅仅是发自纯粹的情感而不是其他。

“林书记，这片被吃掉的土地就是汪德厚的，他过户给女儿汪小粉，就成了汪小粉的土地，因为童家声不是蓝水村的，他多年在湖上，户口不能落在本村，只有汪小粉的户口在蓝水村，童家声家的户口户主就是汪小粉。土地只能过给汪小粉。谁知道农机厂要这片地的时候，汪小粉没有告诉童家声，而是悄悄跟农机厂签了土地征用合同，她拿了十几万补偿款就不见了。到现在也见不到人。童家声就到处闹，说是村委会把他家搞得家破人亡，要村委会出面把汪小粉找回来，活要见人死要见尸，要是什么都找不回来，把征用款要回来也行，毕竟还有两个娃要上学。他说为了孩子上学，他都没法到湖里打鱼了，他还说蓝水湖三天两头禁捕，完全断了他童家声的活路，于是整天到村委会要低保。林书记，低保是有标准的，不是哪个闹就给，都说会哭的娃儿有奶吃 ，可是村委会哪有那么多的奶。”何显贵介绍道。

林秋云默默地听着。自从在湖上见过童家声，她就预感到这个童家声会给村委会带来无尽的烦恼。可是，作为一个村官，她不就是来解决这无限的烦恼的吗?

“童家声的情况我知道，在湖船上，你们走了我就见过他，也了解了一些情况。童家声确实不容易，特别是还带着两个孩子。”林秋云说。

林秋云看着墙壁上画着许多“山石田土”，看着破败的房屋，她抬眼望去，蓝水村还有很多这样的房屋。

汪德厚的门关着。林秋云没有敲门，她情不自禁地在村里看了看，有的楼房玻璃破了，有的砖瓦房都倒掉了。这些都是被人遗忘的、抛弃的，在时光里腐朽了。村庄也在时光里风化了。这些房屋的主人都进城了，有的去了外地，林秋云突然想：他们在外面过得好么，真的像村里人想得那么风光无限吗？他们大多是没有文化的人，最多有些手艺，这些手艺能够支撑他们在城市成家立业、买房消费吗？他们要是在城里混不下去该这么办？回来面对这些惨败的房屋吗？林秋云在冷风里叹息。她想起菱湖市里的乞丐。他们中有没有蓝水村的人呢，有没有这些房屋的主人呢？林秋云又回到汪德厚的屋子前，冷风吹得塑料纸哗哗地响。

一些农具在门口。林秋云走近一看，都是腐烂的锹柄，还有一些弯弯曲曲的，林秋云不认识。何显贵弯腰捡起来，说："这是以前在湖里的砂子枪，里面填满铁砂，把枪管房架在船头，一枪能打死好多的野鸭子和水鸡。"

"现在童家声还用这个吗？"林秋云问。

何显贵把砂子枪的木柄扔到地上，说："现在哪有这么多的野物，再说，湖管会也查得紧，不时还有片警巡查，童家声没有这个胆子。"

"林书记，门开了，我们进屋吧，外面太冷了。"左春霞说。

汪德厚还能动，扶着墙，慢慢挪动。汪德厚靠在一个黑皮靠椅上。靠椅的黑皮都被撕破了，露出发黑的海绵。还有不少是烟屁股烫的。

房间里有一股沉闷的腐烂的气息。汪德厚的木板床前面是一个拼凑的桌子，上面画着象棋的楚河汉界，方格被弄脏了，路线也断了，没有界了。一碗稀饭摆在桌上，边沿已经结壳了，上面落着屋顶瓦片里的灰尘。房子的窗户是用透明塑料纸包裹的，能够隐隐约约地看到外面的一片绿色和大片黄色。只要冷风一吹，露在外面的塑料纸就会呼呼地响。

汪德厚很瘦了，比上次见到时还要瘦。

林秋云把慰问的礼品拿出来，给汪德厚面包吃。林秋云把包装纸撕掉，拿着面包递到汪德厚面前，汪德厚看了半天，他盯着金黄色的面包看着，他的鼻子翕动着，流出了清凉的鼻涕。突然，汪德厚抓住林秋云的手，大哭道："小粉你回来啦。你好狠心哦！"

林秋云一惊，何显贵也瞪着汪德厚看。左春霞在旁边偷偷地笑。

"你饿了吧，看看你都吃这些东西。"林秋云看了看结了壳的稀饭。一瓶萝卜干都已经发霉了。

"你也吃。"汪德厚把面包撕开了，一半递给林秋云，一半自己吃。林秋云看汪德厚舍不得吃面包，就说："还有，我这里还有很多。"

"留一点给你的两个娃呀。"汪德厚说。

林秋云听了心里很难过，同时心里也奇怪，不是说汪德厚得了老年痴呆吗，看来情况还好。

“小粉，这些吃的是在李招娣商店里买的吧？”汪德厚努力睁开眼睛问。

“不是，在街上的华联超市买的。”林秋云说。

“小粉，李招娣超市卖的假货哦。”汪德厚说。

林秋云看了看何显贵，不知道该如何回答。

“小粉，你从地里回来吧，记得收了麦子要种那个红苕！”汪德厚抓住林秋云的手嘱咐道。

扑哧，左春霞笑出了声。何显贵也掏出烟，扭着头想笑，忍住了。他走出了房间，老秦也跟出去了。小吴又赖在车上。

“林书记，我去看看有没有开水。”说着左春霞出了房间。

林秋云也闻到了房间一股难闻的味道，那是汪德厚焦黄的棉裤，上面都是脏斑。旁边的煤炉不知道什么时候就熄灭了，煤炉下有几个燃尽的蜂窝煤。怪不得屋子里有一股怪怪的气息，就是这些蜂窝煤和尘埃混在一起的气味。

林秋云想起在台历上写的几个字“蓝水村病人”，这简单的五个字，写的时候，还真是轻描淡写，因为历任蓝水村的书记都面对这些问题，不是她林秋云一个人，他们能面对，自己肯定也行。所以她来时虽然想过“处理不好激化矛盾”，但还是来了，只是她没想到，在蓝水村，她目前看不到哪条路适合走。林秋云突然觉得蓝水村的村民真是有极强的忍耐力。她也感受到，蓝水村的人不像别人说的是“刁民”，相反，他们从来没有什么大的奢望，他们只是有对平静生活的渴求却被当作“刁民”，连一向温和的欧阳都在这么说。对于丈夫那样的话，林秋云更是觉得可笑。

从屋里出来，童家声已经在等林秋云了。

“林书记，你看，这片挖得乱七八糟的土地就是农机厂，前面那块麦田，就是我种的麦子，村委会已经把地收回去了说是要征用。不知道干什么。小粉就私下把土地卖掉了，都没跟我说，田里的麦子还是我亲手种的呢！”童家声愤愤地说。

“林书记，这是临湖镇下了文件的。除了这个动工的农机厂，那片麦田可能要建一个规模更大的工厂，那时候，光交税一年都一百多万，蓝水村脱贫就有希望了。”何显贵说。

靠卖土地来脱贫，不啻于饮鸩止渴，那个吃了几百亩的蓝水窑就是鲜活的证明。大片土地没有了，蓝水村依然是菱湖市贫穷的村庄，这样的土地开发利用有什么意义呢？林秋云想。

林秋云看着那片油绿色的麦田，麦子长势不错，不知道那是要办什么厂。要是蓝水村的土地都盖厂房了，农民怎么种地，粮食从哪里来，乡村如何振兴呢？如果乡村振兴都是靠工厂侵占土地变成的厂区，那还是乡村吗？靠牺牲生态换来暂时的繁荣，这样的乡村，哪有未来。土地是一切生态保护的根本，上面提出的“金山银山就是绿水青山”就是对生态保护重要性的定义。林秋云是学农学的，她知道，一旦生态遭到破坏，所谓的发展，都是空中楼阁。

林秋云对蓝水村有过了解，以前蓝水村加上北架山应该能有耕地5000多亩，山地3000余亩，湖泊15000亩，人口3000多人。人均两亩不到，现在土地只有3900亩。人均耕地下降了很多，这还不算外来人口和在外工作的蓝水村人口，如果这样算来，人均一亩都危险。耕地是不变的，即使变，也是越来越少，蓝水村的人口也在减少，可是他们是迁移到城市，而不是消失。现在，出现了新情况，在蓝水村，一些边远地区的外来人口数量急剧增长，他们大多靠土地为生，兼打些零工。蓝水村的土地是很稀缺的。可是临湖镇想不到这些。他们需要经济，需要GDP，又要财政收入，需要税收。现在农民免税不说，每亩地还有一些补贴，这对政府来说都是负担，所以办厂是一劳永逸的事情。可是农村的出路在哪里？林秋云的心情很沉重。特别是看到汪迁的父亲和汪德厚这样的蓝水村病人，她觉得自己前面的道路太漫长了，也太艰巨了。谁叫她林秋云真的想到农村锻炼呢，她骨子里对土地的热爱和亲近，让她无法自拔。或许，还有更加隐秘的东西在她的灵魂深处蔓延。

“林书记，我到现在一分地也没有，湖里也弄不到鱼虾，日子过不下去。林书记，这片麦子还能收割吗？我亲手种的。”童家声说，“看看能不能跟临湖镇求个情，要不然我童家声自己去找他们。”

林秋云看着童家声，说：“这样，我们回去研究研究。”她只能这么说。

离开汪德厚的家，林秋云决定去找汪德厚的儿子汪明。一是了解顺泰化工厂排污和污水处理情况，二是赡养老人的问题，汪明有些不像话。

临走时，汪德厚一直靠在门口，叮嘱道：“小粉，过年一定要回来啊！”

左春霞跟林秋云请假，说：“临湖镇妇联有份文件要她赶紧处理，说是要组织临湖镇迎新春广场舞大赛。蓝水村妇联负责组织一支广场舞队伍，具体事项要在临湖镇妇联会议讨论。”

林秋云想起来了，临湖镇的宣传委员刘晓歌发了个会议通知。她因为蓝水村慰问走访，忘记了。事情有个轻重缓急。在林秋云看来，没有什么比人的问题更要紧，这也是蓝水村土地污染问题，必须重视。现在全国上下都重视生态保护，可是蓝水村却还是这副模样。林秋云的脑海里突然闪现了刘镇长的影子。林秋云觉得有些想法也只能放在心里。

“你怎么回村委会？”林秋云问。

“我没事，跑回去也可以。”左春霞说着朝村委会走去。

林秋云手机还在录音，她忘记关掉了。要不是临湖镇宣传委员刘晓歌给她发来信息，她还不知道要录多久。

林书记好，蓝水村的舞狮准备申遗，春节后，刘镇长邀请了菱湖市申遗传承考察小组下来，你要负责好对接工作。

好的，刘委请放心，我一定用心落实。

林秋云按了信息发送，心里却泛起浪花。一波未平一拨又起。林秋云的心里有轻重缓急，可是在临湖镇也有轻重缓急，她这些都是小事情，菱湖市派来的事情才是大事。林秋云一头雾水。

还是先摸清污染土地的问题吧。林秋云想。

6

汪明所在的顺泰化工厂离蓝水村还是有一定距离的，大概开了10分钟的车才到。

小吴看看汽车中控上的时间，11：40 了。小吴看了眼林秋云说：“林书记，现在厂里也吃中饭了，去也看不到什么。”

林秋云知道小吴的意思，想想也对，不过想起刘晓歌发给她的信息，下午还要调研蓝水村非遗的事情，上午必须完成这个行程。林秋云说：“下午我还有事。”

“好的。”小吴踩了油门。

何显贵说：“林书记，你们先去，我骑车可能要晚一点才到。”

林秋云点点头说：“行吧。”林秋云又改变了主意，说：“何主任，外面天冷，要不一起吧？正好小左先走了。”

何显贵笑着说：“乡下人，皮糙肉厚，不怕冷，不管事的，我们要发扬革命精神，一不怕饿，二不怕死。”说完龇着牙憨憨地笑着。

林秋云猜想何主任在埋怨她，小吴也有情绪，可是她何尝不想悠着点做事情呢，上面一句话，下面就要跑断腿。没辙呀。林秋云只好忍而不发。

路上，林秋云叫小吴跟顺泰化工厂负责人联系一下。小吴拍着方向盘说，林书记，我平时都在村委会，很少跟外面联系，下面这些工厂都是老书记带着何主任联系的，只有他们才认识那些厂里的头头。老书记一走，也只有何主任知道他们的联系方式。

“生姜还是何主任的辣。”林秋云说。

“那可不是，蓝水村一方田，何主任耕来耕去，耕得深了、透了。要不是你来，哈哈！”小吴说，他突然觉得不对，又说，“我的意思是说，要是没有这么一个空降的书记，他就是书记主任一肩挑，主持蓝水村的工作了。”

“哦。”林秋云说。

小吴知道林书记的情绪不对，就没有再说话。车上一阵沉默。

汽车行驶到一条河流的堤坝上，河流不宽，几乎看不出水在流动，能在水中看到整个太阳和太阳的光晕。

道路蜿蜒曲折，很狭窄，但是路面平坦、整洁。两旁栽着香樟，树叶落了，连树枝也砍掉了，只剩下几根主干冒出的枝杈，像盆景形状一样，在冬日里枯瘦地向天空伸展。

工厂就在一条河流的旁边。

车到了门口，听到一阵狗叫。声音浑厚，空气都在颤抖。工厂电子移动大门上面滚动着“欢度春节”四个鲜红的大字。透过栅栏，看到一只大狼狗，黄褐色的毛，狼狗朝门口的生人扑来，铁链发出哗哗的响动，感觉随时会断裂一样。门卫后面是一片空地，水泥地面，再后面是一座三层小楼，玻璃幕墙的外墙，很是气派。楼顶有一根旗杆，一面褪色的旗帜迎风招展，在风里发出啪啪的声响。

小吴在车里按了三下喇叭。

一个老头从门卫走出来。

林秋云下了车，站在原地。林秋云很小就特别怕狗，何况这么大的狼狗呢。

小吴说：“这是我们蓝水村新来的林书记，年前下来检查安全生产工作。”

门卫看看林秋云说：“你们等会儿，我去找老板。”说着进了保安室，关上门，朝三层小楼走去。

半晌，保安都没有回音。

何显贵到了门卫，看到小吴和林秋云还没进到厂区，就说：“我来给老周打电话。”

小吴说：“保安去找老板了。”

“这个点，保安也未必能找到他。”说着掏出手机。

“喂，老周呀，你到哪儿了？我们新来的林书记走访你们企业，调查污水处理，你怎么能拒人千里之外呢？”何显贵大声说着，故意说给林秋云听的。

“何主任，我在外面吃饭，我马上回来。你来也不吩咐一声，这个点了，我来安排一下。”

周厂长还在路上紧赶慢赶，保安就出来开门了。保安看到车子缓缓驶入厂区，面无表情地说：“又踩着饭点来的。”

林秋云笑着朝保安点点头，没想到保安对她视而不见。林秋云隐约感到有些不对劲。

姚主任跑出来接待林秋云一行。姚主任跟何显贵熟悉，说：“何主任、林书记，真是辛苦你们了，中午周厂长已经在蓝水街满堂红安排了一桌饭，现在查得紧，没有酒，工作餐。”姚主任不好意思地陪着笑。

“我们不吃午饭了，待会儿就回村委会。”林秋云说。

姚主任一听，为难了，说：“林书记，这饭周厂长都安排好了，不吃也浪费了。”姚主任脸上露出难色。可是他没有和干部打过交道，以前跟何显贵一起玩，好说话，说怎么安排，何显贵都不为难他。这下来个女干部，不吃不喝的，很难相处。他也没见过这样的领导。

姚主任只好跟周厂长汇报。周厂长让姚主任把手机给何显贵，何显贵又把手机递给林秋云，说：“周厂长，你还是跟我们林书记说吧。”

“好好，我亲自给林书记道歉。”周厂长陪着笑说。

“林书记，我这是惭愧，也不知道你下来视察工作，你们肯定还饿着，人是铁饭是钢，对吧，为人民服务，也是要吃饱饭才能做好服务的。我都安排好了，我马上就到，马上就到！”周厂长表现出十二分的热忱。

“周厂长，你们厂有个叫汪明的吧，我想跟他谈谈。”林秋云说。

“好好，我马上跟姚主任说。”周厂长说。

林秋云把手机交给姚主任。姚主任点点头，说：“好，好。知道。”

汪明很高兴，见面感谢林书记上次对父亲的救命之恩。林秋云说：“应该的，这些都还是村委会落实的。”林秋云突然问：“你不是每天回家照顾你父亲吗？我们才从他那里过来。”

汪明知道林秋云的意思，就说：“我爸爸现在已经不能吃干饭了，咽不下去，只能吃稀饭。吃稀饭最好用萝卜干下饭。我平时也是用萝卜干下饭。我也是喜欢吃稀饭。”汪明带着笑容说。

“每天吃稀饭营养跟不上。”林秋云说。

“我是两班倒，上十二个小时，休息十二个小时。有时候夜班，我才能回去，熬了通宵，很累，就随便准备点吃的给爸爸，要是白班的话我就照顾爸爸了，我老婆又在城里上班，下来也不方便，关键我妹妹小粉不在，要不然就好了，大不了我出钱。照顾父亲，我是不在乎多少钱的，只要他健康就好。”汪明说着，语速也快了。

“汪明，今天来还有其他的事情找你。”何显贵说。

“什么都可以，只要能用得上我的地方。”汪明说。

林秋云让汪明带她去看了污水处理。汪明犹豫了会儿，说：“这个我得跟姚主任说下。”

几个巨大的水池，汪明和另外一个工人不停地往水池里撒漂白粉，气味呛人。

“你们污水处理除了漂白，还有几道工序？”林秋云问。

“还有好几道工序，比如一二三级处理——”汪明说着，支支吾吾地看着林秋云。林秋云知道，以汪明的文化程度，很难把这样专业的理论知识表述出来。林秋云慢慢往前走。

“哦，一级处理主要目的是将废水中的呈悬浮状态的污染物质祛除，并且调解废水的酸碱度等，处理工艺负荷的处理方法。使用的方法主要是自然沉淀、栅网过滤、上浮、隔油等。经过一级处理后的污水，通常情况下，还不能达到排放的标准，所以一般还要进行后续的二级和三级处理。”姚主任答道。

“污水处理好往哪里排放呢？”林秋云问。

“哦，我们处理好的污水可以循环使用的。”姚主任走过来说。

汪明退到一边，开始继续干活。

“你们厂里的污水会排到河流里吗？”林秋云盯着姚主任问。姚主任自然懂林秋云的意思。姚主任说，“林书记，你放心，我们厂处理过的污水比一般的自来水还要干净。不信你看看。”姚主任拿着勺子舀了一瓢水，端到林秋云面前，说林书记你看，清澈透明。

林秋云仔细看了看，其实，她是在闻气味。

“林书记，我们厂的污水处理保证没有问题，不信你看——”姚主任把瓢端到面前，喝了一大口，说，“你看，我们处理过的污水到了可以饮用的程度。”

“林书记，我们顺泰化工厂严格遵守工业废水三级处理的规定。而且我们的活性污泥处理法和生物膜法等技术相当成熟。林书记，你肯定知道，三级污水处理又称深度处理或者高级处理。在最初的两级处理过后，仍然存在一些污染物，包括一些可溶的无机物质和可以轻易处理掉的小物质。三级处理与深度处理相似，但也有重要的区别。经过二级处理后，废水中还有一些特殊污染物，三级处理建立了辅助的处理装置，然而，深度处理主要是基于废水回收和再利用。林书记。”姚主任看看林秋云说：“这个三级加工阶段投资相对较大，管理过程烦琐复杂，但能充分利用水资源和保护好土地资源，使得资源得以重复使用。不瞒你说，林书记，我们顺泰化工每年有三分之一的利润都投到污水处理上。”

“这样我们就放心了。你们处理污水的程序我是知道的，所以带林书记来看看，要作为蓝水村其他化工厂的标杆。”何显贵笑着说。

林秋云跟着姚主任在各个生产车间看看，味道还是有些浓烈，像是农药的味道。

林秋云陷入沉思，刚才污水处理看起来是没有什么问题呀，姚主任还亲自喝了处理过的污水。但是汪迁和他们家人都对化工污水处理提出质疑。里面难道有什么幺蛾子？林秋云不得而知。

看完生产厂区，姚主任带林秋云一行到会议室。周厂长已经在门口迎接。在会议室，周厂长介绍了顺泰化工厂的规模和远景图，最后请林秋云讲话。

“这个厂是你独资吗？”林秋云问。

“不是的，我们是股份制，大股东在外地，很少来，我负责做事情的，打酱油的。”周厂长笑着说说。

“周厂长没有什么毛病，就是为人太低调，把肉都藏在碗底下吃。”何显贵说。

“哦，何主任要不说我都忘记了，刚才满堂红来电话了，说等着上菜呢。已经十二点多了，好饭不怕晚嘛！”周厂长望着林秋云说。

何显贵起身准备往外走。小吴不知道到哪里去了，刚才接个电话出去了。

林秋云看看手表，笑着说：“周厂长，不好意思，我下午还要开会，现在必须赶回去。”说着就要告辞。

周厂长跟在后面说：“林书记，总归要吃饭的，就耽搁你一点时间，要和群众打成一片嘛！”周厂长满脸的无奈。

“周厂长，你可不是群众哦，至少不是一般的群众。”林秋云说着看到小吴在门口和保安说什么。

小吴看到林秋云，开了后备箱，就朝林秋云这边走。林秋云看到保安往后备箱装着什么，一袋一袋地拎着，很吃力，看起来很重。

林秋云转过身，对周厂长说：“你的心意我领了，我们干部要自觉的，时代变了，你们放心，不会再出现吃拿卡要了，我们做工作，只看结果，实事求是。”林秋云说。

林秋云说这话时，看了看何显贵，又看了看小吴。

“我们蓝水村一直都是风清气正的，何主任说是吧？”周厂长笑着说。

“那是，哪能胡来呢？”何显贵说。

林秋云上车出门的时候，故意看了看保安，保安抬头，按了开关，大门缓缓打开。林秋云看到保安眼里厌恶的眼神。

何显贵说：“饿死了，我回去泡个面。”

林秋云忍着没说话。

开出去没多久，林秋云忍不住了，说：“小吴，保安往车上放的什么？”

“没什么，和以前一样，一些土特产。”小吴说。

“停下来。”林秋云说。

“什么？”小吴不理解。

林秋云说：“停车，我看看。”林秋云的语气很冲，小吴这次听出来了，赶紧停车。

小吴打开后备箱，里面塞满了北架山的特产，风干咸鹅，大概有二十多份。

“小吴，你算算这个要多少钱？”林秋云说。

“这些没多少钱。”小吴看了看何显贵说。何显贵低头刷着短视频，假装没听见。

“你看到那个保安的眼神没？他的眼神里充满了鄙视和厌恶！”

“我暗示过你，你还在这里吃拿卡要，这都是什么作风？”林秋云很生气，也顾不得小吴的面子了。

“林书记，是周厂长让姚主任安排的，我们怎么能这么拒绝别人的好意呢？”小吴也是委屈，他只是经办人，以前都是这样，现在做事难了，出来办事不吃饭就算了，饿一顿就饿一顿，别人送的土特产还要出面拒绝，小吴是最不擅长拒绝别人的。

“小吴，吴会计，你要不是以村委会的名义下来，你要是以一个蓝水村的低保户来到厂里，人家会给你安排这么多的特产吗？”

小吴当然知道，但是小吴还是不善于拒绝。

林秋云想想下午还要整理申遗的材料，不能过多在这件事上纠结。要是真的把这些咸鹅还给周厂长的话，现在这样做显然不合适，还会得罪人。但是这件事一旦抖漏出来，她就会被别人耻笑。

“以后，不许再收特产了，把我的那一份送给童家声吧，那两个孩子也是可怜。”林秋云说。忽然林秋云又说：“小吴，你把几家渔民召集起来，下午到村委会开会。”

小吴看了何显贵一眼，抿着嘴笑了。他也松了一口气。看来林书记还是懂得体恤人的。

路上车开得很慢，路又变窄了。田埂上枯黄，河沟的水结冰了，还没能融化，闪着白色的光。

林秋云现在才想起“如履薄冰”这个词。

路上，林秋云看到两个孩子在路边打闹，一个孩子跌倒水沟里了。

“小把戏！”小吴笑着说。

“现在放寒假了，孩子最开心了。”林秋云也笑着说，她看着窗外，孩子爬起来朝汪迁的养鸡场跑去。

“放假？这还是外地人小贾的孩子，生了三个孩子，老婆跑掉了……一个孩子都没有念书，跟一串葡萄一样，一个8岁，一个10岁，一个11岁。”

“村里给他办了低保吗？”林秋云问。

“他们是外地户口。”小吴说。说话的语气充满了同情。

林秋云一惊。她在笔记本上写上了几行字，然后默默地看着孩子慢慢模糊的身影。看起来他们很快乐，他们不知道忧愁的滋味……

下午，童家声和汪小罗几家渔民陆陆续续到了会议室。林秋云介绍了市里关于禁捕的决定。童家声说，这个我们知道了，现在正在饿肚子。到六月才可以开捕，不知道我们这几个人能不能活到那一天。说完几个人都跟着笑，苦笑。林秋云说，从禁捕的那天开始，每月给每户渔民1000块的生活补贴。何显贵说："林书记，不行呀，经费吃不消，再说，以前老书记在的时候，也没有这样的规定呀。

"不破不立。要想蓝水湖生态环境跟得上，蓝水湖的渔民生活一定要得到保障。"林秋云坚定地说。

"又想马儿不吃草，又想马儿长得好，哪有这样的事情。"汪小罗也说。

"除非我们渔民把嘴巴堵起来。"童家声翻着白眼说。

林秋云当场说了话要算数的。可是何显贵的担忧不是没有道理。哪来的钱？林秋云决定跟临湖镇申请禁渔渔民的生活补贴，并且让渔民找会计小吴。小吴说："这样村委会都要倾家荡产了。"

林秋云说："村委会冲家，总比渔民冲家了好。"

林秋云坐在电脑前，反复地酝酿该如何遣词造句，就跟要饭的人站在别人家门口一样。林秋云的QQ头像不停地闪烁着，临湖镇宣传委员刘晓歌在跟林秋云发信息，问蓝水村非遗情况。林秋云恨不得变成千足虫，多些手脚来。

蓝水村千亩良田实施计划方案摆在林秋云的办公桌上。这个是她今年上半年必须完成的任务。因为不能耽误六月秧苗的播种。林秋云得挨家挨户做搬迁的动员工作 。这个还要何显贵配合她，不然真是比登天还难。

7

做了舞狮预案，就要过年了。

除夕下午，临湖镇镇政府发来放假通知，并标注值班事项。

林秋云主持会议，并按次序安排值班表让小左打印好，贴在村委会政务公示栏。

林秋云作为书记，大年初一值班。会上都没有异议。只是小吴初三值班，显得不开心。会后，小吴找到林秋云说："初三要到丈人家拜年，她家在苏北。在菱湖市，初二给舅舅拜年，初三给丈人拜年，其实我女朋友那边也是这样。"林秋云说："你是新女婿，那我就跟你调换一下，初三帮你值班吧，抓紧时间把女朋友娶进蓝水村。"小吴喜出望外，说："谢谢林书记善解人意。"林秋云笑笑，说："没什么的。"

"哦，林书记，我女朋友可不喜欢嫁到蓝水村，她说这里到处都是化工厂，对孩子不好。"

林秋云也没有再说什么。

还没有下班，老公汪俊贤打来电话。"妈妈，都好久没见到你了，你什么时候回来呀，我要去公公家，婆婆说已经准备好红包了。"

8岁的女儿小米全心全意地关心她的红包。真是个小财迷。小米还说："要去菱湖市的肯德基，好好陪妈妈大吃一顿。"

接到女儿的电话，林秋云心里一酸。自从2月4日来蓝水村，有十天没有见过女儿小米了。以前从来没有间隔这么长的时间。林秋云听着女儿小米糯糯的声音，想起牵着女儿的手的时候，她的小手暖暖的，就像抓住一只小小的黄雀。女儿也会像黄雀一样叽叽喳喳地叫着。

其实林秋云难过的不是这次接到女儿的电话，是因为老公多次给林秋云打电话，林秋云都没有接。她才来蓝水村不想受到干扰，何况老公对蓝水村也没有感情，还很嫌弃蓝水村 ，他以为老公打电话来是奚落她或者看她笑话的，所以林秋云没有接。这次林秋云以为是老公打电话来接林秋云，毕竟她没有开车来。除夕，蓝水村到菱湖市的公交车已经停运了。

没有想到是女儿小米，那几次大概也是女儿小米用老公的电话打给她的，她却拒绝了。林秋云从来没有拒绝过女儿小米的任何要求，何况是见她的要求，突然她觉得自己太绝情了。以前在菱湖市农林局工作，林秋云基本上是按时上下班，所以不需要人催她，女儿也很少打电话来。

这次一定是小米太想她了。

“妈妈，天都快黑了，你还不回来呀？”小米说。

“小米，妈妈马上下班，叫爸爸来接我。”

“你不好打个滴滴回来么，我还要出去收账呢！”老公在家里说，声音在空旷的客厅回荡，他能感受到他一定是在客厅，是躺在沙发上说的，这是他喜欢的姿势。

“这里哪能打到滴滴呀！”林秋云心里有些急了。

“谁让你跑那么远的，一个女人还有官瘾。”老公没好气地说。

“你们又要吵架了，你们不要吵。”小米气鼓鼓地责怪着他们两人。

林秋云缓了缓，轻声说：“小米，爸爸妈妈没有吵架，我们在讲道理。”

嘟嘟嘟……

那头已经挂了。

这样也好，老公在外面乱投资，指不定哪天就会出事。林秋云也不想跟他纠缠。

村委会的人都下班回去了。林秋云发现周厂长安排的一份两包咸鹅还在办公室。林秋云打电话给会计小吴，小吴说：“我去过童家声家了，他还在湖上，晚上才能回来，我要接女朋友去苏北，所以只能开过年再送给他。”小吴满口的歉意，说：“林书记，本来想跟你汇报的，但是我怕你生气，就没说。”

“我知道了。”林秋云听了就更加生气了。真是不把事情当事情做。

林秋云回到单身宿舍，把她的台历也带回了宿舍。因为她不知道这几天会发生什么，会有什么临时计划。

宿舍很简陋，一张铁架子床，一张书桌兼办公桌。林秋云将绿植和电脑都放在书桌上。一年已经过去了，可是台历上的日子却刚刚开始。外面黑得很早，太阳西沉，落入北架山中，屋内变得模糊。

林秋云的手机亮了：提前遥祝林书记春节快乐，美丽依旧！欧阳敬上。还有三朵艳红的花朵和爆竹爆裂的图片。

林秋云心想：如果可以的话，请欧阳送她回去，也行。但是转身一想，也不行，如果老公看到欧阳送她回去，一定又要找借口吵架的。林秋云已经厌烦了吵架的日子，所以才离开老公的。再说过年各有各的忙碌。欧阳是企业家，年底更忙，他大概也是忙里偷闲发信息给她的。

谢谢！林秋云简单地回复，也给了两个笑脸。林秋云放下手机，坐在床上，想起年后临湖镇宣传委员和刘镇长一行下来检查舞龙非遗的事情，离现在也就八天时间。说起来春节后，感觉很遥远一样，其实不过就是在面前的事情。

林秋云的宿舍在二楼，她即使坐在床上，也能看到蓝水村的风景。远处的烟囱竖立着，很多年了。那是蓝水村窑厂。在林秋云小时候，蓝水村窑厂就是蓝水村的经济支柱，那时候，林秋云家住北架山，父亲来窑厂上班要骑车半个小时。要是下雨的话，就更难了。一次，林秋云给父亲送饭，不小心滑倒了，整个身体都陷入挖掘机挖的深坑里，差点死掉了。林秋云浑身泥水，将剩下的饼子送给父亲，父亲吃着饼子，哭了。他说："娃，你一定要离开农村，我要想尽办法，要是等窑厂把蓝水村的土地都吃光了，我们在蓝水村也只能吃风屙屁。"后来，父亲借钱给林秋云买了城镇户口，跟着临湖镇的人学起瓦匠来，再也没有回到过蓝水村。大概林秋云读初中的时候，父亲才把买户口的钱还完。他们一直租住着一个破房子，十年后，才买了两间瓦房。那时候，临湖镇的人已经不稀罕临湖镇了，他们都要往菱湖市里买房打工。

林秋云回到蓝水村，她并没有告诉父亲。林秋云照应丈夫，也要保密，等适合的机会再告诉父亲。可是马上过年了，见到父亲和母亲，总要聊天，万一说漏嘴了就不好了。林秋云不希望父母这么大岁数了还跟着自己糟心。

林书记，天都黑了，我待会让人接你回城。林秋云收到欧阳的微信。

林秋云一愣，欧阳怎么知道自己的行踪的，怎么知道自己还在村委会没有离开？是不是谁跟欧阳说起的，就算是，也会是蓝水村两委的人。

谁说的，我已经在路上了。林秋云回到。林秋云点亮欧阳的头像，看看他的朋友圈，看看村委会的人谁在点赞就知道了。可是欧阳的朋友圈设置了三天可见。一条横线把他和这个世界隔绝了。林秋云很少看朋友圈，在她的印象中，欧阳也很少发朋友圈。不过他的签名倒是有很深刻的痕迹：胜天半子。欧阳会不会也是那样好胜的人呢？林秋云不清楚。

林秋云看到老公才发的朋友圈。一个骷髅头，几句“欠钱的是爷爷，要账的是孙子，总有一天，我让你们都成为孙子！”林秋云承认，老公是庸俗不堪的。可是谁的婚姻不是庸俗不堪呢！就拿自己说吧，来蓝水村，也是想离老公远一点，还有就是证明自己不比别人差，林秋云的同学很多都事业有成，自己总不能当一辈子副科长吧。不过在菱湖市农林局，努力一辈子，最多也就副局长。没有人脉，想扶正几乎不可能。就林秋云自己的资源，混个科长就撑破天了。何况，林秋云不喜欢办公室的阴谋诡计，她还是喜欢到下面来和乡村亲密接触。她读的农业学，希望能派上用场。

和老公的结合是母亲的意思。林秋云临近毕业，在菱湖市的《菱湖日报》实习，经常下去跑新闻。林秋云知道，实习只是为学校证明，到时候很难留下来。虽然林秋云也是本科学历，可是跟报社要的不是一回事，报社缺的不只是本科研究生，而且是要新闻或者中文专业的，林秋云学的是农业学，不是一回事。林秋云也是运气好，本来没有机会来报社实习的，她是因为在大学写过一些关于植物的散文，还在《菱湖日报》发过散文《昙花》，娄主任很欣赏，一直保持联系。暑假林秋云来看娄主任，就说起实习的事情。娄主任说，试试看。结果还真成了。娄主任说，只是实习，别的他也帮不上忙。其实林秋云也没想过要帮什么忙，能实习已经足够了。那时候，林秋云有男朋友的，叫曾帆，也是同届，他在南京实习，是苏北人。她跟男友曾帆说好实习期过了就去南京发展，一起打拼按揭买房。

林秋云也跟父亲说过，父亲说，南京也算不错，随便你，你的事情你自己做主。林秋云的母亲没有表态，毕竟是独子，虽然是女儿，但林秋云的母亲也是蛮宠爱她的。“耗子生的耗子疼，黄鼠狼都觉得自己的孩子是香的呢。”林秋云母亲总是这么说。

就在林秋云准备去南京的时候，母亲突然小中风，腿脚不灵便了。母亲说：“你要是去了南京，我们见面的机会也不多了。你说呢？”

林秋云心疼了，也心动了，她跟男友曾帆说：“要不，我们到菱湖市来工作。”男友曾帆说，努力了这么多年，还是回到县城里，那不是做了无用功。林秋云没有说什么，男友曾帆也一直僵着，期待林秋云妥协，可显然林秋云是个不容易妥协的人。曾帆说：“回你的菱湖市还不如回我的陕西汉水县，那里缺乏农业高科技人才。说不定，还有发展前途。”林秋云却不肯，她连汉水县在东南西北都不知道，作为一个南方女孩，才不愿意去那么偏远的地方呢。

在实习期满的那天，副刊部娄主任找到林秋云。娄主任抽了整整两支烟，才想好怎么跟林秋云说。林秋云的心性娄主任多少知道一点，毕竟都是文化人。

娄主任要给林秋云介绍对象。

娄主任说，男孩子汪俊贤，他的父亲是菱湖市的花木老板，以前也是蓝水村人，和你是老乡，只不过后来发达了，嫌弃蓝水村的土地不够他栽树，就离开蓝水村，离开临湖镇，去了东边的玫瑰镇。他人脉广泛。要是能够跟他儿子谈成，在菱湖市考个编制不是问题。

林秋云想：编制不是靠个人能力考的么，要人脉干吗呢？林秋云还真的把这个问题跟娄主任说出来了。

娄主任露出笑脸，说：“林秋云，你真是可爱得很！”话语里有说不清的情感。

林秋云其实在大学也都知道这些事情的弯弯绕绕，但是她对于自己无比尊重的师长，还是毫无掩藏地说出心里话。自从娄主任说了“林秋云你真是可爱得很”，林秋云就能清楚这句话的意思了。在林秋云看来，一个是学历，一个是阅历，在阅历面前，学历受到了降维打击。林秋云的脸当时就红了。她发誓再也不让人说“林秋云你真是可爱得很”这样的话了。

自然，林秋云也没有拒绝和那个人见面的意思。一是要给娄主任一个面子，二呢，见面不等于谈恋爱，更不等于结婚。这有什么呢？可是林秋云完全忘记了，社会的规则不是她可以控制的，包括她的婚姻。林秋云也忘记了娄主任说的“林秋云你真是太可爱”那样的话。

和汪俊贤见面之前，林秋云和男友曾帆说了。说，有人介绍，去看看，应付一下。林秋云是在给男友曾帆表态，也是暗示，自己可能会留在菱湖市，如果你来，我可以应付别人的介绍。可是曾帆受不了了，说了句“恭喜”然后就没有了下文。

谁知道林秋云的应付成了永远的应付。汪俊贤一见林秋云，看着她白皙的手臂，说在菱湖市，他还没有见过这么白嫩的女孩，这就是他的白雪公主。

“告诉你一个好消息，我要找你做老婆了。”这是汪俊贤见她的第一句话。林秋云听了觉得好笑，说这可不是好消息。

汪俊贤每天打电话给林秋云。她不接，汪俊贤就会砸掉自己的手机。

母亲问林秋云，林秋云说了实话。母亲笑了，说：“好呀，找一个菱湖市的，以后就在爸妈身边了，人家条件又不差，以后不用过苦日子了。再说，嫁汉嫁汉穿衣吃饭，找个条件好的比什么都强。”

林秋云的父亲说，你妈倒是说了句人话，你看，蓝湖村都没有土地了，其他的地方也好不了。你以后在菱湖市，考个编制，生活无忧，也了了我们的心愿。

林秋云根本不在乎父母的感受。她只是在乎男友曾帆的态度。她发了很多信息给男友曾帆，男友曾帆都没回。林秋云也知道曾帆的处境，毕竟同班的周晓慧也很喜欢曾帆。在林秋云和曾帆的恋情公开之前，周晓慧和林秋云还是好朋友，她们经常一起八卦大学里的校园恋情，周晓慧说她还是喜欢曾帆，曾帆人帅，还有才气，就是家里穷了点，可是我不在乎呀，我老妈经常说，穷没有根，富没有苗。林秋云说，要不要我帮你问问呢。周晓慧说，男追女隔层山，女追男，隔层纱。我不想这么快就捅破这层纱，多没有面子呀。林秋云就一直没有关心这个问题，倒是曾帆经常找林秋云，林秋云因为周晓慧，只能一直躲着曾帆。后来周晓慧跟别人好了，林秋云才没有再拒绝曾帆。但是，周晓慧也没有再跟林秋云来往，平时见面也是像路人一样。在班级的QQ群，她们都是相互躲着。

林秋云觉得，她是为了曾帆，得罪了周晓慧，可是曾帆现在似乎已经不在乎她林秋云了。一气之下，林秋云决定跟汪俊贤谈了。

在见了汪俊贤父母之后，男友汪俊贤的父亲说，小林，你要是保证跟我家孩子订婚的话，我先跟有关方面说说，看能不能先在报社工作，然后，结婚生孩后，再考虑进编制。因为考编是个艰巨的任务，更重要的是看能力。

林秋云心里五味杂陈，感觉自己的婚姻就像一次交易。

林秋云把这这件事告诉闺蜜小凡，小凡没有考上大学，读了中专，在临湖镇农村信用合作社上班。小凡说，这显然是欺负你，你不能就这样答应他。我觉得你还是要嫁给爱情，不能嫁给权势和金钱。哪怕嫁给汪迁，他那么爱你。小凡说了就笑。林秋云觉得无地自容。她跟汪迁什么都没有。

林秋云感到了羞辱。他多希望男友曾帆这时候能出现在她的眼前，带她远走高飞，哪怕去南京或者去更远的地方，可是男友曾帆销声匿迹了。林秋云突然发现，男友曾帆也是和她做交易，如果林秋云答应去南京他就和她联系，如果按照自己的想法留在菱湖市，他就不再搭理林秋云。林秋云陷入了昏暗之中。

最后林秋云才想起自己的父母。那天，林秋云从汪俊贤家出来，没有表态。

实习期满后，林秋云只好待在家里。她没事儿做，经常在临湖镇的街上闲逛，遇到了同学汪迁。

林秋云见了汪迁，故意躲着。汪迁却主动跟林秋云说话。

汪迁说："我知道你考上了好的大学，如果我考上了好的大学，我说什么都不会再回来的。"

林秋云说:"我学的是农学,就业压力也大,现在农业已经落寞了,冷门专业。"

"你后来还读书吗？"林秋云迟疑了许久问汪迁。

汪迁说："我考上了苏州的一个大学。就是毕业出来就业很成问题，换了这个单位，现在做电商。"

林秋云问："在哪里做电商呀？"汪迁说："本来在苏州，结果大意失荆州。准备带着哥哥去浙江义乌小商品世界，有朋友在那里帮我安排业务。"

林秋云一听，觉得汪迁过得还是很精彩的，比自己强多了。

汪迁说："要是我学了这些知识，我就承包一个农场，闯一番事业。"林秋云知道汪迁在安慰自己。可是，林秋云毕竟是个女孩，承包农场，她从来没有想过，如果养些花花草草倒是不错。林秋云突然想到了汪俊贤，他家就是种花木的，正好符合她的专业和爱好。

林秋云此时心里闪现一道亮光。

几天后，汪俊贤约林秋云去西湖旅游，他说那边都是他的堂口。林秋云答应了。林秋云也是第一次知道"堂口"这个词。

林秋云跟小凡商量，林秋云也拿不定注意。小凡说：“你别傻了，这是那个家伙的阴谋诡计，去了会后悔的。”说了就哈哈大笑。

林秋云突然觉得自己不该跟马大哈小凡说这些事，比如林秋云在大学谈恋爱的事情就没有告诉小凡。小凡一说，林秋云就更加乱了。

不过，林秋云还是答应汪俊贤了。

晚上，汪俊贤在西湖岸的别院包了一间房，落地窗，抬头就能看到雷峰塔。林秋云想到了雷峰塔下的白素贞。

林秋云说：“塔下还有白素贞呢？”林秋云是无话找话。林秋云是尴尬的，她第一次和汪俊贤单独相处一室。

汪俊贤说：“白素贞，我知道，我兄弟那里有不少白素贞，只要你喜欢，我一个电话就行。”

林秋云突然觉得汪俊贤喜欢吹牛，就想让他献献丑。

“那你请白素贞来吧，最好把许仙也请来。”林秋云看着汪俊贤说。

“小意思。”汪俊贤学着无厘头的腔调说。汪俊贤跟另外一个男孩打了电话。

汪俊贤拿出红酒，说：“一边喝酒一边等。”林秋云说不喝酒。汪俊贤说：“喝酒壮胆，倒是怕你吓坏。”

林秋云既然答应来了，就做好了准备，包括喝酒的准备。

不知道过了多久，雷峰塔已经湮没在断桥的意境之中，门响了。

一个穿着唐装的男子敲门进来，手里拎着一个箱子，趴着汪俊贤的肩膀说：“汪总，这身派头怎么样？”他又朝林秋云点点头说：“这就是传说中的嫂子吧，真是个美女，比白素贞都还白。”

“别废话，我老婆要的白素贞呢？”汪俊贤酒多了，说话已口无遮拦。

“你瞧好！”男子说着把箱子打开，一条金黄色的蟒蛇吐着信子，蜿蜒着从箱子里爬出来。

好大的蛇！林秋云吓得躲在汪俊贤身后。

“老婆，你看，我没说错吧，以我的能力，请白素贞和许仙都不是问题。”

“老婆，你怕蛇啊！”汪俊贤嬉笑着问。

“谁不怕蛇！”林秋云噘着嘴说。

汪俊贤说：“看，我们林大美女终于承认是我老婆了。”

林秋云突然觉得上当了，好在人不多。林秋云说：“我没有承认，我只是说怕蛇。”

“这不是白素贞，没有那么白，这是黄金蟒。我知道。”林秋云说。当然，作为农业大学的，蛇类也多少知道一点，不然在田野调查中会被吓死的。

“这是晒过太阳的白素贞，跟古校长一样，被黑化了而已。”男子说。

“这不是被黑化的，是白化的黄金蟒。”林秋云说。林秋云说着慢慢平静下来，仔细打量，果然是白化的黄金蟒。没有毒的，而且黄金蟒性格很温驯。

黄金蟒钻到桌子下面，不动了。林秋云蹲下来，摸了摸，说：“刚才是突如其来，吓到了，我哪里会怕蛇，更不会怕饲养的黄金蟒。”

“老婆，你的手，摸了蛇，就不要摸我了。”汪俊贤笑着说。

“鬼才要摸你呢！”林秋云气呼呼地说。

“不影响你们小两口打情骂俏了，我走了，白素贞你要是要的话，我就送你！”男子说着看了看林秋云。

“不要了，不然，以后我老婆天天伺候白素贞，冷落我。”汪俊贤说。

那男子笑了，然后知趣地走了。

汪俊贤让林秋云洗手，林秋云不肯，说洗手干嘛？林秋云不知道汪俊贤搞什么鬼。

“你摸了白素贞一会儿又来摸我，我怕！”说着就往林秋云怀里钻，林秋云不停地躲着，汪俊贤还是抓住林秋云的手，说：“我帮你洗！”

两个人到了浴室。大概是酒多了，林秋云也站不稳，力气也用完了，随汪俊贤折腾。

回了菱湖市，汪俊贤父亲问那个事情办得咋样了。

汪俊贤说：“办了。”

林秋云喜欢花木，经常到汪俊贤家的花木林观赏。

林秋云想：下辈子和花木在一起也好，只是辜负了男友曾帆。可是男友曾帆再也没有联系她，对她林秋云何尝不是一种辜负。人生不是你辜负别人，就是别人辜负你，想想林秋云也就释然了。

从西湖回来没多久，娄主任告知林秋云，去报社报到，跟他学习做副刊编辑。合同每年一签，每年要考核还要找广告费，一年3万，每个员工都一样。

林秋云回家告诉母亲，母亲说："我们家没有钱，你让汪俊贤帮着说。"

林秋云跟汪俊贤说了，汪俊贤说："3万块钱的事情，让我爸爸多卖一颗银杏树就成了，实在不行，老爸出面。汪俊贤接林秋云的时候，报社人聊天，都在抱怨这年头每个企业都用微信公众号宣传，有的用短视频，还有的老板亲做直播，拉广告难呢，要是有老板朋友就好了。"

汪俊贤笑笑说那有什么，这个年头，谁家还没有几个老板。这句话后来成了报社笑谈。同事见到汪俊贤就对林秋云说："嘿，林秋云你们家二老板来了。"说得林秋云无地自容。林秋云才知道，汪俊贤从小没吃过苦，看起来很唬人其实内心还很幼稚，同事们都在笑话汪俊贤"二"。

"林秋云你真是可爱得很"，林秋云想把这句娄主任的话转赠给汪俊贤，可是，林秋云觉得用在男人身上就不那么可爱了。

不过有一点，汪俊贤还是可爱的。林秋云曾经说过，传说我们林家和你们汪家都是会稽山防风氏的后代，都是一个祖上传下来的，不能结婚生子。汪俊贤说，胡说八道，电视剧里迎娶表妹的多得是，别说是我们是八竿子打不着的，就算你是我的表妹，我也要娶你，说得林秋云心里万丈阳光。

林秋云在报社做了半年，广告费早就上交了。林秋云收到一条微信推送，是考编制的。推送人是娄主任。

娄主任说："这次档案局招聘，你可以试试。"林秋云记得汪俊贤父亲的话，心里没底。

林秋云的犹豫娄主任看在心里，娄主任说："凡事不能靠人，要靠自己，如果你想过得有尊严的话。"娄主任严肃地看着林秋云。林秋云从来没见过娄主任这样的严肃。娄主任是个作家，心底一片清明。娄主任的话林秋云懂，也心生感动。林秋云决定试一试。

林秋云跟汪俊贤说了，汪俊贤说："要跟老头子说，让他打招呼。"林秋云不好出面，让汪俊贤出面跟他老头子说。

汪俊贤的老头子骂了汪俊贤一顿："你是屎糊了心，人家考上编制，还不凤凰爬上高枝，还会鸟你这个泥腿子，在菱湖市，你再有钱，也是一条狗！何况林秋云那么漂亮聪明。你要是不压住她，她就会压住你，你一辈子都抬不起头！"

汪俊贤的父亲找林秋云谈了谈，说："等结了婚，有了孩子，你可以安心地考编。"他很敦厚地笑了笑。

"叔叔，我想试一试。"林秋云笃定地说。

"该叫爸爸。"汪俊贤的父亲脸色不太好看了。林秋云没叫。林秋云倔强地说："汪俊贤也想叫我试一试的。"

"你不行的。"汪俊贤的父亲说着点燃了烟，没有再说话。

林秋云没有听汪俊贤父亲的话偷偷去考编制，结果笔试都没过。

林秋云不服气第二年又考，还是没过。

第三年，林秋云结婚生了女儿小米，更加没有精力了。林秋云决定放弃了。

小米五个月后，汪俊贤的父亲说："小米可以断奶了。"

林秋云说："小米还小，反正我在家，多哺乳，对小米的成长有好处。"

"你怎么能在家呢，你还要考编的呀，那是你的任务，再说这次农业局招考，很适合你。"汪俊贤的父亲认真地说。

"爸爸，算了，考了两年了，我不准备考了。"林秋云丧气地说。

"这次，你行的。"汪俊贤的父亲说完，就离开了家。

林秋云果然考上了。父亲和母亲包了饺子，欢天喜地的时候，林秋云却怎么也高兴不起来。

林秋云还没工作半年，汪俊贤的父亲生意资金链断了，把整个花木都卖了，才缓过来。他再也没有高兴过，也不再做生意，因为他的那片土地已经被征用，作为菱湖市电视大学新校区的用地，他一分钱也没捞到。

如今，他只有喝喝茶、打打牌，没有事情就看看孙女。

他多次想让林秋云生二胎，林秋云没表态。他也不多说，叹口气，说："你们爱怎么样就怎么样吧。”他似乎预感到不好的事情将要发生。

8

天已经黑透了。蓝水村的夜空不时响起爆竹声，烟火在空中绽放。菱湖市禁放已经几年了，林秋云好久没有看到过烟火。她现在只想静静地坐着，好好看看蓝水村的烟火。

母亲打来电话，讨好似的问：“秋云，今年是在娘家过年吗？”母亲说完，半晌没说话，似乎是给林秋云时间做决定。母亲小中风以后，脑筋不是太好使了，经常丢三落四的。前几天林秋云就说好了，今年去小米爷爷家过年，初三可能回来，可能不回来，因为村委会需要她值班。

林秋云想到母亲祈求的语气心软了，说：“妈，我待会儿就回来。”

“好好，我们等你！要带小米一起来，我都准备好红包了，小米跟我说过多少回了，这个小机灵！”

母亲以前喜欢说小机灵鬼，大概是过年，忌口，母亲就把鬼省去了，怕林秋云生气。

林秋云挂了电话，给小米电话，打了家里的座机，汪俊贤父亲接了，说小米忙着给老师拜年，等会让她回给你。林秋云等着小米的电话，可是小米一直没有回，大概忘了她这个老母亲。

林秋云看到闺蜜小凡发的朋友圈，是她离婚的消息，发了离婚证照片，还留言：今天，姐们儿做了件大事，终于脱离苦海了！

小凡以前在临湖镇农村信用合作社工作，后来她从来不提自己的工作。小凡不提，林秋云也不问。

林秋云想：她现在大概也是孤独吧，于是给小凡打了电话。

林秋云和小凡聊天也没个遮拦，林秋云说：“但凡在朋友圈公布离婚证的女人，都是另有所图的，是不是？”

小凡说：“你打电话来，我就图你了。”

“我在蓝水村村委会等你来图我。”说着林秋云也笑了。“你还在那里吗，都几点了，大姐，今天是除夕，你是等着给你发劳模锦旗吗？”

“没有，我只是想一个人安静一下。”林秋云没说老公汪俊贤不来接她。

“是不是你老公出轨啦？我告诉你，这样的男人就要像垃圾一样把他扔掉，跟姐姐学，你发个定位，我来安抚安抚你。”小凡语速出奇地快，都不给林秋云辩解的时间。

好吧，林秋云给小凡发个定位。林秋云开了灯，在台历上写着：除夕，没有能够陪伴小米。闺蜜来了。

小凡还没有来，从菱湖市区到蓝水村，开车大概要40分钟。

林秋云打开宿舍的门和窗户，强劲的冷风吹进来。林秋云的思维很乱。林秋云终于回到现实，回到她的35岁的身体上。她很想出去走一走。

村里的狗不时地叫唤着。

林秋云还是怕狗，就像小时候一样。一阵手机铃声响起，是她最爱的歌：我怀念以往的甜蜜生活，我怀念那些甜言蜜语……在你最绝望的时候我曾陪伴在你左右，在你最困顿的时候，我不离不弃，但我想知道你身在何处……自从林秋云和曾帆失去联系以后，林秋云就下载了这首歌，作为自己的铃声，花2块钱买的版权。小凡说：“你怎么老是用这首歌作为铃声？”林秋云说：“因为我花了钱呀。”小凡盯着林秋云：“你是不是傻呀！”

林秋云也不知道自己是不是真的傻。林秋云以为自己是怀念过去，怀念过去的自己，现在林秋云发现，自己不过是习惯了，不想去改变什么。

铃声响了很久，林秋云想小凡来得也太快了。林秋云拿起手机一看，是小米爷爷的。

“妈妈，你怎么还没回来呀，我已经换好了新衣服，奶奶买的，妈妈你看看我漂亮吗。我还给你准备了新年礼物，你快回来拿呀！”林秋云说：“妈妈看不见呀？”小米说：“妈妈，那我视频吧，你肯定能看见小米的新衣服，还有小米给你准备的礼物！”林秋云和小米视频了一会儿，小米爷爷在旁边说：“都几点啦？”

小米说："妈妈，我漂亮吗？"林秋云一看，花花绿绿的，俗气得要命。但是林秋云不想让女儿失望说："还行吧？"

"妈妈，你说这衣服漂亮吗，我觉得不喜欢，丑死了，奶奶非要我穿给你看。"小米嘟哝着说。

林秋云对小米的爷爷说："小米爸爸呢？"

"他哪年除夕不是忙到十一二点，哪有时间待在这个家里？他把小米送到我这里，然后就匆匆忙忙地走了。"

小米的爷爷要挂视频，小米还要继续和妈妈聊。小米说："我想妈妈了！"

小米的爷爷不说话了，只好随着小米。小米却不说话，只是看着妈妈这边，看着房间里的装饰，说："妈妈，你那里好像装猩猩的铁笼子。"

林秋云竟然无言以对。

小凡打电话来了，林秋云说："小米，妈妈的车子来了，马上回来！"

小米说："我给你十分钟时间，出现在我身边，不然那我就不给你礼物了。"林秋云只好答应。

小凡说："你给的什么定位，我到现在还进不了村。"林秋云和小凡开启定位共享，好不容易小凡才摸来。

"林秋云，你可隐藏得够深的啊，导航都找不到你。要是在这里做什么违法的勾当，警察都找不到你。"

"你这张乌鸦嘴，做违法的勾当，我能到这里，这里除了土地，啥也不值钱。"小凡撇撇嘴说："林秋云，你怎么还是个农民嘴脸，土地要不是拆迁，能值什么钱？我就不懂，你一个好好的公务员，跑到这鸟不拉屎的农村，整天跟泥巴打交道，有趣吗？"

林秋云说："我是学农学的，我就觉得很有趣。"小凡看着林秋云简陋的宿舍，说："这是养耗子的吧，以前没见你这么邋遢呀，果然农妇就是农妇，本色。"

"走，我看看你的办公室，也让我坐坐领导的位置。"小凡说话总是这样不着调。但是林秋云也不介意。

二楼很静，能听见小凡爬楼喘息的声音和林秋云掏钥匙发出的哗哗声。

“哎，林秋云，我老了。”小凡站在二楼，望着很陡的楼梯说。

“等你退休了，我们一起在蓝水村养老？”林秋云开了灯说。

“你省省吧，我才不喜欢种地呢，我只喜欢当领导命令人！”小凡看着林秋云的办公桌，坐在林秋云的位置，摇晃着屁股说。

“一个村支书记，能命令谁，还不是上面一句话，下面就要跑断腿。”林秋云想到女儿小米还在等她，不想跟小凡再扯。

“林秋云，你还别说，你还是适合种地，这盆花养得还不错。”

“这是鹤望兰，小左送的，冬天正好适合它的。”

小凡看着林秋云的台历，随手翻着说：“嘿，你的字还是那么好看，不像出自农妇之手。”小凡忽然盯着林秋云，指着大年初一，说：“你过年还上班吗？”说着又往后翻几页，“你年初三也上班，你真的是很厉害。”说着就笑，又用很同情的眼光打量着林秋云，说：“林妹妹，真是一入宦门深似海！”

林秋云说：“这蓝水村几千号人，过年什么时候都可能有事，小事还好，大事必须来村委会处理。”

“农民还有什么大事？”小凡不懈地说。

“你不懂，农民无小事。”林秋云突然想起慰问低保户的事情，想起湖船上见到的童家声的两个孩子。林秋云突然鼻子一酸，她临时决定去看看童家声。蓝水村的低保户，村委会都去慰问过了，童家声不是低保户，村委会没有安排，也不好安排。林秋云一忙，倒是把这件事情给忘记了。

“小凡，我想去一个贫困户家里走一走。你在这里等我。”说着林秋云拎着两包咸鹅出门了。

“天都黑了，等过了年再说吧。”小凡说。

“今年的事情今年做。”林秋云说，她想起会计小吴也这么说，就有些来气。小凡也感觉到了，说：“你不能把官腔在我面前显摆，我老百姓，最讨厌这个。就一个村干部，还摆什么臭架子。”说着还露出一脸的怒气。

“好好，凡姐姐，我错了。”林秋云也不解释。

“算了，认识你，算我倒霉，送佛送到西，好事做到边。我既然来接你，就是你的司机，随你安排吧，我带你一起去。但是我的时间宝贵啊，送过去，我就要回城，晚上还有姐妹活动呢！”

林秋云说：“我也是，我女儿、你侄女小米，还一直在等我呢！”

“你还真是个劳模农妇！”说着帮林秋云把咸鹅替林秋云拎着，放到后备箱。

“有红包没有？”林秋云忽然问小凡。

“你没搞错吧，我帮你送货，你还跟我要红包？”小凡没好气地说。

“我要的是空的红包，给两个给我。”林秋云说。

“你早说呀，我还以为你跟我要红包呢！”小凡说着低着头在车里翻找着，扔给林秋云。

马达声吓得村里的狗跟着一路狂吠，过年狗也显得格外兴奋，和孩子一样来疯劲。平时孤寂的村庄突然有了人气，家家的灯都亮了，屋子显得亮堂而又有活力，不像平时那样死气沉沉。人是房子的胆，狗仗人势，房其实也仗人势。童家声的小粉更是叫唤个不歇。还没到童家声门口，小粉就围着车叫唤。

童岩和童雨只顾着蹲在地上捡没有爆炸的鞭炮。

“怎么又没有炸，都一盒四个了。”童雨说。

“嚎什么嚎，你妈回来啦？”童家声从屋里出来，骂着母狗小粉。

小凡停下车拉了手刹，坐着车里不动。林秋云说：“不下车吗？”

“你林书记都来访贫问苦了，该出来三拜九叩！他不来，我们下车干吗？”

林秋云觉得好笑：“你还没当官了，就摆出这副架子，真是吓人，你以为当官现在都这样呀？”林秋云解开安全带帮小凡开了车门。

“要不然呢，当官可不都这样么，我在电视里看了，就连给你开车门，不到级别都没资格。”林秋云突然一惊，似乎说到了她的心坎上。她想起那次开车门的经历。

“不都是这样，这样的其实也蛮少的。”林秋云说。

“有就行，让我们老百姓也感受一下，书记给我开车门的尊贵享受。”

“你以前没享受过？”林秋云说。

“有，都是一些假装绅士的男人。”小凡说着也跟着下车了。

“怪不得你要离婚！”林秋云说。

小凡又按了按喇叭。小粉吓得呜呜地逃开了。

童家声的孩子，童岩和童雨在家门口玩擦炮，不时有爆竹声炸响。他们看了看林秋云和小凡，没有理睬她们。

童雨听到鸣笛，吓得哇一声，然后又哈哈地笑着。童岩不作声，悄悄地擦了一个擦炮扔在小凡的车下。

童岩盯着车下，没有动静，他爬到车下看了看，还是没有响，他想伸手去拿，啪嗒一声，擦炮响了。

童岩吓得往外爬，一抬头，撞到后视镜。

“不要把我的车撞坏了。”小凡跑过去，看了看后视镜。

林秋云望着童岩说：“没事吧？”

童岩没有理睬林秋云，摸着头跑进了屋子。门开着，童家声跑出来看，看到林秋云说：“林书记这么晚了，还没回家过年呢？”

林秋云说：“马上回去了，正好来看看你们。”

“林书记，这么晚了还来慰问低保户呢，在你们蓝水村，我可没有资格当低保户哦。”童家声不阴不阳地说。

“开年再说吧，还是看政策和个人的条件。”林秋云把两袋咸鹅递给童家声说：“也没有什么，就给你两袋土特产，村委会慰问，蓝水村条件也有限，你就将就点吧。”

“谢谢林书记，还能想到我们，哎，我是一分地都没有。你说这条件还不够，我也没法说理由了。”童家声唉声叹气。

“你们坐。”童家声用抹布擦了擦手，他手里都是面粉，童家声望着小凡说：“这位干部我还没见过，才来的？”

小凡说：“是呀！”说着就看着林秋云笑。

“哦，她是我朋友，来接我的，我们是私下来看你的，代表个人。”林秋云说着想坐，看到沙发都是破洞，露出骨架。

“林书记，来得早不如来得巧，我正好包饺子，一起吃点，这个点也该是饿了。”

“小王八羔子还不死到屋里来！”童家声喝道。只见童岩收起擦炮，赶紧往屋里跑。童岩的棉衣是新买的，蓝色的，可是面前已经弄脏了，袖口的线头都露出来了，看得出是在临湖镇小商品批发市场买的。

童家声舀了一碗饺子，滤干水，放到一个盘子里，用保温瓶装起来。屋内氤氲着雾气，一阵阵饺子的淡淡清香在屋里飘散。

童家声的房子是三开间的，两边是房间，中间是堂屋，童家声就把堂屋当作厨房，一个炉子上放着不锈钢的锅子，里面煮着饺子。童家声又用碗舀了几碗带汤的饺子，端给林秋云和小凡说：“烫，才出炉的，过年，我也不会做菜。”

林秋云接过，放在桌子上，桌子上还有童岩的作业本。林秋云帮着收了收。

童家声瞟了一眼林秋云，拎着保温瓶，递给童岩说：“兔崽子，给你公公送去，他要是不能动，你就喂他吃啊！”童岩说了声晓得了，接过保温瓶准备出去。林秋云掏出红包塞给童岩，童家声说什么也不肯，说：“林书记，要是你代表村委会我收，我也该收，但你要是私人的，我说什么也不要，我也没有帮你做什么。”

林秋云说：“你先收着，给孩子的。”童家声手上的力气越来越小，最后手臂弯曲了，捏着红包。

童雨在旁边眼巴巴地看着。

“你家是龙凤胎吧，好福气！”林秋云看了看童岩，又看看童雨笑着说。

“还是我那死鬼老婆会生。”童家声说着，却板着脸，一副悔不该当初的模样。

林秋云知道童家声的一些情况，说：“怎么能咒人家死呢！”

童家声说：“都一年没露面了不是死了是怎么啦，两个娃娃她也不管！”

两个孩子都差不多十岁左右，听到爸爸说妈妈死了，他们一点也不在乎。

林秋云又给童雨一个红包。童家声说：“一个做代表就好了，女孩子就算了。”

林秋云说：“你这可不对，都什么个年头了，给个红包还分男孩女孩？”

童雨到底经不住诱惑，还没经过童家声的同意，走上前，接过林秋云的红包，还没说谢谢，就拿着红包跟她哥哥出门了。

“哎，这孩子一点规矩就都没有。”童家声叹息说。

小粉也摇着尾巴跟着童岩童雨走了。

“你还蛮孝顺的。”林秋云望着童家声说。

“我也是没有办法，我舅子不回来，说顺泰化工厂过年不放假，打电话给我，我能咋办？他还有脸找我！”童家声说。

“你叫孩子天黑了去村上看公公，不担心吗？”林秋云说着，想叫小凡跟着去。小凡已经开始吃饺子了。

“村上没事，就是狗多一点，都认识童岩。”

“林书记，不怕你笑话，我哪里是孝顺，怕我儿子不孝顺我，俗话说，前面乌龟慢慢爬，后面乌龟跟着爬，我是在给儿子和女儿做榜样。”说着童家声看着门口的黑夜，眼神深邃。

林秋云看着童家声说：“你们都搬到岸上来了吗？”

“没有，只是禁渔期在岸上，等你们领导分给我田地了，我才上来。”童家声点了支香烟。“这样的情况在渔民中间很普遍吗？”“普遍，都这样，以前没有土地，现在上岸也没有。蓝水村有土地的人家不要土地，都贱价租给外地人种，还有开养鸡场的，也有承包鱼塘和蟹塘的，就是不给我们种地。何主任说起来是土地流转，都流转给有钱的老板了。蓝水村还有很多的房子都空着养老鼠，就是不肯卖，很多房屋多年失修，都倒掉了，也没有人管。要不是香山一心要到城里去发财，他也不会把房子租给我。不过这个狗日的香山说了，过年回来，他的这个房子就不租了，要自己住，要不然就卖掉。他现在需要钱。这个鸟人真是不行。”

林秋云听着没有说话，她的心里在想一些复杂的问题。

远处传来一阵爆竹声，然后锣鼓点点，慢慢地，阵势越来越大，整个蓝水村都沉浸在喧天躁动的锣鼓声中。

“还是你们农村热闹，这是干吗的？”小凡放下碗，走到门外说。

童家声坐着没动，说：“不就是舞狮子么，一年到头，就热闹这一回。你们喜欢，我可不喜欢。舞狮队除夕夜会挨家挨户舞狮子，一直到正月十五，特别是会到家庭条件好的家里，或者到在外面当老板的人家门口，又跳又唱的，跟叫花子一样，一般人家是不给钱的，只是给一些烟或者酒，他们就把这些烟酒卖掉，再分给舞狮子的和敲锣打鼓的人。我们这样的家庭，舞狮队不会来的，也不敢让他们来，我家拿不出烟酒，更没有钱。猫来穷狗来富。他们哪是舞狮，是舞阿猫阿狗。”

小凡好奇地听着童家声的话，觉得好玩，嘻嘻笑着。

林秋云听了却觉得心情沉重，这就是蓝水村的现状，蓝水村舞狮是全省有名的非物质文化遗产，可是文化遗产没有了传承人，这一代舞狮人谢幕后，蓝水村可能就没有舞狮人了。临湖镇说重视蓝水村的民间非遗传承，可是光说不做，有省里或者市里领导来了，就请这些民间舞狮队出来热闹一下，领导一走，这些舞狮队就被遗忘。林秋云听何显贵说，舞狮队随时可能解散，一是没人了，二是没钱了，三是舞狮队有情绪。

小凡已经吃完了碗里的饺子，说：“饺子很新鲜，我们哪时候回去？”

林秋云看了看童家声，他坐在沙发的另一头 ，没有吃饺子，只是看着外面的黑夜，听着一阵阵的狗叫声。林秋云把饺子推到童家声一边，说：“你吃吧，我还有急事，你的事情，村委会会排上日程的。”

林秋云看了看窗外，外面邻居家的灯光照在童家声的门口。远处的锣鼓声越来越小，外面的冷风一吹，呜呜地，听不出是风声还是锣鼓声。童岩和童雨还没有回来，外面的夜很暗。林秋云担心两个孩子，自从当了母亲以后，林秋云对所有的孩子都很心疼。她真的希望童岩和童雨的母亲汪小粉能够平安回家。这架势她必须跟汤警官保持联系。不能因为两亩地让孩子失去母亲，不值得。

“去了这么久，孩子还没有回来？”林秋云担心地问。

“这两个兔崽子，肯定跟着舞狮队走了，没事，到时候会回来的。”童家声舀了碗饺子汤说。

林秋云也不好再说什么，看了看手机，离开童家声家的时候，已经七点了。

童家声端着碗送林秋云和小凡到门口，童家声说：“我的事情还请领导放在心上哦。”

林秋云点点头：“你放心，蓝水村每一个人的问题，我们都会放在心上的。”

不知道为什么，每次看到童家声，林秋云就觉得心软。虽然童家声在蓝水村的名声不是太好，有些无赖，但是看到童家声的两个孩子，就想到自己家的小米。他们差不多大，生活的差距这样大。

汽车在蓝水村的小路上慢慢行驶。一路上，看到很多两层或三层的小楼，楼里灯火通明，已经除夕了，都在守岁，各家的灯都亮着，照亮了蓝水村的每个角落和每片土地。蓝水村的村民就像鸟儿一样，一年四季在外漂泊，到了年才回到这里，几天后，又天各一方，他们不愿守住这片土地，不愿为土地上微薄的收入而留守。

路过汪迁的家里，他家却没有像人家那样，只有楼上一个房间的灯亮着。那应该是汪叔叔房间的灯。

“亲爱的，你在想什么？”小凡突然说。

“没有什么，我只是觉得蓝水村应该变变样子了。”

“你不要在我面前总是一副官迷的样子，我不喜欢。我还是喜欢你小女人的样子。”小凡说着在林秋云脸上摸了一下。

林秋云听了，苦涩地笑笑，哪个不想做个小女人呢？她林秋云何尝不想嫁给宠爱她的男人呢，现在倒好，她要学会宠爱女儿，还要宠爱老公汪俊贤，还要宠爱这个家的每一个人。

林秋云说：“我跟你不一样。”

“有什么不一样，不就是你有老公，我没有老公吗？这年头，谁还会在乎老公。不好就休了他。再说，你也不比我强多少，你不过是个政治婚姻或者为现实妥协的婚姻，跟爱情没有半毛钱关系。”林秋云笑笑，小凡还相信爱情，这也是小凡可爱的一面。

小凡说：“亲爱的，今天你陪我过除夕吧，我们去吃肯德基。”林秋云说：“还要带小米呢！”小凡说：“那就叫我小亲爱的一起。”

林秋云说：“我回去看看再说吧。”

“亲爱的，我在你楼下等你。”林秋云听了，心里觉得小凡好孤独，其实自己不也孤独吗？林秋云怕老公闹脾气，犹豫了下，她看到小凡仰头看她的眼神，说：“好吧，亲爱的！”

林秋云从来不说这样的话，她一声亲爱的，鼻子酸酸的，眼泪在晃悠，不知道在喊谁，也许是在喊自己，也许是远在天边的人。林秋云不清楚，她为自己感动，或者说伤感。

林秋云回到家，汪俊贤还没回来，林秋云问公公，公公说应该快回来了。自从公公生意溃败以后，跟林秋云说话的语气轻柔了很多，倒是婆婆比任何时候都要强硬。

婆婆从楼上下来，说：“你不也才回来么，再说哪个男人这个时候不在忙？你不要把男人管得太死，女人还是不要太强势了。”

林秋云不知道自己在婆婆眼里哪时候变得强势的，她林秋云的命运不都是婆婆家安排的嘛，她林秋云有资格强势嘛，再说只是问问自己的老公怎么就强势呢了？汪俊贤是个什么货色，他们哪里不知道，两天不说，就要忘记祖宗的人，一个完完全全的妈宝男！

林秋云还没有说汪俊贤，婆婆就这样护着，林秋云也不想说。林秋云喊了喊小米，小米没有回答。

“他把小米带出去啦？我要带小米出去吃饭。”林秋云急切地说。

“小林，你也是，老公就老公，叫名字就叫名字，他是谁，难道你叫一下老公，或者名字，就丢了你的分？你不过是个小村官，不是什么大领导，眼光倒是高得很。哪有大年三十晚上出去吃饭的？”婆婆说。

“你就少说几句，大过年的！”公公拿着遥控器，不停地换台，一会儿世界华人春节特别节目，一会儿世界蝗虫泛滥，非洲粮食危机，一会儿世界土地荒漠化严重，一会儿球赛，始终没有主意。

公公又回到世界土地沙漠化新闻，说：“还是要守住土地，不然都会饿肚子。”

林秋云突然看了眼电视，觉得公公说话还是靠谱些。林秋云知道婆婆在为汪俊贤发脾气，无理取闹。林秋云也不说，也没意思。林秋云以为小米一听到自己的声音，就会冲入她的怀抱的，那样她心里所有的孤独都会烟消云散。可是小米对她的冷落，让她无比的失落。她已经很多天没有见到女儿了。

林秋云在婆婆房间看到女儿正趴在床上刷短视频。林秋云说：“小米，手机不要玩了。”林秋云的语气有些坏，她自已都有些意外。

“我就要玩手机，谁让你叫我小米的！”小米嘟着嘴，手机还在手里。

“不要看手机，妈妈带你去吃肯德基。”林秋云努力微笑着。

“真的？”小米丢下手机，站起来，往林秋云身上扑过来，林秋云蹲着，不稳，一下子被小米扑到了，一屁股坐在地上。

林秋云和小米嘻嘻哈哈地闹着，婆婆上来了，远远地站在楼梯口看着，露出勉强的笑脸。

嘟嘟嘟。楼下小凡的喇叭响了。她知道小凡喜欢用这样的方式催人。

婆婆脸色一变，似乎发现什么重大的秘密，在墙角透过窗户，偷偷瞅着楼下。

林秋云知道婆婆的鬼把戏。林秋云给汪俊贤打了电话，故意开的外音，说：“闺蜜小凡请我吃饭，你去不去？”

电话里传来了抽水马桶冲水的哗哗声。

“你又在喝酒，少喝点，不要不认识家！”林秋云说。

“我一直认识家，就怕你不认识，多久才回家一趟，还好意思说我。我在结账。不陪老板喝好，能够结到钱，给你换一辆车？”

“小凡请你吃饭，你不去算了，我这么晚回来，哪里去浪的，还不是去看看蓝水村的病人，看看水土污染的情况。”林秋云没有说车的事，不过她倒是想换车了，她的大众捷达噪音太大，她喜欢安静，近些年，菱湖市为了环保，引进了一些电动车，开拓了电动车生产基地，全省最大规模。林秋云想着如果换车，就换一辆电动的，特斯拉太贵，还是国产的好，合资车也可以考虑。林秋云跟汪俊贤说起了蓝水村病人的事情，有些后悔，跟他说不是自讨没趣吗？

“不要管我。”汪俊贤说。

“你不要喝酒，你的分早就扣光了，酒驾万万不行的，长点记性！”林秋云一和汪俊贤说起蓝水村，汪俊贤就反感，而林秋云也就开始絮叨发泄。

汪俊贤那头都挂了。

“什么人这么重要，还要出去吃团圆饭？”婆婆说话时都没看林秋云。

林秋云觉得婆婆越来越烦，就把小凡叫上来，对质一样，在婆婆面前晃着。

妈妈也打电话来，林秋云只好说，今年不回去吃团圆饭了。

“哎哟，我就知道会这样。”母亲叹口气说。为了让母亲开心点，林秋云让小米跟外婆说话，小米说什么也不肯。小米已经忍不住往外冲了。

林秋云想自己开车，省得让小凡再送她回来。汪俊贤果然又把车开走了，还喝酒。真是不让人省心！林秋云想。

林秋云想起汪俊贤说的，当官的病，我林秋云难道也会是蓝水村的病人吗？

林秋云想起“官”，突然想起临湖镇宣传委员刘晓歌交代的任务。年后菱湖市领导要下来观摩蓝水村的舞狮非遗项目。林秋云掏出手机，想给何主任打个电话，可是一看时间，说不定他一家人正在看春晚，就放弃了。

林秋云一大早就给何显贵打电话，给他拜年。何显贵还在牌桌上，除夕夜他和亲朋好在牌桌上战斗了一夜，林秋云听得出他的声音都沙哑了，还在不停地咳嗽。林秋云没有问有没有带彩。林秋云觉得一个村干部这样，总不是好事，她要是批评何显贵，大过年的，也是扫兴。林秋云只好装作不知情。林秋云就把年后菱湖市非遗项目验收观摩的情况给何显贵说说，并且让他安排工作。“初八，蓝水村和北架山两只舞狮队合练一下，最好是在一起合练几天，这样相互配合也熟悉一些，对两个村的舞狮队也是一次很好的合作和交流，把一些矛盾软化掉。蓝水村和北架山你都熟悉，这个事情就交给你了，你办事，我们都放心！”林秋云说。

“林书记，你真是黄鼠狼给鸡拜年呀？”说着何显贵就哈哈大笑起来，“林书记，蓝水村和北架山的人呢，你是知道的，他们不知道哪里来的矛盾，不就是几亩地的事情，搞得这么狗咬狗一嘴毛，现在谁还在乎种地呀！当初，顺泰化工厂要进来，北架山和蓝水村都想引进顺泰化工厂，他们都来找我，结果，顺泰化工厂在蓝水村落地办厂，北架山人对我一肚子气，你说，我又不是顺泰化工厂老板，是我做得了主的吗？你现在这个关卡上，让我去北架山做工作不是让我送脸过去给他们打吗，要是蓝水村的舞狮队，我去动员还行。”

林秋云知道何显贵的能耐，他被称为蓝水村的“土地爷”，蓝水村的土地，很多都是何显贵找人租出去的，有的是办化工厂，有的是机械厂。汪迁办的养鸡场，应该也是何显贵牵头的。有人说何显贵办事雷厉风行，作风粗暴，能干，敢干，瞎干。但是何显贵到底是办成了很多事情，蓝水村以前企业互值只有50万元，现在每年6320万元，利税120万元，为蓝水村的脱贫做出了努力，但是村民暗地里称何显贵为“土地爷”，多少有些讥讽，有些难以捉摸的意思。林秋云也不知道何显贵在脱贫中有没有谋私，林秋云很注意何显贵，怕闹出事情来不好收场。林秋云也暗示过何显贵，但是何显贵并不接招。

何显贵既然说愿意做蓝水村舞狮队的工作，林秋云也见好就收，说：“何主任，那蓝水村舞狮队就交给你了，我去做北架山舞狮队的工作。”

“好好，林书记，就这么说，林书记真是蓝水村的好父母官，大家都在欢度春节，你还在为工作奔忙操心，我替蓝水村人民感谢你！”说着又嘻嘻地笑了。这话从何显贵嘴里说出来，林秋云听着怪怪的。

“何主任，我给你交个底，省里非遗组织也看上我们舞狮队了，要是这次申遗成功，省里会拨款60万下来专门给舞狮队做活动经费。”

“60万？”何显贵问。

“对，60万。”林秋云答道。

从此以后，蓝水村舞狮队60万的活动经费在蓝水村疯传，甚至有的人说有600万。蓝水村舞狮队敲竹杠，要发财了！

林秋云真是后悔告诉何显贵，不知道何显贵是个大嘴巴。

她高兴的是，上面很重视这片土地的传统文化，蓝水村这片土地上的传统文化将得以延伸。文化可是土地的灵魂哩！

第三章

惊蛰之蛰

1

3月6日，惊蛰：蔷薇花，诗曰：回廊四合掩寂寞，碧鹦鹉对红蔷薇……

惊蛰之蛰！

林秋云在台历上写下这几个字的时候，还心有余悸。

今年春节来得比较晚，过了春节，打个盹，就到了三月。三月三，桃花开，燕子来，准备谷种下田畈。这是蓝水村的农谚。

一年四季在于春，也是这个意思。林秋云本想跟吴会计、何主任走访一些农户，看看今年春天需要解决哪些事情，土地的耕种还需要什么。林秋云去蓝水窑看了几次，那里是一个荒废了的窑厂。土地板结，已经很难耕种水稻。林秋云看到那里的土地已经没有了肥效，土地只要太阳一晒，就布满了纵横交错的裂痕，像是盐碱地一样，田地还有稻田的痕迹，稻子很瘦，以至于没人收割，谷子大多是瘪谷，有的已经腐烂，有的被鸟雀啄食。林秋云挖了些泥土回去化验，由于气候的自然变化还有对半干旱地区的错误管理和使用，蓝水窑那边的土地已经出现了干燥、裸露的沙漠化状态，这里的土壤已经出现沙化活动，土地的生产力正在下降，土地退化严重。

林秋云为难了，这样的土地是无法生长稻谷的。田地的泥土里混杂着窑厂时丢弃的碎砖，很容易硌脚。但是不应该荒废掉。这里地势低洼，是蓝水窑吃土后剩下的洼地，属于夜潮土，地下水丰富。雨季，这里几乎就是沼泽，有盐泽化特质，只要把砖石清理掉，下面就是淤泥，经过土地培育应该可以充分利用起来。蓝水村没有一分地可以浪费。再说蓝水村的有机肥不少，公共厕所和养鸡场的有机肥可以充分利用起来，将这片土地打造成肥沃的白芹基地。白芹，其实就是水芹旱作。选择肥沃深厚的夜潮土，每亩地要施人畜粪，有机无机复合肥最好，整成畦面低、墒沟高，便于培土和保水。这里的地势刚刚好，又靠近蓝水湖。

林秋云一直想引进白芹栽种。白芹是江南这一代的特产，但是蓝水村没有。菱湖市也极少有地方栽种。据说网上销售情况很好，对土地的要求虽然很高，但是白芹喜欢水。林秋云研究了蓝水窑，栽种白芹最合适的。她召开村委会会议讨论荒废的土地情况。何显贵说：“不能栽种水稻正好，可以给老板开厂。”

林秋云说：“蓝水窑靠近蓝水湖，怎么能让人开厂？如果开厂，就为那些企业排污提供了便利。蓝水湖不能再受污染了。蓝水村有两个计划，一个是退塘还田，一个是千亩良田，我都报给上面了。”何显贵插嘴道：“那不是又回到几十年前了，蓝水村怎么脱贫？”

林秋云看看何显贵，又看看老秦和小吴，说：“脱贫的路有千万条，我们为什么只知道出让土地呢？土地是有限的，我们的发展思路是无限的。蓝水村可以办企业，但是不能侵占良田，可以到那些远离蓝水湖的地方办厂。还有，蓝水村难道只能引进化工厂？现在新能源、清洁能源如雨后春笋，我们要想办法。既要有效益又不能破坏环境，这是上面的要求，也是我们蓝水村谋发展的出路与机遇。”

“那不是又要马儿长得好，又要马儿不吃草？”何显贵点了一支烟，说。

“何主任一语中的。”林秋云笑着说。

“蓝水村未来五年计划就是引进环保型企业，关停一些污染性企业，或者搬迁污染性企业，打造千亩良田，开发被损坏的山林。比如北架山的碎石场，虽然已经关停，但损坏的山林短时间是无法恢复的，唯一能做的，就是把被挖掉的坑矿利用起来，开发锦鲤饲养厂。我已经和外面锦鲤饲养场联系过了，应该能行。

这样，可以把北架山的生态旅游搞起来。比如说，三段白锦鲤、富士三色锦鲤、丹顶红白锦鲤、黄别光锦鲤，还有近代昭和锦鲤、德国昭和锦鲤都是人们喜欢的品种。”林秋云打开电脑，连接到投影仪，做了PPT和视频给大家欣赏。

何显贵笑嘻嘻的，像在听故事。林秋云知道他有话要说，就示意他。何显贵收起笑脸说：“我当菱湖市政协委员的时候，菱湖市说了算，临湖镇说了算，到时候，我们蓝水村也只能说，算了。这些计划，我们想都不敢想，千亩良田计划，肯定涉及拆迁，这个钱谁出，临湖镇？算了吧，那点家底，我们都知道。临湖镇也算是菱湖市的穷地区，好的企业来都不肯来，交通不方便。我们蓝水村脱贫就是要靠别的发达的乡镇看不上的传统企业才能支撑。还有，这个什么鲤鱼，更加行不通。鱼苗哪里来？销路哪里出？”

林秋云知道何显贵是想告诉她，他何显贵是菱湖市的政协委员。可那是曾经。何显贵的思维也没错，但那也是曾经。

“我们的脱贫为什么，是为了好听吗，是为了说出去光彩？不是，脱贫绝不能是形式上的脱贫，要实实在在地做事。我们不但要脱经济上的贫，还要脱生态的贫、思想的贫、文化的贫。还有，我们脱贫要的是永久性，不能脱贫再返贫，不能让上面一直盯着我们，我们要自己盯着自己。现在，我们蓝水村的发展情况很乐观，但不能盲目乐观。”林秋云越说越激动。林秋云突然觉得，自己居然这么能说，有点感觉是语言的巨人了。她突然打住了，她的想法还要再深邃成熟一些。她不能这么一说，而是要老老实实践行自己的诺言，就像曾经对自己说的“一定行”。

散会后，坐在办公室里，林秋云一言不发。她觉得自己今天说多了，她在反思。她有些担忧，害怕自己也成为光说不干的形式主义者，那是她最讨厌的人。但是这些话，压在她心里很多年了。她在农林局时，每当看到一片山林被砍伐，山石被炸碎，植物被连根拔起，就心疼不已。可大家都说，一切为了发展。可发展来发展去，农村仍然是贫困的。也就是说，生态的破坏并没有换来农村的经济发展。那么，农村的出路究竟在哪里？

咚咚咚的敲门声，林秋云似乎没听见，左春霞便推门而进。

“林书记，你今天讲得真好，滴水不漏，太精彩了！”左春霞崇拜地看着林秋云，顺手给桌上的鹤望兰浇水。

林秋云苦苦一笑，果然，被人家当作绣花枕头了。幸亏是左春霞说，要是刘镇长这么说，市里领导也这么说，她林秋云真是无地自容了。

林秋云暗暗下决心，从此以后，多研究，少喊口号。

林秋云继续和同学联系饲养锦鲤的事项，临湖镇宣传委员打来电话说，3月6日，菱湖市的非遗申报小组下来考核蓝水村舞狮。这是蓝水村出名的好机会，也是宣传蓝水村的最佳时间，如果让附近的老板知道了，说不定会来蓝水村投资，那样脱贫的速度就加快了。而且省里的60万非遗专项基金也基本定下来了。

林秋云突然想起，过年前发的通知，一直拖到现在。林秋云担心准备好的活动被取消，更怕那60万无法落实到蓝水村舞狮队，煮熟的鸭子飞了。她都跟何显贵打了包票，如果落空，怎么交代?

2

舞狮队本以为领导不来了。过了年，该去北京的去北京，该进城的进了城，哪有时间等呢？再说，非遗传承，都是蓝水村农民在种地之余，自发的爱好，没有一分钱补贴，百姓不要生活吗？过了正月十五，该走的村民们林秋云也没有留下。一下子要召集那么多人，林秋云急了。

可是，这是上级下达的任务，没有办法也要想办法。林秋云说，人都走了，我怎么找人？宣传委员刘晓歌说，临湖镇孔书记也会来，年前就发了通知，你答应好的，怎么突然间这样呢，你必须保质保量完成，语气比刘镇长还严厉。

林秋云没有办法。

左思右想，林秋云请来蓝水村13个村民小组长，问问他们的情况，其中北架山村的7个生产队队长集体请假。三月三，下种忙，谁有闲工夫舞狮斗龙。为讨好上头，荒了田地，种地人有罪呢！林秋云还能说什么。但在蓝水村来说，三月不是最忙，最忙的是五月，收麦下秧苗比此时更忙。北架山人怄气，林秋云可以理解，北架山本来是一个村，现在被蓝水村并了，北架山人怨气不少。蓝水村不也是一样？北架山和蓝水村，因为土地，争斗了这么多年，结果让不显山露水的临湖镇讨了便宜。

北架山的舞狮队不来，蓝水村舞狮队的队长汪小满倒也不在乎，说，这舞狮队，少了北架山的地球照转，这土地没有北架山人耕种，我们蓝水村人过得更加惬意。

“何主任跟你交底啦？”林秋云问。

“当然呀，80万，蓝水村人都知道，都想加入舞狮队哩！”

“哪里来的80万，是60万！”林秋云觉得何显贵真会吹大牛。

林秋云说：“北架山的舞狮队不来，难道让蓝水村舞狮队唱独角戏，胡扯！林秋云坐不住了。这都多少年了，还整？现在菱湖市的领导要来观摩蓝水村的舞狮非遗项目，不是来看你们斗狮的，你要斗，那就成耍猴的了。”

“林书记，不管80万还是60万吧，耍猴就耍猴，北架山的狮子不来我们蓝水村也可以来个大闹天宫，独角戏也是戏！”汪小满志得意满。

林秋云只好去北架山。

北架山舞狮队的队长林义，也是北架山五队的生产队长，祖上都是舞狮队的，到这一代，已经是第六代了。林秋云好说歹说，林义也不愿意和蓝水村的舞狮队同台。

“是不是因为祖上为土地争斗的事？”林秋云问。她确实想解开这个谜团，很多年了，两个村都是彼此看不上对方。

“也不全是，林书记，手心手背都是肉。蓝水村左手，北架山右手，一个人啊！蓝水村引进好几家企业，没有一家落户在北架山，我们北架山跟蓝水村的差距越拉越远，你说着扶贫，不是精准扶贫吗，哪里贫穷扶哪里。可是自从老书记退休后，何显贵代管，没有帮扶过北架山一次！有个化工厂已经有意向落地北架山了，结果还是被蓝水村截留了。你说，这是谁的意思？谁这么大的能量？我们的土地除了播种麦子、油菜就是水稻，一年下来连肥料钱也挣不到，不贫穷才有鬼的。蓝水村人还编排北架山：蓝水窑，钱树摇，北架山，荒草山，摇钱的哈哈笑，荒草长得没人管……”

林秋云知道这里面问题大了，不是一句两句就能说得通的。

林义继续说：“蓝水村的汪小满，田地和我家隔着一条田埂，每年耕地，他都会把我家的田埂这边划掉一点，田埂只隔着十几公分，已经兜不住水了，当我不知道？我只能往我那边让，可汪小满还是不依不饶的，跟他理论，他说是机器耕田的问题。”林秋云听着，哪里知道林义和汪小满还有土地的争斗。看来一时半会儿，她林秋云说不服林义。

林秋云说：“林队长，也没有多大的矛盾嘛！”

“没多大矛盾？这不光是土地的问题，是脸面的问题，我林义是不会在土地上让一分的。”

林秋云静静地听着，没想到北架山的人对土地这么在乎。

林秋云只好拿出撒手锏。

“林队长，要是这次北架山舞狮队和蓝水村舞狮队合作成功，省里非遗会拨款60万给我们舞狮队。”

“给蓝水村舞狮队，我们北架山舞狮队做龟公？林义的脸色难看了。林义说，这样的话我们听多了，我们舞狮队不过是你们蓝水村的夜壶，上面来人了，用得上的时候才拿出来，不用的时候，就往床下一塞，不见天日。”

“我们现在是一个村一副面孔，这次如果申遗成功，北架山舞狮队30万活动经费，蓝水村舞狮队30万活动经费。这样可好？”林秋云看着林义说。

“筷子上的肉，吃到嘴里才算！”林义看着林秋云说，“这舞狮队，敲锣打鼓的，我都给个交代不是，再说，这样的包票，我是不敢打，上了床的媳妇跟人跑了都是常有的事，我们北架山多了去了。”

“这次肯定行，省里都会来人，板上钉钉。”林秋云说着都收不拢了。之所以把牛吹出去，她觉得这也是靠谱的，临湖镇宣传委员这么急切，一定是上面非常重视。

“就算非遗的活动经费到账了，谁负责，要是何显贵的话，我们不敢，不是信不过他，是北架山吃亏吃多了。再说，现在都三月了，舞狮队的人要吃饭呀，他们大多都出去打工了，得一个一个请回来。”

“林队长放心，舞狮队还要你多费心。”

“那行吧，林书记，我们再相信一次蓝水村，相信这30万的活动经费。我们舞狮队也是穷怕了。”

“不过林书记，我丑话说在前面，要是这次对北架山舞狮队不公平的话，我林义第一个把狮子烧掉，这辈子不再碰舞狮。”林义看着林秋云说。

“我保证。”林秋云说。

林秋云让何主任去现场看看，道具安排得怎么样了。何主任一会儿就回了电话，说：“只欠东风了。”林秋云隐隐感觉不对，何主任大大咧咧，这么快就检查好了？林秋云决定亲自去看看。林秋云弯着腰，每张桌子都要检查一下，摇一摇，看是否平整。汪小满说：“林书记，你这是树叶落到头上都怕砸了。”说着就笑。林秋云没有理睬他，林秋云忽然看到一张桌子的脚被虫子蛀了。林秋云手一摸，虫眼里落下一些木屑，一条腿也短了些。林秋云说：“汪队长，这张桌子不能用。”汪小满看了说：“小意思。”汪小满把一块车胎皮拿过来用钉子钉到脚上，说，这样平稳了。

“汪小满，你自己的安全不当回事，也不把别人的安全当回事？这张桌子根本就不能用了，你钉块胶皮就好啦？”林秋云大声呵斥着汪小满。

布置舞台的人都望着林秋云，背地里说，这林书记的脾气好大呀！也有人说，林书记做事真是仔细哩。

汪小满说：“我们舞狮队就这样的条件，我没有办法！没有办法保证安全。”

“这怎么行！”林秋云瞪着汪小满。

何主任忙打圆场说：“汪小满，犟驴，林书记也是为大家好。”

“可是舞狮马上开始了，我哪里去找合适的桌子？”汪小满说。

林秋云指着舞台上人说：“你们都停下来，把所有的布置都检查一下，不能有安全隐患。”林秋云打电话给小吴，让他把食堂的桌子送一张过来。

汪小满摇摇头，说：“舞狮这么多年，都是这样的桌子，没见过这样比针眼细的人，有必要吗？”

3

蓝水村北架山，两个村舞狮终于同台了。

菱湖市来了不少的人，市文化馆也来了人。蓝水村没有活动广场，螺蛳壳里面还真不能做道场。只能在临湖镇文化活动中心前面一片宽阔的广场上来场舞狮，这刻儿挤满了围观的村民。童家声带着两个孩子也来了。反正不要钱，不看白不看。

音响是从外面租借的，正循环播放《在希望的田野上》《春天的故事》等老歌。锣鼓一阵紧一阵慢，一阵震天响一阵轻轻哼。锣鼓声中，蓝水村的“大头狮”摇摇摆摆出场，头似黄篾笆斗，狮眼球儿爆凸乌黑，长须阔嘴张合有致，狮皮青布底子火麻毛，一身金色颤颤。

便有老者挤上前抢拔一两根狮毛，尔后获得宝贝一样欢眉展眼，将狮毛挂在孙儿孙女纽扣上，手指绕绕打个结；大肚子女人也歪过来揪几根狮毛，伸进内衣贴着肉，磨磨光滑的肚皮。

领班的汪小满不生气。狮为百兽王，大头狮是王中之王。它身上的毛压邪避险，保佑孩童健康平安。他还记得娘告诉他，她怀他六个月的时候，也拔了蓝水村的几根狮毛揉揉肚子的。

玩狮头的脸钻出狮皮，急吼吼地欲发火，看见汪小满带着笑和拔狮毛的人打招呼，吓得身子一抖，头缩进狮皮里。

汪小满好像一下子回到当年，顿觉气顺血热，手脚轻便。他立在“大头狮”的后侧，不住地扭动手腕，指挥引狮的女孩做动作。

女孩一身红衫，连续几个空翻，站立如柱，然后低头撅腚，朝人群鞠躬示敬意，接着一簇塑料花在手中滴溜溜转，转出个圆圈圈，领着“大头狮”站在汪小满身边。

汪小满摸摸狮头，样子十分慈爱和慈祥。“大头狮”软软乎乎，似乎承受不了温暖，慢慢落地，乖乖地匍匐在地上，醉了一般。

咚咚哐，咚咚哐，咚哐咚哐咚咚哐，哐哐咚哐咚咚哐……

锣鼓声又起，气氛活了。“大头狮”待第二回锣头再起，陡地站立，头尾同时“呼”一记掀开狮皮，露出两个憨憨的人儿来，只见绿巾扎头，红箍带，额系绒球英雄结；着黑色对面襟小褂，两排白布纽一顺儿错开；下穿红绸飘飘灯笼裤，脚蹬五色彩条布草鞋。片刻，两人又钻进狮皮。

四村八邻都晓得有个玩狮子的汪小满。

汪小满的“大头狮”威风气派，玩起来有板有眼。

汪小满尖起两指，把呛进狮毛里的几片纸屑捡掉，又把狮头狮尾抚摸一遍，同时轻轻说：“当心当心，别跌腿伤胳膊的。”“大头狮”摇头摆尾，伸颈仰脖，一副撒娇卖乖的姿态。汪小满拱手作揖，“都是眼睛靠鼻子的蓝水村人，玩不好，请多多包涵！”说完，大手一撇，飞个眼色。

林秋云觉得汪小满跟刚才完全变了一个人，忍不住笑了。

打圆场的锣鼓悠悠响起。

引狮女孩侧翻后跳，再一圈碎步绕场，回头来领“大头狮”。

忽然西边来了只北架山的“草头狮”，很快窜进广场，它不问红白，一来就满场穿梭“插花”。狮皮一张一张的，时而可见玩狮子的一身蓝色运动衫裤，间或乳白色回力鞋一花一花的。

“就五六个鸟人，瘸脚班子也敢来混！”汪小满嗤嗤一笑，骂声咬在嘴里咀嚼。

一下子来了两只狮子，潮头兴旺啊！蓝水村有句老话：狮子跳跳，砌房牢靠，狮子舞舞，造房稳固。美丽乡村刚开头，就讨了个双喜临门！村委会会何主任笑咕咕的。

汪小满眼光一沉，咚——哐！“大头狮”这边锣鼓齐刷刷刹住。

汪小满一脸冷冰冰。“大头狮”是狮王，“草头狮”算个啥，草莽狮！两狮相遇，你“草头狮”理应恭恭敬敬朝拜“大头狮”，等“大头狮”绕过圆场，你“草头狮”才可以在下手玩，这规矩上代传下世，哪一年变过的？汪小满想起从前的百般威风与自豪。大年初一玩狮子。那时蓝水村北架山都搭座土地庙，庙里有尊烂泥菩萨。玩狮子的、舞龙灯的，欲进村必定先朝庙。几只狮子差不多时辰到，只好眼睁睁让“大头狮”先朝拜菩萨，等它沾一身灵气出庙门，“草头狮”方能进去。进村，家家户户开门迎接，若是“草头狮”刚刚前脚跳进门，只要听见后面传来“大头狮”的锣鼓声，就屁股朝前慢慢退出门槛，缩在门边可怜巴巴不声不响，远看活像看门的大黄狗。现在，汪小满越看“草头狮”越像条大黄狗。然而，一想到如今玩狮子的风景，汪小满的心恰如锣鼓点子砸上去，一记一记地疼。大年初一，听到玩狮子的锣鼓响，好多人家避灾星躲瘟神一般地哐啷拉上门，咔嚓一把锁……不就是几百块喜钱、条把喜烟吗！玩的是个威风，玩的是个吉祥，单单为几个毛毛钱，八人大轿抬，他也不动身……人哪，钱袋子不能饱，钱一多，鬼肚肠子就多打几个弯！你“草头狮”冲什么来的？不服蓝水村是吗？假如我让你北架山“草头狮”，岂不是先生老子后养儿倒转二十年？不是吹牛，你“草头狮”能有板有眼上规矩，我坐在针尖上拜你！那年逛庙会，一只外乡来的“草头狮”不服“大头狮”，当众问：“你们‘大头狮’能登高历险、五角穿花？汪小满清楚记得他师傅气得脸色铁青。规矩中“大头狮”不登高。师傅二话没说，挥手就叫打。结果，两只狮子都见了血。后来，师傅临死前还对他说：“‘大头狮’就靠你了……”

汪小满顿觉心中揪得紧，泪珠儿在眼眶里爬来爬去。他朝天哔嚓哔嚓望了一会儿，定定神后喊来林秋云，认真问：“玩狮子就这么个玩法？！”

林秋云脸一苦，无可奈何的模样，玩花活儿自然好，就怕他们玩出意外。

“一点规矩都没有！上茅坑拉屎还有个先来后到哩！”

见汪小满火了，林秋云就踢踢突突跑到那边抓住“草头狮”的耳朵边，唧唧咕咕商量了一刻。

“草头狮”不服气，觅食一样蹦跳过来。班头手一甩，“摆什么老资格！”

汪小满故意耸下眼皮：“哪里黄狗叫？”

“草头狮”班头没听清，继续吼道，你浑身长刀，本事通天，敢玩玩“三桌半”吗？

“林书记，做大容得小，我们走！”汪小满痴了痴，故意做出个大度的姿态。一掷手，“大头狮”跳过来俯首蹲身，汪小满双腿一蹦骑上去，大有壮士一去不复返的英雄气概。

锣鼓不紧不慢敲着“龙抬头”。

“林书记，这不是砸场子吗？”狮王不玩就退，反让“草头狮”先玩，这舞狮刚开始就出颠颠倒倒的事，往后还能头是头、尾是尾吗？她叫人跑过去拦住“大头狮”，自个儿又与“草头狮”死说活说，悄悄将两张百元大钞塞进“草头狮”班头裤袋里。班头只当没看见，犟一刻，气咻咻地闪到一边，把场子腾给“大头狮”。手下人有意见，班头说：“等会儿与‘大头狮’比真功！”

汪小满不禁悄悄吩咐敲锣鼓的响六六三十六锣头。

敲锣的吃一惊：“这么长？”

“就这么长！”汪小满眼珠一勒，而后拍拍“大头狮”，轻声说：“多玩玩，出出气，锣头不停你们就不停。当心，别跌腿伤胳膊的！”

“大头狮”一招一式都踩着锣鼓眼儿。晃头先从右边晃，摇尾先从左边摇：站立不露肚，翘首不落帽，狮皮照例裹得紧紧的；滚翻藏头不显尾，伏地一律头先旋后，前爪横撑，后爪掩于狮毛内。玩完了 12 套已响过 35 个锣头，留着一个叫彩。

汪小满气宇轩昂地走到场子中央，按住身边的“大头狮”，把吃奶的力气使出来喊彩——

狮子进门踏金阶，
香花灯烛两边排，
狮王神通来贺喜，
福禄财喜进宝来，
蓬头赤脚利市仙，
风调雨顺中头彩，
金炉不断万年火，
大地丰收千千载！

每喊一声，锣鼓咚哐应一记，狮头摇一下就定住。何主任乐得连连道，靠福靠福，金口玉言！

“草头狮”好不容易出场。班头向四周招招手，一副包打天下无敌手的高傲神情，花里胡哨的东西我们不玩，要玩就玩“三桌半”！

你个鸟人，话中带刺哩！不晓得天高地厚。真的按规矩玩“三桌半”，凭你们几个上不了台面的鸟人，只怕早一步晚一步要把蚂蚱大腿玩得掉下来……三张八仙桌角对角，垒成天人地三界，最顶端屯张木椅，半桌，名儿叫“南天门”。登上“南天门”才算开了狮门。“大头狮”叫彩，“草头狮”赏彩，想拿赏彩，还得玩一道险关，那是把小命系在裤带上玩的……汪小满想到这里不禁心里一抖，恍恍惚惚地觉得自己孤独地站立“南天门”，四边无依无靠，眼一黑，头朝底脚朝上栽下半虚空……他捺捺太阳穴，把思绪拖回来。你个窝囊货，替他们牵肠挂肚的做什么，难道嫌刚才的气受得不够？汪小满恶毒地咒骂自己。

场子中央扛来一张雕龙飞凤的老式八仙桌。

林秋云望望“大头狮”这边，用几分担忧的口气试探“草头狮”的深浅：“马马虎虎地玩一玩吧。”说完，回到座位，刘镇长看了看她。林秋云知道刘镇长的意思。

没有三分三，不登这座山。班头林义显出不高兴的神色。

林秋云看看旁边的领导，都在全神贯注地看着“大头狮”，心里一乐。

“草头狮”先嘻嘻哈哈玩出“平台戏绣球”。只见狮子忽而昂起，狮尾悠悠下沉；间或，狮头左一歪右一歪，意欲探天；狮尾领略了，快速托住狮头的腰使劲挺举，狮头近乎同时腾身跃起，哪知狮皮绷开，一道肉光白晃晃地掠过。狮尾性急失手。把狮头的运动衫推离皮带，露出肚皮。狮头情知不妙，赶紧改化，本来连续腾跳三次的，就一次撒手，改换简单的“顶球走场”。

“哈哈，露肉的真功夫！”汪小满感到一种异常的痛快在血液中奔流，就像“大头狮”博得众人喝彩一样的兴奋。

“大头狮”一班人疯笑不止。

“草头狮”班头听见这直刺耳膜的讥笑，如挖心掏胆一般难受，先是长长地抽一眼，尔后一把夺过锣，提前敲起“急急风”……

“草头狮”闻声静卧不动，好像刹那间睡熟了，一刻后蓦然撅起“狮尾”，双手合抱狮头的腰，半个肉嘟嘟的嘴巴贴住“狮头”的肋骨，钻进八仙桌底弯扭蜿蜒，斜插步履轻盈，进退和谐，像密针似走线，好精致的“四角窜花”！接着，钻出桌底玩“四角飞岗”。那“狮头”一纵，双手掌按住桌面，“狮尾”趋势揽紧“狮头”腹部，脚一蹬，四腿同时上引，凌空劈过，又笃定地稳稳落地，连着玩“蜻蜓立荷”。但见“狮头”倒垂，双手攥住八仙桌的一根柱，两脚先屈后展，缓缓朝天伸去，几乎同步，“狮尾”紧搂“狮头”的腰，两脚也慢慢上翘，吼一声，四条腿迎风大劈叉，忽然聚拢如柱……

怎么就不倒下来呢？那腿软得竖不上去多好……汪小满脑颅里一个劲地勾画“草头狮”出丑的情景。

锣鼓声更密。

“草头狮”后退五六米，稍停，又急奔至八仙桌前，突然纵起，似“蛟龙出海”，鱼跃穿过桌心，落到对面地上，利利索索一个前滚翻，站得铁稳。

在场人一片喝彩声。林秋云听到震天的欢呼，热血也开始澎湃。她从来没有见过这样精彩的舞狮场景。林秋云忍不住心里叫道：真好！林秋云的心随着“狮子”们忽左忽右，忽高忽低，起起落落。

“大头狮”中也有情不自禁拍手称好的。汪小满重重地咳嗽一声，他们就把手插进裤袋里，痴愣愣地，恰似木头人儿一根。

“草头狮”班头春风得意地左右环顾，那目光带着轻蔑和复仇的意味在“大头狮”身上扫来扫去……

汪小满心里有话，别神气活现的，好戏还在后头哩！他眼前幻化出一个场面——“草头狮”玩第二桌时心虚了，乱了套路出了洋相，败了，狮皮一收，灰不溜秋地往回逃……他笑在心里。哪个叫它在狮王面前无法无天的？活该出丑！它乖乖巧巧的，他汪小满也不是一把米养大的，多多少少给它点风光，好歹都是玩狮子的，说到底是一家……他可以说何主任，你“草头狮”马马虎虎玩一玩遮众人眼，“大头狮”照样给你捧场！假如何主任翻脸，他就叫“大头狮”有意无意地玩九套人仰狮翻，败败兴，以不吉利触霉头要挟。他汪小满玩了几十年狮子了，阴阳长短的面孔都见过，都能对付，没有一两手狠的，怎能压住阵镇住人？现在不行，你“草头狮”眼睛长到后脑勺上，目中无人！不端张椅子给狮王，狮王能扛梯子让你上天？只能给你张小凳子坐坐……

汪小满就这么朝深处想。

第二张八仙桌叠上去了。林秋云看得心里颤颤巍巍的，跟叠上去的桌腿一样。

锣鼓声徐徐。

狮子分开两腿，狮子的头旋即伸进它的裤档里，狮子两腿子一夹，钳住狮子的脖颈，尔后叠罗汉螺旋而上，接着蜷曲起狮身“雾中寻洞”，盘上顶面，方才略微舒展手脚，玩“初探云海”“携手问路”“倒饮山泉”“仰天望月”四套……

第三张八仙桌又驮了上去。

愈向上攀愈艰难，“草头狮”宛如久病初愈，动作迟迟钝钝的。终于登上桌面，以微动代小憩，片刻，来个“尾扫庭院”——只见狮头稳伏，阔嘴翕动，一副稳坐山头听松涛的安详姿容。狮尾一撅，竖是一竿竹，垂如一根桩，间或变得柔软轻飘，左掸掸右扫扫，忽而像天上落个金黄灿灿的风火轮，掉在腚后呼呼滚翻。

人群中又爆出一片叫好声。林秋云却显得出奇的安静。

“草头狮”霎时扬扬得意，作掬水洗脸状，然后低垂眼睑，一动不动，如天堂神狮逍遥安逸，不管人间风暴雷霆……

双眼直勾勾的汪小满，心里像呛进一把五味粉火麻火辣。你个“草头狮”还真能玩几手硬的……见手下人瞟他，立即嘴角一吊，换副不屑一顾的傲慢神情。

“草头狮”班头高擎铁又把一张木椅举送上去。

“慢！”汪小满起身走过来，问，“你就不怕有个三长两短？”

“玩激将法看看什么人。”“草头狮”班头林义眼里流动着一种灼热的光芒，刺得人受不了。

汪小满鼻孔里喷出个滞重的“哼”，问：“想玩命？”

“东席不管西席。”

“有种，你去玩‘南天门’！”

何主任怕两人狮一般斗起来，急忙过来拉圆场，临了扔一句，淡淡地责怪汪小满："放火是你，救火也是你。出了人命，你吃不了兜着走！"

林秋云脸色一变，吓得不轻，想让他们就此收了神通，可是刘镇长的眼神告诉她，不能动来动去的。林秋云不敢睁眼看。

"草头狮"班头又抢过大锣鼓"步步高"。

"南天门"搭就，底下看日光紫微星，照得木椅油光水滑。椅背木框框旁边斜绑一根细青竹，垂下去，钓着一叠钱，荡来荡去。这叫作"赏彩钓狮"。

场子上的人紧张得眼珠儿死死不滚，好像爬上去的是自己的亲朋好友。林秋云坐在一边有些着急，舞狮队的动作越来越高难度，也越来越危险，万一出点岔子可不得了。林秋云跟市领导和刘镇长都不远，她坐在边角上，却也不好离座。

汪小满间或闭着眼睛甩头，似乎不堪忍受一种痛苦的煎熬与折磨。

"草头狮"攀上"南天门"，朝东南西北轻舒四肢，意思是打开了四（狮）门；接着转拜八方，临了，来个"云空竖旗"。三桌半总算可以收兵了。汪小满长长地吸口气。

"福比天高，福比天高！"何主任不住地重复。

按规矩，不眼馋那叠赏钱，"草头狮"就能降下云头。偏偏此时骤响锣鼓"急急风"，"草头狮"心里亮着，这是班头叫他们取彩，于是稍稍休整后，狮尾双手紧扒两侧椅框，稳住"南天门"，任狮头倒悬斜探，吞下赏彩，哪知狮头左伸右探，始终捉不到彩，急得挠耳抓腮，看了又看，忽然摇摇地大喜。狮头发现青竹细软细软的，能够弯曲，它便张开大口，同时伸出手来顺着竹枝缓缓朝前压，待青竹弯成一把弓，腾出另一只手一摘，那彩便轻轻巧巧取下来，接着，手臂朝里一弯，好像把钱掷进了狮口。

锣鼓声节奏舒缓，悠悠然然。

"草头狮"缓缓跳下"南天门"，好不快活自在，不禁站在八仙桌顶又一阵摇头甩尾。尔后，狮头一跺脚，隐隐约约听见狮尾回应了咚的一脚，狮头按规矩套路，旋即又咚地跺一脚，紧跟着一个鸽子翻身展翅大亮相，朝下玩最后一招"携雄风猛狮跳涧"……不料，狮尾没听见狮头咚的第二脚，误把第二脚听成第一脚，于是被活活拉下半空。狮头有准备，摔得不重，只是惊慌之中手中的一叠票子纷纷扬扬。狮尾“啊”的惨叫未断，便如麻袋一般咚地栽倒，手臂划破，在地上洇出一摊鲜血……

众人见状惊呼：爬不起来了，爬不起来了！

狮头踉踉跄站立起来。

狮尾不动。

“草头狮”班头林义脸煞白，一身的血全凉了。林秋云顾不得领导，离开座位，跑到“草头狮”面前，蹲下来凄凄厉厉地问：“林义、林义，要紧吗？”

林义仍然不动。前排就座的领导纷纷站起来，担心地朝这边张望。

汪小满汗冒冒地走来，扳扳林义的头，捶捶林义的腰，转转林义的胳膊腿儿，一把将揉开的狮皮盖紧，吼道：“虎死不倒威，狮仰不趴下，你个鸟人！”说着，手一抬，锣鼓响，哐咚哐咚哐，咚咚哐咚咚哐咚咚哐……一阵紧一阵，“草头狮”队也和着，一霎时，差不多把广场震得翻了个身。

林秋云赶紧小跑到林义的身边，喊道：“林队长，林队长！”

林义终于挣扎着爬起来。

在汤警官的组织下，领导们有序离开会场，他们不时会回头张望。

有种！汪小满一招手，“大头狮”急急跳过来，驮起林义绕场走。领导们停下脚步，笑着朝汪小满鼓掌。

“林义，坐直了！”回头见“草头狮”林义还在抹眼泪，汪小满便骂不绝口，“男子汉不淌骚尿。哭你个鸟！”

朝外撤场时，“大头狮”“草头狮”一路返回。

“林书记，我没有给你丢脸吧？”林义望着林秋云。“林队长，你真是好样的，人没事就好！”林秋云说得很激动。说实话，刚刚真是把林秋云吓得不轻。

还有好几个领导坐着没动。知道林义没事，林秋云赶紧回到座位。

临别，汪小满抓住“草头狮”班主的手直晃：“兄弟，改日请你们班子喝酒！”

“汪老兄，有你这句话我就知足了。”说着，却没忍住，一跟头摔在地上，人事不省。

何显贵假装没看见，站在刘镇长身边，低头说着什么……

林秋云不好动身，只好发信息给何显贵。何主任，帮着看看舞狮队，让小吴把车开来，送林义去医院。

何显贵拿出手机，给刘镇长看看，然后朝汪小满和林义的舞狮队走去。

蓝水村狮北架山狮，都是一路人啊！想想可怜，我们玩狮子的为人家玩，人家玩我们，就这样玩来玩去……汪小满坐在车上，扶着林义，林义大汗淋漓。话里透着隐隐的酸涩和悲凉。

何显贵坐在副驾驶也不好说什么，探出头看着林秋云，眼里却有说不出的意味。

天空的乌云慢慢聚拢，落着稀稀拉拉的春雨。

临湖镇的宣传委员刘晓歌满脸的怒色。本来让蓝水村舞狮队出彩的，结果出了丑。“草头狮”跌落下来的时候，林秋云的心也跟着跌落下来。

林秋云坐在宣传委员旁边，中间坐着菱湖市分管文教的副市长祁德彰。祁市长低头看手机，然后跟省里非遗工作组打招呼，起身离开。刘镇长仰头看着孔市长，眼巴巴望着祁市长离开。林秋云低着头不敢看，只是偶尔扭头打量刘镇长。刘镇长倒是坐着没动，身体没动，可是屁股几次挪动，想去找祁副市长，但是终究没敢动。

4

舞狮落下帷幕，广场舞开始上场。林秋云发信息给何显贵，问林义的伤势。

何显贵说，应该死不了。

林秋云想：我可死定了。林秋云说，那就好，医院有什么情况和我联系。何显贵说，联系也是医药费的事情。林秋云说，要是钱能解决问题，都不算问题。

林秋云没想到，林义还是死了。医生说，外伤都是小事情，主要高血压造成的是脑出血，血管破裂。抢救了几个小时还是没有抢救过来。

林秋云接到何显贵的电话时，心里被刺了一下。她的脑海画面，是她劝说林义参加舞狮的情景。她真后悔，要是早知道这样的情况，说什么也不会去软磨硬泡让他来的。不过当时林义也没有说他有高血压的事情呀。

林秋云放下电话，就去了医院。林义在冰库里了。何显贵出来迎接林秋云，他面色严峻地说，你就不要出面了，林义的老婆春桃来了，只怕要找你麻烦。林秋云说："这个时候我怎么能逃掉呢？"

一个穿黑色衣服的女人已经在走廊里到处找林秋云。

林秋云朝春桃走去，说："我不知道会发生这样的事情。"林义的老婆朝林秋云走过来说："你就是林书记吧？"

"是的，我是。"林秋云说。

林义的老婆春桃显得很平静。林秋云觉得有点怪。她听欧阳说过的，蓝水村的人跟蚂蟥一样，一旦咬到你，就会把你的血吸干。话显然夸张了，但说出了蓝水村人不好惹。我林秋云没有多少血，经不起吸。林秋云想。

林秋云看着春桃，静静地等待着她的发作。

"你需要我做些什么？"林秋云说。与其让她暴发出来不如自己主动提出来，这让林秋云心里会好受些。

"还有什么好说的，还有什么是可以做的，老公已经死了，我跟他说过，他迟早都要死在舞狮的身上。我能说什么呢？我大喊大闹又有什么用？再说，也是老林他自己要去舞狮的。又不是被你绑着去的，这都是命。"说着她隐隐地流着泪，抿着嘴，强忍着不哭出来。她怕林秋云看出来，颤抖着靠着走廊的墙壁。夜晚走廊的灯光把林义遗孀的背影投在墙上。

"对不起，我真的很抱歉。"林秋云想说这次舞狮害的林义，但是何显贵在旁边盯着她。林秋云从他眼神里读懂了他的意思。

"你下半辈子怎么办？"林秋云话语里充满悲伤。

春桃擦了擦泪水，转过身，说："还不是跟以前一样。林义以前想把田地抛了荒去城里打工，是我非要把土地留下的，他在城里，我在家里一个人种地养猪，一年也见不到几个钱，也见不到人。到年底，他约起舞狮子的人，花钱做狮子，请人合伙一起舞狮子，还给人发工钱。贴钱我都不说他，没想到这次把命都贴进去了。他说，这次要是申遗成功，他就成了蓝水村舞狮的传承人，光宗耀祖哩！这下好了，这下好了！”春桃不停地念叨着。

突然一个身影从春桃身后走出来，朝林秋云扑来，叫着：“你们把我哥哥害死了，不给个说法，我们是不会饶了你们的，哪怕坐牢，我也要个说法！”

林秋云往后让了让，何显贵一把拉着春桃的弟弟，他才没有抓住林秋云。何显贵吼道：“春杰，说话就说话，不许动手！”

“何显贵，你是蓝水村的主任，我敬重你，才不说什么，我姐姐是个老实人，你们不能欺负老实人！”春杰说。

何显贵软软地说：“我知道，我知道，我们会处理的。”

这时候林秋云的电话响了，是刘镇长。

“你在哪里？”刘镇长很淡定地说。

“我在医院。”

“你赶紧离开，不要在村委会住了，回家等消息。”刘镇长说。

“刘镇长，这个时候，我不能离开呀，死者老婆情绪很糟，也可怜！”林秋云解释道。

“小林，你先回家，等消息。”这件事情蓝水村是没有办法解决的了。

“你放心，这件事，只能私了。镇里到时候看能不能出来调解。”

李招娣不知道什么时候来了，她看到林秋云，就故意躲到卫生间去了。林秋云也避开她，跟刘镇长汇报这里的情况。她心情很糟，脸色也不好看，估计已经知道林秋云了。她从来不怕干部，但是也不招惹干部。何况，关系到她的财路。只要林秋云不挡住她的财路，她躲得越远越好。

春桃的哭声在走廊里激荡。李招娣听到了，从卫生间出来，循着哭声，找到春桃。李招娣说：“春桃嫂子，人各有命，我也是一样的。都是苦命人，这样吧，春桃嫂子，你家的事情，就是我家的事情，老林的后事，你交给我，我保证一条龙服务，把老哥哥送好。再说，都是村委会的责任，你多要点，我还可以帮你找到在医院门口哭灵的人，保证让他们吃不了兜着走。”李招娣说着，朝四周看看。

没想到何主任正在盯着李招娣，吼道：“你这真是拱火的不嫌事大，太过分了！”

李招娣说：“我是个半边人，在田里屙屎都要选日子，你哪里不知道？”何显贵气得没有办法想，说，“你怎么不敢在林书记面前凶的，刚𠂉层样，怕人家吃了你？”

“我跟林书记不熟，干吗跟她说话，再说，我是做生意的，活人在，我做活人的生意，有死人，我就做死人的生意，关你什么事。”

“真是远来的和尚好念经。”何显贵说。

林秋云已经出了医院大门。

既然刘镇长让林秋云回避，她也没有办法，只好回家等候发落。

一路上，林秋云都在想林义老婆春桃，她让林秋云既感动又悲伤。林秋云倒是希望春桃大吵大闹，这样林秋云心里还好受些。她那么安静，那么卑微，倒是显得蓝水村的干部不通情理了。林义这件事情真不能就这么不了了之。林秋云觉得不管是公了还是私了都要给林义老婆一个说法。可是，这不是她林秋云能够搞定的。

林秋云回到家，不停地看手机，希望刘镇长或者何显贵给她透露一点半点的消息。

女儿小米说：“妈妈，我要玩你的手机。”林秋云说：“小孩子，多看书，少玩手机，手机能让脑子傻掉。”

“那你是不是手机玩多了。”小米盯着林秋云说。“谁说的，妈妈很少玩手机的。”林秋云把小米揽入怀里，这个时候也只有小米能给她勇气去面对未知的艰难了。

“爸爸说的，说你到了蓝水村整个人都傻了，连家都不要了。”小米有恃无恐地说。

“不要听你爸胡说八道。”林秋云捋了捋小米凌乱的刘海说。

“谁胡说八道，你自己想想，自从你到蓝水村，回家过几次？成天跟着那些村里的傻子打交道，不傻才怪。”汪俊贤站在厨房门口说。

“就是，妈妈一回家就盯着手机看。我跟她要手机，她都不给。”小米补充道。

林秋云盯着小米和汪俊贤，他们的眼神和表情都太像了。用闺蜜小凡的话说，他们真是神似。林秋云隐隐觉得难过。她对女儿小米的爱一点也不少，可是小米总是会站在汪俊贤一边，无论对错。这让林秋云觉得失落，要说亲情血缘，作为母亲的林秋云也是占了一半，至少百分之四十吧，可是小米把所有的爱都给了汪俊贤。要说智商和情商，汪俊贤哪一点也比不上林秋云。要说能干，汪俊贤除了吹牛啥也不是，难道女孩子天生就喜欢吹牛的人？

林秋云突然很想发火。

“你手机里有什么秘密，总是看手机，在家都心神不宁？”汪俊贤说。

林秋云想跟汪俊贤说林义的事情，可是怕他说她活该，自寻苦恼。林秋云真的没有必要在汪俊贤面前自寻苦恼。

“爸爸，你让妈妈生气了。”小米说。

“是你！”汪俊贤大声训斥着小米。他只有拿小米撒气，他汪俊贤也只有这点能耐了。

汪俊贤平时都不太会做饭，但是林秋云经常不回来，他只好亲自下厨房给小米做饭。有一次，林秋云发现汪俊贤给小米点了外卖，林秋云就发飙了，说汪俊贤脑子进水了，这么小的孩子，天天给她点外卖。

汪俊贤说你不是干部么，你不管管，管理好了我就可以天天吃外卖了呀。气得林秋云没话说。当时汪俊贤的妈妈也在，质问林秋云怎么可以用这样的语气跟自己的老公说话。林秋云说跟自己的老公说话还要学会用卑微的语气吗，还要学会什么情景说什么话吗，她又不是宫女。林秋云一直受婆婆的气，正好因为小米的事情，她才可以理直气壮一回。为了小米，林秋云总不会出错。

“小林，你跟我说话，也不像以前了，是不是现在身份变了，感觉飘了，不要忘了你这个干部是怎么来的！”林秋云的婆婆总是冷不丁会戳上这么一句。

“我是考来的，是用我实力争取的。”林秋云说。她最讨厌婆婆说这样的话。她把自己的一辈子就搭在汪俊贤这个纨绔子弟身上，她林秋云都没有埋怨什么，婆婆一天到晚用她那过去的身份刺她，好像是她林秋云非要赖上她儿子似的。

“我是什么身份？我的身份就是小米妈妈，我就是为小米的健康负责。”林秋云说。

“你的意思就是我们不为小米的健康负责？”婆婆瞪着林秋云说。

“越来越不像样子了！”汪俊贤的爸爸在楼上看着他们，然后，又盯着楼梯的地板，自言自语地说。

其实林秋云也不希望跟婆婆犟嘴，可婆婆也是一个种地的出身，无非是个落魄的暴发户，还非要装作贵族，让林秋云受不了。

汪俊贤觉得林秋云说得没错，妈妈说的也在理，是在为他汪俊贤拔份，所以他也不知道帮谁。林秋云总说他是个妈宝男，其实他不是，他要是的话，最多是个女儿奴。因为他曾经给女儿做过几次饭，女儿都说没有味道。汪俊贤说，爸爸给你吃有味道的。于是每天给小米点卖外。不是肯德基，就是麦当劳，要么就是来伊份，还有就是小炒。小米嘴吃刁了，口味重了，一般的家常菜不入味。

这么一吵汪俊贤就不敢给小米点外卖了。汪俊贤以为林秋云跟妈妈争吵是因为给小米点外卖，其实汪俊贤根本不晓得里面的猫腻。

自从汪俊贤的爸爸生意败落以后，他就很少管林秋云的事情了，也管不了了。谁知道汪俊贤的妈妈却主动扛起了管理林秋云的大旗。家里越是败落，她越是把林秋云盯得紧紧的，越是要提醒林秋云在她家的身份和地位。

林秋云是个吃软不吃硬的主。汪俊贤跟她来软的，她最多跟汪俊贤发发牢骚，过去了就算了。可婆婆明显是想给她脸色看，她在外面看脸色，在家还要看家人的脸色，她林秋云又不是看面相算命的。林秋云现在也很少到婆婆家去了，要去都是汪俊贤和小米去。

汪俊贤的妈妈指着老头子骂：“你说说看，这就是喂不家的兔子。让她在报社做一辈子合同工，她就没有这么厉害了。”

“ 当时不是她怀上小米了吗？答应人家的事情总要信守承诺，况且，肥水不流外人田。”汪俊贤的父亲淡淡地说。

“她林秋云现在人模狗样了，没把你当外人吗？”婆婆很愤怒。

“都怪你儿子，连个老婆都管不住。”汪俊贤的爸爸最后总结。

“现在都这个样子，宠老婆，哪像我那时候，苦得没命。”婆婆一激动，满口的蓝水村土话。

婆婆对小米换牙也有看法。小米的乳牙开始松动的时候，林秋云说买些排骨让小米啃有利于换牙。婆婆却说不要吃硬的，乳牙让它自己掉。掉牙的时候，大人要跟着，要是掉上面的牙齿，就要埋在土地里，要是掉下面的牙齿就要扔在房顶上。这样才不会出现地包天或者天包地的畸形牙齿。林秋云听了就笑，小米八岁换牙，已经很晚了，让林秋云担心了许久，就不要瞎折腾了。换掉的乳牙埋在土地里，林秋云可以理解，毕竟万物生于土地，多少有些象征意义。可是扔在房顶上是个什么意思？现在的房子都是十几层、几十层的高楼，难道想让小米的牙齿像老鼠或者鳄鱼牙齿那样无限生长吗？

汪俊贤看到林秋云笑，自己也笑，他老娘的说法真是古怪。

汪俊贤虽说是把林秋云骗到手了，还真把她当一回事。毕竟，自己没有一样能比林秋云强，除了能搞钱。自从爸爸亏空了，他也搞不到钱了。

林秋云的电话响了。她以为是刘镇长的。原来是汪俊贤爸爸的。

“小林，蓝水村出事啦？”汪俊贤爸爸说，语气很平静。

“哦，是爸爸呀，那边还好。”林秋云说。

“你也别瞒我了，蓝水村，我比谁都了解，那里每一块泥巴上，都有我的脚印。这次最主要的问题，还是土地问题，还是以前遗留的问题。我当时也是因为土地问题，有人顶我，我才退到花木村的。不然，蓝水村就是花木村了。可惜那里能用的土地太少，浪费又严重，不出问题才有鬼。蓝水村和北架山，哪里是狮斗的问题，是为土地斗的问题。现在上面怎么说？”汪俊贤父亲温和地问。

“刘镇长让我在家等他的通知，他说他会想办法。”林秋云实话实说。

“这个老刘还是稳重人，你要进步，就要看他怎么做的，做官，先做人。老刘还是很会做人的。”汪俊贤父亲说。

林秋云听着公公的话，似乎觉察到刘镇长跟公公有过什么交集，可是她没有往深处问，公公也不会告诉她的。

“哦，既然老刘这么说，就等他的消息。”公公笑了笑说，歇了一会儿，他又说，“有空，带小米一起回来看看她奶奶，她就是狗嘴里吐不出象牙。你是小辈，别跟我们老糊涂计较。”说完哈哈大笑，一副与世无争的样子。

刘镇长还没有电话来。林秋云心里没底。要是林义的舅子来闹，到临湖镇还好，刘镇长帮她挡着，要是到菱湖市闹，谁挡得住。公公虽然说了没事，但也许只是安慰她。

晚饭吃得很潦草。睡觉时，小米要跟爸爸睡，汪俊贤说她已经长大了，要一个人睡了。小米不肯，非要缠着汪俊贤，汪俊贤只好在次卧哄小米。小米一直要跟汪俊贤玩游戏，汪俊贤找个借口，训斥小米几句，小米就哭了。汪俊贤抱着哄，小米哭着哭着就睡着了。

汪俊贤钻进林秋云的被子，被子还是冷冷的。汪俊贤迫不及待地伸出咸猪手。

林秋云很不耐烦。她的心里都是蓝水村这次的事故，要是林义猝死的事情不处理好的话，她会很麻烦。她倒是没有想到仕途，就是想到春桃，觉得可怜，觉得这件事对不起春桃和林义。

汪俊贤偷偷摸摸地解开林秋云的纽扣。林秋云扒开他冰冷的手，看着手机。闺蜜群和同学群不时闪烁着，他们聊得很开心，林秋云却一直不说话。他们说，林秋云是干部了，不能与民同乐了，没有保持群众路线。闺蜜小凡不停发信息给林秋云。林秋云开启了免打扰。

“你那个初恋，那个瘸子，是不是在找你！”林秋云拒绝了汪俊贤。汪俊贤就火了，想出能伤林秋云的话来说。

“汪俊贤，你是欲火焚身，把你的脑筋都烧坏掉了吧。”林秋云翻身起来，扯过被子，背对着汪俊贤。

汪俊贤开始暗暗用力掀开林秋云的被子。

林秋云用力裹着被子，她真后悔，把这个小时候的故事跟汪俊贤讲出来，本来说着玩的，没想到汪俊贤记到现在。在杭州之后，他们就经常约会，汪俊贤说，你这么优秀，肯定小时候就有人喜欢你。林秋云就大意了，把她帮汪迁送情书的事情说出来了。没想到汪俊贤这个小心眼，说是汪迁给她林秋云写情书，还一直记得。林秋云自己都忘了说过这个话。

被子被掀开了。林秋云嗖地起身，说：“你闹吧，我去跟小米睡。”

“老婆，不要这样，我乖乖的。好久没见你，就想跟你睡一个床上，闻闻你的气息都睡得香。”

林秋云一听，心软了。想想也是，一离开这个家就是半个月。很少能够照顾到汪俊贤和小米。说到底，她还是觉得亏欠的。要不是蓝水村出了这么大的纰漏，她真的很想和汪俊贤好好说说话。

林秋云不动了。

刘镇长的电话始终没来。林秋云的脑海中浮现出许多处理这件事的情景，脑海里一片混沌。

林秋云还是没有动，假装睡着了。汪俊贤不停地忙碌。过了一会，汪俊贤栽下来，不一会，就睡着了。

林秋云起身，洗个澡，穿上厚厚的棉布睡衣，坐在客厅的沙发上发呆。

她翻着手机里群里的聊天记录，想起小时候，想起读农业大学时的梦想，再看现在的生活，她哭了。

她曾无数次想过自己的爱情，想过和心爱的人相濡以沫的日子，想起和情投意合的伴侣相处的情景，想起和曾帆在校园里畅谈未来和理想的情景。曾帆说他以后要把他学到的农业带到最需要的地方去，他要在大山里，和他热爱的植物朝夕相处。他不喜欢城市的喧嚣，才选择的农业大学。其实林秋云也是，她特别喜欢曾帆身上所显出的青春朝气和理想主义者的气质。要是曾帆能够再等等她该多好，那是多么浪漫的事情，哪怕能这样过一天也好。可是，她林秋云为了父母，选择了这样一段婚姻，说不上幸福，也说不上悲伤。也许每个女人都不会嫁给爱情。林秋云现在越来越肯定。这些肯定是闺蜜不断地灌输给她的。

林秋云在三月寒冷的深夜静静地叹息着，她感觉到人生的悲哀。她心里明白，并不是为了父母才嫁给汪俊贤的，是为了一份踏实的工作，她才给出了自己的身体和灵魂。汪俊贤说不上好，也说不上坏，但是不是她爱的那种人。汪俊贤很低俗，林秋云最不喜欢这样的人。可是这种低俗生长在汪俊贤这个人身上的时候，林秋云倒是觉得有几分可爱，很幼稚的那种可爱，但是跟爱情不搭界。

林秋云也许是累了。她是在满足过一个男人的欲望之后，觉得自己空虚了，空旷了，内心无依无靠了，她再也不是那个喜欢研究植物学的女生了，而是一个老公高兴就研究她身体的低俗女人了。林秋云很悲伤，在同样空旷的客厅里，林秋云呜呜地抽泣着。

不知道什么时候汪俊贤站在林秋云身后，看着林秋云，走向她，摸着她的肩膀怯怯地说："老婆，对不起，对不起……"

林秋云却哭得更加厉害了。

5

林秋云到底没能忍住，天亮后，她到菜市场买了些排骨，告诉汪俊贤，等晚上给小米煨汤。在菜市场，林秋云听到人说林义是舞狮子的时候被蓝水村的村干部故意害死的，人家有病，村领导偏偏要他舞狮子，还有另一个狮子队，就是我们蓝水村小满的狮子队，以前蓝水村就因为土地跟北架山斗了多少年，北架山很差劲，但是不服气，这次蓝水村的干部让北架山舞狮队和蓝水村舞狮队一起表演，就是为了整北架山舞狮队……

林秋云不想再听，匆匆忙忙把大骨头拿回家，然后才离开家门，给刘镇长打了电话。刘镇长说："电话里不方便，你到镇里来一趟。"

林秋云到了临湖镇大院，刘镇长说现在有客人，你等会儿。林秋云只好在大门口等。她本想在走廊里等的，又怕刘镇长说话她听见，怕人来人往地盯着她，会说闲话。

你进来。林秋云收到刘镇长的微信。

林秋云走进临湖镇大院的时候，正好看到欧阳出来。欧阳主动跟林秋云打招呼："林书记，最近黑了，也瘦了。"欧阳明显话里有话。林秋云说："你还是一样，不过好像胖了一些。"欧阳说："夸人可不是这么夸奖的，要夸奖人就说他瘦了。"林秋云说："倒也是，师兄到临湖镇大院有事？"

“没有，我有个项目，等这里的主管领导审批，我来看看。反正我这个人做生意也比较随缘，有没有都无所谓。”

“师兄在临湖镇做的什么大生意，这么保密，又不是生产原子弹。”林秋云笑着说。

“对你们来说，这些都是不值一提的小买卖，倒卖一些鱼虾，靠水吃水么，说了怕你笑话，算了不提了。你闻闻，我这一身鱼腥味。”欧阳把袖子举到林秋云面前，还真有一股很浓烈的鱼腥气。

“你先忙，我就不耽误你了。”说着钻进他的二手帕萨特，缓慢而去。林秋云看着欧阳，觉得奇奇怪怪的。这么一大早，身上哪来的鱼腥味，这时候又不是蓝水湖捕鱼的时节。

林秋云在刘镇长办公室外面整理了心情，才敲门。

“进来。”刘镇长的烟嗓子很明显。办公室还有烟味，刘镇长正在看手机，里面放着一段锡剧《双推磨》，林秋云一来，音量就小了很多，林秋云也听不清楚了。看样子，刘镇长的心情还好，应该是搞定了。

“刘镇长。”林秋云笑着跟刘镇长打招呼。

刘镇长低头看着手机，很久，才抬头说：“坐。”

林秋云看刘镇长的脸又严肃起来了，显然她的到来，还不如一段锡剧有意思。

“林书记，这件事情我大概了解了，你回去写个报告给我。”林秋云本来想说，既然你都了解了，还要我写什么报告，不是脱裤子放屁吗？但是她还是忍住了，毕竟刘镇长正在帮她兜住。她突然觉得自己也习惯了蓝水村的粗话。

“好的。”林秋云态度很好地说。

“事情很麻烦，林义的舅子正在找律师，准备跟你们打官司。”刘镇长说着，停顿了，抽出餐巾纸擦着桌子。桌子上很干净，什么也没有。林秋云盯着桌子，不知道刘镇长在擦什么，那餐巾纸就像刀片一样，在林秋云心里，一下一下地划拉着。林秋云的心跳跃抽搐。林秋云没想到，事情还是没能兜住，还是要蓝水村来扛这件事。

“刘镇长，你放心，我能扛得住。”林秋云觉得既然刘镇长想帮忙，帮不了，也不能抱怨，本来就应该自己来。

“扛什么扛，林义的舅子要80万赔偿金，你用什么扛，把你的蓝水村村委会院子拆拆卖卖，也卖不到80万，你还扛！”刘镇长说得很气愤，他擦桌子的手咚咚敲着办公桌，山响。

林秋云只好不说话。这样的情况，怎么说都是错。林秋云低着头，看着刘镇长的脚。刘镇长办公桌后面露出一个蛇皮口袋，上面沾着一些鱼鳞片，很细小。在日光灯下闪烁着光泽。

这样的事情你要吸取教训。舞狮的大场面，群众的人身安全是最重要的。昨天晚上，菱湖市有一个老板，跟我谈起这件事，说他可以帮忙。

“怎么帮忙？”林秋云急忙问。

“林书记，要沉得住气，听我慢慢说。”刘镇长抽出一支烟说。

“他准备在蓝水村投资，但是他首先要给蓝水村一笔慈善助学捐款60万，蓝水村的小学要修缮。”

林秋云说：“那个小学，我去看了，墙壁也裂缝了，我本来想跟教育局申请的。”

“你不要申请了，村小马上要拆并到临湖镇实验学校了，申请教育局是不会批的，财政上更加不可能。”刘镇长说。

“你这样，村小花10万修缮一下，剩下的50万，给林义家作为赔偿，这件事只能私了，要是登报，或者网上传播开来，造成舆论压力，你我都无法收场，谁叫我挂钩你们蓝水村的呢？”刘镇长有些心虚，此时他和林秋云同一条船。

“还有，补偿款出多少，看你的能力。”刘镇长瞟了林秋云一眼，缓缓地说。

林秋云想想也是，现在还有别的选择吗？不过有件事她必须弄清楚。

“刘镇长，是哪个老板主动提出捐款给蓝水村小学？”林秋云盯着刘镇长。

刘镇长抽着烟，笑眯眯地瞟了林秋云一眼，说：“问这么幼稚的问题。”

林秋云一听，一个激灵，她明白刘镇长的意思。她觉得里面的迷宫很多。而且她自己就在迷宫里奔走。这个老板怎么可能白白掏出60万呢？她开始警惕了。

“林书记，我知道你的想法。这个老板无非是想把蓝水村的农机厂再扩大一点规模。”刘镇长说。

这个农机厂不是已经上马了吗，还没有完工，怎么还要扩建？土地不够，当时土地征用审批很紧，没办法他才动工的，正好临湖镇土地资源整合，蓝水村这儿还有一块土地，就在农机厂边上。林秋云突然想起童家声说的土地，就在汪德厚家门前的那一块。原来镇里早就征用了那片土地，那片土地上还长着麦子，就已经被处理掉了。童家声还想着收割他的麦子呢。林秋云心里有说不出的滋味。

林秋云觉得，童家声的地，或者说，汪小粉的地，那个菱湖市的老板早就盯上了。何显贵所说的临湖镇政府征用，其实是个幌子。刘镇长把那片土地当作一个筹码而已，这个老板为了得到这片土地，额外划了60万帮刘镇长把林义的事情私了，这样刘镇长就会想办法让这个老板得到那块土地。那个老板就是农机厂的老板。

这个人会是谁呢？林秋云心里似乎有底了。

这个筹码是刘镇长的，也是她林秋云的。这片土地划拨给老板开农机厂扩建，她林秋云就可以从林义事件中脱身而出。林秋云是该松口气，为刘镇长的高瞻远瞩而感叹。可是林秋云却被压得透不过气。要是仅仅是刘镇长或者说为临湖镇的利益考虑，她林秋云完全可以置身事外，至少不用这么纠结。现在这片土地的流失或者说开发，是因为她林秋云引起的，她就有一些罪恶感。

她想起童家声说起土地的眼神，他那微小的希望：收割他亲手播种的麦子。她林秋云只是喜欢农村的风景，可是她到了蓝水村才知道，蓝水村人对土地复杂的情感。

林秋云走出临湖镇大院的时候，天阴着，一场绵绵的雨就要来了。林秋云给欧阳打了电话。她很少主动联系欧阳的。

“师妹，想请我喝咖啡吗？”欧阳玩笑着说。

“请你喝茶不行吗？”林秋云说。

“你现在是干部，请我喝茶，我可不敢，好像我犯了错误似的。”欧阳哈哈地笑着，很轻松。

“师妹，我下午请你喝茶吧，北架山顶，欣赏一下菱湖十景的北架山夕照。那里有我的工作室。”欧阳说完，就不作声，等着林秋云回答。他似乎知道林秋云会答应，也知道林秋云会找他。

汪小满带着几个舞狮的人来到村委会，找到林秋云，说：“林义出了这么大的事情，蓝水村的舞狮队也要负责任，不能让林书记一个人背锅，要出钱的话，每个人都要出点，哪怕一家几千都可以。”林秋云望着汪小满黑黝黝的脸庞，很感动。一家几千能有什么用呢，再说这几千也要掏空汪小满他们的家底，杯水车薪，林秋云不想再让其他人卷入这个旋涡。林秋云说：“小满队长，这个纯属意外，你也不必自责。你们都是为蓝水村的舞狮队好。我会想到办法的。”

汪小满眼泪流下来了，说：“林书记，你这样，我觉得我们都不像个男人了。”

“算了，你们有你们的苦处和难处，你们要挑起家里的担子，而我，要挑村里的担子。”林秋云淡然地笑笑。

汪小满他们走后，林秋云不停地忙着，心里也忙着。林秋云想着林义补偿款的事情，她跟闺蜜小凡联系，小凡说：“这事情交给姐姐，你放心。”

6

他们各自开车。山路很陡，弯弯绕绕的，林秋云几次差点迷路，幸好，欧阳在前面等她，不时地闪着转向灯指路，或者在茂密的林间小路，按喇叭为她导航。林秋云还是开得艰难。欧阳只好把定位发给林秋云。

欧阳的工作室很别致，一座青砖灰瓦的平房。院子四周都是竹子编成的篱笆，里面种着几棵银杏和桃花。桃花开了，一片艳红。

工作室门口有一个木板搭建的观景台。林秋云站在观景台。她低头一看，似乎自己是悬空的。林秋云往后退了退。站在泥土的山边，她才觉得安全。

欧阳从屋子里走出来，静静地看着林秋云。

林秋云感觉背后有人，转身说：“这里真是人间仙境，师兄，你太会享受人生了。”

“林书记，不是我会享受生活，是你太不会享受生活了。在城市的农林局多好，我可以经常请你来我的草堂喝喝茶，谈论一下人生，还能送给你一些北架山云雾茶品尝。你硬要到是非之地，我也爱莫能助。送茶吧，人家说贿赂，只能请你来这偏僻地方喝茶。”欧阳还是静静地看着脚下的山坡和氤氲的山岚。春天的北架山，总是青翠朦胧。

夕阳的一半已经隐没在山顶。山岚更加浓重，天色暗了。

林秋云来过北架山顶，那时候只是对植物做一些研究。北架山属于南方红壤丘陵区，植物种类多样，地被植物有白穗花、车前草、红花酢浆草、大吴风草、半枝莲、莓叶委陵菜、虎耳草等。灌木类地被植物有变叶木、桑树、杜鹃等，北架山的阔叶杂木有很多，却没有珍贵的树木。一般都是广玉兰、女贞、樟树、栾树、水松、水杉，木质好一点的也就是银杏和板栗树。土质这个东西不会骗人，哪片土地生长哪些植物，一点也不会偏差，不仅仅是物竞天择，更主要的是“物竞土择”。比如北架山的红壤能够生长板栗树和核桃树，而十几里路外的蓝水村同样是红壤土质，就是不能生长出板栗树和核桃树。

而核桃树跟核桃树又不同，板栗跟板栗又不同。比如，北架山属于南方丘陵，生长的核桃很小，口感苦涩，根本没法吃，过了淮河，乃至长江上游，比如陕西、四川、重庆、贵州等地的核桃皮薄肉厚，口感极佳。板栗也是如此。

淮南为橘，淮北为枳。这是林秋云切身的感受。

不但是一方水土养一方人，也是一方水土养一方植物还有农作物。

相对于树木，林秋云其实更喜欢红花酢浆草，小时候嘴馋，经常折断一根，放进嘴里咀嚼，酸酸的，还带有一丝丝甘甜。

林秋云的脚下，在木质观景台的边上就有一蓬红花酢浆草。只是叶子细瘦，花也没开。

回到屋子里，灯光很亮，白璧无瑕。原木的桌椅，透露着清净的气息。欧阳已经把北架山云雾茶端上来，蜷曲的茶叶在开水中慢慢散开，像散花的仙女在空中翻飞。林秋云的茶叶多了些，欧阳自己的茶叶很少，林秋云都可以数得过来。

“师兄，你不喜欢喝茶吗？”林秋云盯着欧阳的杯子问。

“越是喜欢，越是要少，就跟喝封缸酒一样，慢慢地品。”欧阳的话让林秋云又想起湖船上的情形了。

屋内一股清雅的茶香，像自然的风。墙上挂着一幅字——名随土地贵，味逐水泉迁。字太有特色，林秋云在林业大学读书时，有时候也去师范大学，那里也有他的字，知道写这字的是全国有名的大书法家。

“现在师兄身上，只有耕读气息，没有世俗的鱼腥气了。”林秋云故意说。

“用句流行的话，这叫装X。身在繁华，哪能独享清净哦。”欧阳酸酸地说。

“你去找过刘镇长了。”林秋云盯着欧阳问。

欧阳笑笑不作声，摩挲着手，靠在原木的太师椅上。这原木的椅子，刻上了飞龙的图案，表现得俗气了，是龙也飞不起来了。林秋云想。

“你怎么知道的？”欧阳问。

“鼻子。我能够闻到。”林秋云说。

“你不当侦探可惜了。”欧阳笑着说。

“师兄，我现在的处境，想必你是知道的，你的处境我也知道，我们也别绕弯子了，你要在蓝水村建一个农机厂？”林秋云看着欧阳，情绪有些激动。

“农机厂才动工。土地我竞标成功了，可是蓝水村的村民还在上访，说拆迁款补贴太少，就停下来了，你不知道吗？”欧阳问。

“这是何主任负责的，他还没跟我说这事。”林秋云觉得欧阳的话有些咄咄逼人。

“我早说过，蓝水村的人不好处，村民不好搞定，何主任更不是省油的灯，他在蓝水村经营了几十年，就算你是党支部书记一把手，很多事同样可以不跟你汇报，他可以越级汇报。上面还有人给他撑腰，所谓强龙压不过地头蛇。你这书记迟早要被架空。”欧阳严肃地说。

“既然前面的停工了，你要更多的土地干吗，不怕后面有更多的麻烦吗？”林秋云不接招，却盯着土地追问欧阳。

“村民盯着前面的农机厂，我才有机会开辟新战场。”欧阳狡黠地笑笑。

“开辟新战场，多花了60万。”林秋云依然看着欧阳。

“我的林妹妹，林书记，这 60 万，可以说是我帮你的呀！你应该理解我。”

“我理解你，但是你不理解我。”林秋云苦笑着。

“怎么说？”欧阳看着茶杯说。

“当然，处理林义的事情是解了我的燃眉之急，可是，蓝水村的土地被你吃掉了，我怎么跟村里交代？”林秋云说。

“土地不就是被人吃掉的嘛，别人开工厂能吃掉，我为什么不能？临湖镇我自然会跟他们交代，办好工厂，解决就业，上缴利税，不就是最好的交代？”欧阳说。

“还有不愿意进厂的人呢？我不仅仅是跟上面交代，跟下面也要交代，有人现在眼巴巴地跟我要耕地，我上哪里去找？现在你还占用更多的土地，那些在厂里、在城里混不下去的人回来怎么办？蓝水村有这么多闲人，到时候会有更多的闲人、更多的返贫人口，欧阳，我的师兄，我怎么办？”林秋云看着欧阳。

“林秋云，你以前不是这样，你是个很小资的知识女性，现在怎么变得这么心怀众生？跟有些农民一样，蛮不讲理。我交了钱就应该得到我想要的土地，土地也是商品，我拿钱买商品，我犯法了吗？”欧阳笑着说。

“欧阳，或许在别的地方，土地可以是商品，随意买卖，可是蓝水村不行，你知道，蓝水村和北架山历史上为土地争斗，死了不少人。我太祖爷爷就是那时候死的。土地是农民的根本，我不是说大话、喊空话，我到了蓝水村，才真实地感受到。当然，有人为了钱把土地租给别人，想尽心思拆迁，丢掉土地，丢掉包袱。可是也有人把土地当命根子的。”林义的死跟土地也是有关系的，林秋云说着有些激动，泪水在眼里闪烁。她想说蓝水村的汪小满和北架山林义狮斗的事情——可是为了保护汪小满，林秋云忍住了。多一个人牵扯进来，就多一分纷争，平头百姓，经不起这些纷争的折腾。

欧阳沉默不语，慢悠悠地品着北架山云雾茶。林秋云知道欧阳在软软地威胁她，可是她林秋云也不是这么好对付的。

“这片地不守着也行，那就把那片荒地给我承包，可行？”欧阳缓缓地说。

“哪片地？”林秋云问。

“就是埋了几个人的坟地，那里很偏，住的人家又不多。总没有问题吧？”欧阳笑着说。

“欧阳，你觉得可能吗，那里是烈士牺牲的地方，怎么可能承包给你？”林秋云看着欧阳。

“你不要激动，我只是问问。”欧阳坐直身体说。

“你如果真的要把60万捐献给蓝水村，我替蓝水村小学和村民谢谢你的慈善之心，如果只是想用60万收买人心，还是要那块地的话，我林秋云是第一个不答应的。再说，林义的补偿款，我们已经搞定了。”林秋云深思熟虑后说道。

“60万，你都搞定了？”欧阳不相信林秋云有这样的魄力。

林秋云拿出手机，说：“明天就到账了，不信你看。”说着，手机在欧阳明晃了晃。

欧阳抬头，却没有看手机，而是看着林秋云白皙的脸。欧阳的脸色变了。

欧阳笑笑：“林秋云你既然这么坚持，我也退一步。60万对我来说，是个不大不小的数目。有时候我很在乎钱，它们就像长在我身上的肉，割掉一毛我都肉疼，有时候我不在乎钱，就像我渐渐多出来的白发，总想拔掉，也不疼，有时候还很爽。我的钱跟白头发一样，拔了它还会再长出来。认识你林秋云，算我倒霉。今天约你来，我这60万就折在你手里了。”

林秋云听着，心里慢慢变得清晰起来，也变得轻松起来。林秋云说：“不是你找刘镇长说愿意捐款的吗？”林秋云浅浅一笑。

“刘镇长？我跟他有半毛钱关系吗？他又不是我干爹，我干吗这么帮他？”欧阳身体摇晃着，觉得林秋云问的话忒有趣。欧阳没想到林秋云会问这样可笑的问题。

林秋云放松以后，就忘记了自己的身份，她以为自己就是欧阳的学妹，或者说朋友，她笑着追问：“你给刘镇长送了鱼不是？”林秋云本想说，你跟刘镇长有见不得人的勾当，但是关系到领导，特别是顶头上司，她就忍住了。欧阳开玩笑没关系，可是开刘镇长的玩笑那就不是开玩笑了。

“我是做生意的，习惯带些随手礼，无伤大雅，再说，我们怎么说也是有些文化修养的人，行贿这样的事情，我们不做。我答应出钱摆平这件事，也不是行贿刘镇长，更不是行贿你。我现在不要利益，我不缺这个，我想弄个省级好人的荣誉，需要临湖镇推荐，你到时也代表蓝水村帮我送个锦旗什么的，再请一些个文化名人，写写我的事迹，你不是在《菱湖日报》待过吗，你认识作家，请人帮我写写。”欧阳笑盈盈地，半认真半开玩笑地说。林秋云傻傻地盯着欧阳，不知道他是认真的，还是胡说的，这个虚名对欧阳来说重要吗？林秋云陷入沉思，她想：如果真的请作家写欧阳的事迹的话，《菱湖日报》副刊部的娄主任是一把好手。想想，娄主任也应该快退休了，上次看他朋友圈发的落寞的图片，就应该代表了他的心情。

“欧阳，省级好人，这些个虚名，对你有用吗？”林秋云问。

“你是不想帮我吧。你是我师妹，我不瞒你，我实话告诉你，在临湖镇，现在刘镇长关心我们这些搞企业的，下一任就难说了。就像你林秋云，也不喜欢我这个圈地办厂的人。大环境在这里，土地越来越精贵，越来越难搞了。要是哪天临湖镇变天，空降一个领导，要搞掉我的企业，或者三天两头检查，分分钟的事情，我哪里吃得消。我就想有个省级的荣誉，省级好人、慈善家，别人动我，也会三思而行的。”

“果然是个精明的生意人，什么事情都会往利益上靠。”林秋云说。

“我不是也没办法吗，你林秋云一来，我就有危机感了，蓝水村的村民知道你护着他们的土地，在暗地里上访，要增加补贴的费用。”欧阳说。

“我不想你征用土地不是嫌补贴的钱少，而是蓝水村根本就没有多少土地了。”林秋云说。

“可是，你的村民不这么认为，他们以为你只是坐地起价。”欧阳说。

“这个我要回去调查一下。越级上访，可不是小事。”林秋云说。

“算了，今天就这样吧，钱呢，我会按照以前的方式处理。你假装不知道就行。这件事，临湖镇会处理。在这方面，刘镇长老到，就是何显贵，也要跟他学着点。反正我是为我的学妹，别人我可不给面子，当然为了虚荣也是一方面，你不要有压力。”欧阳说。

林秋云一时找不到词了。欧阳果然是高手，走一步看三步。欧阳似乎已经预感到临湖镇会有巨变。林秋云却一点影子也看不出来。

他捐了60万，说是给蓝水村修葺学校，但是欧阳知道临湖镇或者说蓝水村会拿这笔钱来私了林义的事情。这还是欧阳乐见的。他捐钱，表面上是为了虚荣，为了省级好人的名称，其实，他是为了和某些人切割。如果临湖镇的某位官员出了事，虽然跟欧阳有交集，但是，欧阳是未来的省级好人，那么，谁会追查欧阳为什么会这么在乎这个省级好人的荣誉呢？就算是调查下来，欧阳说，我愿意给临湖镇捐款，我就想得到一个省级好人的荣誉，我欧阳就是在乎荣誉，谁能把他欧阳怎么样呢？林秋云想着欧阳的话，觉得欧阳真是活得最通透的生意人。

想到这里，林秋云也觉得应该和某些人保持距离，包括欧阳。欧阳的下一步棋，林秋云不希望自己随风起舞，更不希望成为一枚棋子。

林秋云本来想联系娄主任，帮欧阳写一篇宣传文章的，想想还是算了。欧阳自己会有门路的。

林秋云从屋里出来，浑身是细汗，不啻于打了一场硬仗。她现在才有心情站在观景台欣赏风景。

天更暗了，微风轻拂，乌云流动，散去，渐渐变淡，朵朵白云在远处的天空形成了云丝，被夕阳染红。云霞的下面，青山悠远，下面就是陡峭的山坡，山坡上种着茶树。几个茶农在茶树林里忙碌着，准备采摘明前茶了，绿色的茶田不时地显现着一个个白色的、黄色的小点。那是采茶女的身影。一个摄影爱好者按着长筒单反，拍摄采茶女的风景。几只白鹭在山顶飞翔，大概是采茶女惊扰到它们了。

夕阳西下，照着起伏的山峦，树影婆娑。一阵淡淡的雾气从大地上升腾，整个北架山掩映在山岚朦胧之中。林秋云的心里一颤，没想到北架山有这么美丽的风景。林秋云耳边传来一阵鸡叫，还有狗吠声。林秋云看着北架山下，山下原来是一个采石场，挖出了一个几十米深的潭口，面积大概有上万平方米，现在采石场废弃了留着这潭口，里面常年积水，形成了深潭。林秋云看着深潭里的水，水被云彩染红了，靠近山坡的这面却是碧绿幽深，真有点半江瑟瑟半江红的韵味。

林秋云在北架山顶，离深潭还有些距离，深潭显得有些小，像一个彩色的宝石，遗落在蓝水村这片土地上。很多人不敢靠近深潭，但是林秋云觉得深潭的神秘和壮阔会给人遐想和安宁。林秋云隐隐觉得，这个深潭显然是生态破坏带来的副产品，北架山生态修复已经开始了，短时间内效果不明显，还需要一个漫长的过程，这就是破坏环境的后果。深潭可以利用起来，但是怎么利用、怎么开发，林秋云还没有想清楚，这也不是她林秋云一个人可以做到的。利用好深潭，也是对生态修复做出的贡献。

林秋云望着宝石一样的深潭陷入了无尽的畅想和沉思。

“这次，我就算是帮你渡过难关，那片土地不要了。以后，这样的破事不能再让我忍气吞声。”欧阳说。

林秋云觉得震惊。也就是说，欧阳答应花60万给蓝水村修葺小学，作为林义的赔偿金，汪小粉的土地他不要了，他是花了钱的。

夜幕降临，欧阳要留林秋云吃晚饭，林秋云说：“下次吧，我请你。”

欧阳送了很远一段路说：“下一次喝酒叙旧。”

“一定。”林秋云说。

7

林秋云去临湖镇跟刘镇长汇报。林秋云说：“欧阳决定不再扩大吃土的规模。”刘镇长盯着林秋云，许久，才缓缓开口：“那块土地要烂尾了。”林秋云说：“不是烂尾，有人耕种的。”

“我的意思是说，你自己要去想办法摆平这60万的赔偿金。”刘镇长说。

林秋云说：“刘镇长，欧阳说了，他把 60 万捐给蓝水村。”刘镇长抬起头睁大眼睛说：“你的意思是欧阳白白地出这 60 万，什么也不要，他这么鬼的人会做冤大头？”

“他也不是什么都不要，他只要临湖镇和蓝水村送他一面锦旗，他还需要临湖镇和蓝水村提名，报菱湖市委宣传部，他想要省级好人称号。”

“就这个要求？”刘镇长问。

“就这个要求。”林秋云笑着回答。

“欧阳是在下一步大棋，他不是这么好说话的人，你和他走得很近？”刘镇长问。

“没有，他是我学长。”林秋云说。

刘镇长上下看着林秋云，说：“你不要和他走得太近，一个干部的作风很重要，不要毁了自己。你前途是一片光明的。”刘镇长语重心长地说，然后起身，收拾桌上的文件。林秋云懂了，这是要送客的意思。林秋云起身离开。因为她的办公桌上也有厚厚的文件需要处理，还有台账要申报。

小凡问60万的事情，林秋云说：“暂时不需要了。”小凡说：“你要死了，害得我磨破了嘴皮，你放我鸽子。”林秋云忙道歉说：“不好意思，谢谢姐姐，我是用你那边的60万给我壮胆，谢谢你哈！”

“你个讨厌的家伙，鬼点子真多，害得我也跟着你担惊受怕，你还把我蒙在鼓里！”

回到村委会，左春霞说：“那个人……”左春霞做了一个齐胸的动作：“他已经等你很久了。”

林秋云看了左春霞一眼，说：“知道了。”

汪迁一直站在办公室门口的走廊里。林秋云说：“你来也不跟我提前说一下。”汪迁说：“我知道你忙，就不打扰你了。”

林秋云把汪迁迎进办公室，给他倒杯茶。茶叶已经不多了。林秋云想叫左春霞去街上帮她买点茶叶的，一想到左春霞做的那个充满歧视的动作，就算了。

林秋云不想让人知道她和汪迁是同学。不然会惹出不少麻烦。毕竟在一个村，工作难做。

汪迁说：“养鸡场不打算搞了。”他以前在苏州开网店，做家具。现在回来创业，他不想要那个低保的名额，作为一个男人，还是很丢人的。

林秋云说：“创业很好呀，需要村委会出面做些什么？”

“我的启动资金还差一点，办厂的地方没有。我找了几个地方，都太小。”

林秋云说："这个我会在村委会会议上提出来，大家一起解决。我相信你能够成功的。"汪迁说："我的家具厂，只要蓝水村的人做工。"汪迁说："我不需要很大的地方，大概300平方米就够了，场地不用水泥，以后可以还耕，也不做建筑，搭个棚子就行。我的木材也不是山上的材料，是从网上购置的。我会根据客户的要求，打造他们需要的款式和造型，在网络上销售。"

"挺好的，不但环保、不占用土地，还解决蓝水村闲人的就业问题。"林秋云说。

汪迁缓慢地走出了村委会。左春霞说："一个残疾人，有这么多想法，真是自讨苦吃。"林秋云听了，心里一揪，看了左春霞一眼，想说，却没有开口，对于这样的人，跟她说了也是白说。林秋云站在窗口，看着汪迁，想起左春霞的话，心里很不是滋味。

林秋云就这个问题跟两委协商。左春霞说："一个残疾人，添什么乱，要是弄不好，人家会笑话我们村委会的。"

小吴说："我们可以在精神上支持他，物质上，村委会也是穷得叮当响。"

林秋云说："什么是扶贫，扶贫不是供血，要造血！汪迁说他不要低保名额，他要创业，自己致富，我觉得这一个很好的想法。我们蓝水村的问题不能光靠扶贫小组，我们要自己想办法解决问题。"

何显贵带头支持，说："如果蓝水村的残疾人都能致富，也能刺激那些好吃懒做的人。"

林秋云觉得何显贵话糙理不糙，她很感激地看了看何显贵。

林秋云找到小凡，问她农村信用合作社可不可以做小型贷款，村委会做担保。小凡说："我早就不干了，但是我帮你找人试试看。"林秋云说："这件事我就拜托你了。"之后，又在蓝水村找了一个闲置的房屋，带汪迁去看。汪迁说："这个行。"可是房主一听是汪迁办厂，就不想租了，说："要是他搞不成，我的房租收不到是小事，还会被人笑话。"林秋云说："这个我村委会会作保，而且先付你房租的。"

房主说："我只承认是租给村委会的，不承认租给汪迁。"林秋云说："可以。"

林秋云没想到，没多久，汪迁的家具厂网店就办成了，还招收了木匠和小工。

林秋云马不停蹄。她在蓝水湖考察一番，临湖镇的退塘还田工程正在进行，她得盯紧一点。退塘还田的补偿款也是林秋云担着，做账目林秋云不擅长，各种数据，小吴心里一本账，必须要依靠会计小吴。每次到蓝水湖看望渔民，她就带着小吴。

林秋云这些天除了跟汪迁跑贷款找办厂的地方，还跟本地的农户讨论在北架山种植紫香芋的事宜。

林秋云说："我们长江中下游地区的土壤分类属于红壤，红壤的特点是，缺乏碱金属和碱土金属而富含铁、铝氧化物，呈现出酸性红色。北架山的土壤更加明显，地势也很好，所以很适合种植块茎类植物，包括紫香芋。"

农户不知道啥叫紫香芋，林秋云准备了一个PPT，图文并茂，说那些被挖掉的山，不能荒废了，栽种紫香芋。那里是砂质的土壤，适合块茎植物的生长。选择栽种的地块，整地时施入基肥，要准备好饱满、充实、表面没有裂口、没有感染病虫害的种芋，做好杀菌处理，晾干后栽种到土壤中。紫香芋种植栽培之前，选好种植的位置，需要选择有机物含量高，排水透气、保肥保水的土壤，土层要深厚，种植位置需要向阳，地势偏高不低洼，整理土壤需要施入腐熟的基肥，够提高土壤的肥力，为紫香芋的后期生长提供好的养分支撑。

有的人说听不懂，识字的人不停地记录，还有人拍照片，录视频。

林秋云说："到时候大家不懂可以问我。"林秋云忙得满头大汗。幸亏在农业大学的时候林秋云学得认真，把《作物栽培学》《生物学》《农业生态学》《土壤地理学》《综合地质学》等课程的知识点记得深刻。

林秋云刚回到办公室，何显贵就来了。

何显贵说："你这个什么紫香芋有没有市场，你考虑过没有，北架山的半边山都被开发出来种植紫香芋，你跟镇里汇报过没有？不要给自己身上抓一把虱子。"

林秋云说："这些，我早做过调查，而且我有渠道，只要大家敢种植，我就能找到销路。"何显贵自言自语地说："你是蓝水村的书记，你说敢，谁不跟着。"

"北架山那片深潭，你觉得能充分利用起来吗？"林秋云问。

“我看悬，那么深，养鱼不合算，捞鱼都费劲，做个景区吧，万一游客掉下去，那可就麻烦了。”何显贵说。

林秋云低头陷入沉思。

何显贵问林秋云，汪迁扶贫结对的问题怎么解决。林秋云说：“以前没有人跟汪迁结对吗？”何显贵说：“那是上一任的老书记，他都退休了。”林秋云说：“这样吧，我实在脱不开身，你跟汪迁家结对，有什么问题你帮他解决，要是不行就找我。”何显贵说：“这是个烫手的山芋。”林秋云笑着说：“我们何主任还怕烫吗？”

何显贵摇摇头说：“也是，死猪不怕开水烫，聋子不怕惊雷响。”

第四章

无雨的清明

1

4月5日，清明：杜鹃花，诗曰：山上杜鹃花是鸟，墓前翁仲石为人……

清　明

［唐］杜牧

清明时节雨纷纷，路上行人欲断魂。

借问酒家何处有，牧童遥指杏花村。

林秋云的台历上，有二十四节气介绍和花信风，并没有写二十四节气的古诗词，唯独清明有。《清明》从古到今，都被世人惦念着。不过写得确实符合这个节气的气息。那是在1000多年前。现在可不大一样了。很多人清明在网上祭拜，就不那么欲断魂了。在蓝水村，有些晚辈小的时候就进城了，和爷爷奶奶、外公外婆的感情并不深，即使爷爷奶奶去世了，或者清明上坟祭拜的时候，也不断魂，而是嘻嘻哈哈的。路上，偏僻的地方，一些无主的坟茔，只剩下坍塌的土堆，上面杂草丛生，一些调皮的孩子会把土堆上坯的土踢掉。

清明正好是周六。林秋云看了看手机天气预报。多云。林秋云随手在台历上写了“无雨的清明”几个字。林秋云想周六带小米到北架山郊游。北架山的四月正好是山花烂漫的时候，林秋云一直喜欢那里的风景，她希望女儿小米也能够喜欢。她自从到了蓝水村，还没有好好陪陪小米，也算是补偿一下女儿。她提前给汪俊贤打电话，兴冲冲地说了她的想法，还让小米接电话，小米神采飞扬。以前清明都不放假，为了弘扬传统，现在好不容易清明成了法定假日，妈妈要带她出去游玩，小米很兴奋。“清明还有事，不许出去玩，要祭拜太爷爷。”“太爷爷都死了，我才不祭拜呢。”林秋云听到那头小米跟他爸爸在争执。

汪俊贤说：“林秋云，清明，我老头子他们都要去给我爷爷上坟，你必须得去，去年叫你去，你就没去，今年不会还不去吧？”汪俊贤说。

林秋云想：给汪俊贤爷爷上坟，也就半个小时就搞定了，然后再带小米去北架山看采茶女采清明茶，给小米介绍家乡的特产北架山云雾茶。林秋云答应了。到下班的时候，临湖镇的宣传委员刘晓歌打来电话，说清明节菱湖市领导要到蓝水村烈士牺牲地扫墓，蓝水村两委做好安排工作，可不要像上次非遗那样出状况。

放下电话，林秋云喊来治保主任老秦，问了以往市领导来蓝水村烈士牺牲地扫墓的情况。老秦做了一下介绍。林秋云问：“每年都来吗？”“每年都来。”林秋云说：“要准备一些雨伞，不然下雨的话，就麻烦了。”秦主任看看外面的天，说：“不会有雨。”林秋云说：“我也看了天气预报，没有雨，但是有太阳。你联系一下，让工作人员做好接待准备。”秦主任说：“蓝水村烈士牺牲地虽然在蓝水村，但是属于菱湖市民政管，跟我们是两条线。我哪里有资格让人家安排。人家属于正科级单位，安排我们差不多。”

林秋云只好在村委会看看，果然在仓库看到几把旧伞。上面都落满了灰。林秋云把雨伞拿到食堂水龙头下清洗了一下。何显贵问林秋云：“这是干什么的？”林秋云说：“菱湖市领导要来蓝水村烈士牺牲地扫墓，给他们准备几把伞。”何显贵说：“这还是以前来扫墓的伞，回来后就丢在这里了。今年，你还想用旧伞，亏你想得出来。要么就买新的。市领导来了，你用旧的，知道的说你节俭，不知道的呢，还以为我们怠慢人家领导。”何显贵这么一说，林秋云愣住了。林秋云倒是真的想省省钱的，旧的哪里不能用呀，又不是破的。听了何主任这么一说，真是细思极恐。

林秋云召集蓝水村两委，开了个紧急会议，专门应对北架山扫墓的一系列问题。

会上七嘴八舌的，尤其是何显贵，说了以往各种繁复的环节和安排，搞得跟古代觐见钦差大臣一样。林秋云听了很不高兴，这是在祭拜烈士，还是在打扰烈士，要是烈士在天有灵，知道蓝水村的干部这样一味拍马屁会是何等地悲伤。要是上级领导知道村委会的干部为接待他们扫墓，开了专门会议挖空心思研究他们的喜好，他们会何等地愤慨。这大概是以前蓝水村办事的风格，也是遗留下来的传统吧。

林秋云只安排小吴到蓝水村的老街上买了雨伞，其他的问题到时候随机应变。

“林书记，吃饭问题，你不考虑一下？”何显贵阴阳怪气地说。

“吃饭，就只能在我们蓝水村买点菜烧烧。现在的形势，大家是知道的，各个级别都有标准，不能坏了规矩。”

何显贵说：“市里来了人，蓝水村就简单招待，你林书记是第一人。”何显贵给林秋云竖了一个大大的拇指。

林秋云知道何显贵讥笑她是愣头青。

愣头青就愣头青，这是时代的保护动物。

安排好清明的工作。林秋云决定去看看汪迁的养鸡场。养鸡场也是林秋云的心病。那块地在稻田的中间，四周是几十亩水稻，本来可以连接起来，可是这个十几亩的养鸡场把稻田分割开了。稻田的边沿变得七歪八拐的，耕种起来不方便，药水也不好打。当时林秋云介绍无人机打药水施肥，可是每次到了汪迁的养鸡场，无人机就得停下了，否则就会钻进养鸡场的树林里面。

路上汪俊贤来了电话，说：“老头子那边都安排好了，清明必须去上坟。”林秋云说：“我没空。领导要来蓝水村烈士牺牲地。”

“领导比祖宗都重要？”汪俊贤本想发飙的，还是忍住了，开玩笑似的说。自从他那晚跟林秋云说对不起之后，他的态度也变了。

林秋云本来想跟汪俊贤解释，但是他太了解汪俊贤的尿性了，你越解释，他觉得是你理亏，他就越来劲。

“祖宗拜不拜永远是自己的祖宗，领导不一定永远是领导，再说，这是工作，拜祖宗是私事。”林秋云说。

“好吧，领导在你心里比祖宗还重要。”汪俊贤说。

“汪俊贤，不要胡闹，我这是工作，就算是少先队来扫墓，我也要到场。”林秋云恳切地说。

“不就是个芝麻绿豆大的村干部么，搞得跟谁一样，要不是我学历低，临湖镇镇长都能当，可轮不到你。”汪俊贤说。

“你呀，一天都坐不下来，你是猴子的命，赶紧找个正经工作上班去。”林秋云说。

林秋云头疼。从认识汪俊贤到现在，他就没有上过一天的班。整天在外面混，还有人给他面子，真是奇了怪。林秋云知道汪俊贤有些小钱一个月也能弄一些钱。但是林秋云觉得钱来得不正。他也不做正经事，搞不好哪天就来了麻烦。林秋云倒是不怕连累了自己，一个村干部，啥也不是，但是她怕汪俊贤连累女儿，要是真有了案底咋办？林秋云也说不过他，只有等栽了跟头，他才会清醒。这个该死的“二货”！

林秋云没有心思跟汪俊贤拌嘴。最近她有一大堆的心事，蓝水村第一季度的财务也要上报、审核。

林秋云到了汪迁的养鸡场，汪迁却不在。林秋云只好去他家看看。

路过汪德厚家的时候，林秋云想看看老汪的病情。家里没人，听到麦田里呼啦呼啦的声音，看到汪德厚在麦田。他把麦穗滤掉，一吹，还未爆浆的麦子，浆液在手上，白晃晃的，汪德厚舔了舔说真甜。他把手抠进地里，一抹土在他的手指上，塞进嘴里，说，土也是香的，像面粉。

林秋云抓住汪德厚的伸手，说：“土不能吃，会生病的。”汪德厚说：“吃土会生病，吃庄稼怎么不生病？”说着把一把土都塞进嘴里，吧唧着嘴巴，咀嚼起来。林秋云吓坏了，赶紧给童家声打电话。

童家声说他们也正在找老汪。

不一会儿，童家声和汪明都来了，就听到汪明的叫骂声："老婆，我老爸快死了，你都不回来露面！"汪明背着汪德厚回家了。童家声跟着，偷偷告诉林秋云，这是土地爷来找汪德厚了。他这两天不吃饭，就吃土。村里有个传说，吃土的人，下辈子当不了官，做不得生意，还得种地。

林秋云知道童家声在瞎说，没有理睬。林秋云只想看看汪德厚要不要紧。

门敞开着，家里乱糟糟的。汪明痴呆呆地站着。

童家声让汪明给汪小粉打电话，汪明还在喂喂地喊话，那头已经没有声音了。童家声把手机递给汪明，说："她不接。"

"算了。"汪明说。

汪德厚躺在床上，双眼深陷，眼眶黑乎乎的，他的眼角和嘴角还有泥巴，一根满是泥巴的黄瓜掉在地上，看起来极脏。林秋云说："要把他送医院呀。"

"没用了，已经好几天水米不沾了，你说怪不怪，好几天不吃不喝，前几天，他爬到前面那块菜地里，不停地吃着粘着泥巴的黄瓜，还在菜地里打滚，今天又是这样。"汪明说。

汪德厚听到林秋云的声音，缓缓地睁开眼，说："小粉，你回来啦，你的地呢，不能把地卖了呀，那是我们的命根子呀。"说着汪德厚抓住了林秋云的手。

林秋云站着，她的手被汪德厚抓着，那手上都是骨头，虽然没用力气，但是能够感觉到在使劲。

林秋云说："你们的土地，老板没用，等到麦子收割以后，你们就可以栽秧了。"林秋云低头对汪德厚说。林秋云知道汪德厚神志不清了，但是，她觉得还是要告诉老人，假如他能够听懂，他的土地收回来了，老人也安心。她本来是要等收了麦子再告诉童家声的，不然那童家声又要吵着收割麦子。麦子的青苗费欧阳已经补贴给汪小粉了。人家欧阳白花了钱，土地不给，青苗总是要给人家的，不然太不厚道。林秋云看着汪德厚嘴角的泥巴，听了汪明的讲述，她无法相信，一个老人能对土地有这样的情感。但是林秋云觉得，她做了一件正确的事情。她守住了蓝水农村的土地。尽管林秋云知道，欧阳需要的不仅仅是这片小小的麦田，他需要的可能是更多，但林秋云不知道他到底要什么，林秋云已经欠下这个人情，也可以说是临湖镇刘镇长欠下的这个人情，也可以说是蓝水村欠下的人情。还有童家声和汪小粉，虽然，林秋云至今没有见过汪小粉。

童家声听了，精神起来，说：“林书记，那块地能还给我啦，过一段时间，我就可以不在蓝水湖里晃荡，可以耕地了？”林秋云没想到，童家声这么喜欢种地。这是少有的。

林秋云想：蓝水村就这一点土地，哪里够耕种呀，再说，有的人也不喜欢种地，租金少了就抛荒了。既然童家声这么稀罕种地，就把北架山那片荒地承包给童家声，教他栽种紫香芋，林秋云熟悉销路。

林秋云暗暗想着，现在还不好说出来。

汪德厚拉着林秋云的手没有松，说：“小粉呀，我要告诉你们一件事，你们千万要记住哦。”

林秋云想了想，还是靠近床头，汪明也走近了，蹲下来，看着他的老父亲。童家声站在远处，看着窗外那片已经开花的麦子。

“你也来。”汪德厚睁大眼睛，看着童家声。汪德厚的眼睛里蒙了一层白膜，一直没有消散，看得童家声心里发慌。

林秋云以为汪德厚要说顺泰化工厂的事情。

汪德厚身体颤抖着，等了好久，才缓缓地开口：“你们要记住呀，李招娣小店卖的是假货，你们不要买——”突然，汪德厚喉咙里发出呼噜一声。没有了声响。

屋子里很安静。远处传来了麦子青青的气息，还有油菜花的清香。蜜蜂在屋外窗口嗡嗡地飞着，好似等待着汪德厚一起飞舞。

汪明没有说话。童家声也没有说话。林秋云静静地看着他们。

汪明蹲着变成了跪着。

“爸爸死了。”汪明说。

“看来是死了。”童家声走近摸了摸汪德厚的脸，慢慢地变成了抽泣。

林秋云没想到童家声是个多情的人。童家声走到屋外，大声地号啕着，村里的人纷纷走出来，看着汪德厚家破败的房子。

李招娣风风火火地跑过来，说："我就知道。老头子熬不过这个清明。我都准备好了，要烧饭的，八音只要你们招呼一声，我立马到位，价钱也好说。"

李招娣缠着童家声，童家声说："我是外人，你找汪明。"

李招娣拉着汪明的手，说："我们都是隔壁邻居，你爸爸的事情，就是我李招娣的事情，保证给你做好。"汪明想起汪德厚临死前说的话，不想跟她接话。李招娣说："好，就这样，一条龙服务我来安排。"说着就打电话叫做饭的人先过来搭棚子，然后八音、灵车一条龙。李招娣挂了电话，指挥说："汪明，你赶紧去选好墓地，这个我不负责，我把公墓老李头的电话告诉你。"

汪明就这么傻乎乎地听李招娣指挥。

林秋云想在这里也不好，就去找汪迁。临走时说，有什么需要帮忙的，说一声。

童家声没有说话。

"好。"汪明说。

汪迁的养鸡场闹了鸡瘟，林秋云去的时候，汪迁正在挖地埋鸡。

汪迁说："我准备开网店，以前我在苏州的时候，就开始做了。"林秋云说："这样挺好，有什么事情，我帮你。找临湖镇扶贫办主任也行。"汪迁说："好的。"过了一会儿，汪迁说："蓝水村水土真的有问题，现在哪里还会出现这样大面积的鸡瘟呢，我送到兽医站检查，说是化工污染造成的。"

林秋云说："我知道，我来蓝水村，就是想为生态环境做点事。"

"我们都是同学。跟你说实话吧，何主任是个狠角色。我跟他申请很多回，我需要一块办网店的场地，他也答应了，可是说了就是没有下文。我也不好再追问。"

林秋云说："何主任就是那样，他事情也多，我来想想办法，你有空来村委会一趟吧。"

林秋云其实知道，基层的工作难做，基层的领导也难搞定，有些人已经养成了习惯的处事方式。林秋云不好跟汪迁说。

这时候，林秋云接到刘镇长的电话。

“林书记，后天清明的事情，你落实好了没有？”林秋云说：“刘镇长你放心，都办妥了。”林秋云说。

“好，你现在了解蓝水村的人文历史没有，革命斗争史你了解多少？”

林秋云心头一热。她才来蓝水村三个月，知道一些皮毛，平时都是忙工作，哪有时间了解更多呀！

“刘镇长，这个我还真了解不多。”林秋云实话实说。

林秋云很感激刘镇长的提点，不然到时候，市领导提问，她一问三不知，就成了“三不知”村支部书记了。

2

挂了电话，林秋云想让小吴开车到菱湖市党史办，帮她借几本文史资料和《革命斗争史》来学习。她又觉得这样不好，不能真把自己当领导，于是她自己开车去。

党史办她熟悉，她在农林局的时候，经常去查找县志，关于菱湖市的水文和动植资料，那里都有。她去之前跟党史办副主任刘良发了信息，刘良说在办公室等她。

“林书记，到了基层，还有闲工夫看书，真是让人羡慕。”刘良说。

林秋云不好告诉他这是临时抱佛脚，只好说，也是为了全面做好基层的服务工作。

“才去没多久，套话倒是学了不少，我们这个农林局的才女也是随波逐流了。”刘良说着带林秋云到了档案室。

林秋云低头找书没有接茬。

临走时刘良说：“这套书送你，不用还了。”林秋云说：“不好吧，都是存档的。”刘良说：“存档也是给人读的，现在还有人来我这里查找资料，还有人喜欢读书，我是求之不得的。再说，我这里还多，你拿走的是送客用的。来我这里的都是临时抱佛脚的。”刘良揶揄道。

林秋云哈哈地笑着说："我烧香找不到庙门。"

"林秋云，你越来越像村干部了。"刘良盯着她说。林秋云低头一看，发现黑色的皮鞋上粘着一块泥，大概是在汪迁养鸡场粘上的，她忙低头用手擦着。

"哎，你用手擦鞋的样子更像。"刘良像是在说相声。

林秋云走得匆忙，都忘记说谢谢了，到了单位才记起发个信息给刘良。

还有两天，市领导就要来烈士牺牲地扫墓了。林秋云对于蓝水村历史上的烈士，就知道一个叫汪小田。那还是小时候，班上每学期清明都会到墓地去扫墓。至于菱湖市的学生会包车去扫墓。烈士牺牲地离蓝水村小学很远，在北架山山脚下，走路要一个多小时。那时候也只有走路，电瓶车到2006年才在临湖镇普及，林秋云已经读高中了。

汪小田的墓地在蓝水村，那时候，汪小田的墓地很寒碜，几乎被风雨冲刷殆尽了，只留下小小的土堆，四月，土堆上长满了茅草。好在还有人记得，慕名来祭拜的人不少，上面飘着的挂青，在阳光下熠熠生光。那时候林秋云觉得自己也要做一个英雄。

汪小田就是革命英雄。1939年，日寇占领了整个菱湖市，那时候，菱湖市还没有撤县设市，还叫作菱湖县。菱湖县在蓝水村的新四军抗日指挥部，经常组织抗日力量打击日寇。蓝水村的村民除了留着自己的口粮，剩下的都给新四军，不给日寇侵略者留下一粒粮食。

作为一名地下工作者，汪小田卧底在敌后，最后被日寇活埋在土里。当时蓝水村的人都以为汪小田是汉奸，传说纷纷。解放以后，人口普查，没有查到汪小田的相关信息。所以，当时临湖镇并没有给汪小田烈士身份。据说，没有找到汪小田烈士的遗体，墓地埋葬的只是汪小田的遗物。

林秋云还知道的，就是李招娣的叔祖父李向武，村民李红孝、李东庚、李保庚，他们成为蓝水一门四烈士。日寇焚烧庄稼，他们为了抢救庄稼，投身火海，用树枝在大片着火的麦田里扑火，结果被活活烧死。村民找到他们的时候，他们双手依旧抓着被烧成黑炭的树枝。其中一个脸贴着地面，嘴里都是泥土。后来，很少有人提起他们了，因为牺牲时，他们都是20岁左右的小伙子，也没有后人。据说李招娣是李向武的孙侄女，大概也是因为这个，村委会对李招娣很照顾。可是李招娣从来不提这件事。

那是很多年前的事情，林秋云也不一定记得清楚。她除了翻阅《菱湖革命斗争史》，还在《菱湖县志》中查找到大量的革命烈士的英雄事迹。为革命献身的菱湖烈士就有841名，在菱湖境内牺牲的客籍烈士152名，菱湖烈士按照乡、镇排列，那时候，蓝水村革命烈士就有6名。蓝水村的民风向来彪悍、刚烈，不能接受外侵，可见一斑。

林秋云决定走访一下。驱车到烈士牺牲地，北架山自然村吕主任接待了她。

吕主任说："林书记吧，我等你多时了。你来了，就好。市领导来了有你在我就轻松很多了。"

林秋云说："我是专程来向吕主任请教的。关于菱湖市的革命烈士的情况，我不太清楚，我看了《菱湖革命斗争史》《菱湖县志》，似乎都没有具体记载烈士的英雄事迹。"

吕主任说："李书记，不瞒你说，我才来这里半年，也是在慢慢摸索。要是说熟悉菱湖烈士的情况，我也只能给你提供一些资料。但是这都是内部资料，你只能在这里查阅，你在这里等我。"说着，吕主任到楼上给林秋云找资料去了。

林秋云没想到吕主任让她在楼下走廊里等。好在四月的风还是温暖的。

门卫大爷在横幅下打扫卫生。大片的迎春花落了，一地的金黄。陵园不大，墙角里生长着低矮的万年青，远处有一片柏树林。门卫大爷扫完地开始擦洗纪念碑下的大理石底座。

水桶在门口，大爷大概忘记了，他蹲下来擦洗了一会儿，又要到门口去洗抹布。他的腿不好，走路不是很稳。另一条腿弯曲着，要拖着才能走动。

林秋云帮着把水桶拎到纪念碑基座边上，说："大爷，这样方便些。"

大爷被吓到了。他一直专心致志地忙着自己的事情，竟然没有看到林秋云。

"这里不让闲杂人进来，你是怎么进来的，赶紧走！"大爷抬头看着林秋云，眼睛里满是警惕。

"我是记者，我来找一些烈士的资料。"林秋云说。

“你是记者？你是不是什么都记着呀？”大爷笑着问林秋云。

林秋云说：“我就是想写一篇关于我们菱湖烈士的英雄故事。”林秋云说：“你在这烈士牺牲地工作很多年了吧，你一定对我们烈士情况很了解。”

“那是，那是。我30岁就到这里守着这里的烈士了，我跟他们熟悉得很，有空我就跟他们说说话，怕他们孤独。”大爷说。

“你有70岁了吧？”林秋云问。

“我都81岁了。我吃、住大部分时间都在这里，都五十年了。”大爷笑着说，满是褶皱的脸上充满了骄傲。

“你一个人住在这里吗？”林秋云问。

“可不是吗，我无儿无女的，没有老伴，不就一个人在这里。”大爷平静地说。

林秋云觉得很奇怪，怎么会孤苦无依呢，但是她又不好直接问。林秋云说：“一个人挺好，就是有时候会寂寞些。”

大爷说：“有他们陪我，我一点也不无聊。”大爷指着大理石上密密麻麻的烈士的姓名说。

“要说，我也是幸运，你看他们岁数都很小，有的只有十几岁就没了，我多活了好几十年，还有什么不满足的？”

“大爷，这么多年，你一直都是一个人吗？”林秋云还是忍不住问了。

“可不是吗，你还小，我们那个时候的情况，你们小年轻是不知道的。我年轻的时候，家里穷，兄弟姐妹多，分到的土地又少。那时候蓝水公社的土地根本不够分，我是拉巴子（最小的）。等我上头的几个哥哥结婚了，我都快30岁了，根本找不到对象。为了不饿肚子，家里人就到北架山开荒，我这条腿就是在开荒的时候，摔到山下，废掉的。你知道吧，北架山的茶园就是我们那时候开的荒。”大爷说着淡淡地笑笑，似乎在说别人的事情。

“记者同志，你要的话，我这里都是故事。”大爷指着自己的肚子笑着说。

“那你说说菱湖的烈士吧，最好说说我们蓝水村的烈士。”

“我们公社的烈士可不少，最有名的就有好几个呢。”大爷说蓝水以前是蓝水公社，行政区域都改了几次了，都好几十年过去了，大爷还是无法改口。

大爷说："记者同志，你就写我给你讲的事情吧，这都是真事，还没人写过，我也没有跟任何人说过。"

林秋云心想：这些历史事件吕主任也未必知道，要是跟菱湖市领导讲解，也可以完成临湖镇宣传委员刘晓歌交代的任务。

大爷扶着一棵松柏说，那还要从以前说起。

1938年10月，日本兵占领蓝水公社，战火纷飞，秋收还没开始，庄稼都在地里。日本兵实行了焦土政策，看到庄稼就放火烧，他们知道这些庄稼收了以后，农民会把粮食偷偷地送给新四军。

1939年，新四军挺进北架山，在北架山建立根据地，开始了游击战。菱湖的百姓不愿屈服于日本人，在新四军的领导下纷纷拿起武器抵抗，打起了游击战。

日寇恼羞成怒，组织了一次又一次的扫荡和清乡，所到之处烧杀抢掠，无恶不作，我们蓝水公社的稻子就是被一把火烧光的。丫头，你不知道，那场火烧了足足半个月，把蓝水村的房子也点燃了。由于日寇疯狂反扑，新四军和游击队缺少药品，伤员无法得到有效的救治，还缺少粮食。那时候新四军在蓝水村办了被服厂（注：生产棉被、服装）。

由于日伪军常到蓝水湖扫荡和清乡，1943年春，新四军被服厂不得不停办和转移。日寇抓住了李氏家族20余人，把他们活埋在现在的蓝水旧窑附近。李氏宗族的年轻人都去山里打游击了。听了这个消息，偷偷回到蓝水公社，想将计就计，把日本人的碉楼摸掉，还想挖出亲人的尸骨埋到北架山，没想到遭到日本人的埋伏，把他们四个吊死了。那四个李家人被后人称为"一家四烈士"。

"不是说一家四烈士是抗日时被日寇活埋的吗？"林秋云问。

"那是后人写的，其实是他们的家族20多人被活埋的，因为他们给新四军提供办被服厂的地方，惹恼了日本人。"大爷说。

林秋云想想也是，在改革开放的时候，蓝水村也创办工厂，但经济条件有限，也不是开放的前沿，不像深圳、广州，有大量的工业基础和制造业技术。当时蓝水村除了土地，什么都没有。靠山吃山，靠土吃土。蓝水村只能创办窑厂，几十年来，蓝水村的大片土地都被吃光了。

蓝水窑存在的时候，每天吃土大概上千平方米，埋藏在土地里的遗迹和秘密，一点点被发现。其中，挖土机在吃土时，发现了一堆尸骨，而且是多具遗骸，后来证明是日寇坑杀的李氏族人。

林秋云想着被活埋在土里的二十多人，想到他们一点点窒息而亡，内心无比的压抑。

“那蓝水村的李氏家族还有后人吗？记得在蓝水村，李家、汪家还有我们林家都是大家族，现在姓李的少了。”

“我就姓李，我父亲那时候小，到北架山挖山药，逃过一劫。”大爷说。

“那开超市的李招娣是你的晚辈？”林秋云问。

“那个是丫头，有地不种庄稼，抛荒了。开店又不用心，一个见钱眼开的货色，不好说她。”大爷暗淡地说。

大爷还想跟林秋云讲讲过去的事情，他的情绪很饱满，似乎很久没有人跟他说话了。

“记者同志，在蓝水村保卫战中，我们蓝水村就有85人被杀害。据说，蓝水村为新四军准备了军粮，日本鬼子实行三光政策，有人告密，说蓝水村人为新四军准备了过冬的粮食，日寇就把蓝水村没能跑掉的村民抓捕到田地里，追问粮食的下落，没有一个人开口，日寇就枪杀了村民，挖了坑把尸体一起埋掉了。然后把整个蓝水村一把火烧了个精光。”

林秋云小时候，听过一些传说，不知道真假。蓝水窑建厂的时候，挖到一个地堡，里面埋了许多的粮食，挖出来的时候，都已经腐烂了。在不远的田地里，又挖出许多骸骨。

“我们中国人从来都不会屈服于侵略者的。”大爷笑着说。

“是的，大爷，我们为了守护自己的国家和土地，什么都不会惧怕。”林秋云说。

“记者同志，你们记者要写，就应该写这些人，你看，光我蓝水村就有这么多人值得写。”大爷用枯槁的手指摩挲着大理石做的墙壁，上面写着革命烈士的英名：

李兴武　李根孝　李小庚　李庆庚　无名女烈士　汪小牛……

林秋云嘴里默默地念着这些远去的名字，这些名字朴实又充满了希望。他们都是为了守护这片土地，献出了年轻的生命。林秋云的目光停留在“无名女烈士”这几个字上面。

“大爷，这个无名女烈士的情况，你能跟我说说吗？”

李大爷看着林秋云，沉思良久，说：“这件事情，很多记者都采访过了，也在电视台播放过，没什么好说的，我主要是受我父亲的影响。”

林秋云听了，觉得大爷和这个无名女烈士有联系。林秋云先不打扰大爷，想听听这个故事。

大爷说：“那是发生在 1942 年的蓝水战役，那个战斗呀，真是艰苦，日本兵疯了一样，从四面出发，新四军伤亡很多，新四军不少伤员都躲藏在我们村民的家里，家里住不下，就住在磨坊和牛栏里。这个无名的新四军女烈士在突围时受伤，被安置在我家。我父亲负责照顾她。可是她的伤势很重，我们村又没有医生，也没药品，土地都烧焦了，地里能吃的少得可怜。这位无名女烈士身体虚弱得了痢疾，没几天就死了。当时才 18 岁。”大爷说着，脸色凝重，满脸的沟壑静止了。

“也只有新四军和共产党人，把我当个人。”大爷说，“那个时候，新四军时常在我们村，他们怕引起别人的怀疑，每天一大早就离开村子，晚上夜深人静才偷偷回村。他们只能躲在北架山里面。我每次给地主放牛，他们都会带我到河里去抓鱼，还会带我逮兔子，逮到了就给我。逮兔子，最有趣。我问你，兔子有几个出口，叫什么狡兔几窟的？”

“三窟。”林秋云插嘴说。

“对对，三窟。”大爷说：“我们每一个人守住一个洞口用口袋堵住洞口，一个用水桶挑水往里灌，不多久，就能逮住洞里的兔子。”

“哎，那个时候呀……”

林秋云似乎对这个事迹有点印象。

缓了缓，大爷继续讲下去。大爷说："那会儿，我们家也穷，我父亲就冒死去外面凑了些钱,给这位女烈士买了口棺材。按道理,她应该让家人接回去埋葬的。所以，当时我父亲就把棺材安放在村口的高岗上，希望等女烈士的家人把她接回家。再说，当年，村里的土地大多是地主的，就算想把无名女烈士安葬，也没有地方。这大片的土地，只能看看，只能帮着地主耕种，没有一分地是属于老百姓的。"

"父亲等了多少年，都没有人来寻找女烈士。棺材上都落满了尘土，后来长满了荒草，形成了坟包。不少不懂事的孩子总是喜欢爬上去玩耍。我父亲怕无名女烈士的棺材会被不懂事的人拆掉，他就成了女烈士的守墓人。过了几年棺木腐朽了，家里条件好点了，父亲花钱重新换了棺木，又找人说好话，在地主手里要了一块墓地，才把女烈士的棺材埋了。当时我也在，父亲把女烈士的每一片尸骨都捡起来，包好，放在新棺木里。为了让我们记得，每年他都会带我们去给无名女烈士磕头，在女烈士墓碑前摆上贡品。父亲让我喊这个无名女烈士姑姑。他说，这个新四军烈士的亲人要是找不到她，我就是她的亲人。

父亲1984年去世的时候告诉我，要好好看着姑姑的墓地，要当自家的祖坟一样守住。那时候，我正好当兵复员回来，就守着这座无名烈士的墓。

后来的事情，新闻上也报道过，我接替了父亲，来看守无名女烈士的墓地。我要是出去打工，我就让我老婆子看着，前几年，我老婆子也走了。有一年，我记不清了，反正是去给姑姑上坟的时候，她的墓地被雨水冲刷了，都快成平地了。我想，这样可不行，我得想个办法，那会儿，我正好在南京工地打工，我看到工地的钢筋不错，废料也能用，我用麻袋装了一点，扛回了家。这个我没跟记者说过，你可别写进报纸。"

"好的。"林秋云说。没想到大爷真的把林秋云当作记者了。

大爷继续说："我回家后，买了水泥，给无名女烈士，也就是我姑姑的墓地用水泥钢筋做牢靠。我还给她做了水泥钢筋的墓碑，2米高，上面写着'女烈士永垂不朽'。我就是要让每个经过的人都知道无名的女烈士。你还别说，后来很多经过的人真给女烈士鞠躬磕头的，还有献花的。不过都是野花。”大爷笑着说。

“06年吧，是的，就是2006年，我们村要平坟，没有归属的坟地都要处理掉，我很着急，守住这么多年了，总不能让这位女烈士的坟地就这样被铲平吧。我一想，既然我父亲让我叫女烈士姑姑，她就是我家人，我索性把女烈士的坟墓迁到了我家的祖坟上，总算是让我的姑姑落叶归根了。”大爷说着，暗暗地叹息。林秋云知道，大爷还是想让无名女烈士被家人接回去。可是，没人知道，女烈士的家人在哪里，也许，他们早就死在了日本兵的屠刀之下。

“我跟你说，记者同志，问题在后来就出现了。这个你也不要写进报纸。2011年的时候，菱湖市实施“慰烈工程”，总算给了无名女烈士名分。我却养成了习惯，总是要到女烈士的墓碑前看看。很多新闻媒体都报道了，《菱湖日报》也写了我和父亲的报道。一下子，我就出名了。烈士纪念馆少一个打杂的，就让我来。其实我也不在乎钱，我也不要钱，实话跟你说，也没几个钱，连我在工地打工的钱都比不上。但是，我习惯了，这么多年，就守住新四军姑姑的墓。我到烈士牺牲地，我们村上的人都说，我出了名，发了财，政府给我几百万，还给我在烈士牺牲地安排了工作，吃公家饭。我哪里是呀，就是一个打杂的，随时都可能回家的，政府给了我荣誉不假，还上了电视台，还被评为了道德模范，但是，实在是没有多少钱呀，我们临湖镇领导看我房子破旧，要帮我修补，我都没让。我不是不想，我是怕别人说闲话。再说，我那个破房子修不修，都无所谓的，我就孤寡老人一个，要那么好看干吗。你说是不是？最气人的是，我以前有个老朋友，有一次，他家里也不知道怎么就着火了，他家的煤气罐也在，我想如果要是煤气爆炸，那可不是闹着玩的，我就冒死帮他把火扑灭了。他知道后，也很感谢我。当我守墓的事情上了新闻，出了名，他就带人来闹，说国家给我几百万，让我拿出来，大家分了，不然就斗我。你看这事情闹得。我心一横，索性就蹲在这里，陪着这些英雄，不去受那些冤枉气，有时候，看着不平的事情，我也会出出头。”

“你这么大年纪，还像年轻人一样喜欢出头，不怕吗？”林秋云问。

“记者同志，你说说，我每天都守着这些为国家献出生命的英雄，他们都看着我，他们不说话，但是他们的名字会看着我，我是帮他们出头的，是他们让我们的国家有现在这个样子的，现在国家富裕啦，老百姓的日子也好过了。你看看，每年想吃肉就吃肉，想唱歌就唱歌。多好！”

“不过，我也喜欢和那些不正之风做斗争。”大爷说。

林秋云记得在党史办看到过这个事迹的，她没说话，低着头想老人的名字。

“大爷，你是姓李吗？”林秋云试探着说。

“你这个记者同志，跟别的记者不同，别人来采访我，都是了解了很多情况才来的，你居然连我的名字都不清楚。你是《菱湖日报》的吧，回去好好跟你们娄主任学习学习。他才是我们菱湖市的笔杆子。”

“我是姓李，李锁保。81 岁了。”大爷说着，慢慢朝烈士墓碑走去。他的裤腿破了，腰上没有系皮带，而是用一根红绳绑住，在四月的阳光下非常耀眼。林秋云心里沉重得很，大爷的为人和装束打扮，还有他的话，深深地震动着林秋云。

林秋云本来只想查找一下资料，到时候好向菱湖市领导汇报。可是看到陵园墙壁上名字的时候，林秋云有些沉重。在林秋云的心里，这些已经不是资料了，而是一个个鲜活的生命。在菱湖、在蓝水村激荡过的鲜活生命。他们为了革命理想，为了守护这片土地不被侵略者践踏，献出了宝贵的生命。所以，林秋云觉得自己应继承先烈的遗志，守护好这片土地。

可是在蓝水村，没有人把土地当一回事了，除非它能够卖钱。林秋云觉得这个非常可怕，可怕的事情不仅仅在蓝水村发生。如果能够拆迁，人们就会想尽办法把土地当包袱扔掉，当然，可以卖钱是最好的方式。还有，拆迁无望，能够租出去就租，不然就抛荒。蓝水村以前这样的事情太多了，近些年因为有些厂要进来，村民又把土地当回事了。

“大爷，你家里还有土地吗？”林秋云问。

“有，几分菜地，水田我是种不动了。有空，我就回家把菜地弄弄，你们是城里人，也不怕你笑话，我不种地，浑身不自在，闲不下来。一闲下来呀，就像自己是个二流子。我就想种地，哪怕菜地也行，四月头上，青菜出来了，你记得下次来带些回去。没有农药，我都是自己捉虫子的。那个顺泰化工厂呀，害死人。有一年，我地里的花菜都枯死了。一到晚上，顺泰化工厂就往河里排化工水，我们哪里知道，就用那水浇菜。这顺泰化工厂排污好些日子了，听说蓝水新来了书记，对污染抓得紧。唉，就怕是新官上任三把火，烧完就熄火了。还有蓝水出的土地，都给人做工厂了。你说，这土地不种庄稼，那还叫土地吗？我们都听说了，'金山银山就是绿水青山'。可是我们北架山都成骨架山了，那么好的青山，被水泥厂搞得烟雾腾腾，你看过没，半边青山都没有了，远看就是一张红皮了。"大爷激动地说着。

看来大爷还是关注新闻的。林秋云想到大爷的话，心里也不是滋味。自己来了蓝水村，还没有能够做出好的成效。

李大爷犹豫了会儿，说："都说家丑不外扬，我这把老骨头也无所谓了，实话跟你说吧，我有三亩多田，几年前过户给我侄女李招娣了。没想到她居然不种，荒在那里。也不说给我点补贴，过年都不来拜年，连谢谢都不说一声，真是。"

"李大爷，那村里有没有给你办理低保呀？"林秋云问道。

"老书记以前给我说过，但是孤寡一人，什么保不保的没关系。我跟老书记说，要是真想要给我低保名额，我是不是可以让给李招娣，她还有个孩子要养，就让给了李招娣，现在想想，还有些后悔。"李大爷说着，眼里有些无奈和愤懑。

"这个李招娣我要跟她好好谈谈。"林秋云告诉李大爷。

"你跟她谈，她比鬼还凶一点，算了，再说你也不认识她。我都这么大岁数了，也不整个什么，就是觉得看错人了。"李大爷说着，低着头，继续擦洗着大理石基座，上面像明镜似的。

李大爷看着林秋云，咧着嘴笑了。林秋云也笑了。

林秋云慢慢地想起来了。那个摇摇晃晃离开村委会大院的背影，那个在会议室坐在后面的白发老人。

"李大爷，你早就知道我是林秋云了，怎么不早点说呢。"

“林书记，我怕影响你的工作，你微服私访，我老头暴露了你的身份，不就麻烦了？”老人家朝楼上看看。

“李大爷，你是党员吗？”林秋云特意问了下。

“可不是吗，我的党龄比你年龄还大呢！”李大爷满脸的自豪。

“李大爷，村委会以后有些事情还需要你多提意见！”林秋云看着李大爷闪烁的眼睛说。

“我提的呀，一直在提。以前麻烦，现在好了，我腿脚不好，在村委会门口就可以了。如果村委会不解决土地问题和顺泰化工厂的问题，我会一直写信到死。林书记，你们不要嫌弃我老头子死脑筋。什么是党员，就是为人民服务，为人民说话。”李大爷说着，情绪激动起来。

林秋云一惊，原来，写举报信的是李大爷！林秋云一直还以为是童家声和郭彩凤呢！林秋云听了李大爷的话，觉得很惭愧，村委会还为举报信烦恼呢！

“林书记。”吕主任在楼上探出头，招呼林秋云。

林秋云看了看李大爷，说：“李大爷，你先忙，我上楼有些事。”说着往楼梯口走去。

“他也知道你是林书记？”李大爷满脸的诧异。

“李大爷，你叫我小林好了。”林秋云笑着说。

林秋云出来，帮着林大爷拎了桶水，才告别。林秋云说：“我不是来微服私访的，我是来接受教育的。”李大爷不解地看着林秋云。林秋云说的是心里话。在这里，在这一刻，她觉得自己变得纯粹了。林秋云很庆幸自己能来烈士牺牲地了解情况，与上级领导无关，与清明无关。

下一步怎么走，林秋云又想到“如履薄冰”这个词。一年的工作计划都安排得满满当当的，到了五月，林秋云就更加繁忙，担子也更加沉重了。五月林秋云要到蓝水湖走访还没有办法上岸的渔民。六月，要和汪迁谈谈搬迁养鸡场的事情。汪迁好说，他的母亲就不好说话了。七月，安置好湖上的渔民，就要实施退塘还田的计划。这又是个艰巨的任务。最主要的是，弄清蓝水村几家化工厂的情况，能转型最好。

3

走访蓝水湖的渔民，本来安排在这几天，可是岔出来扫墓的事情，林秋云只好往后推。

清明，这天果然没有下雨，太阳明晃晃的，都让人睁不开眼睛，气温也高，有点夏天的感觉。

林秋云没有安排带伞。走到半路，左春霞打电话提醒林秋云，说："林书记，你大伞忘记带了。"林秋云说："都没下雨，不用带伞。"左春霞说："林书记，我觉得你还是带上，万一要用呢！"林秋云说："算了，来的都是大老爷们儿，不需要这么娇气。再说，我都已经快到了。"左春霞说："林书记，你先去，我马上送给你。"林秋云说："你不是一直骑车的吗？等你来，领导他们都走了。"

左春霞说："没事，我开车，快得很，北架山的路我也熟悉。"林秋云说："你不是一直骑车上班的吗？"左春霞说："我有车，就是油价太贵，我能省就省，今天不是没法省吗？"林秋云在开车，不好多说话。车上还有何主任。这次林秋云没有让小吴开车，油补做账也挺麻烦，还不如自己开车。什么补贴，林秋云无所谓。何显贵说："有权不用过期作废。"林秋云说："一个村官，平头老百姓一枚，有什么权不权的。"林秋云说这话时，何显贵一直盯着林秋云看。

"何主任，你干吗这么看着我，是不是我变黑啦？"林秋云问。

"没有，我在看一朵奇葩！"何显贵说。

林秋云想：奇葩也是花，管它呢！

林秋云把何显贵的话当作对她的赞扬，心情很爽快，狠踩一脚油门。

"山路，慢一点，林书记，下次还是让小吴开车吧，坐别人的车要钱，坐你的车要命！"说着哈哈地笑着，手却抓住了车顶的把手。

左春霞的速度还真不慢。林秋云车还没停稳，左春霞就来了。一辆白色的比亚迪。左春霞从后备箱拿出几把伞的时候，刘镇长也到了。

李大爷开了门，迎着他们进去，李大爷的腿虽然不方便，但是今天步子却轻盈了许多，似乎今天是他的节日。

刘镇长不时地盯着远处，生怕错过了什么。李大爷跟林秋云打招呼，说：“还有你们这些干部记得他们，他们也该知足了。”李大爷看着纪念碑上几个遒劲的红字说。

“李大爷，这是我们临湖镇的刘镇长。”林秋云怕冷落了刘镇长。何显贵在刘镇长身边，帮他点了一支烟。刘镇长把一支烟插在一个墓碑前，鞠了三个躬。

刘镇长的神情肃穆。林秋云走过去，陪着刘镇长站着。刘镇长转身看着何显贵说：“我战友，牺牲在老山前线了，为了守住一个阵地，被炸弹炸了。是我背着他的尸体，走了一夜才找到会合的队伍。”

“都是我们的英雄！”何显贵看着刘镇长说。

何显贵表情严峻而肃穆，他走到纪念碑前，双膝下跪，眼睛充满了泪水，给烈士磕了三个头，然后缓缓站起身，说：“刘镇长，这些烈士，才是我们要五体投地崇拜和敬重的。”

刘镇长拍拍何显贵的肩膀，说：“你有这样的觉悟很好，希望所有人都有这样的觉悟。”刘镇长看着林秋云。林秋云肃穆地站着，双眼看着高耸的纪念碑，还有墙壁上那些陌生的名字，那些和松柏一样年轻的名字……

市领导还没有来。刘镇长握着李大爷的手，跟他聊了很久。刘镇长跟林秋云介绍：“我们的李大爷可是个了不起的人物，我们要识得自家的宝。”何显贵忙给李大爷敬烟。

菱湖市政协副主席周成坤来的时候，何显贵忙拿着伞，准备开门，但是他没有动，林秋云知道这个车门不是自己有资格开的，林秋云吃过亏。林秋云比谁都谨慎。

刘镇长还沉静在悲伤之中，他的脚步也踉跄了，小跑来的时候，周主席已经自己开门下车了。刘镇长忙道歉说：“周主席，真是怠慢了，没来得及给你开车门。”

太阳越升越高，纪念碑的影子已经遮盖了烈日。周主席脸上沁出了细汗。

何显贵眼尖，忙给周主席撑伞。周主席身高1米8左右，何显贵勉强1米7，何显贵只有踮着脚尖才能帮周主席撑着伞，又不能碰到周主席的身体，不但不能碰到周主席的身体，还要保持一定的距离。这个距离不能远，也不能近。远了撑不到伞，近了，容易踩到周主席的脚，更容易碰到周主席的身体。何显贵一路踮着脚尖撑着伞，大汗淋漓。

刘镇长盯着何显贵看了几眼，何显贵发现自己忙错了，他有些越级了。打伞是轮不上他何显贵。越级打伞，何显贵想到这，就想起越级开车门的事情。他知道刘镇长是不会高兴的。何显贵朝刘镇长看了看，举着伞的手，动了动，示意刘镇长给部长撑伞才对。

刘镇长走过来，接过何显贵手里的黑伞，看看天，说："周主席，我来给你撑伞，太阳太大了。"

周主席一直凝视着烈士的英名，倒是没有在乎撑伞的事情。刘镇长一说，他才发现，摆下脸色说："没有下雨撑伞干什么，就是下雨，我自己难道没有手吗？你们在烈士的纪念碑下，怎么能这样呢？这些出生入死的烈士扛着炸药包的时候，谁给他们撑的伞？是革命信仰给他们支撑！"

周主席给烈士敬献了花圈，然后开了个现场革命教育的专题会议。刘镇长把伞收起来，让林秋云拿走。

炎炎烈日下，大家围着周主席，满头大汗。李大爷也在远处站着。

"我们这个时代，从来不需要给领导打伞的人，我们这个时代需要的是给领导撤伞的人，需要的是批评形式主义的人，需要给领导反映真实情况的人。你们可能不了解我，我无论在哪个地方，都不要人给我打伞。你们还记得，有个领导，因为视察的地方下大雨，路上有人背着他过积水处的事吗，那就是个丑闻，成为老百姓的笑谈。同志们呀，一定要吸取教训！你们难道也想让我成为老百姓的笑柄吗？从大了说，我是个有党性的干部，从小了说，我姓周的是个要脸的人！"

林秋云觉得周主席真是不一般。她很想为周主席的话鼓掌。可是她现在知道周主席的脾气了，只能默默地看着周主席。其实她也不想准备雨伞，可是在何显贵的建议下，她还是没能坚持做自己，还是要迎合领导的心意。林秋云脸很烫，真想用伞把自己的脸遮挡起来。

周围响起了掌声。稀稀落落的，是一个人的掌声。

原来是李大爷。李大爷笑着，脸上的皱纹更加浓密了。他没有说话，只是看着周主席。

周主席走近李大爷，说："李伯伯，在这里还习惯吧，您老这么大岁数了，真是辛苦啦！"周主席伸手握着李大爷的手。李大爷的手上是擦洗墓碑上灰尘沾染的泥水。李大爷忙缩手，在自己的身上擦着。周主席拉过李大爷的手，帮他擦着，说："李伯伯，您这是最干净的一双手。"

李大爷一时说不上话来。

"李伯伯，您有什么困难，可以跟我说。"

"我倒是没有什么困难，是你们有困难，我们蓝水村的污染，我们村的土地没人种，这都是你们的困难。"

周主席说："您老反映的问题很实际，很及时……"

"林书记来了做了些实事，你们眼光真好！"李大爷说。

林秋云始终低着头，这些话不像表扬，更像批评她。确实，在环境污染和土地流失方面，她做了许多的努力，可是效果还远远不够。

周主席临走时，说："蓝水村的问题，都是我们面临的问题，我们任重而道远啊！"林秋云说："我会谨记的。"

4

送走周主席一行人，林秋云决定开一个村两委党员民主生活会，请李大爷也一起参加。

李大爷说了蓝水村的革命历史，介绍了很多感人的事迹，说了李家一门四烈士保卫土地的事迹，李大爷说得热血澎湃，激动时，眼泪都流下来了。

李大爷发言过后，是两委批评和自我批评。林秋云首先说了自己的认识不够，才有今天周主席的话，其实周主席是不点破批评我，也是批评所有人，我希望我们能吸取教训，在座的各位也要吸取教训。用周主席的话说，我们都是要脸的人。何显贵坐立不安，林秋云说一半，何显贵就出去上厕所了。

治保主任老秦说了自己的缺点，并且保证以后在工作中能够克服简单粗暴的毛病。

大家各自做了自我批评。可是在批评他人时，空气却瞬间僵持住了。

林秋云说："自我批评是检讨自我、认识自我的过程，这个在我们的工作中很重要。但是，自己审视自己，是不够全面的，是主观的，不够透彻的。有些问题只有别人看得清楚。"

林秋云说："我除了认识自己的问题，还有我自己无法看清的问题。我也一定有做得不到位的。再说，何主任也有做得不到位的事情，对不对？"

"何主任做事是意气用事，一向简单粗暴，没有文化。"老秦笑着说。

"老秦，你说的话，我一半接受，一半不接受，你说简单粗暴，我基本同意，你说我没有文化，我至少比你有文化。多少文化才叫有文化？像林书记这样有文化的村干部有几个？再说，文化人有文化人的毛病，做事瞻前顾后，对老百姓讲道理，讲情分，过分软弱。谁跟你讲道理？有些事情，有些人就要简单粗暴地对付，人善被人欺马善被人骑。就是这个道理。"何显贵说。

林秋云不说话，静静地听着，她觉得何显贵说的是有道理的。

老秦看着林秋云一言不发，知道烧了一把火，赶紧灭火。老秦说："我说何主任，我在说你的问题，不要扯上林书记。"

"我没有扯上林书记呀？"何显贵斜眼看着老秦说。

林秋云说："该批评的还是要直言不讳，不要遮遮掩掩，这样我才能进步。"

"听到没？老秦，这才叫领导。拍马屁要分场合分时间，民主生活会是最不应该拍马屁的。"

"何显贵，你马屁拍得比我有水平。我们俩半斤八两。"

何显贵和老秦正在争执马屁的时候，林秋云接到举报电话，有人在蓝水湖偷捕。

林秋云见两人争得面红耳热，有些过了，就说："会议到此为止，安排小吴送李大爷回去。我自己要和汤警官联系。"

“蓝水村又有问题啦？”老秦问。

“晚点我们开会讨论。”林秋云说。

汤警官说：“偷捕归渔政，如果需要，我们会配合他们，你比我们更加重要，毕竟蓝水湖在你们这里。”

“这个我知道，我们随时等你们通知。”

这时候，有人在敲门，不疾不徐。林秋云抬头，看到欧阳伸出脑袋，朝她笑，然后又消失在门口。

挂了电话，欧阳进来坐下，说：“看来我来得不是时候。”欧阳淡淡地笑，显得十分有风度。这风度，是林秋云在那次北架山顶谈话之后感受到的，那次可以说她林秋云将了欧阳的军，欧阳虽然显得吃了明亏，但是也算是做了善事。按理，这时候欧阳是不痛快的，至少会记恨林秋云一段时间。没想到，欧阳主动来联系林秋云了，而且是笑着来的。这让林秋云很意外。林秋云觉得欧阳不仅仅是来看着她笑的。

林秋云给欧阳倒杯茶，静静地看着欧阳，等着他的下文。

“你一定有事。”林秋云还是开口了。

“当然是有事，还是好事。我想投资开发蓝水湖的那片荒岛，也就是你们说的芦苇滩。我已经用无人机看过，地理位置非常好，视野极其开阔，要是能够建造一批民宿，带动旅游，一定很有赚头。”

“你是做公益，还是私人承包？”林秋云喝了杯茶，问道。

“你别把我当圣人，我是个商人，偶尔做一回冤大头可以，可不能真的把我当冤大头。”欧阳端起茶杯，没有喝，又放回原处。上面的茶叶还没有沉下去，欧阳不时看着漂浮的茶叶。

“水没有开。”欧阳说。

“昨天的。”林秋云也不好意思地笑笑说，“没时间管烧开水的事情了，忙忘记了。”

欧阳忽然起身，把手机拿到林秋云面前，欧阳播放视频，说：“看看我们这么可爱的土地上，不建设民宿开发旅游项目，真是暴殄天物。”

林秋云看着视频，无人机从高空拍摄的，那片在湖中心的芦苇滩，把碧蓝的湖水隔开，一片一片的，芦苇是金色的，湖水是玻璃一般透明，像是电影里的镜头，让人流连忘返。只是这个视频应该是冬天拍摄的。

林秋云没想到欧阳会对蓝水湖感兴趣。而且这也不是她林秋云一个人能够决定的。但是这是一个机会，发展蓝水湖的机会。林秋云没有说话，她的心里开始向往那片芦苇滩，一眼看不到边的金黄。

“学长真是有气魄,那么大的蓝水湖都装在你的心里了。”林秋云开玩笑地说。

“人的气魄是钱填满的。投资这个民宿建筑群，我都要破釜沉舟的勇气。”欧阳看看林秋云说，“光有气魄和勇气还不够，还需要林书记的支持。我说过，我们是相互成就，那60万，我算是帮助你，现在，我真的需要你帮助我一把，也可以说是相互成就。”欧阳站起身，走近林秋云。

林秋云听了欧阳的话，心里不是滋味，其实是心烦，突然的心烦。欧阳怎么能再拿那笔钱说事呢？这算是要挟吗？

林秋云拿着笔在花历上写着，没有看欧阳。

欧阳感觉到林秋云的不快，忙说：“我也是为蓝水村的旅游事业发展着想，也算你林书记帮助我们这样有梦想创业的人吧，我先走了，你要是觉得可以，就再帮我请示一下镇里的意思。我们抽空可以一起去看一下芦苇滩，你肯定会心动的。”欧阳笑着说。

“我会的。”林秋云虽然这么说，但她想镇里还需要她林秋云帮他请示吗。

欧阳起身，朝林秋云点点头，往楼下走去，他看起来很轻松，什么事情也没有发生似的。

第五章

偷捕事件

1

5月6日，立夏：铃兰花，诗曰：铃兰含苞待放开，清香四溢入人怀……

偷捕事件。林秋云在台历上重重地写着，一笔一画。她的心也跟着笔画行走。在农林局的时候，蓝水湖就是她工作的重点地带。菱湖市如果说自然资源的话，就是一山一水。北架山动植物多样，而蓝水湖的渔业和自然资源丰富。

偷捕事件是林秋云在蓝水湖走访渔民时得知的，刘网保老汉说的。

林秋云是和会计小吴一起来的。小吴执意要开他的车。林秋云说："不能总让你吃亏。油钱我个人补贴给你。""看林书记说的，我小吴过日子是把细，可是也要分人。"林秋云笑笑。

小吴说："先去童家声那里看看。"林秋云说："童家声现在是过着半渔半农的日子，谁也不知道他这会儿在水里还是在岸上。"

"去渔业村。"林秋云说。

"林书记，那可是个废弃的村子，像是拆迁过的，没什么看头呀！"

"留守在渔业村的渔民，我们不能忘记，去看看他们生活现状。"林秋云说。林秋云看了渔业村的资料，大概了解一些情况。

小吴的车在蓝水湖边歪来拐去，走到一个鱼塘边上，路变窄了，无法通行，只好下来步行。两边都长满了茅草和野豌豆。野豌豆花开了，细细的，紫色的，在一簇簇的绿色中，蛮惹眼的。路中间是板结的泥土路。路两边的荒地上长满了黄豆苗，还有高高的玉米地。其实看得出，这里以前是水稻田，开挖了鱼塘，就荒掉了，只是有人舍不得这样的土地被扔掉，开始种植农作物。当然不是麦子。这个时候，应该是麦子抽穗的时候。

还没有看到人，先听到狗叫。不一会儿，一个满脸皱纹的老人走出来，他的皮肤是古铜色的，板着脸大声呵斥道："你们干什么的？"

"不是来偷你鱼的。"小吴开玩笑地说。

老头说："我的鱼不值钱，偷也没有什么。"说着，他坐在竹椅子上修补地笼。老人门前的地笼像几条巨蟒一样，蜿蜿蜒蜒的，有圆形的有方形的。

门口还有一个筛子，上面晒满了虾子，小米虾，一点点大。林秋云身边都是米虾的腥味，几只苍蝇不停地在筛子边上飞舞。老人的脚边放着一只水桶，里面都是鲜活的籽虾，活蹦乱跳的，水桶里不时发出哗哗的声响，小吴看了下，原来还有一条昂刺鱼。

老人没有再搭理林秋云和小吴，自顾自地忙碌着，把地笼搁在膝盖上，清理上面干枯的水草，慢慢地寻找着破洞，然后用鱼线修补起来。

老人家里收拾得很整齐，地上铺着白色的瓷砖，一尘不染。

"你叫什么名字？"小吴盯着老人问。

"你问这个有什么事，那你叫什么名字？"老人反问道。

"我是小吴，这是我们林书记。"小吴笑着说。

"你们是来钓鱼的吧？今天我要进城，到儿子家去，不接待钓鱼的。"老人说。

这时，一个老奶奶走出来，看着林秋云说："进屋坐坐。"说着进屋收拾板凳。

"坐什么坐，我们马上还要把虾子带给妞妞吃呢！"老人朝老奶奶瞪着眼说。

林秋云说："阿姨，我们不坐，就是问问这个蓝水湖和你们渔民的情况。"

老奶奶说："那行，你坐着，我倒杯茶给你，慢慢说。"

“有什么好说的，就算说得好听，有什么用？”老人板着脸说。

“有什么情况，你老尽管说，我们林书记是做实事的人。”小吴说。

老头看了林秋云一眼，说：“你真的有本事？”林秋云看着老人，回答说：“我林秋云能做到的，一定尽心尽力。”

老人看了小吴一眼说：“我的名字叫刘网保，人家都叫我网保。我是1957年出生的，我属鸡，阴历八月，那年应该是闰八月……”刘网保说。

“人家领导不是查户口的，你说那些干吗？”老奶奶责怪道。

刘网保看了看老奶奶，歇了一会儿，说：“我以前好歹也是蓝水湖的养殖大户，我现在不穷，也不需要政府的补助。我的日子一天三顿酒、三顿肉也是吃得起的。差于玉溪烟我是不抽的……”

“刘网保，你跟领导说这个干什么？”老奶奶听不下去了。

老奶奶说：“他的意思是，我们现在日子好过了，可惜儿子不争气，整天游手好闲，他虽然住在城里，菜都买不起，我们可怜孙女儿，有空就送些鱼虾过去。”

“就是你，就是你。惯子害子！”刘网保咬牙切齿地说。

“你不知道他家现在过的什么日子哦。好在我家儿媳妇懂事，不然这个家就瘫了。”老奶奶说。

“真是作孽的，现在政策好了，家里日子过得顺了，不少人开始作死，我儿子就是碰到网络诈骗，被害得倾家荡产。”刘网保说。

“就是，一个人命里的财富是一定的，有的承受不起，就开始败掉。”小吴说。

“这个领导说得很对，这就是命。”老奶奶说。

林秋云说：“这不是命，以前过苦日子吃不饱肚子，整个心思都是填饱肚子，现在衣食无忧了，人反而没有了奋斗的动力，不知道过什么样的日子，不知道自己朝哪个方向走，一部分人开始放松了，随心所欲。我们乡村还是缺少文化生活，缺少文化知识。”林秋云看着小吴说。

小吴说：“林书记说得对。”

“所以，我们的乡村振兴，路还很远，不仅仅是经济，精神文化的扶贫、振兴也很重要。”

“领导，我家不需要扶贫，现在我找不到儿子，儿媳妇小琴一个人要承包几十亩的鱼塘，平时还要到城里去照顾孩子，苦哦，更加可恶的是还有人偷鱼，在湖里偷，湖里偷了还要到岸边鱼塘偷，人心不足。”刘网保听不懂林秋云的话，急得插嘴道。

林秋云说：“你的意思我懂。”

“那就好，那就好。”刘网保说。

回来后，林秋云就跟蓝水村警务工作室的片警汤警官聊了聊。汤警官跟林秋云说：“最近市里要组织专门力量打击蓝水湖偷捕行为。”林秋云说：“那必须的。打击偷捕势在必行，我等你的消息。”

汤警官说：“这个归渔政管辖，我可不能越权。”林秋云说：“都是惩恶扬善，我们共同配合渔政总是可以的吧。”汤警官说：“行，到时候我还真的需要你的配合，毕竟你熟悉蓝水湖。”

2

林秋云召集村两委开会，让左春霞通知，可是楼上楼下都找不到左春霞的人影。林秋云给她发微信也不回，她最近经常神出鬼没的。林秋云只好让治保主任老秦通知其他人。她自己喊何显贵。何显贵在办公室坐着，开着短视频，又是锡剧：一夜工夫大雪飘，漫天风雪路难跑……抑扬顿挫的，何显贵随着节奏边用手指弹击着大腿，边摇头晃脑。林秋云听不懂。蓝水湖偷捕的事情，以及工作纪律问题，林秋云跟何显贵说：“先通个气，会上做任务布置。”何显贵听了，关掉短视频，说：“林书记，现在还没到上班的点，我听听戏，没有违规违纪吧。”林秋云说：“不是这个意思。”何显贵说：“我都是个三无人员了，你就不要老盯着我了，你看看那个左春霞，自从你来了，她就有点不识趣了，三天两头地迟到早退。你要不说工作纪律这事情，我也不提了。有你在背后撑腰，左春霞越来越放肆了。”

林秋云没想到何显贵会盯着左春霞。确实，左春霞对林秋云是很敬重的，这也让林秋云一来就对左春霞有些好感，平时左春霞有什么事情，林秋云也放心让左春霞去做。有事情，也是林秋云让左春霞先走的。再说谁家还没有个杂事。可是最近左春霞就过分了。

林秋云说：“何主任说的问题我已经注意到了，我会跟她说的。”林秋云需要何显贵的配合，对何显贵一向是和颜悦色的，林秋云也是这性格，不喜欢把权力看得太重。再说，都在眼前晃荡，抬头不见低头见的。但是何显贵对林秋云好像一直都有些成见。何显贵是个老油子，林秋云也尽量避免跟他发生不愉快的事情。

林秋云看看手机，说：“八点半在会议室开会。我先过去。”

何显贵说：“林书记，听你安排。”

林秋云到了办公室，那盆鹤望兰的根茎都变黄了。这盆鹤望兰一直都是左春霞侍弄的，左春霞主动提出来，说林秋云太忙，怕没心思弄花。现在倒好，变成左春霞没心思了，不光是弄花的事情，还有工作的事情，左春霞也不上心了。

等她回村委会再说吧。

林秋云第一个到会议室。小吴还在找停车位。五月头上，麦子还没有收割，稻田也没到下秧苗的时候，村民们上午没事，不少人找林秋云，想把土地租出去。在菱湖市，土地流转成了主流。村民们现在都很关注时事的，但是蓝水村的问题比较复杂。前几年，说一个职业技术学院要搬来蓝水村，在蓝水湖边上，水乡气息浓郁，蓝水村人都很期待。那样土地征用，能够换来一大笔钱财，也不用再受农事之苦。后来就没有了声音，但是蓝水村人不放心，到了收麦子的季节，很多人都来村委会追问搬迁、土地征用的事情。他们说，蓝水村多好呀，当年还在蓝水湖拍摄过电影，有的老人说，还见过著名演员张金玲哩！

这些林秋云当然知道，可是村民把土地当作筹码，说扔就扔，林秋云听了很难过，他们说得有多好听，就有多想把土地抛出去。他们用土地换来的钱，能用多久，没有钱，没有土地，他们吃什么？林秋云隐隐地担忧。

林秋云看到楼下歪七斜八地停着各种电动车，他们是来找蓝水村的“土地爷”何显贵的。林秋云到蓝水村任职快半年了，大多数村民还以为是何显贵管事。

林秋云现在担心的是蓝水湖。随着蓝水湖渔业资源日渐枯竭，禁渔政策的落实，渔业保护初步起到成效，但是新的问题也来了。蓝水湖上渔民少了，无业游民却多了起来，这样的话蓝水村的治安问题有了隐患。林秋云在蓝水湖做田野调查的时候，见过蓝水湖的浩渺与宽广，见过旭日东升湖水浩渺水汽氤氲，见过夕阳染红湖面，呈现无与伦比的美景。特别是深秋的时候，雪花一样的芦苇花，在空中飘零，白鹭在水面低飞。蓝天碧水，真是“落霞与孤鹜齐飞，秋水共长天一色”的迷人景色。林秋云想不到，现在蓝水湖成了这幅模样。蓝水湖湖边河汊纵横交错，每条水道都有遮天蔽日的芦苇荡。当年新四军在这里抗日，打得日本兵晕头转向。

开会的时间过了五分钟，小吴才来。小吴说：“林书记、何主任，没办法，楼下院子里都停了村民的电瓶车，我只好去外面找停车的地方。”

“小吴你少来，迟到又没有说你，搞那么个苦肉计，实在不行，你自己偷偷摸摸先做个账不就行了。”何显贵指着小吴说。老秦跟着笑。小吴也笑了。

林秋云等着大家安静下来，才说：“蓝水湖在蓝水村的水面占比很大，蓝水村的人躲到蓝水湖偷捕，还有人电鱼，尤其可恶。”

何显贵说：“林书记，我们管天管地，也管不了人家拉屎放屁，他要去抓鱼，我们怎么管？”

林秋云严肃地说：“何主任，这一年来都是你在抓这方面，效果是有一些，但是不大。”林秋云的意思很明显，只要不傻都听得出来。

何显贵说：“林书记，这个偷捕当然要狠狠地治理一下的。我也警告过渔民，不允许参与，也不许参与放哨，否则的话，渔船没收。不过现在蓝水村也只有几户渔民了。童家声是个害群之马，滑头得很，他帮他们放哨也说不一定。我们要从他这里下手。”

林秋云说：“我们要先摸清渔民的情况，还要摸清湖道情况，这次除了打击偷捕，我们自己还有任务。”

“林书记，蓝水湖的情况我熟悉得一塌糊涂，我可以做带路人。”何显贵看着林秋云说。

“好，那等市里渔政行动，我们就一起。”

何显贵说：“行啊。”

最后，林秋云说：“我们蓝水村号称文化村，传统的鱼灯要搞好，村里给活动经费，何主任这个你要费神了，还有蓝水村的舞狮，这个省里的非遗，我们还要继续跟进。今年一定要申遗成功，毕竟，我们付出了这么大的牺牲。”林秋云说：“不管是蓝水村的男人还是女人，要让他们的业余生活丰富起来。”

散会后，林秋云给临湖镇宣传委员刘晓歌发了信息，询问蓝水村舞狮队申遗的进度。刘晓歌说，资料已经到了省里，往省里报的非遗很多，省里要一个一个梳理，有个漫长的过程，我们慢慢等。我还以为你忘记了呢？林秋云说，怎么可能！

林秋云实在是无分身乏术。放下手机，林秋云心里稍微轻松一下，不过她的心思又飞到了省里，不知道这次能不能通过。

林秋云接到女儿的电话，祝福妈妈母亲节快乐，她给妈妈准备了节日礼物，等妈妈回来。林秋云看看手机，果然是母亲节，5月12日，周日。正好放假，回去陪陪女儿。林秋云在猜想，小米到底送给她的是什么礼物呢……

3

林秋云是11日接到汤警官电话的。汤警官说渔政12日黄昏时候行动。林秋云说：“需要准备些什么？”汤警官说：“我们的巡逻艇不够，你们再想想办法，看有没有渔船可以一起来。”

林秋云疑惑地说：“渔船速度太慢了，肯定不行。”汤警官笑着说：“林书记，你别看小渔船的速度慢，在河汊和芦苇荡小渔船更加适合，现在都是马达发动机，又不是摇橹的，没多大关系的。”

小吴来找林秋云签字报销车旅费，看林秋云在忙，就退到门口。

林秋云想到了童家声。但是林秋云想到何显贵说童家声滑头，但她不知道是个怎么样的滑头法。

林秋云正在一头心思的时候，汪俊贤发来视频，女儿小米露出豁牙，朝她笑。林秋云跟小米说，妈妈忙，待会跟你视频哈！林秋云看到女儿的脸一下子虎了下来。林秋云还是挂了视频，给童家声打电话，说了让他一起去湖里做田野调查的事情。林秋云没有告诉童家声真相。

童家声说："湖里鱼都没有了，还查个毛鬼呀？"

林秋云说："看看渔民的生活情况，到时候看情况，可以安排上岸的住房和土地。"林秋云说。林秋云觉得要是不说土地的事情，童家声这个家伙一定会推三阻四的。林秋云觉得跟童家声说了土地的事情，童家声会欣然答应。可是童家声说，最近他比较忙，没有时间啊，等过两天吧。童家声一反常态。

"行，你不去，我就安排别人去了，200块一天。别说村委会不照顾你。"林秋云说，然后就挂掉电话了。

不一会儿，童家声又来电话，林秋云没有接。童家声一直拨打林秋云的电话。林秋云笑着，然后接了。

"还有钱？"童家声兴冲冲地说。

"当然，你不去，我已经跟汪小罗联系了，他说他有空。"林秋云说。

"林书记，你看，我还有两个孩子要读书，正好没钱，让我去吧，我把别人的事情推掉了。"童家声焦急地说。

"不行呀，我都已经跟汪小罗说了。"林秋云故意激童家声。

"林书记，我跟你说，汪小罗那家伙不靠谱，他的船又旧又破，说不定半路还漏水，那就坏了。还有——"童家声突然不说了。

"还有什么？"林秋云隐隐觉得童家声话里有话。

"算了，林书记以后会知道汪小罗那个人的，人品太差了，我们都不跟他玩。"林秋云当然知道，童家声不仅仅说汪小罗的人品问题。既然童家声不说，林秋云也不问。

林秋云想了想，就说："那行吧，看在你两个孩子的面上，我就跟汪小罗说让他不要去了。你晚上在蓝水湖等我。"

“林书记，这么晚，你是去抓鬼还是抓贼呀？”童家声问。

“你怕了？”林秋云说。

童家声说：“我怕个鬼！”

童家声在电话那头千恩万谢。林秋云挂了电话，一阵轻松。

“林书记，没想到，你也会骗人。”小吴走进来嘻嘻哈哈地说。

林秋云看着发票，拿起笔说：“善意的谎言比实话更有用。”

“晚上你加个班，把我跟何主任送到蓝水湖岸边。”林秋云说。林秋云又通知了何显贵。

林秋云与何显贵在湖边等了很久，童家声才摇摇晃晃地来。他家的小粉也摇摇摆摆地跟在后面。林秋云一看，都过了半个小时。林秋云很不高兴。

“童家声，我还以为你死掉了呢！”何显贵看着童家声说。

“何主任，你活着，我哪里敢死呀。”童家声笑着说。说着童家声一脚踢在小粉屁股上。

“你还是个人哦！”何显贵说。

“何主任，你是饱汉子不知道饿汉子饥。现在又是禁渔，我没有土地，还没有低保，喝湖水舔水浪啊？”说着不停地笑。他觉得自己的话很搞笑。林秋云却笑不出来，这也是现实。要是他们的土地征用的钱还在，童家声的日子也不会差，可是他老婆小粉把钱都带走了。林秋云才明白童家声为什么要这样糟蹋他家的小粉了。

何显贵也不傻，也听出来童家声的弦外之音，说：“现在林书记在，有什么跟林书记说，不要不阴不阳的。”

“我肯定会与林书记说说的。”童家声说。

何显贵成功地把火引到林秋云身上，得意地哼起了锡剧《祖国的好山河寸土不让》：朝霞映在阳澄湖上，芦花放稻谷香岸柳成行，全凭着劳动人民一双手，画出了锦绣江南鱼米之乡……

林秋云想：这个何显贵真会唱。

这时候，小粉准备往渔船上跳，刚跳到空中，童家声眼尖，一脚踢在小粉的肚子上，小粉呜呜地哀嚎着，落在水中，沾了一身的泥水。小粉摇晃着身体，泥水四溅，林秋云的裤腿上都是泥水。

“童家声，你对一条狗都这么残忍，踢它干吗？”林秋云说。

“林书记，你不知道，这家伙总仗势欺人，动不动就乱咬人，到了船上，一定会汪汪乱叫的，吵死人了。”童家声瞥了何显贵一眼。

“嘿，童家声，你鸟人说话，好像阴阳怪气的吗？”何显贵伸手想敲童家声的脑袋，想想，又缩回了。

“何主任，我哪里敢骂你呀，你那么凶。”童家声说着往后退了退。

“童家声，今天有任务，不然我敲掉你的牙，封你的嘴！”何显贵骂道。

“林书记，你看何主任好大的官威哟。老百姓都怕他。”童家声说。

“林书记，我和这个童家声是朋友，经常这样开玩笑。”何显贵说。

“何主任的脑子比我的脑子管用，谁知道他哪一句是真的，哪一句是假的，哪一句是人话，哪一句是鬼话。”童家声笑着说。

林秋云听着他们打趣，没有插嘴。这是农村人交流的独特方式，林秋云知道，特别是男人，越是骂对方脏话，越是亲昵。林秋云不一定搞得懂。

这时候何显贵的电话响了，来电音乐是《感恩的心》，“我来自偶然，像一颗尘土……”灵动的音乐在空旷的湖面慢慢荡漾开去。

天色渐渐暗了。林秋云收到了汤警官和渔政的行动通知。林秋云说：“从现在开始，把手机调到静音。”

“林书记，我不会弄这个玩意儿。我的是老人机。”童家声把手机举到林秋云面前。林秋云说：“那你就关机。”说着把童家声的手机关了。

何显贵看看林秋云，会心一笑。何显贵虽然有时候觉得林秋云有些强势，来了蓝水村，他村委会会主任的事情抢了不少，但何显贵也懒得烦心，多一事不如少一事。

夜色慢慢浓重，湖面的水汽氤氲升腾，暗红的夕阳沉入水中，月色如钩，西天的黄昏星越来越亮，在湖面闪闪烁烁。不时有小鱼在湖面跳跃。夜鹭的叫声悠远而深沉。不知道深藏何处。林秋云喜欢这样的景色，静谧和安静，她想起《瓦尔登湖》，想起自己印象中的蓝水湖。她突然有些羡慕渔民童家声了。在平如镜面的湖里，和蓝天白云为伴，与秋水长天为伴，与啁啾的鸟雀为伴，真是人生的最大享受。

浩渺深邃的湖面，没有渔船。只有他们的小舢板，在湖面驰骋。向蓝水湖深处挺进。

禁捕还是有效果的。这几个月来，林秋云根据上级指示，加大了宣传教育。偷捕的事件虽然有，但是明显减少。

希望这次的行动后，能够彻底杜绝。

天光越暗，微小的亮光都显得越发的明亮。林秋云口袋里的手机不停地闪动。不知道谁来了视屏。林秋云悄悄地关了手机。

汤警官说得很对，有些时候，特别是在蓝水湖，巡逻艇和机帆船噪音太大，很远的地方都能听到。湖面童家声的机帆船在湖面飞驰，船舷两边白浪纷飞，不时溅到林秋云的身上。

五月的湖风微凉。

“到了那片芦苇滩，我们停下来，找地方隐蔽。”林秋云说。

童家声盯着林秋云看，说：“你说什么，我听不见。”

林秋云就指了指冒烟的发动机。

童家声熄火，机帆船慢慢减速。林秋云又说了一遍，童家声说：“知道。”这一片芦苇滩他以前经常来。这里的鳜鱼很多，还有翘嘴白条。

林秋云看着湖边，芦苇滩边的水浅处，水草有很多，比如有苦草、黑藻、梅花藻、水韭菜、金鱼藻，还有水葫芦、三角菱等。还有一种叫作王八草的，学名大茨藻，隐在水中，枝蔓长满了硬刺，一旦碰到皮肤，就会在皮肤上留下一道道的伤痕，让人记忆深刻。林秋云在蓝水湖做田野调查时，领教过这个大茨藻的厉害，腿肚子上灼痛感记忆犹新，不但疼，还痒，还会留下无数道黑黑的伤疤。过很多天，伤痕脱了皮，才会慢慢好起来。不过很多小鱼小虾喜欢栖息在大茨藻丛中，尤其是餐条鱼。善于捕食鱼虾的鳜鱼和翘嘴白条自然喜欢在这里游弋。蓝水湖很奇怪，不像其他的湖泊。蓝水湖不一定是湖中间最深。蓝水湖的深浅，大概只有渔民们知道——哪条是鱼的航道，哪条是渔船的航道，哪里水草茂盛。林秋云在蓝水湖做过几次田野调查，依然无法摸清蓝水湖的具体情况。蓝水湖在80年前大旱时，干涸过一次，据说当时有人见过湖底的青石板路和房屋的地基。也就是说，几百年前，蓝水湖所在处还有可能有人居住。蓝水湖并不深，最深处也就7米左右，平均深度只有1.8米。蓝水湖的颜色随着天空的颜色转换。如果天是蔚蓝色的，蓝水湖就是蔚蓝色的；如果天气灰蒙蒙的，蓝水湖就是灰蒙蒙的。总的来说，还是秋天的蓝水湖最迷人。天高云淡，蓝水清浅。芦花纷飞，鸟兽时隐时现，鸣叫深邃，在湖面婉转。不要小看这芦苇丛，可是藏着很多鸟雀，有扇尾沙锥、黑尾塍鹬、斑尾塍鹬、白腰鹬、绿头野鸭、鹭鸶、麻雀、翠鸟、黄雀、小白鹭、黄嘴白鹭、白胸苦恶鸟等，现在偶尔也会有黑天鹅出现。

离芦苇荡越来越近了。只能熄火，慢慢摇桨前行。林秋云看着细腻的波纹，想着欧阳的话。在这片水域的芦苇滩开发民宿带动旅游业倒是不错的商机，但是那样，原生态将遭到破坏，这里的鸟群将没有栖息之地。旅游带来一群人，又赶走这片土地上所有的飞鸟和涉禽，甚至会带给它们灭顶之灾，民宿群建成以后，生活垃圾也多，那样蓝水湖的水资源也必然会受到影响。这让林秋云陷入沉思。

“经常来吗？”何显贵问童家声。童家声猛然意识到自己说错话了，忙说：“禁捕以后就没有来过，现在谁敢顶风作案，林书记开会也说过很多次了，现在附近的渔民都不来，就等六月底开捕。”

童家声用力摇着船桨，把船靠近芦苇滩。毕竟是水泥船身，吃水较深。林秋云说：“童家声，还有船桨吧，我来帮忙。”

童家声说：“船尾有两把船桨。”林秋云拿了一把。何显贵坐在船尾抽烟，挡住了林秋云。

何显贵抬头看到林秋云往这边挤，伸手把船桨递给林秋云，谁知道，船桨很重，何显贵身体失去平衡，摇摇晃晃地差点掉进湖里。何显贵说：“林书记，算了吧，船桨你都不一定抱得动。”

林秋云觉得让童家声一个人划船不好。童家声帮林秋云安装好船桨，林秋云使出很大的力气，船桨在水里左右滑动，很不稳。这跟大学时的皮划艇还是有很大区别。

“两个人划船要整齐划一才行，不然只能在原地打转转。”童家声说。

“我再试试。”林秋云没有停手。船慢慢转悠，一点点又向湖中心划去。机帆船开始左右摇晃，林秋云的双肩已经疲惫了，发酸了，变得软绵无力。林秋云的两条腿随着渔船的晃悠，颤颤巍巍的。林秋云还是倔强地摇着船桨。

何显贵这时候站起来，说：“这是男人才能干的事情。”说着，站起身，双脚岔开在船舷上踮着脚走过来，何显贵拿过林秋云手里的桨。

林秋云说：“童家声，你们每天都这样吗？”林秋云擦着脸上的汗水说。

“切，算个啥啊！”童家声说。童家声看着何显贵脸上露出男人惺惺相惜的成就感。

渔船沿着水道，一点点钻进了茂密的芦苇丛。芦苇丛里夜宿的鸟雀被吓到了，飞走了，芦苇丛哗哗地响着。不一会儿，又安静了。童家声突然把船停了下来，林秋云也正好休息一下。何显贵说：“童家声，你不是又要偷懒吧？”

童家声悄声说：“你们看，这黄雀飞得不远，就在前面，我用手电照着它们，它们就不动了，我一捏一只，只要听见啪的一声，它们就被我捏死了，当然，我也会留下很多活口卖掉，人家不要死的黄雀，这是蓝水湖的黄雀，就跟棒打狍子水舀鱼一个道理。”说完童家声快活地笑着。

“童家声，你倒是心狠手辣。”林秋云气愤地说。

“林书记，你是不知道，我要不心狠手辣，就得饿肚子。鱼又打不到，哪像以前，我不但能打鱼还能打野鸭。那是好多年前了，蓝水湖有一种小木船，船舱很浅，我把火铳夹在船头，躲在芦苇荡里，看着野鸭子一群一群的，一枪下去，许多铁砂子弹散开射出，运气好的话，一枪能打死好几只野鸭子，还有水鸡、白鹭。白鹭不好吃，味道骚得要死。”

“童家声，你当心坐牢。”何显贵说。

“又不是现在，现在水鸟也有，就是不敢打，特别是林书记来了后，不少人巡逻，看到了就会报警。谁闲得没鸟事呀！”童家声说。

芦苇荡里幽暗一片，只听得见青蛙的鼓噪。突然水下有什么划到渔船的肚子，发出刺耳的吱吱声。大概就是大茨藻了，它能把船肚子都划出印子来。

童家声嘴巴里发出啧啧的声响。

“船下有东西，是不是我们搁浅啦？”林秋云说。

何显贵慢慢悠悠地说：“肯定是有人偷捕，下的地笼。童家声，你说是不是？”何显贵在暗夜里，语气很凝重，似乎什么压在他的头顶。

“何主任，这个可不是我干的，我已经很久没有干偷鱼摸虾的事情了。我这几个月都是靠村委会的禁渔补贴过生活的，我是连河蚌都不敢下湖摸，我最多是来看看别人偷捕。再说，这个不像地笼。”

“你知道有人偷捕，为什么不举报？”何显贵说。

“别人家的事情关我鸟事，再说，要是别人报复我，我吃哑巴亏了。”童家声很憋屈地说。

“我们要把这些地笼收起来。”林秋云说。

“现在动手会不会影响到渔政的行动？”何显贵说。

“没事的，偷捕的人不会这么早来。”林秋云说。

“那是，他们一般都是等所有人都睡了，才出来的。”童家声插嘴道。

“你一定也参与了，你个老滑头。”何显贵说。

“没有，我童家声是个老实人，你们都知道的，何主任不相信我，林书记还不信我吗？”童家声说。

林秋云抿嘴笑了笑，林秋云知道童家声在暗示她，他童家声一直照顾病重的丈人汪德厚，虽然老婆汪小粉跑了。林秋云也确实觉得童家声不像何显贵说的那样不堪。

“何主任，我发誓我要是参加偷捕，今天晚上就被淹死！”童家声一本正经地说。

“好了，你死了，老子还要随份子、送花圈，不值得。”何显贵笑着说。

扑通一声，水花飞溅。渔船上都是水。渔船摇晃得很厉害。林秋云差一点跌到湖里。林秋云忙蹲下来，抓住船桨。

“童家声，你是真的要死哦，说都不说一声就跳下去了。”何显贵呵斥道。

“要是哪个在我的地盘下地笼，胆子被塞进屁股了！”童家声骂道。

“这个地方怎么就是你的了？”林秋云问。

“童家声的嘴巴比脸盆还大，说不定哪天，蓝水村都是他的。”何显贵说。

“我不说瞎话，这个是平时我来下网、下地笼的地方，这里没人知道。这里的六月籽虾最多。水下烂泥很深，也很软，上面有许多的水葫芦和水花生，籽虾就是喜欢在这样的地方产籽。”童家声说。

蓝水湖的渔民其实也有自己的作业范围，一般不会到别人打鱼的地方去，最多远远地看着，这是潜规则，也是乡风民俗。用蓝水湖渔民的话叫“砸饭碗”。蓝水湖的渔民通常是不会去“砸饭碗”的。

不知道是谁，在禁渔期，来砸童家声的“饭碗”。童家声说：“林书记，这个不是地笼，是以前围网养蟹，后来因为影响环境，围网被拆除了，有人图省事随手把拆除的围网丢在湖水里。这根围网估计有50米长。算不算乱扔垃圾，污染环境？”

“当然是污染环境，我们要处理的。”林秋云打开手电，照着童家声搅浑的湖面。一个很粗的方形渔网在童家声的手里蜿蜒着。童家声使劲抬着，围网才慢慢露出水面。水声滴滴答答地响着。林秋云听到围网里还有迷路的鱼虾在跳跃着发出窸窸窣窣的声音。

“看来，这围网还没有拆除多久。”林秋云说。

“哈哈哈。”童家声笑了，说：“林书记果然是行家。”说着，童家声把乌黑的围网扔到水里，慢慢沉下去。

“童家声，还是要把这些废弃的围网弄起来，不然污染环境不说，也给渔民留下安全隐患。”

童家声不情愿地从水里捡起一段长长的围网，朝另一头走去。

童家声虽然摸到了围网这头，可那头还很远。童家声的整个身体淹没在水中，双手摸着围网，一点点往那头走。水越来越深，已经淹到童家声的脖子。童家声只好仰着头，这样才不会呛水。

“何主任，你帮我拿着手电筒。”林秋云掏出手机，放进船舱里。圆柱形的光在黑夜的芦苇滩里摇摇晃晃，仿佛地球正在快速地转动，摇得何显贵都眼花。

“林书记，这个是男人该做的，我可是蓝水湖水鸭子。”

“何主任，你会游水，没听你说过呀？”林秋云说。

“我可是在蓝水湖泡大的。不会游水，笑死人！”说着何显贵弯着腰，抓住船舷，两条腿伸到水里，手一松，整个人都陷入水里。

“童家声，你到这边保护林书记，不要让她跌进湖里，我去那边看看，今天，你小子说了鬼话，不吉利。要是你真的淹死了，我们村委会可赔不起，已经赔了一个了。”说着，何显贵朝围网那头走去。湖水呼呼地响，何显贵走得很慢。

童家声很不服气，他看了看林秋云，说：“何主任吹牛皮厉害，淹死会水的，打死犟嘴的，他哪里就不会被淹死？”

“童家声你看不起我，什么大风大浪我没有见过，会在这浅浅蓝水湖淹死，笑话！”何显贵大声说。

4

童家声慢慢往回走。林秋云照着手电，童家声与何显贵在圆柱形的光线里，成了一条直线上的两个黑点，一个黑点越来越大，另一个则越来越小。

林秋云就照着越来越小的黑点，那是何显贵的脑袋。湖水和夜色淹没了何显贵。

何显贵的脑袋也在光线里消失了。只听见偶尔发出扑通扑通的声响，那是何显贵在游水。何显贵到了深水区。

呼呼呼，呼呼呼。何显贵粗重地呼吸着。每次呼吸都能把涌到嘴边的湖水吹走，形成小小的浪花，水花飞溅到他的脸上、眼睛上。他不停地眨着眼睛，躲避飞溅的水花。可是水花还是不失时机地钻进何显贵的眼睛里。他的眼睛隐隐地疼了。他不知道湖水里是不是有细微的沙粒。

何显贵突然放慢了速度，他想休息了，他想起来，最节省体力的方式。他转过身，把头扬起来，肚子朝天，在蓝水湖这叫“躺死尸”。何显贵就像死尸一样躺着，每当整个身体要沉入水中的时候他就动一下脚和手，让身体浮在水面，以此保持体力。

不知道过了多久，湖面还是很安静，他以为林秋云和童家声会呼叫他的，但是，他突然想到，这次是配合渔政抓偷捕的，他们肯定不敢发出声响。在抓偷捕之前，顺便清理湖水中废弃的围网，这是林秋云的意思，自己也没有反对。何显贵不知道林秋云为什么会这样在乎生态环保，他何显贵当了这多年的村主任，哪一年不都是这样，口号喊得震天响，一声呼唤而已。林秋云还是太年轻，太把口号当一回事了。想想多年前，临湖镇就喊出了“爱护环境，人人有责”，结果呢，蓝水村的窑厂开了，吃的土地有上百亩。化工厂一个跟一个来了，他也不甘人后，只要有机会，就会把企业引进来，一来有政府的奖励，二呢，也有面子，再说那些老板在蓝水村挣了钱，哪里会忘记他何显贵？

很多人都认为，林秋云抢了他书记的位置，其实想法太简单了。他何显贵也不是个贪图权力的人，再说，一个村支部书记，能当饭吃？他年纪也不小了，五十郎当岁，左右是个村里的老干部，不管谁来，都得给他面子，刘镇长都这样，何况别人。这个林秋云就是强势了些，抢着干活，抢着干活还是蛮好的……

何显贵这样“躺死尸”的方式确实不错，他感觉自己的手脚又回来了。他的心也不慌了，虽然脑子里胡思乱想，又好像是幻觉，但是一时半会淹不死他。

何显贵仰着头，耳朵进水了，听不到外界的声音，他似乎变成了聋子。但是他的眼睛没有水进来，他可以放心地睁开眼睛，看着黑蓝黑蓝的天空，天上的星星非常明亮、非常显眼。他的双脚不停地蹬着湖水，身体在缓慢地前进。

不好！何显贵心里咯噔一下。他的脚蹬到了坚硬的东西，浑身起了鸡皮疙瘩，他估计脚已经被戳破了，疼得厉害。

他的脚轻轻地着地，慢慢陷入淤泥里。他身体慢慢陷入淤泥，淤泥里还有砖瓦一样的东西。他突然想到，这里以前是蓝水窑运砖头的航道。航道是蓝水湖最深的地方，一直从岸边码头延伸到蓝水湖中心，两边是浅滩。浅滩有许多废弃的水泥船，经年累月，被泥沙埋没，浅滩上有成林的芦苇滩和杂木林，大多是喜水的杨柳。在蓝水村，窑厂工人用挖掘机把田地挖了，烧成砖头，每天十几万匹砖头运往城市。破碎的砖头就丢进蓝水湖。蓝水窑封起来好多年了，淤泥把过去的一切都盖住了，可是这些砖头又让他想起了蓝水窑，想起了自己还在这个码头当过码砖头的工人。想起爸爸打肿脸充胖子，大概他何显贵就这样的人，狗改不了吃屎了。可是爸爸前两年得病了。何显贵也感觉最近两年蓝水村得病死的人越来越多，但是何显贵不相信这跟他引进的工厂有关。要是这样的话，化工厂老板天天跟化工产品在一起，那他们不是要死绝，怎么可能呢？

何显贵慢慢爬上浅滩，一屁股坐下来。屁股上被砖头硌疼了，他也不想动一下身体。他的身体慢慢往下深沉。何显贵知道，再怎么往下沉，也淹不到他的脖子了。

何显贵觉得双腿能够站起来的时候，才双手支撑着，摇摇晃晃地起身，在附近摸索着，果然地笼就在不远处。地笼这头绑着一棵枯萎的柳树根部。何显贵解开绳子，地笼慢慢朝深水移动了一下，不动了。

何显贵坐在树下，湖风吹来，寒意阵阵。何显贵的心里倒是火辣辣的，总算游到这边了，没丢人现眼，不然真成胖子了，不是打成胖子了，那是被湖水泡成胖子，李招娣又多了一笔生意，要高兴坏了。

何显贵想休息一会儿再游回去。

这时候，何显贵看到灯光朝这边照来。看来不是林秋云和童家声。何显贵觉得很蹊跷，这样的夜晚，又是禁渔期，谁会来湖里呢？

何显贵躲在树后，看见一艘渔船躲进芦苇滩。航行了不久，就停泊下来。看样子是进入了芦苇滩深处。

何显贵不声不响地进入水中，游过一条湖道，那里有一片陆地，上面长满芦苇。何显贵壮着胆子朝芦苇深处走去。芦苇滩的淤泥越来越浅，芦苇也越来越少。绕过芦苇，一片平整的旱地，上面长满了荒草，蚊虫在草丛里飞舞。一个黑乎乎的建筑物矗立在那里，像是房子，又怕不是，何显贵不敢肯定。突然，黑乎乎的建筑亮起了灯。有人说话。是两个女的，一个女人尖尖的声音，他有些熟悉，何显贵好像在哪里听过，但是又不确定。

“哪个躲在这里？”何显贵大吼一声给自己壮胆。

突然，灯熄灭了，周围也没有声响。何显贵怕那些人过来把他搞了，赶紧躲到湖水里比较安全。他又退回到围网那里。把围网抬出水面，网里有很多的东西跳跃，何显贵听得真切，大概是小鱼小虾被裹进围网了，还有螺蛳，它们最喜欢黏在围网上了。何显贵想：这下能吃上好几顿湖鲜了。

5

何显贵慢慢收着围网，突然，林秋云和童家声从远处过来，渔船行得很慢，不时传来童家声的惊叹声。

肯定是搞了不少鱼虾。何显贵想。

“何主任，你怎么能游这么远？”林秋云问。

“看来何主任也是黑屁股出身。”童家声说。

“我是不是黑屁股，你烦得凶，反正我的屁股比你的脸白！”何显贵说。

“渔船已经到了这头了。”何显贵说，“这个地笼还真是大。出的货，我们好搭酒了。”

“还搭酒，这边围网里的好货都被林书记放掉了。”童家声举起破网说。

“那我听你说‘乖兮（方言）’。”何显贵说。

“林书记让我把围网撕掉，放走鱼虾，浪费！”童家声惋惜地说。

何显贵听了，到芦苇滩摸了根树枝把网也扯破了。

童家声把围网收到渔船上，说：“这肯定是汪小罗家拆掉的围网，他以前就说搞围网养殖的。”

“不要瞎说，没有证据。”何显贵说。

“何主任说得对，人赃并获才行。”林秋云说。

“童家声，你懂个鸟。”何显贵说。

“林书记，我刚才在那片芦苇滩上看到有人，不知道搞什么，我觉得要去看看。”何显贵说，“可能是偷捕的。”

“在哪边，我们赶紧追过去！”林秋云跟童家声说。童家声不作声，还是低头整理围网。

何显贵也不说话。

林秋云说：“快点，不然偷捕的都跑掉了。”

“这里的水太浅，但是淤泥很深，我的渔船过不去，要是绕的话太远了，还是算了，要是惹火了人家，他们找到我们怎么办？”童家声说。

“倒也是，不过我听到的是女人的声音。”何显贵说。

“等明天多叫些人逮他们，你看，我们船都动不了了。”童家声说。

渔船搁浅在芦苇滩上，船下被砖石摩擦，发出吱吱的声响。

林秋云突然跳到淤泥里，朝那座芦苇滩走去。林秋云没有心理准备，她的鞋子踩到淤泥，就陷进去了。林秋云只好赤着脚，往岸边走，她的脚被坚硬的石块割得生疼。林秋云不怕疼，从来都不怕。

她依然朝那个芦苇滩走去。童家声在船上说：“林书记真是个不要命的人！”

何显贵已经精疲力尽了，可是林书记要去芦苇滩的房子那里，何显贵只好下水跟着，帮着林秋云拿手电筒，怕林秋云出事情。何显贵一只手举着手电筒，一只手在水里刨着。

“林书记，你真是倔强，听童家声的，他对这里熟悉。”何显贵跟着林秋云，不多久，就游到林秋云前面了。

“等童家声绕过去，天都亮了。”林秋云说。

“林书记，我来拉着你，当心，水下砖石玻璃碴很多，很容易扎脚的。”何显贵回头说。

“没事，我学过游泳，就是跟你比差远了。”林秋云说话有些吃力了。

说起来是岸，没想到，有一条一条的水道隔着。林秋云跳入水中的时候，才想起来自己之前只在游泳馆学过几天蛙泳。穿着衣服，阻力太大了，没几下，就没劲了。

何显贵显然比林秋云更加迅速。林秋云只好忍着疼痛，奋力朝岸边游去。

何显贵心里有些舒服，回头看看林秋云。还好，马上到达目的地了。

脚下终于碰到淤泥了，湖水的气息中的腥味也更加地浓烈了。

林秋云的脚虽然很痛，但在水里的时候还是麻木的，一旦落地 ，哪怕是碰触到淤泥，都疼。

林秋云在湖道里又发现了一些废弃的围网，她小心翼翼地把围网从淤泥里拉出来，放到岸边。林秋云来回几次，已经精疲力尽了。

林秋云赤着脚，上了岸，脚下一滑，一个踉跄，还好岸边有柳树枝，她抓住柳条，撸落了柳树叶，手上都是叶子破碎的味道。何显贵拉了林秋云一把，林秋云才站稳。林秋云一直看着前方。

“我看到了房子。”林秋云说。

何显贵和林秋云朝房子走去。

林秋云开了手电，光线亮得晃眼。果然是一个房子，房子不高，也不大，里面有两间房。屋里很整齐，地上铺着橡胶地毯。地毯是青蓝色的，像湖水一样。

林秋云在另一个房间看到砧板和菜刀。林秋云喊何显贵，说：“看起来这里刚才确实是有人。估计在做饭。”

“林书记，你是怎么知道那个人在做饭。”何显贵问。

林秋云摸了摸菜刀的锋刃，说：“刀刃湿的。”林秋云弯腰，在搁砧板的台子下面，找到了一条刿的鱼。是一条青鱼，鱼鳞处还有血迹。旁边还有一组蓄电池。

何显贵看到了说：“幸亏我一个人没进来，不然就要挨刀了。”

“这人肯定还在附近，我们找找。”

这时候童家声赶来了，气喘吁吁地说：“你们抓到人没有？”

何显贵很气愤地说：“你就不要来了！”

“我不来，今天的工钱不就没有了。”童家声说。

童家声朝里面走去，看到了垃圾桶。童家声骂道：“他妈的，肯定是女人在这里偷情。”

何显贵说：“你个鸟人，你不要因为你一个人，就觉得所有女人都是放荡的。”

“哎，不是我说，你说一个女人到这个地方不是约会，是干什么？”童家声说。

“我是听到两个女人说话的，我把她们吓跑了。你不是以为两个女人在这里偷情吧？”何显贵说着就笑了。

“女人和女人难道不偷情吗？”童家声说。

“你们两个都说些什么东西呀！”林秋云听不下去了。

童家声骂骂咧咧地从另外一个房间出来：“果然是个贱货，老子以为她死了，没想到躲在这里跟野男人快活。”

“怎么啦？”林秋云问。

童家声把两件旧衣服扔在地上，说：“这个就是小粉的衣服，原来她躲在这里跟人鬼混！”

“童家声，你不要胡思乱想，就两件衣服，只说明她来过这里。再说，你不能这样说小粉的。”林秋云说。

“就是呀，童家声，我也是刚才听到两个女人的声音，我说有个声音怎么那么熟悉，我就是没想到你家的小粉。”何显贵说。

“去他妈的，还不知道是谁家的呢！”童家声说。然后，笑了，又说：“反正跟我童家声没有关系，我们走吧。”

林秋云把屋子的每个角落看了一遍，说：“有人说蓝水湖的湖船偷捕，有人放哨，还有人烧茶做饭。我猜这个地方肯定是他们做饭的地方，你家小粉说不定是来这里打工的呢。”

“不管了，走了走了。”童家声不停地催促。

“你不想看到小粉？”何显贵问。

“关我鸟事，这么晚了，孩子还在家等我呢！”童家声说着就往回走。

林秋云始终觉得这里奇怪得很。林秋云开了手机，汤警官还没有联系她。林秋云给汤警官打了电话，问了他那里的情况。汤警官说：“不知道谁走漏了风声，湖上有一条船刚到湖中间，冒了下头，回头人就不见了。肯定有人在放哨。”

“妈的，肯定是我吼了一声，那两个女通风报信了。我当时怎么没想到呢？”何显贵很懊恼。

“小粉比鬼都精明。”童家声说。

“我没有说是小粉。”何显贵说。

“肯定是她。”童家声说。

林秋云说：“汤警官，我们在这边发现了一个可疑的地方，你要不要来看看？”汤警官说：“你发个定位，我马上来。”

林秋云带着何显贵和童家声在树林和芦苇滩找。茂密的芦苇遮天蔽日，芦苇叶子的边沿长着倒刺，像刀刃一样，在林秋云的脸上和手臂上划过，林秋云觉得火辣辣的。

芦苇滩没人。

过了很久，汤警官和渔政的工作人员才来。渔政工作人员勘察了现场说：“这里是吃饭的地方。他们偷捕通常是深夜来，天亮之前撤走，有人准备夜宵。”

“你们有没有看到人？”汤警官问。

“没有，只听到声音，是个女的。”何显贵说。

“是两个女的。”童家声看着何显贵说。

“我知道了，你们可以回去了。”汤警官看了看林秋云，又看了眼渔政工作人员。

林秋云他们一行上船的时候，汤警官和渔政工作人员还在屋里搜查着什么。

童家声先上了船。

林秋云还在水里，脚疼使不上劲，上不了渔船。童家声拉着她，何显贵开了手电。

“哎呀，林书记你的脚！”何显贵指着林秋云的脚说。

“我没事，我们还是把芦苇滩这片废弃的围网收拾一下。”说着又下水摸索着，从淤泥里拉扯着围网，水哗哗地响着。何显贵和童家声子在船上待了一会儿，觉得过意不去，只好下到冰冷的湖水里，跟着林秋云清理废弃的围网。

清理完毕，他们才打着手电上了船。

童家声看到林秋云的左脚内侧皮肉被撕开一条口子，口子裂着，鲜血流着。水泥船都被林秋云的血染红了。

童家声钻进船舱，找衣服给何显贵，何显贵不肯换衣服。他说：“我又不是女人。”他抽着烟说，这样就好多了。

林秋云不愿换衣服，也没有办法换衣服。童家声用布帮林秋云简单包扎了伤口。

林书记一定是踩到沉船了，那一片是蓝水湖的机帆船坟场，以前拉砖头的，还有捕鱼的船废弃了，就扔在这里。

“林书记，你不要紧吧。”何显贵关切地问。

“没事，过几天就好了，就是没有抓到偷捕的人。”林秋云说。

“那个芦苇滩怎么会有房子的，是不是一直都是偷捕人的聚集点呀？”林秋云问。

童家声说：“那里的房子是以前渔民自发建的，怕暴风雨来得急，没地方躲，就在蓝水湖中间的一个芦苇滩上，建了间房子，谁来都可以躲避。现在渔民条件好了，天气预报也准了，所以，那间房子就没有用了。”

一阵风吹来，风中有一股难闻的气息。

“这是化工厂那边吹来的。”童家声说。

林秋云却觉得蹊跷，感觉味道就在附近，不然怎么会如此地浓烈？

何显贵说：“到时候我去化工厂看看。不应该有这么重的气味。”

林秋云看看时间，说：“不早了，我就直接回村委会了。”

渔船没有按照原路回去，到村委会太远。童家声说：“这里有一条湖道，直接从蓝水湖进入湖道，到蓝水村很快就到家了，现在走的人不多。

“猫有猫道，狗有狗路。”何显贵笑着说。

“这叫捷径。林书记你说是吧，你是有文化的人呢。”童家声说。

林秋云脚疼得厉害，不愿说话。

快到村委会的时候，林秋云听到有哗哗的水声。

“童家声，这里怎么会有这么大的水声。”林秋云问。

“没有，蓝水湖的河汊是跟湖水一样平，哪会有水声呢。”

“童家声，船靠近那边。”林秋云说。林秋云用手电照着，一股浑水从一个水管流出，离河面大概只有50公分。这是在枯水期，要是雨季，水管是看不到的。

“好臭呀！”童家声捂着鼻子说。

“这肯定是化工排污。”林秋云说。

“不会吧，化工厂不是经过污水处理的吗，上次我们到顺泰化工厂，你不是也看见的。”何显贵说。

“我们去检查，他当然会污水处理，也不见得他多么符合规范，还不是糊糊鬼的。到了夜深人静的时候，他们就排污，以为人不知鬼不觉。怪不得我说这蓝水湖的鱼怎么不少都病了，鱼鳞都是红色的伤疤，是被化工污水灼伤的。”林秋云说。

“林书记，怪不得你说这里的鱼虾不能吃呢！”童家声插嘴道。

“船上有没有空瓶子？”林秋云说。

林秋云用手电一照，这个不就是汪明在的顺泰化工厂吗？

“有，我拿给你。”童家声熄了火，钻进船舱。林秋云拿着矿泉水瓶子装了半瓶水，拿回去送到环保局化验。

到了村委会，收好地笼，何显贵和童家声就回去了。临走时何显贵说：“林书记，我还是送你去医院急诊，你的脚伤得很重。”林秋云说：“不用了。我也是皮糙肉厚了。”

林秋云换了衣服，写了抓捕情况报告，关了电脑，看着瘦弱的鹤望兰，发现已经很多天没有给它浇水了。林秋云太累了，两个肩膀都抬不起来。林秋云想到自己在黑夜里下水，不知道自己哪里来的勇气，说实话，想想都后怕。她确实是想逮住偷捕的当作教育的教材。她没想到发现失踪一年多的小粉的线索。

林秋云无法相信小粉就藏在这无边的蓝水湖里。林秋云虽然没见过小粉，对小粉也没什么好感，但是童岩和童雨知道他们的妈妈还活着，而且就在蓝水湖，一定会高兴的。林秋云也暗暗想，要是真是小粉就好了。

幸好是五月，不然，林秋云会冻坏的。林秋云虽然换了拖鞋，但脚还是疼。林秋云看了看脚，纱布已经染红了。林秋云怕感染，毕竟脚破了以后，在淤泥里时间太久了。林秋云踮着左脚，用温水泡脚，塑料盆里的水不停地晃动着，侵袭着她的脚，没多久，塑料盆里的水就红了，林秋云赶紧把脚拿出来。伤口在水里，会不停地流血。林秋云只好再包扎好伤口，开车回家。好在伤的是左脚，不然没办法踩油门和刹车，家都回不了。

6

到家，已经夜里11点了。汪俊贤和小米都在房间里。

汪俊贤靠在床上玩手机，小米趴在汪俊贤肩膀上，也看得津津有味，父女俩不时发出笑声。

林秋云没有打扰他们。

林秋云在医药箱里找来创可贴、棉签、碘酒，坐在客厅的沙发上处理伤口。林秋云在路上本来想拐到医院的，但是夜晚不方便，不走路也不特别疼，就忍忍回家了。

汪俊贤看着她。

林秋云也抬头给汪俊贤一个眼神，让他自己领悟。

汪俊贤没有领悟，他给林秋云的也是同样的眼神。林秋云靠在沙发上，耳边传来滴答滴答的声响，林秋云扭头一看，沙发的背景墙上放着一个粉色的闹钟。屋子里很安静，小米肯定还在房间里玩手机。“买这个干吗？”林秋云问。

“小米要的，吵着要买的，你不给小米买玩具，还不允许我买？”汪俊贤说。林秋云无言以对。自从她离开城市，去了蓝水村，再没有精力，也没有兴趣逛街了。闺蜜小凡约了她好几次，她都没有答应。

林秋云浑身无力，左脚又疼，特别是闹钟在她耳边，每次响起，她的脚就跟针刺一样疼一下，闹钟时刻在提醒她的疼痛。

林秋云恼了，转身把闹钟的电池卸了下来，倒过来放进去，闹钟安静了。

“林秋云你的脾气可是见涨呀！”汪俊贤坐在她旁边，摸着林秋云的肩膀，看了看房间，暗暗使劲搬动着林秋云的身体。

“你烦不烦，我疼死了。”林秋云皱着眉说。

“你好大的官威呀，现在你还是我老婆，怎么碰不得摸不得，把自己当林黛玉呀！”汪俊贤气得用力捏着林秋云的肩膀。

林秋云想站起来，可是双脚一使劲，又坐下去了。林秋云看着左脚，血液把创可贴浸透了，血丝流淌到拖鞋上。

汪俊贤也看到了，说：“林秋云你要死了，你是当官，还是当土匪？搞得伤痕累累的。”

林秋云不敢告诉汪俊贤她是去湖里的，也不敢说去抓偷捕的。

“没事的，过几天就好了。”

“你心疼死我了。”汪俊贤在林秋云脸上轻轻地摸了下。

“爸爸，信号又没了。”小米气鼓鼓地捧着手机来到客厅。

“小米，过来，妈妈抱抱。”林秋云见到小米那满脸的胶原蛋白，真想捏捏她的小脸蛋，那样林秋云所有的疼痛都融化了。林秋云直直地望着自己的宝贝女儿。

手机忽然亮了，林秋云一看，家长群消息。老师“@”了林秋云，说汪嘉怡的作业没交。汪嘉怡也就是小米，也叫汪小米。

林秋云把手机拿给汪俊贤看。汪俊贤说：“大概昨天丢在肯德基了。”

“你怎么总是带她吃那些油炸食品。”林秋云有气无力地说。

“你不在家，我们两个人做饭，太麻烦。”汪俊贤和林秋云早就约法三章，一年只能吃两回肯德基，一次是过生日，一次是圣诞节。汪俊贤自知理亏，倒也温和。

“小米，你的作业本又丢啦？”林秋云带着笑意问。

小米看眼林秋云，就像没有看见她一样。小米把手机递到汪俊贤手里，让他帮着调手机。她把扎着马尾辫的小脑袋埋在汪俊贤的臂弯里，直勾勾地盯着闪烁的手机视频，脸上快活地笑着。

林秋云觉得小米跟她不亲了。当然这个时代，孩子跟手机亲是可以理解的，毕竟手机里什么都有。视频里不但有童趣，还有父爱和母爱，手机时刻能够陪伴孩子。而林秋云不行，最近林秋云回家越来越少了。

林秋云突然觉得自己亏欠了女儿小米，不是手机的诱惑。林秋云记得小米前天还给她准备了节日礼物。

“小米，你给妈妈准备的节日礼物呢？”林秋云讨好地说。

小米眼神突然一闪，满眼欢乐，指着背景墙上的闹钟说：“喏，就是那个闹钟，你每天早早就走了，你把这个带到你办公室，每天调好闹钟，七点就要下班，回来陪小米。”小米想到林秋云身边，可是眼神还是盯着爸爸手机里的视频。

“小米，来看妈妈的手机，我给你打开视频看。”林秋云知道要用这样的方式，才能让女儿陪自己。

小米果然来了，看着林秋云的手。林秋云只好拿出手机。“小米，帮妈妈把礼物拿来。”林秋云轻声地说。

“好的，妈妈。”小米一下子就跳上沙发，拿出闹钟，左右看着说：“妈妈，给你的礼物坏掉了。”小米皱着眉头说。

“没事，妈妈变魔术。”小米信任地把闹钟交到林秋云手里。

“小米闭上眼睛，妈妈马上把闹钟修好。”

“好的，妈妈。”小米果然闭上眼睛。林秋云连忙把电池正负极安装好，闹钟又开始滴答滴答地响着。

“妈妈，你喜欢吗？”小米说。

“好喜欢！”林秋云笑着。

“那你一定要记得，每天七点前回家陪小米。”小米望着林秋云说。

林秋云有些为难，现在基层干部都是5加2，白加黑，哪个人保证能准时下班回家呢。但是她又不想欺骗女儿。林秋云搂过小米说：“妈妈只要一有空就回来陪你好吗？”

“那你不能住在外面，一定每天回家住。”小米说。

蓝水村离家有40公里的路程，回家说远不远，说近也不近。可是晚上太晚了，有时候还要值班，马上六月要农忙了，林秋云更加不敢保证每天回家了，甚至不敢保证经常回家，别说每天了。

“小米的话妈妈记住了。”林秋云只好这样说。好在小米不知道林秋云的意思。小米要跟妈妈玩变魔术。

小米说："变，妈妈变成了一个马桶盖。"小米喜欢跟妈妈玩变魔术的游戏。可是小米从来没有让林秋云变成马桶盖。林秋云隐隐感觉到小米内心有记恨了，对妈妈的记恨。这是林秋云没有办法化解的，现在只能让她玩手机，看视频。

"妈妈的脚受伤了，小米也不来关心妈妈。"汪俊贤蹲下来，帮林秋云擦着伤口。小米跳下沙发，学着爸爸的样子，蹲下来，弯下腰，吹着妈妈的伤口。

"你是不是挖地把脚挖了？"小米问。

"谁说妈妈挖地的？"林秋云笑着问。

"爸爸说你去乡下要种地的。"小米认真地说。

林秋云瞪了汪俊贤一眼，有些无语。

"妈妈还疼吗？"小米一边噘着小嘴吹着妈妈的伤口，一边嗲声嗲气地问。林秋云看着小米浅黄的头发，有些杂乱，像个乡下姑娘，多像曾经的自己。林秋云感觉到一股轻轻的风抚摸着自己的伤口，就像 8 岁的小米亲吻着自己最柔软的灵魂。

林秋云转身关了灯，搂着小米，偷偷地哭了。

7

第二天一大早，林秋云就带着半瓶化工废水去了环保护监测站，焦急地等待化验结果。过了五天，化验结果出来了，顺泰化工污染物排放浓度超标几十倍：总汞 1.00mg/L、烷基汞（检出）130ng/L、总镉 2mg/L、总铅 20mg/L、总 a 放射性 32Bq/L……

林秋云找到周厂长，周厂长请她吃饭。林秋云说："还有事，就在办公室聊聊，等你们老总一起来，菱湖市不大，只要愿意来，总归是能够等到的。"周厂长说："老总在外地开会。嘱咐我好好接待你！"

林秋云说："那我跟你们老总联系一下，联系方式你总有吧？"

周厂长犹豫着还是给了林秋云老总电话。林秋云打过去，一个女的接的，他说："老板在开会，等回来联系。"林秋云知道这是幌子。

林秋云就在办公室坐着看着周厂长，说："你们老板说等会过来。"周厂长脸色一变，忙出去打电话，林秋云看着，周厂长带着尴尬的表情进来，说："林书记，你可真会开玩笑。"

林秋云确定了他们在唱双簧。

林秋云说："哦，那可能听错了，你们老板不回来我就先回去了。"林秋云起身，周厂长递了名片，说："林书记，这是我的名片，多关照！"

林秋云接过来，觉得手里厚厚的，一摸，名片下面粘着一张卡。林秋云心里一惊，这里面肯定有猫腻，她没有看名片，因为周厂长一直盯着她的手。林秋云把名片放在桌上，说："周厂长，现在有微信就可以了。"

周厂长急了说："名片里信息更加全面一些，你可以多了解一下我这个小老百姓，也可以多了解一下我们顺泰化工。"

林秋云笑笑："我们以后打交道的时间会很长，慢慢了解。"说着就出了门，上了车。林秋云看着周厂长站在门口，满脸的窘迫。

董事长不出面，林秋云没有权力查封顺泰化工厂，只好汇报给菱湖市环保局，市局下来调查整改，罚款100万，整改到位才能开工。

顺泰化工厂的事情还没有告一段落，汤警官又来蓝水村村委会，说要找童家声了解一些情况。林秋云不知道童家声是不是犯事了，她正在处理蓝水村废弃的房屋和北架山的事情，汪迁还在等她帮忙找办网店工厂的地址。更重要的是，临湖镇要安排各个村夏收夏种事宜，要防范老百姓焚烧麦秸秆。林秋云没有时间接待汤警官，就让会计小吴带汤警官去童家声家。童家声被汤警官带走的消息在蓝水村传来了，说童家声一定是做了坏事，不然怎么会被警察带走了呢。汪小罗跑来告诉林秋云这个消息，说："林书记，童家声被警察抓了，他活该！"林秋云问问汪小罗还有什么事情，汪小罗说："没事，就是跟林书记说这个消息。童家声是个坏人。"

林秋云想：是不是跟那晚偷捕事件有关呢？

林秋云刚下楼，遇到香山。林秋云问他有什么事，他说，他本来在城里打工，他把地租给外地人种树了，房子也卖掉了，可是现在厂里效益不好，他下岗了，城里买不起房子，只好回来，让村委会帮他想办法把土地要回来，房子的话，看能不能租一间。林秋云想起童家声说的，就说，你房子过年不是还在的吗？香山说：“就是在三月，一个外地人过来买的。我以为可以在城里付满房首付的，结果房子这几个月疯涨，买不到了。城里过不下去了，只好回到蓝水村。他们说新来的林书记什么困难都能够帮着解决。”

林秋云说：“香山，你这个是村委会遇到的新难题，我们会想办法的。”香山说：“谁说的，像我这样的，蓝水村还有很多。小贾瘫在床上，老婆跑了，留下三个儿子，没钱读书，天天在村里晃荡。”

林秋云突然想起过年时见过路边大闹的孩子。林秋云说：“你先回去，你的问题我们会讨论的。”

“林书记，感谢。”香山不停地给林秋云作揖。

林秋云其实了解香山的情况。他哪里是因为买房子呀，据说是搞传销的，钱都被人骗了买了保健品，亏了血本。林秋云没有揭穿他。林秋云觉得香山就是蓝水村一个返贫的典型。

林秋云在村委会门口站了一会儿，眼前都是二层三层的小楼，有的还装修了外墙，做了幕墙，明晃晃的，豪华得很，算是乡村别墅吧。现在的蓝水村大多数人过上了富裕的日子，可是还有像香山这样失去土地，返贫后居无定所的。有小贾这样因病致贫的外地人，还有汪德厚这样的本地人。

五月的风，林秋云也觉得不温暖。

北架山的荒山整理得大体成型。林秋云召开会议，希望由村委会搭桥，建立紫香芋种植基地。很多人都不肯，说要种也要在蓝水村的田地里种植，非要跑到荒山野岭，别被狐狸精捉了去。林秋云只好给他们做思想工作，他们觉得紫香芋跟红薯一样，喂猪差不多，哪有那么多人吃呀。

林秋云又征求了汪小罗意见，他一直希望能够上岸，可是汪小罗听了，连忙摇头，说：“我没有劳力，又没有背景，没有关系，种这个有什么用？”

林秋云问了童家声，童家声说：“只要有土地，叫我种地瓜都行。”童家声问在哪里，林秋云说：“北架山被挖矿毁掉的那片荒山。”童家声犹豫了说：“林书记，你这么神通广大，为什么不给一块蓝水村的宝地呢，那些土地，别的无所谓，对我这个从来没有土地的人来说，真是金贵着哩。”林秋云知道，蓝水村要规划千亩良田，到时候会有很多的麻烦，比如说土地的整合，林秋云不希望更多的人卷进来。牵扯进来的人越多，事情就越不好处理。尤其是顺泰村化工的问题，现在一直没有得到有效的解决。那个老板，一直在和村委会打太极，说是不在本地，几个月后才可能来菱湖市。林秋云不好当面得罪，毕竟蓝水村的经济发展，他们做过贡献，只不过牺牲生态换取经济发展，这个错位了。如何融合生态与经济的共生共荣，这是林秋云需要考虑的，也是临湖镇需要面对的。

林秋云看着桌上的台历，已经五月中旬了。林秋云心里有些紧了。来蓝水村几个月了，蓝水村的危房问题还未解决。林秋云联系到房主，那些要卖的危房，由村委会花钱买了过来，经过重新修整，焕然一新，变成了新农村的廉租房，每月几块钱，表示一下就可以了。村委会准备把这些房子租给困难家庭。要是房主在外面待不下去回来的话，村委会按原价把房子再卖给房主。他们抛荒的耕地，村委会进行了流转，每年签合同。如果土地的所有者回到蓝水村，有需要土地的，村委会可以在一年合同期满了以后归还土地。

首先安排的是小贾，新房入住仪式在村委会大院举行。他的三个孩子，没法上学。村里就安排春桃帮他带孩子，接送他们上学。小贾知道消息后，由儿子搀扶着，到村委会，给林书记磕头。说：“我死了倒是无所谓，这几个孩子多亏有你们！”村民听了一阵大笑。

何显贵听了，也一边笑，一边哼着锡剧《太湖儿女》：小小的红豆闪金光，看见了红豆想起了党，断了联系三个月，到处寻访寻不着，我好比久旱盼甘霖，我好比久阴盼太阳……

童家声跑来，朝着人群看看，大声跟林秋云说：“我也要照顾。我一家人，孩子没有了娘，我又当爹又当娘，好不容易有了土地，还是荒地，连低保户你们也不给，能给我一个房子吗？”

何显贵停住了他的“彬彬腔”，说：“村委会新建的廉租房不能白住，要钱的！”

“那个穷得裤子都没得穿的小贾都住得起，我童家声会住不起？”童家声说。

“行，那你就准备好钱！”何显贵瞪着童家声说。

童家声看着何显贵不像开玩笑的样子，尻层了：“妈的，还以为白住的。”

童家声骂骂咧咧地准备回家。他想到自己和那个破败的房屋，再想想小贾的新房，白墙黑瓦，屋子里的地坪能当镜子，墙壁刷得比女人的脸都白。童家声那个羡慕呀。他早就听说了蓝水村新建廉租房的消息，也一直盯着汪小满。因为他负责修葺蓝水村的危房和那些低价抛售的房子。都怪狗日的汪小满，他童家声是什么人，他自诩为林秋云林书记身边的红人，林书记向来是照顾他的，他觉得自己知道很多蓝水村的内幕。

他问修葺房子的汪小满：“是不是在搞蓝水村的廉租房？林书记以前就跟我说过。”

汪小满很讨厌童家声一天到晚跟着村委会领导屁股后面拍马屁，就说：“书记都告诉你了，你跟我说什么？我哪里有你混得好，我什么都不知道，我就知道砌墙！”

最让童家声生气的是，村委会新建的廉租房没有他的份，他完全合格的呀，要钱没钱，要低保没低保，要房子没有房子，他住的还是他前老丈人的破房子。

这次，说什么也要找村委会说个清爽。没想到，廉租房也是要钱的。他气得准备回家大睡几天。破罐子破摔，童家声最在行。

童家声刚转身，背后有人在笑话他。他一看，是李招娣。

“你笑个鸟，你鸟都没有！”童家声骂道。

“我是笑你没鸟用。”李招娣笑哈哈地说。

“李招娣，你个寡妇相，你才是没鸟用！”童家声也不示弱地骂道。

“你个死人，五块钱的房租都付不起。”李招娣说。

童家声说：“五块钱房租？”

“蓝水村新建的廉租房只要五块钱一个月，你都住不起，切！”李招娣撇撇嘴，回头朝她的超市走去。

童家声又挤进人群，找到何显贵说："何主任，你说的，我现在就付钱，是微信还是现金。"

林秋云笑了，说："先登记，年底再付。"

"靠，吓我一跳。"童家声在口袋里抠抠搜搜，才搞出30多块钱。

"我还以为是30万呢，你个穷鳖！"香山笑道。

"我穷，林书记准备帮我贷款 20 多万在北架山荒地种紫香芋，等我有钱了，把你家祖坟都买下来。"童家声对着香山说。

"童家声，八字还没有一撇，不要胡说！"何显贵呵斥道。

"买下来正好，你帮我供着。"香山虽然这么说，但他还是很受惊，蓝水村的领导胆子都这么大吗，连童家声这个层从都肯帮扶，他觉得自己也应该搞点什么做做。他其实一直在城里做贩卖白芹的生意，生意很火爆，不过他都是在外市拿货，很辛苦，也经常拿不到货。没办法只好回到蓝水村把房子卖了。他现在住在街上租的房子。他也是来看看情况，让他再回村租廉租房，他面子上过意不去。他以前的房子也是很不错的，没想到自己失算，卖了蓝水村的房子，在城里又待不下去，现在混得人鬼不分怕人笑话。

第二天，香山找林秋云，说要在蓝水村搞白芹种植。林秋云听了说，蓝水村的水土很适合白芹种植，技术上和资金上，村委会都可以提供帮助。香山说："林书记，我不要资金帮助，技术也懂，就是土地的问题没法儿解决。"林秋云想了想，征求何显贵的意见后，说："正好村委会收回一些还没流转的土地，就是蓝水窑那片低洼的地方，经过一段时间的整治，现在应该差不多了，先流转一部分出去。汪迁能帮你，他现在电商做得不错，可以在电商平台帮你销售白芹，做好了，也是蓝水村的品牌。"

香山说："那太好了！"

香山走后，林秋云接到菱湖市文旅局关于开发北架山深潭的文件批复。林秋云想，荒废了这么多年的北架山深潭，终于可以开发成生态旅游"打卡"地了。林秋云经过调研，准备在深潭喂养一类景观鱼，比如说锦鲤之类，许多城市的锦鲤市场需求巨大。

林秋云跟刘镇长汇报。

刘镇长说："这是好事。要把好事做好。"刘镇长叮嘱说。

"记住了。"林秋云答道。

从临湖镇大院出来，林秋云遇到了欧阳。欧阳坐在车上，探出车窗，按了下喇叭。

"这么巧？"林秋云说。

"什么巧，我是在这里等你的，蓝水湖芦苇滩民宿群事情，我跟刘镇长汇报过了，刘镇长说今天你会来，有机会跟你沟通，我这不等林书记来沟通吗？"

欧阳下车，打开车门，请林秋云上车。林秋云犹豫了下，还是上了车。

沿着蓝水湖，欧阳车开得很慢，微风吹着林秋云的头发，林秋云捋了捋头发，关上了车窗。

欧阳在湖边停下来，湖边停着一艘白色的快艇。欧阳说："我们去看看蓝水湖的美景，还有那个漫无边际的芦苇滩，怎么样？"欧阳侧着头看着林秋云。

"学长还真是不达目的不罢休。"林秋云微微地笑着，跟着上了快艇。快艇在蓝水湖飞驰，白浪翻滚。

远远地，林秋云就看到了芦苇滩，比夜晚更加壮观，湖水把大片的芦苇割裂开来，形成纵横交错的湖道。

"这片芦苇滩是个自然的湖心岛屿，要是在这里建设一些民宿和垂钓中心，既能宣传蓝水湖，也能够拉动经济发展，还能展现你林书记的政绩，一举三得。"欧阳望着林秋云，希望林秋云也能感受到这样的广阔前景。

快艇慢慢停下来。湖上的风却没有停下来，在林秋云耳边呼呼地吹着，芦苇来回摇摆着，发出哗哗的声响，像巨浪滚动。

"秋云，你在听我说话吗？"欧阳笑着问。

"我听到了，我一直在想一个场景，就是北架山被挖掉后的样子，我们现在一直在想办法补救，我真是不希望以后我们因为过度开发，补救蓝水湖。芦苇滩这个岛上饭店民宿一多，生活污水的排放怎么处理？生活垃圾怎么处理？总不能不管不顾都往蓝水湖排吧！"林秋云说。

欧阳看着林秋云的侧影，像看着一座雕塑。欧阳也知道林秋云的意思，没再多说。

“还是自然的湖风好，清爽。”林秋云说。

“是的，真好。”欧阳淡淡地说。

第六章

蓝水的烟火

1

6月21日，夏至：蜀葵花，诗曰：苍藓静连湘竹紫，绿阴深映蜀葵红……

林秋云去临湖镇开会回来，就在台历上写了“蓝水的烟火”，这是大事件。她还记得前几年，农民私自焚烧麦秸秆，引发火灾的教训。林秋云不得不慎重。

林秋云会上接到通知，六月菱湖市要在蓝水村完成千亩良田计划，就是把分散在各处的零散的田地集中管理，集中耕种。林秋云听了很振奋，这样才能充分利用土地。具体由临湖镇负责，刘镇长分管蓝水村，将任务交给了林秋云。刘镇长说：“林书记，考验才刚开始哦。”

其实，在这之前，林秋云和何显贵经过一段时间的走访和调解，千亩良田计划实施得比较顺利，对一部分村民实行了搬迁到临湖镇。很多村民本身在外打工，土地都抛荒了。这样一来，蓝水村的一部分土地可以集中耕种，实现土地价值的最大化。现在最主要的是外地人流转的土地，村委会准备收回。蓝水村的问题比较复杂，有些人不需要土地，他们却有很多的土地，然后大片地抛荒，村委会还动不得。林秋云只好跟他们商议，让他们把手里的土地拿出来交给村委会，实行集体流转。而有些人需要土地，但是因为长期流转出去，想耕种却没了土地。他们公有公的苦，婆有婆的理，三天两头来村委会找林秋云。

夏至一到，蓝水村就要入梅了。可是梅雨季节的蓝水村没有雨。油菜、麦子收割以后，就要栽秧了。干旱影响了土地，也就影响了今年的收成。

林秋云发现一个不好的现象，虽然派小左骑着电瓶车宣传焚烧麦秸秆的危害，还是有人图省事，收了麦子，就地焚烧麦秸秆，俗话说肥水不流外人田，肥料也不流外人田，这是蓝水村人的怪想法，焚烧过后的灰烬不但没有肥料的作用，还会让土地板结，更加贫瘠。烟火在蓝水村一点点蔓延，林秋云亲自上阵，可是蓝水村的土地分散，看得住这家，另一家又偷偷摸摸地焚烧起来。有的在凌晨，有的在半夜，防不胜防。

林秋云组织村两委开会，下达了上级的任务，在今年上半年，必须完成千亩良田的整合。美丽乡村，菱湖市有两个试点。林秋云当时跟刘镇长汇报，希望蓝水村能够争取一下。刘镇长说，蓝水村的工业发达，土地耕种面积分散，村落也比较破败，大多数人进城了，这样的意义不大。林秋云说："我们蓝水村有蓝水湖、北架山，有北架山下采石场废弃的深潭口。这是整个菱湖市最好的自然禀赋和区域优势，如果蓝水村没抓住这发展的机遇就太可惜了。蓝水湖的地理位置优越，正好带动我们蓝水村的生态旅游。"林秋云很激动。

刘镇长静静地听着林秋云的规划，然后说："林书记，你的想法很好，但是你忘记了，北架山因水泥厂开采，破坏环境，留下百米深的潭口，恰恰是生态的破坏，是生态发展的瓶颈。当然这是历史遗留问题，我们没有办法来解决。"林秋云说："刘镇长，希望你跟市里汇报一下，我们的潭口大、深、绿，很美，可以改成旅游景点，成为乡村旅游的'打卡'点。"

"林书记，生态保护和土地保护不是一时一刻的事情。北架山的生态遭到破坏已经很多年了，到现在都没有得到恢复，总不能让人去看北架山被挖得一片石头的样子吧？有个笑话，在江南有一个乡镇，为了生态旅游大肆宣传，结果领导开始重视，想打造成旅游样板的美丽乡村，来视察的时候，确实看到满山遍野的绿色。市里领导看了，很是高兴，要知道，这个山以前荒山野岭，植被稀疏，一到春天，漫天的尘沙。领导提出要到山上零距离接触这片青山绿水，当地人拦不住。零距离后发现这个乡村的山都是光秃秃的，山上的绿色，都是涂满了的绿色油漆，味道难闻。这样的弄虚作假，上面领导很恼火，在报上点名批评。”

“刘镇长，我知道你的意思。我们蓝水村绝对不会在北架山涂油漆的。”林秋云说。

“林书记，你们村委会要是有这个决心，我可以向市里汇报，但是项目审批下来，你们是要跟镇里签责任书的。”

“刘镇长，行，只要能够审批下来，我们保证把事情做好。”

林秋云回来后，想了又想，自己的胆子真是肥了。公公不知道从哪得来的消息，说：“林秋云，你太不懂事了，这样的担子太沉，人家躲还来不及，你非要往自己身上扛不可。你扛得了吗？胡闹！”

林秋云说：“爸爸你放心，千亩良田计划，早就定在了蓝水村，正好乘着这一阵春风，把蓝水村的美丽乡村搞起来。我们蓝水村有山有水，本来就是最美乡村。”林秋云犹豫了会儿，正色道：“爸爸，这是历史赋予我们的责任。”

“不要空喊口号，你的责任是教育好小米！”汪俊贤的父亲觉得没办法跟林秋云说。他真后悔，让林秋云走进体制内，现在她成了工作狂人，连家都不顾了。汪俊贤也跟他抱怨，可是木已成舟，只好由着她去吧，不闯祸就行。

刘镇长说起北架山被挖成深潭时，林秋云想说，可以把几十米深的深潭打造成一个“打卡”的景点，深潭不但有几十米深，面积也有十几万平方米。天气好的时候，潭里的水碧绿幽深，倒映着蓝天白云还有北架山。林秋云在北架山顶远眺，真是很美。林秋云想如果打造成菱湖市的“北架山天池”，一定会吸引很多游客。这就叫因地制宜。林秋云想。

林秋云召集村两委班子开会，说了市里在蓝水村实施千亩良田计划，又动员大家为蓝水村“美丽乡村”项目而努力。

何显贵哼着锡剧，然后不冷不热地：“说的比唱的好听。最美乡村，蓝水村拿什么最美，蓝水湖不是深水湖，北架山也不是名山，蓝水村要打造的不能是最美乡村，而是最富乡村，多引进工业才行。打造蓝水湖和北架山，需要大把大把的钱呀，菱湖市文旅局把所有钱都投到蓝水村也不够。”

林秋云说：“上面已经定了调子，我们必须要加紧落实。现实条件就这样，不能跟黄山、太湖比，还不能跟菱湖市其他的地方比？我们算是自然禀赋最好的了。”林秋云肯定地说。

会上，林秋云提出修葺蓝水村废弃的房子，把那些村民要卖的房子买下来，做一个简单的装修，给村里的五保户居住，等他们无法自理以后就搬进托老中心住。所以村上还准备建一座托老中心，给无法生活自理的老人居住，找人专门照顾老人饮食起居，有子女的每月缴费，五保户村委会也出钱。蓝水村现在有五保户5人，因病致残无法生活自理的4人，子女不在身边，无法生活自理的有9人。林秋云看着在座的人说。

林秋云继续说：“如果有了托老中心，那些生活无法自理又有土地的人，可以把土地交给村委会，由村委会出面，把他们的土地租出去，每年签一次合同，只要他们想把土地要回去，一年后，土地的使用权就归还个人。这样蓝水村进城的人，土地也不会抛荒，而且村委会还帮他理财。如果不这样，现在蓝水村就出现了状况，香山把土地长期租给别人了，房子也卖掉了，现在回来，没有土地，也没有房子，成了流浪汉。他前几天找村委会，可是村委会也没有办法，土地是他自己租出去的，签了十年合同，房子更没办法，白纸黑字的购房合同。虽然土地使用权在村里没有过户，可是说房产归别人，我们村委会也没办法插手。”

小左侧着头，瞅着林秋云，觉得林秋云了不起，对蓝水村的情况渐渐了然于心了。

老秦说：“这可是一大笔钱呢。我们去哪里搞这么多钱来给孤寡老人养老。”

何显贵说：“林书记有林书记的打算，钱不是你我能烦心的。”

林秋云说：“这些我给临湖镇打了申请，镇里会补贴一部分，村委会解决一部分。”

“林书记，关键村里也没有那一部分，现在我们的家底差不多亏空了。”会计小吴说。

林秋云沉默一会儿，说：“这个我知道。”

“实在不行，就集资。”林秋云说。

“那可不行，村民一定会告我们乱摊派的。”何显贵反对道。“林书记既然主动担当这个责任，她肯定有办法。”何显贵又说。林秋云看了何显贵一眼，明显感觉到他对蓝水村生态的甩锅，蓝水村的生态环境到了如今这个地步，何显贵有不可推卸的责任。但是林秋云不能在会上说，即使私下，她也不能说。他拉了一些化工厂把蓝水村的土地破坏了，化工抛物把水土破坏了，如今环境差了，林秋云就是来补救的。菱湖市领导交给了她这项艰巨的任务，林秋云清楚，再重的担子，她也得挑。

“当然，要是行不通，我表个态，我来想想办法。”

林秋云想想何显贵的态度，很是生气，林秋云说：“这个是几年的死任务，不管是上天入地，不眠不休，我们都得把这个任务完成，态度要坚决。”

“既然上面下达了任务，林书记就不要说了，我们执行就是。”何显贵说着起身走了。因为何显贵知道，只要蓝水村打造美丽乡村，蓝水村那些他引进的化工厂就要面临巨大的变数，怎么变，他何显贵也没数。那些老板必然会找他何显贵。

会上，林秋云提议，北架山那块荒地，虽然被水泥厂破坏了，不能不管，要改造，种植农作作物。

“山上有种植茶叶的。”小吴说。

“那块地土质我研究过了，不适合种植茶叶，再说现在的菱湖市的茶叶市场已经饱和，要种植有特色的农作物，比如说紫香芋，土质很适合。就是没有适合的人来承包。”

何显贵笑着说：“童家声不是口口声声要种地么，让他承包。”说完，老秦和小吴都笑。林秋云默默地看着他们，没有作声。

2

开完会，林秋云想起建托老中心的事情。虽然蓝水村的廉租房进展很顺利，但幸亏镇里有专项经费拨款，村委会填补了大部分空缺。幸好是修整，不是重新建设。就是这样，到目前，村委会财政一分钱也没留下。林秋云觉得这个托老中心其实是有商机的。现在不管是蓝水村还是菱湖市，基本上进入老龄化，养老是个大问题，老年群体是不可忽视的，尤其是农村。他们不能劳动，生活不能自理，子女虽然有的条件不错，但是大多数在城里工作，抽不出时间，也没有精力来照顾老人。现在年轻人不种地，怕种地，老人留下来的土地也要好好地处理。

林秋云想：大学同学很多都在创业，不知道能不能让他们来建设托老中心，打造蓝水村的养老产业。林秋云对蓝水村甚至菱湖市的养老产业有自己的想法，林秋云越想越激动。如果大学同学一起来蓝水村创业，那就是我们农大的佳话。于是林秋云把同学们拉进群，群名叫“风华正茂南农大”。起初群里没有声音，都在潜水。林秋云发了笑脸和烟花，说期待大家哪天约一下，聚聚。当然，外地就只能视频相聚了。菱湖市周边的也有，但是不多。

群里还是没有声音。林秋云想起欧阳，把他也拉进去了。林秋云想把曾帆也拉进来的，在通讯录找了几遍，才在最下面找到他的名字。看着曾帆的名字，年轻时的记忆都涌上心头，林秋云犹豫了许久，点了曾帆的名字，可是显示“你要先加对方，才能拉对方入群”。林秋云才知道，原来曾帆已经把她删除了。林秋云心里突然一酸，她还为曾帆的名字充满感慨的时候，曾帆已经把她林秋云当路人甲了。

林秋云看着曾帆的微信头像，那是一个人走在荒野的背影，林秋云苦苦笑了笑。其实，她何尝不是一个人孤独地走在荒野呢！

过了一会儿欧阳发了个大红包。群里都冒泡了。有人问，谁这么豪气，不像我们农大的风格吗？林秋云说，学长。是农大的。

你男朋友吗？有人笑林秋云，还发了一个“色”的表情。

同问。

同问。

同问。

群里闹腾开了。

现在轮到林秋云潜水来了。

是男闺蜜？又有人问。

是纯粹的，学长。欧阳说。

有多纯？

像黄金一样纯，像天上的白云一样纯。欧阳发了露牙的笑脸。群里欢腾了一阵，同学们有点久别重逢的意思了。这样的气氛维持没多久，就像开水冷却了一样，群里又恢复了寂静。

晚上，林秋云发了有关建设托老中心的文件。还发了个笑脸，问有兴趣的可以联系我哈！欢迎同学们来蓝水村创业发展。林秋云显得十分活跃。

有人说，原来是来圈钱的。同学可不能这样。我们只是为了同学之间的感情才入群的，才联系的。

林秋云难过。林秋云偷偷点了那个同学的头像，看看到底是谁，一般情况，即使有不高兴的信息，也不会公然在群里正面批驳，这个人显然是来者不善，要么就是情商太低。头像是一片海，蓝色的，很空洞的。微信名是ZXH11114785044。林秋云想了很久，用各种方式来拼写这个ZXH的名字。林秋云恍然大悟。是周晓慧。读大学时，她俩是情敌。

群里的人没有作声。但是林秋云知道他们一定是抱着吃瓜的态度，盯着林秋云涨红的脸，流露出诡异的笑容，或者讥讽的笑容。林秋云突然觉得自己怎么这么傻呢！在群里发招商的信息。林秋云心里不停地骂自己，她也会说粗话脏话了，跟何显贵老秦他们一个德行。

林秋云赶紧在群里道歉，说，这是工作的一部分，我不该把工作和友情参合在一起。

只有欧阳发话了。欧阳开玩笑地说，还是林秋云有魄力，为了工作，舍得一身剐，敢把同学拉下马！群里又活跃了，兴趣点都集中在林秋云的工作上。欧阳说，你们有的不在菱湖，可是我一直在，我们的林秋云同学，为了一个农村的脱贫工作，为了守护家乡的青山绿水，下了基层做了村官，勇气可嘉呀！

林秋云还是有蓝颜知己的嘛，看来还真是应了古人的话，士为知己者死。林秋云是幸福的。周晓慧阴阳怪气地说。

林秋云无话可说，发了笑脸。林秋云觉得发的那个笑脸也是发烫的，圆圆的，打肿了脸充胖子，胖子的脸还要贴上去，被别人打脸。

林秋云很无奈，自己拉的群，再尴尬也要维持下去，不能退群，要是不发言，又显得没有风度。这个群，就像惹上的火，烧了屁股，烧了眉毛。没辙。

如果不是欧阳打圆场，她林秋云真是要钻到地下去。欧阳让她很感动，尤其他在林义的事情上，欧阳是很有格局的，林秋云觉得他的这个学长像是她的哥哥那样，处处为她着想。

3

好在林秋云一忙，就把这些糗事忘记了。林秋云打电话给童家声，让他来村委会一趟。童家声一直没有接电话。

林秋云想：大概开禁了，童家声去蓝水湖打鱼去了。林秋云有急事，蓝水村正是收割麦子的季节，焚烧秸秆不能没有人管理。林秋云跟何显贵商量，让童家声来，一天给100元钱。何显贵也同意，说，免得他到处说蓝水村的坏话。其实林秋云只是觉得童家声家境困难想帮他一把。何显贵误解了林秋云的意思。林秋云也不解释。

林秋云开车到蓝水湖边，她知道这是童家声经常停船的地点。

六月的蓝水湖确实迷人。太阳不高，斜照在蓝水湖上，湖上芦苇荡密布，蓝水的湖水上冒着一层毛茸茸的水汽，氤氲迷离，像是仙境。湖上的菱叶浮在水面，不时有小鱼露头，呼吸或者吃食，发出叮咚叮咚的声响，很轻微，很胆怯。湖上的芦苇丛边上，不时有水鸟飞出来，不一会儿，又躲起来了。

林秋云小时候也经常来到蓝水湖。林秋云很喜欢蓝水湖的云。

蓝水湖的云是林秋云一个人的。不管它飘在浩渺如烟的湖面，是轻盈，是浓重，还是带有生气时的严肃阴霾，它都只属于她一个人。不管它在空旷的天际是飘逸，是辽远，它都飘不出她的胸臆。尽管它偶尔能飘出她的视线，飘到群山起伏的洮湖彼岸，飘到渔民的窗前，装饰别人的村庄和渔民们湛蓝色的梦。可是她一闭上眼它们就回来了，回到了她的心里。她能清晰地分辨出它们的模样——像兔子、像绵羊、像孙猴子和猪八戒……她有时候甚至傻傻地想：哪片云是孙悟空的，哪片是猪八戒的。林秋云仿佛能看见他们站在洁白的云端做着鬼脸变幻着模样。曾帆也曾来过蓝水湖，只来过一次。

蓝水湖的水此时很清澈，清澈得有些神奇。它也会像孙悟空那样变法术。无论早起的朝阳，晚归的余晖，西天热烈多情的晚霞；无论安静如少女的明月，遥远神秘的黄昏星，还是湖面掠过的惊鸿，都是成双成对的。它们的倒影在湖面清晰可见。

在湖畔的垂杨下，慵懒地坐在柔软的草甸子上看云听风，是林秋云那段日子全部内容。那时候，她刚和曾帆分手，她人生的梦想就此撕碎。她只想远离人群，远离喧嚣。不敢想未来，不敢谈理想，不敢说给别人听——她只能躲在蓝水湖畔的芦苇丛中独自舔舐着伤口。这是她的世外桃源。

林秋云以为自己把这些往事都忘记了，可是，当她拉群时看到曾帆的名字，这些记忆如湖水向她涌过来。

车停在岸边，车前草和牵牛花淹没了林秋云的脚步。

远远地，林秋云看到了童家声。他的小木船慢慢从几丛芦苇深处滑出来。离他不远的湖面，几只沙鸭正在梳洗羽毛，不时钻进水里。童家声的身影黑乎乎的，他的身体埋在浅浅的船舱里，能看到屁股和船舷向平。一根长长的枪管夹着船头。童家声扳着扳机，朝沙鸭瞄准。

“童家声！”林秋云大喊道。沙鸭受到惊吓，在湖面奔跑，溅起水花，然后朝远处的芦苇丛中飞去。

“哪个？要死啦！”童家声起身骂道。

林秋云没有说话，盯着童家声。

“是林书记呀，我当是谁呢！”童家声笑着说。

林秋云说：“你过来。”

童家声乖乖地把船划过来。

“你在蓝水湖偷猎，沙鸭也是国家保护动物，判你个三年五载都不是问题。”林秋云学着何显贵的腔调说。

“林书记，我可不是偷猎，这些畜牲把蓝水湖的鱼虾都吃完了，我吃什么！我又没有土地种只好跟这些畜牲争食吃。”林秋云听出了童家声话里有话。林秋云说：“是你跟水鸟抢食吃，让水鸟无食物可吃，你没有鱼虾吃，还有粮食吃，还有土地耕种，水鸟就只能饿死了。”

林秋云说：“不是偷猎，你的枪怎么回事。你必须跟汤警官说清楚，马上去派出所，带上你的铁砂枪。”林秋云说着准备打电话给汤警官。

“林书记你看！”童家声把铁管枪举起来，林秋云看了看铁管，没有枪托，也没有扳机。童家声发出诡异的笑声。林秋云挂了电话。朝童家声走去。

“我就是想过过瘾，现在谁还敢玩枪呀，猎枪早就被没收了，上交的。这支枪是很多年前就废掉的，只有钢管，我是卸下来弄着玩的，哪知道被你看到了。”童家声说。

林秋云看了看，果然只有钢管。

“不要开玩笑，差一点把你送到派出所。”林秋云说。

“那我的土地呢，在蓝水村，只有我童家声没有土地。”童家声收了铁砂枪，拉着木船上了岸，气呼呼地说。

“上次你们不是开会讨论给我承包山林的吗？”童家声说。

林秋云一惊，不知道谁走漏了风声。

“我还送给何主任一条香烟呢！”童家声说。

这个何显贵呀，到处招惹是非！林秋云恨恨地想。

“你要种地，可以，村委会一定会想法的。”

“拉倒吧，这话我都听了几年了。我要是女人，肚子都被村委会的人骗大了。”童家声瞪着林秋云说。

“再不解决，我就要去找镇里了，我就不信，老百姓没有土地种，没有人管。”童家声在将军。林秋云自然知道。童家声是怕林秋云抓他偷猎的现行。林秋云看看空空的船舱，也就没有再追究。

“童家声，我不管你到哪里上访，你偷猎的事情要是被政府知道，你就要吃免费的午餐了。”林秋云说。

“再好不过了，我的两个崽子，也要国家来养，你们蓝水村的干部也跑不掉。来呀，我巴不得坐牢，我又不是没坐过牢。”说着，童家声就躺在木船上，闭着眼睛，双手放在胸前。

“不是坐牢，汤警官就是带你去问问话。”林秋云说。

“他开着警车当着那么多的人把我带走，不是告诉蓝水村的人，我犯了法一样，跟坐过牢有什么区别。我的娃娃在学校，同学都说他们。”

何显贵说得没错，童家声犯起浑来，真是个泼皮。林秋云说：“今天找你是去监督村民焚烧麦秸秆，你去不去？”

童家声坐起来，太阳照在他的脸上，他眯着眼，说：“现在开湖了，我要捕鱼。”

“100块一天。”林秋云说。

童家声说：“才100，要饭也不止100块一天。”童家声又躺下去了。“还不如带我去坐牢呢！”

“行，我还是找汪小罗。”说着林秋云转身走了。

童家声爬起来说，“行，100，只要不让汪小罗做，不要钱我都做。”

“你跟汪小罗有仇？”林秋云问道。

“这个你就不用问了，同行是冤家。听说汪小罗要把女儿、女婿的户口迁回蓝水村，到底有没有这回事，是不是蓝水村也要拆迁啦？”童家声问。

“你怎么什么事都喜欢打听，你还是多关心正经事。”林秋云说。

“那要是抓到有人烧麦秸秆怎么处理？”童家声睁大眼睛问。

“劝阻，坚决劝阻！”林秋云说。

“有了尚方宝剑，我就不怕了。”童家声说完，把木船的缆绳绑到一把芦苇根部，拖着钢管，偷偷摸摸地朝家里走去。

林秋云到办公室没多久，欧阳来了。欧阳看看林秋云办公桌上的鹤望兰，说：“看来你养鹤望兰也不在行么。”欧阳淡淡地笑笑，然后自顾坐下。林秋云给欧阳倒茶。

“很久没有联系了，最近怎么样，你这个村官是不是如鱼得水？”欧阳看着鹤望兰说。

林秋云发现茶叶没有了，只剩下一些碎叶和沉渣。杯子是一次性的塑料杯，欧阳看得真切。林秋云说：“学长，你坐下，我到隔壁去一下。”

“不用了，这点茶叶我够了。我喝茶喜欢少放一点。不过，看得出你太忙，生活质量跟不上了。”

林秋云说：“我才从蓝水湖回来，本来路上想到街上买点茶叶的，你来了电话，我就忘记了。”

“你一个书记还要买茶叶？”欧阳看着林秋云，意味深长地说。

“要不然呢？”林秋云故意盯着欧阳说。

“林书记看来你还是不会当官。正好，我车上有点茶叶，我去拿给你。”欧阳说着起身，膝盖关节啪啪地响着。

“不用了，我自己会买。”林秋云说。

“林书记果然一身清廉，刚正不阿，不过有句话叫作水至清则无鱼。”说完虎视眈眈地看着林秋云。欧阳从来没有用这样的眼神看着她，林秋云浑身鸡皮疙瘩都起来了。林秋云觉得欧阳有所指，可是她林秋云和欧阳也没有什么利益上的瓜葛，也没有什么不对付的地方，欧阳的话突兀得很。

“学长话中有话。”林秋云笑笑，想缓解一下气氛。

“没有，就是想到哪句就说哪句，你自己慢慢体会，也许体会得对，兴许你想多了。”欧阳说。

“学长，你的意思是？”林秋云故意盯着欧阳，带着笑意，也带着咄咄逼人。

欧阳犹豫着，望了望窗外，窗外什么也没有。欧阳说：“你搞顺泰化工厂的事情，人家都在说。”欧阳的话显然只说了一半。林秋云听得出来，她需要欧阳把所有想说的话统统说出来。

“人家是谁呀，都说了些什么？”林秋云问。

“也没什么，就是说你太狠了，不是一般人。”欧阳觉得有些招架不住林秋云的追问。

“你还是不要锋芒太露，当心报复。”欧阳说。

“这是什么时代了？我行得正站得稳。”林秋云说。

欧阳看了看门外，说：“那就改天，有人来了。再说，我的膝盖也受伤了。我每天都在北架山转悠，也吃不消。”

“学长，你也是真没劲，说话说一半。”林秋云笑着说。

楼梯口传来沉重的脚步声。

“林书记。”童家声拿着一张纸，笑着开门，看看林秋云，又看看欧阳，钻进办公室，鞋子上粘着蓝水湖边的淤泥，童家声笑着说：“我哪天监督他们烧麦秸秆呀，是不是要先付工资呀？”

欧阳瞟了童家声一眼，看着那盆鹤望兰。

“麦子收割结束，一起结算。”林秋云说。

童家声站在林秋云身边，把纸张放在桌上，说：“林书记，要签合同吧？不然到时候村委会不认账，我可是白忙了，就像村委会答应给我土地一样。”童家声说话时颤颤巍巍的，有些怕林秋云似的。

林秋云从抽屉里拿出一个红袖箍，上面写着“禁止燃放监督员”几个大字，递给童家声，说：“戴上这个，结束后，你找吴会计结账。你先出去，我这里还有事。”林秋云还是忍不住了。

童家声戴上红袖箍，大步走了出去。

“你这还是城市禁放志愿者戴的吧？”欧阳笑着说。林秋云也笑笑，说：“不在乎形式，只要有用就行，这个还是我在农林局时上街做志愿者留下的。”

“每年春节都用。”欧阳说。

“现在我不在机关了，用不上，也没人跟我要，我就带到蓝水村了。”说着，林秋云把茶端给欧阳，说：“学长，怠慢了哈。”

“林书记，这次我主要是为托老中心来的，不是为了喝茶。”欧阳刚说完，林秋云就愣住了。

“你说什么？”林秋云望着欧阳，似乎听错了。

“我知道你跑去临湖镇大院求爹爹告奶奶了，现在还差多少，大概需要多少资金，是公开招投标吗？”欧阳问。

“一切按照程序走。”林秋云说。

“哦，那投标的人多不多？”欧阳问。

林秋云知道，蓝水村托老中心工程，招标不能透露更多的信息。林秋云沉默着，欧阳能够参加招标，对林秋云来说是解了燃眉之急。林秋云不知道这个学长为什么这样做，难道是为了她林秋云，还是为了蓝水村的建设。有人说，商人没有信义可言，以利益为转移。她忽然想起这句话，欧阳是个商人，怎么可能为了蓝水村，林秋云想，最好不要为了自己，那样就扯不清了。

林秋云虽然很想欧阳来建设蓝水村的托老中心，但是林秋云还是很冷静地说：“我不知道，也许有人竞标，也许没有。”

“我对蓝水村的养老产业很感兴趣。现在已经进入老龄社会，下一盘大棋就从蓝水村开始。”欧阳说。

4

欧阳成功中标。托老中心的地址在原先的蓝水村小学。蓝水村小学暑假后，并到临湖镇实验学校了。欧阳并没有告诉林秋云，也没有再和林秋云联系。似乎他的出现就是为蓝水村修建托老中心的。林秋云越来越不清楚欧阳这个人了。他似乎心怀慈悲，愿意帮助需要帮助的人。

欧阳中标还是刘镇长告诉林秋云的。刘镇长感叹说：“临湖镇要是多几个像欧阳这样的民营企业家就好了。”林秋云说：“就是，这也是刘镇长的人格魅力，能够留得住人才。”

刘镇长忽然脸色陡变，说：“林书记，话不能这样说。是我们临湖镇老大的功劳，团结了一批有良心的企业家。”

“是的，你和孔书记都是我们村干部学习的楷模。”林秋云忙说。

这时候，孔书记的秘书小王来通知刘镇长开会，林秋云起身告辞。

临出门，刘镇长说：“林书记，焚烧麦秸秆不是小事，你要抓紧。最近市环保局抓得很紧哦。”林秋云点头，说：“我回去就去现场检查。”

林秋云知道，焚烧麦秸秆是蓝水村的习惯，多少年了，他们认为这样可以让土地变得肥沃，其实不是，焚烧的灰烬四处飘散，烟雾污染环境，容易引发火灾。

林秋云打电话给童家声，叫他用心点，出了事情是要负责的。童家声说：“林书记放心，我不会让蓝水村麦田冒一丝丝烟雾的。”

童家声戴着草帽，拿着口哨，把红袖章规规矩矩地戴在胳膊上，他一看，觉得戴得不好，把“禁止燃放”那一面戴在胳膊内侧了，别人看得不是很明显。童家声又取下来，把“禁止燃放”放在胳膊外侧，别人一眼就能看到四个方方正正的黄色字。童家声把红袖套戴好，打量了一番，没有问题了，才从家里出发。还没有出村，他就不停地吹着口哨，村里人都看着童家声，其实不是看童家声，是看他戴着的红色袖套，以为他疯掉了。

童家声经过蓝水村小学的时候，对着砌围墙的人说话。砌围墙的瓦匠是汪小满，他站在地上，旁边都是砖头和泥浆。

童家声说：“学生还在上学，你们就开始造反啦？”

“你懂个屁，就是怕学生靠近施工地点，我们先砌围墙。”童家声盯着干活的人，说：“你们都来发财啦！”

春桃和汪迁的妈妈郭彩凤在帮着做小工。香山在给汪小满挑砖头。砖头够用了，香山就坐在树荫下乘凉，抽烟。童家声拿过香山口袋里的烟，抽了两根，扔给汪小满一根，说：“香山，你狗日的在城里混得一点眼光都没有，哪有吃独食的？”

“哎，现在还不是只能在乡下做小工。城里也不是那么好混的。”香山抽了口烟说。

“切，没本事就没本事，不要吹牛，蓝水村很多人在城里混得屁眼都冒油。”

几句话呛得香山没话说，看着汪小满手里飞舞的瓦刀。

童家声又问：“你们做小工多少钱一天呀？”香山不理他。童家声又问：“春桃，你做小工多少钱一天呀？”春桃人老实，说：“180块一天。”

“那香山呢？”童家声又问。

“一样的。”春桃说。

童家声哈哈大笑，说：“一个大男人挣钱跟女人一样。”

香山盯着童家声，起身一个饿虎扑食，把童家声按着地上说：“你个狗日的，你的嘴真臭。你还有脸说，老子骑在你身上，你能动弹吗，你才是跟女人一样！”

“我是文明人，君子动口不动手的，哎呀，我的腰子硌到地上的砖头咯，痛死了！”童家声说。

“就剩下一张破嘴。”香山骂道。香山见童家声乖乖地趴在地上，哀号，就放了他，慢慢地起身。

童家声起身后，抓起砖头就要砸香山，说：“老子也是坐过牢的人，老子会怕你？”

“你敢砸我，我就把你劈成两半！”香山也抓起铁锹瞪着童家声。

汪小满见了，丢下瓦刀，拦着香山，说：“你又不是不知道这个童家声，不要跟他一般见识。”

“在城里都没人敢动我一根毫毛，到了自己家门口还被你童家声欺负，真是见了鬼了！”

汪小满拉开他们说：“都是低头不见抬头见的，何必呢？”

“他趁我不注意动手的，我现在是林书记派来管理烧麦秸秆的，香山打我，就是打林书记的脸。”

汪小满笑笑：“你现在混得开的吗？”

“不就是林书记看着你家孩子可怜，照顾你，你还真把自己当个人物。”

“嘿，还别说，童家声就是我们蓝水村的一号人物！”汪迁的妈妈郭彩凤说。

“童家声，你戴着个袖套干什么的，一点都不好看。”春桃说着擦了擦额头上的汗水。

“我看都像戴孝的。”汪迁的妈妈说。她弯着腰给汪小满递了两块砖。

汪小满又拿起瓦刀，准备砌墙。是一块老火砖，汪小满转着看了看，对准凸起的地方，用瓦刀砍掉了。烟雾飘摇，熏得汪小满不停地咳嗽。

“你眼瞎呀，你给你老头子戴孝是红袖套？”童家声火了。

“你个讨债鬼，我说你袖套不适合你戴，你张口骂人。”汪迁的妈妈说。

“这个是林书记请我戴的，我是来管人的。”童家声又说。

春桃说：“彩凤，不要跟他浪费时间，下午我还要收麦子，这堵墙上午要砌好，不然下午还要砌。”

没人再搭理童家声。

童家声骂骂咧咧地跨上他的电瓶车，朝大片的麦田骑去。

什么东西，在城里混不好，想在老子面前逞能，我理都不理他！

童家声一生气，就想抽烟，他转回头朝李招娣的商店骑去。李招娣商店门关着，童家声踢了几脚，都没人开门。

妈的，不知道跟哪个野男人鬼混去了。童家声心里窃喜，肯定会有人逮住李招娣的。在蓝水村，也就他童家声是个正派人。童家声想。

童家声躲在李招娣商店的路边，看她是不是去偷男人了。他把车藏在麦田的边上，用割掉的麦子盖着。

他就躲在车后面，坐在地上。太阳晒得他头昏眼花，枯黄的麦子发出细小的啪啪的声响，就像一粒粒的麦子从壳子里爆炸一样，童家声的脑袋一动，麦芒就刺到他的脸了。火辣辣的，但是童家声不作声，她想看看寡妇李招娣到底有没有跟人勾搭。李招娣这个人呢童家声是了解的，是个不甘寂寞的女人，脾气也暴躁，童家声想，肯定是没有男人，她的脾气才变坏的。

李招娣的门还是锁着。一个做生意的人，不应该这么晚还没起床。

童家声的耳边呲呲地响着，几只瓢虫在麦子上爬着，脚步声很响。远处的布谷鸟不停地叫唤。有的油菜籽割倒了，下面垫着彩条布，油菜壳在太阳的暴晒下，啪啪地裂开，跳出黑乎乎的油菜籽。

四周寂静无声。童家声的耐心也像油菜籽不停地爆裂，万一有人烧麦秸秆就糟了。他倏然想到他的任务。

他把麦子捋下车，朝麦田骑去。

他骑了很久，还好，人们只顾低头割麦子，打菜籽，也有的还跟着收割机，扛着装满麦子的蛇皮口袋。

“你们忙啊！”童家声背着手，露出他的红色袖套。人家只顾着忙，有的给童家声递烟。童家声也不拒绝，他正好烟瘾犯了。

“不许放火啊！”童家声照应。

“晓得，早就发通知了。”农人贴着笑脸说。风大了，一阵一阵地，童家声没听清农人的话。

“叫你不要放火！”童家声大声呵斥道。童家声认得这个家伙，他是外地人种田大户李军山，像饿死鬼一样把蓝水村的土地承包了，十五年一包，所以他童家声才没有土地耕种。而且把土地的租金也压得死死的，500块钱一亩地，十五年前的500，跟十五年后的500，什么概念，何况他租种的时候交税，没过两年，国家不但不要种地的交税，反而给种地的土地补贴，这李军山的光土地补贴一年就要捞不少。不过李军山承包的土地就要到期了。看样子，他不准备收手。

童家声越想越气。

收割机声音轰隆隆而来，农人也听不清童家声的话。但是看得清他的凶相。

童家声走远了，农人冷眼看着童家声的背影，吐着口水。

在麦田远处，都是繁忙的景象。毕竟六月，马上要月底，要栽秧了，有的积极的已经在给秧苗放水了。一小片碧绿碧绿的秧苗，在大片金黄的麦子的映衬下，显得尤其新鲜。一群鹭鸶在田埂上，等着土地里浮出水面的虫子还有被收割机漏下的麦子。

童家声忽然发现不对，在路面的麦田那里，有人在焚烧麦秸秆，一片片烟雾在缓缓升起。

不得了！童家声骑着车朝冒烟的地方飞奔而去。

“你要死啦，不知道这里不许烧火！”童家声吼道。

这时那个人扭头一看，又转过头，继续烧火。童家声看出来，是李招娣。

“你是专门跟我作对是吧，林书记多次警告你们收麦子到时候，不允许到处点火，特别派我来管你们，我说了，你不理我，当我的话是放屁吧？”说着童家声就来灭火，他不敢赤手空拳，就在路边的水杉树上折段了树枝，扑打火苗。

“童家声，你的话就是放屁！”李招娣站起身，用身体挡住童家声。

“林书记的话你敢不听！”童家声吼道。

“林书记说不许焚烧麦秆，村委会也是这么说的，可是没叫人不许烧火。”

“我说的，不允许烧火。”童家声厉声道，他扯了扯红袖套。

“你算个什么东西，也不撒泡尿照照，拿着鸡毛当令箭！”李招娣走近他说。

“我今天把大话放在这里，我说什么就是什么，不听就是跟村委会作对，跟林书记作对！”童家声说。

李招娣捂着鼻子说：“你今天怕是没刷牙，口气这么臭！”

童家声知道李招娣不好惹，不敢用树枝灭火，只好用脚踩。李招娣推了他一把说：“我是在给我死鬼老公烧纸，不是烧麦秸秆。”

“今天又不是七月半鬼节，又不是冬至，烧什么鬼纸，你烧的纸呢？”童家声呵斥道。

“我老公死了三年了，今天是他的忌日，你说能不能烧纸？”

“烧纸你要跟村委会打招呼。”童家声说：“再说，你的纸呢？”

“你怕是鬼上了头！”李招娣说。火苗越来越大，一阵风把燃烧的火苗从田埂上引到金黄色的麦田里。

童家声和李招娣还在争吵。

麦田很快燃烧起来，噼噼啪啪地响着，火焰冲天而起。

童家声下的脸色大变，大声喊道：“火火火！”

李招娣见了，吓坏了，说：“童家声，拿水桶浇水！”

童家声拎着一桶水，水还没落到麦田里，就被火苗烘干了。童家声扔下水桶，折断树枝，朝烈焰腾腾的麦田扑去。李招娣吓得赶紧往村委会跑。

林秋云得知消息，赶紧打119，然后跟着李招娣来到火灾现场。

林秋云看到童家声举着燃烧树枝在火海里左右扑腾。林秋云也跳下麦田，可是火势随着大风，越来越猛，林秋云的头发被焰火撩了，发出一股焦油味道。何显贵也来了，赶紧把林秋云拉走，说：“林书记，这样不行，火势太大。”

何显贵准备拉童家声，可是怎么也拦不住。童家声喊：“火！火！火！”

还有汪小满、春桃，他们拿着水桶奔忙，远水解不了近火。周围收割麦子的人只能眼睁睁看着。

汤警官给林秋云电话，说：“进蓝水村的道路太窄，消防车进不来。”

林秋云看着烈烈的焰火，突然灵机一动，她拿过村民的镰刀，跑到下风处，把一片麦子割了，放在远处，村民见了，赶紧过去帮忙。割麦子的割麦子，抱麦子的抱麦子。李军山也拿着镰刀冲进了麦田。

没多久，大火被麦田中间空着的地段隔断了，大火烧不过去了。

大火只能烧到麦子的根桩，大火变成小火，慢慢熄灭了。但是，几亩地的麦子就这样烧没了。这麦田是李军山的，李军山站在田埂上，大喊大叫。

童家声被何显贵搀扶着，回到路上。他的头发被烧焦了，衣服也被烧焦了，脸上一片漆黑。童家声瘫在地上，说：“狗日的大风！”

“童家声，你狗日的，神经病，那么大的火，你往里冲，找死！”何显贵骂道。

童家声看着林秋云，低下头，说：“林书记——”林秋云看到童家声的脸被熏得不像样子，赶紧让小吴送他到医院。童家声说不去了。

刘镇长打电话来问火灾情况，林秋云说已经扑灭了。

刘镇长让林秋云去镇里汇报情况，李军山一步不离地跟着林秋云。林秋云说：“你还有什么事情？”李军山说：“林书记，我这几亩地的麦子怎么说，总得有个说法，我们外地人来蓝水村，帮你们种地，总不能亏我们吧？”

林秋云心里堵得慌，还没有想好怎么解决。林秋云深深地呼吸一下，没有作声。

何显贵大声吼道：“不要趁火打劫，几亩麦子能值几个钱，一天到晚就想到钱。我当时不帮你，你能拿到土地补贴，先滚一边去！”

“何主任，是我帮你来蓝水村种地的，不是你帮我，要不是我这个外地人，你们蓝水村都是荒地，你搞清楚！”李军山不依不饶地说。

“李军山，我跟你说，现在跟以往不同了，蓝水村的土地，以后一分一寸，都不会是荒地！”何显贵狠狠地说。

李军山似乎明白了什么，突然变了脸色说：“何主任，这里是要拆迁，还是要办厂？我的青苗费你得补给我！”

何显贵没有搭理李军山，上楼了。

李军山坐在村委会的院子的水泥花坛上，仰头看着何显贵上楼的背影。花坛里的凤仙花开出了花骨朵，细小的蜜蜂嗡嗡地吵闹着。李军山虎下脸，恼火地捋了一把凤仙花，手上沾满了浅绿色的汁液。李军山想到多年前，何显贵请他来蓝水村开荒的情景，那时候，蓝水村的土地很多是抛荒的，十几年没人耕种了，土地干裂，没有营养，连稗草都生得细瘦干枯，比山里的荒地还糟糕。很多村民都把土地扔给村委会。可是村里不可能帮着他们交税呀。一亩地，水费、提留款……这个税那个税，加起来100多块，一亩地能收几个鸟钱?

当时李军山才来蓝水村，他以前在太湖市承包土地，那里后来大开发，土地金贵了，他只能离开。来蓝水村，是因为他听说蓝水水村土地很多，承包也便宜，还有荒地不要钱。

是何显贵接待李军山的。何显贵知道李军山的来意，把他带到蓝水村走了一遍，指着长满野草的土地说，你要承包，我来帮你跟村民谈。

谈什么谈，民村巴不得把土地丢给别人种，至少种地交税的钱可以节省，谁还要种地呀。城里的工厂那么多。李军山对蓝水村很了解似的。

当时签合同的时候，村民说，最好把土地都给李军山，一次性解决。李军山没有钱，他只想承包五年，万一像太湖市那样，他又要找地方。

何显贵好说歹说，李军山愿意承包十五年。有人耕种的500块，不能涨价。李军山不肯，但是何显贵说，500不能少，荒地我们不收钱，总可以吧。李军山说：“蓝水村哪个做主？”何显贵说：“书记跟我一个想法，能把蓝水村的土地处理好，村民没意见就行。以后政策会变，你不会吃亏的。”

李军山看到何显贵的诚意，就答应了。这一签合同，就是十五年。没人知道李军山这些年是怎么过来的，特别是刚开始的两年，他基本上是赔上老本，还要开荒，荒地种的麦子和水稻，包括油菜，收成少得可怜。他每天天不亮就要起床挖地，月亮当灯照。现在，他李军山耕种的土地都是肥料很足的，他没有糟蹋蓝水村的一亩地。要不是他李军山帮蓝水村守着这片土地，这里早就满是石头和野树了。

李军山没想到何显贵说翻脸就翻脸。李军山满脑子的火气。看来，我李军山又要走太湖市的老路了。土地荒废的时候，找到我，把我当人物，一旦土地值钱了，我就是个他们发财的累赘。李军山垂着头想。

5

童家声脸上都是疤。童家声说："反正我又不找女人了，算了。如果村委会帮解决我的低保问题，那就最好了。"何显贵说："做梦吃西瓜，想得甜！"

最后，村委会决定把北架山那片被水泥厂破坏的荒地利用起来，承包给童家声种植紫香芋。村委会提供技术和销路，童家声只要负责种植就行。"我跟汪迁说过了，他会在他的电商平台给打广告，打通销路。"林秋云说。

童家声说："只要有地给我童家声，让我从土里种出黄金都可以。"

"这个牛吹大了。"何显贵说。

"不大，胆有多大，我童家声种地的本事就有多大。"

说得林秋云都听不下了。童家声也跟着笑，脸上的疤痕扯着，童家声怎么也笑不开，像是哭。

托老中心的落成典礼安排在六月底。正好是黄梅的日子，雨多是多了些，但是天气不算太热。出了梅，蓝水村的高温是让人受不了的。

谁知道，今年的黄梅天却很少下雨，天气也热。

菱湖市委书记马万成和临湖镇的孔书记、刘镇长都参加了典礼并做重要讲话。菱湖市市书记马万成在讲话中说，蓝水村的托老中心，是一项民生工程也是一项民心工程，蓝水村的托老中心，开启了菱湖市老有所依、老有所托、老有所乐的发展新模式，值得在菱湖市推广。林秋云听得心潮澎湃。会后，马万成书记还特意提起蓝水村廉租房，说："这个是新模式、新概念、新趋势，林书记，你做得很有创意，很有智慧呀！"林秋云说："马书记，这是我们临湖镇党委的大力支持，也是我们蓝水村的集体智慧，我只是个执行者而已。"马万成书记说："我们菱湖市就需要像林书记这样的执行者。"临湖镇孔书记和刘镇长听了，都不停地鼓掌，说："马书记说到了精髓。"

马万成讲完话，满头的大汗，马万成看看天，说："菱湖有句俗话，六月怕尽，七月怕半，八月怕初。菱湖市地处沿海，江南河汊纵横。蓝水湖又直通长江，这黄梅的雨水，恐怕要憋到七八月了，蓝水村的地势低洼，防汛任务不能放松呀！"临湖镇的孔书记迎上来，说："请马书记放心，我们临湖镇已经严阵以待。"

"好，必须严阵以待！"马万成说。

6

借着马万成书记来蓝水村的东风，林秋云准备把进村的那条破败的水泥路拓宽。

何显贵说："林书记，巧妇难为无米之炊。"

"人找钱越找越穷，钱找人才行哩！"林秋云说。

何显贵望着林秋云高深莫测的样子，不知道她又在打什么主意，还是她点子多。

林秋云筹备了蓝水村的乡贤座谈会，给众乡贤讲了蓝水村的机遇与困境，讲了蓝水村未来规划，期待乡贤们为家乡做贡献。蓝水村的乡贤纷纷慷慨解囊，筹钱修建文化广场，修建进村的马路，把蓝水村打造成"最美乡村"。欧阳不是蓝水村的乡贤，却出了大头。欧阳说："林书记真是有办法。"林秋云说："你们为蓝水村做的事情，我们都会记住！"

"我只要林书记记住就知足了。"欧阳笑道。

"没齿难忘。"林秋云说。

第七章

人人都在说汪迁

1

7月8日，小暑：凌霄花，诗曰：披云似有凌霄志，向日宁无捧日心……

林秋云写下这几个字的时候，心里有一种成就感，笔力也劲道了些。《菱湖日报》的娄主任约林秋云做一个关于汪迁的专访。林秋云现在才有心思打理她那盆鹤望兰。在娄主任的嘴里，林秋云才知道，她的这个同学汪迁有多么了不起。现在，蓝水村个个都在说汪迁，一个励志的故事。汪迁的日子好过了，汪迁的妈妈郭彩凤的日子更好过了，她组织了广场舞队，每天晚上蓝水村响彻了《小苹果》的歌舞之声。村里个个也都在说郭彩凤，说，太招摇了，显摆个什么，又不是你挣的钱！

林秋云和何显贵主任早早地就在蓝水村委会门口等娄主任。

娄主任在林秋云的办公室坐了一会儿，看着林秋云办公桌上的台历说："小林，你这习惯一直没变。"

何显贵朝娄主任笑笑，点点头，说："你们先聊，我还有点事情过去处理一下。"娄主任身体挪了挪，说："好，主任，你先忙。"

"娄主任，除了年纪老了几岁，其他的一直没有变。"林秋云给娄主任倒了一杯茶说。

娄主任站起来接过茶杯说：“还要劳林书记亲自倒茶。”娄主任说着自己都笑了。

“娄主任，看你说的，我可是你手底下的兵。”林秋云坐下说。

娄主任问了林秋云婚后的情况，说：“你来乡下，汪俊贤可还支持？”

林秋云说：“我也想清楚了，你当时说得没错，怎么说呢，日子得过且过，只是我可能没有过去‘可爱了’。”

娄主任觉得林秋云还对那句“林秋云你太可爱了”耿耿于怀。

“怎么样，下乡快一年了，习惯吧？乡村工作可不比机关，更不比报社。”娄主任放下茶杯说。

“还行，就是忙些，事情多些。”林秋云说，她迟疑了会儿说，“娄主任，蓝水村的化工污染还是很严重。”

“我看你比以前要自信多了，这是好事，但是又不是好事。”娄主任说。

过了一会儿，何显贵又来了，忙给娄主任敬烟。娄主任说：“在林书记办公室不好吧？”说着朝林秋云看看。

“林书记已经被我们这些老烟枪熏成腊肉了，再说林书记也成了我们乡下人，没那么多讲究。”说着给娄主任点上烟。

林秋云看着何显贵，不明白娄主任说的“自信不是好事”的含义。

何显贵和娄主任聊得来。何显贵和谁都聊得来。这是林秋云学不会的。

小吴的车来了，给林秋云发了信息。

林秋云和何显贵带娄主任参观了蓝水村村史展览室和紫香芋电商产业园，林秋云说，这些都还在建设中，以后还会陆续建成蓝水湖水产品产业园。

林秋云详细了介绍了蓝水村的经济发展情况和扶贫工作。林秋云说：“我们何主任在脱贫攻坚工作中做出了努力，也取得了可喜的成绩，蓝水村的经济条件横向比算是落后的。扶贫小组进驻以后，把能用上的办法都用上了。而汪迁的家庭是因为身体残疾，陷入贫困，他也是脱贫致富的典型。”

负责和汪迁结对的何主任介绍了汪迁创业脱贫的具体情况，并且带娄主任去汪迁的家具生产车间现场采访。

林秋云动情地说："扶贫是输血，而脱贫不但要靠输血，还要靠自身造血才行。仅仅靠政府输血，贫困人口自身不会造血，这样扶贫的难度就很大，而且会造成返贫的情况。而汪迁是个很自强的年轻人，他虽然身患残疾，创业历经多次挫折，却从来没有放弃过追逐脱贫致富的梦想。这就是造血功能，这样也才能彻底地脱贫，走上富裕幸福的道路。"

娄主任点头说："这个是乡村振兴中的典型。"

林秋云带娄主任走进蓝水村一个敞开的车间里。四周用槽钢支撑，顶上盖着彩钢瓦。车间里几个工人在埋头制作家具。车间里堆满了成品和半成品，还有几台机器。空气里漂浮着木屑的灰尘，弥漫着木质材料的气息。

林秋云注意着娄主任，娄主任却打量着堆在车间里家具半成品，不时地用手抚摸。

电锯和排风扇发出嗡嗡的噪音。虽然铁架子大风扇不停地转动，但还是感觉到闷热，在车间里待了一会儿，林秋云就浑身大汗淋漓。

何显贵在车间里寻找汪迁。因为噪音大，何显贵叫了几声，都没见汪迁的身影。

林秋云见到汪迁，他正在低头安排工人收拾木料。他朝林秋云笑笑，点点头，显得很局促。

林秋云说："汪迁，你现在是蓝水的名人了，《菱湖日报》的娄主任特地来采访你！"

汪迁面无表情，"没什么的，要不是你帮我找到办厂的地方和资金，现在我还不是干瞪眼！"

林秋云带着娄主任去汪迁的办公室。

汪迁的办公室其实也是卧室。简陋且杂乱，堆着一些小件的家具成品，墙壁是没有经过粉刷的灰色水泥墙面，光线有些暗。狭窄的屋子里两台电脑，一张木床，一台电风扇，仅此而已。汪迁见林秋云浑身是汗，忙打开电风扇，又开了灯。他把风口对着林秋云。

林秋云说："风扇摇头，大家一起享受。"汪迁还是把电风扇对着林秋云吹。

林秋云让风扇摇头，吹到娄主任。

林秋云说："娄主任了解你创业脱贫致富情况的，你有什么就说什么。不要紧张，就像朋友聊天一样，慢慢聊。"

娄主任跟汪迁握握手，说："是的，我们就聊聊你的创业经历。"

娄主任不停地记录。汪迁时常停下来，看着娄主任手里的笔，等娄主任记录完毕，他才继续说。

2

"今天，你们来采访我，我正好说说话，有点啰唆，你们不要见怪哈。"汪迁说。

"没有，你讲得越详细越好，我们就是需要第一手资料。"娄主任说。

"你是哪年从义乌回到菱湖的？"林秋云问。

"喏，就是我们在临湖街上碰面的那一年。我正好没事，回家看看街上有什么商机。"

"那次你也没有告诉这些事呀？"林秋云笑着开玩笑。

"那次我看你好像不开心，就没说这些。"汪迁说。林秋云怕汪迁说漏了嘴，他这个人，说话也不分场合。

"后来呢？"林秋云看了看娄主任，赶紧扯开话题。

"前年十一月，哥哥说临湖的电商比以前有了很大的起色——菱湖市扶贫办和临湖镇领导加大了电商的扶贫力度，对贫困户创业提供了很多的便利和帮助。临湖的电商行业前景不错。

"回到蓝水村后，我已经做好了困难重重的准备。我知道，成功，从来就没有轻轻松松的。

"其实，我因为对环保的认识，做了一段时间农场养殖，也就是散养草鸡，但是实话实说，蓝水村的化工污染太严重了，我的鸡成活率很低。我就只好开网店。

"我和哥哥每人一台电脑，开始了新的尝试。做了一段时间，生意很平淡。好在我做好了思想准备。

“想了很久，我决定自己创办一个家具厂。网上只要有人下单，我就开始定做，不需要排期，也不需要像往常那样等待十天半个月。想到这办法时，我激动不已。

“我算了算，要投资好几万。我现在根本没有资金。

“家人表示反对。他们觉得家里本来就很穷，需要政府扶贫。几次生意都失败，家里也没有钱了。不如就脚踏实地做做电商，勉强糊口就不错了。

“说起来容易，做起来难。多年来，家里该借的亲戚朋友都借了，哪里还能借到钱呢?

“按照我的规划，厂房、机器、人工，至少要5万块才能启动创业。可是一贫如洗的家里，哪里能凑到5万块呢?

“就在我一筹莫展的时候，我突然想起菱湖市扶贫办，想起蓝水村村委会。也正好在这时候，林书记到蓝水村当书记，我就经常跟她联系。她给了我很大的帮助。”

“这个是应该的。”林秋云说。

“在犹豫了许久之后，我跟林书记诉说了自己想要创办家具厂的想法。希望政府能够出面帮我解决一些具体的难题。

“我没想到，林书记听到我的创业构想后，露出喜悦的笑容。林书记当即给菱湖市扶贫办的姜主任汇报了我的情况。姜主任让临湖镇协调解决。林书记挂了电话，笑着说，我们等的就是你这句话。只要你想创业，有摆脱贫困的愿望，我们就能够给你提供机会。我们扶贫不但是经济上的扶贫，更要在思想上扶贫，让贫困户都有摆脱贫困的决心，当时林书记真是费尽了心思。”汪迁说着。

林秋云听了，当时的艰难历历在目。帮汪迁找建车间的地方就有不少麻烦。

蓝水村人对土地有种奇怪的执念，它可以荒废在那里，但是别人不能碰一下。就拿汪小罗来说吧，他是渔民，本来跟土地八杆子打不着，后来渔民上岸，他在岸上买了房子，旁边又附房，附房不住人，一直空着。汪迁就租下了汪小罗的附房，准备在前面搭建一个车间。汪小罗找到林秋云说：“我只答应给汪迁附房，前面的场地没有租给他。”林秋云说：“场地和附房是连在一起的呀。”汪小罗说：“合同上没写，我的场地就是空在那里，也是我汪小罗的。”汪小罗又拉着汪迁来说："汪迁要在我的地方搭建车间，我的附房不租了。"

汪迁说："合同上也没有写不允许在门口搭建车间呀？"两个人都僵持不下。林秋云估计汪小罗以为汪迁准备做大生意，无非是想收点场地钱。林秋云说："场地搭建厂房的钱你可以跟汪迁提出来，你们签个合同，十年二十年都可以，等汪迁挣钱了，你们还可以长期合作。"汪小罗一听，心想：要是汪迁赚钱了，十年二十年地赚钱，还天天在他面前晃悠显摆，他汪小罗的面子往哪里放？汪小罗执意合同一年一签。

合同好歹签了，车间已经开始建了，汪小罗又跑来拉线，说："不能超过附房的墙基。"汪迁又只好重新打桩。

这些都还好解决。当汪迁把车间建好以后，都快投产了，汪小罗说："车间的高度超过了他汪小罗的房子高度，挡住了他的太阳，就是说挡住了他的财路，把他的运气也挡了，说怪不得下湖都没有鱼。他非要汪迁把车间的高度降下来。"汪迁说，"车间矮了，没法开工。"

汪小罗要把事情闹到村委会。

汪小罗站在门口就喊着找林秋云书记评理。

林秋云坐在位置上，没有搭理汪小罗。

汪小罗说："林书记，你得帮我评理，我把房子租给这个汪迁，是看他可怜，他做的事确实可恨，怎么能在我的土地上把我压住呢，他是故意把车间搞那么高的。"

"汪小罗，不是我说你，你也是糊涂，你何必跟汪迁闹得不快活呢！"林秋云故意绕圈子。

"什么糊涂，林书记，在我家场地的事情上，我清楚得很，我是一寸土地都不会让的，我的房子的空中也是我汪小罗的，也不会让一寸高。不行，我就去找镇里。"

"汪小罗，你还不明白，你不是想把女儿女婿的户口迁到蓝水村吗？"林秋云说。

"我是想迁，可是跟这件事有什么关系呢？"汪小罗疑惑地问。

“你难道不知道迁户口要本村所有村民同意签名后，才可以迁的嘛，你要是得罪了汪迁，郭彩凤的脾气你是知道的，她会让你女儿女婿迁回来？”林秋云说。

汪小罗半天没说话。临走时说，我跟家里说说。

何显贵来找林秋云，在门口听得真切。何显贵看着汪小罗不情不愿的样子，等他下楼后，说：“林书记你可真有能耐，把这个汪小罗治得没有脾气。”

“哎，都是为了工作。”林秋云终于松了口气。

这一步步走来，也不容易。林秋云看着汪迁，幸亏坚持下来，不然所有的努力都会白费。

“林书记说过，只有努力了，人生才没有白过。林书记，你当时是不是这样跟我说的？”汪迁望着林秋云说。

林秋云倒是有些不好意思，娄主任和何显贵都盯着她。林秋云说，也是心里话。

“因为和我结对的人工作调动，林书记当场就安排何主任跟我结对，带着我到临湖镇信用合作社做了小额贷款。我贷款3万，负责和我结对的主任做了担保人。

“我面对的问题远远不是资金的问题。建厂房需要场地，我家没有这样的条件。我一个多月，在村里寻找建立厂房的地址，可是没有合适的地方。没人相信我能有几万块钱建成家具厂，更没有人相信我能够创业成功。

“有人说，汪迁是个喜欢做梦的人。

“我听了，心想：我就是要做梦，而且要梦想成真。我憋着一股劲，我要为这个贫穷了几十年的家里争口气！

“我再次鼓足勇气去了蓝水村委会府，找到林书记和和何主任，说出了自己的难处。

“林书记随着我来到了我所在的村子。她四处打听协调，终于帮我落实了建家具厂的地址。

“临走前，林书记把自己的电话号码给我并且加了微信，林书记说：‘汪迁

你以后有什么困难，随时联系我。’

“创业的启动资金有了，建厂的地方有了。

“我开始着手购买建厂的材料，钢架、彩钢瓦，以及家具制作的工具。

“一个多月的时间，我就建好了一个简易的厂房。厂房的规模不大，100多平方米，也很简陋，但是能够遮风挡雨，而且也很通风。我很关心通风问题。因为我担心飞溅的木屑污染环境，影响工人的健康。建成后我的加工厂就可以正常运转了。哥哥帮忙负责在网上接受订单，我负责家具的定制，每一批货都不用等很久，一般两三天就可以发货。我的家具订单开始一天比一天多了。”

“哎。”汪迁叹了口气。

“后来不是做得挺好的吗？”林秋云说。

娄主任看了看手机，又放进口袋说：“你现在产值能做到多少？”

“这半年来，差不多60万，一年下来不出意外的话150万。”汪迁说。

“按照这样发展下去的话，明后年可以做到200万。”何显贵笑着说。

“利润怎么样？”娄主任问。

“利润的话——”汪迁犹豫着。娄主任马上说：“这是你的商业机密，我不会写进新闻的。”

“不是，主要是，前期投资多了，目前利润还算不出来。”汪迁说。

何显贵急了，说：“你不是说过，一年15万没问题的吗？”

“是的，如果不算前期投资的话，今年15万还是靠谱的。”汪迁说着看看林秋云。林秋云听了15万这个数字后，笑眯眯地说：“这样的扶贫价值连城。”

娄主任说：“林书记，没想到，你在报社没混出一个作家出来，做一个村官倒是很不错的。”

林秋云说：“我要是跟你一样每天读书写作，也保不准能成一个作家。”

“屁，百无一用是书生，作家还不如卖茶叶蛋的有出息。”何显贵大大咧咧地说。

娄主任脸上突然挂不住了，瞟了一眼何显贵。

林秋云忙说，“娄主任，听说，你已经加入省作协啦，是真正的作家，以后要为宣传我们蓝水村多费心了，年底，要是我们的舞狮非遗能批准，要你的如椽大笔，好好书写一下，我请客吃饭！”

娄主任笑着看何显贵。林秋云说：“哎，娄主任，你知道，我们何主任以前就是卖茶叶蛋的。”说着呵呵笑着。

何显贵听出来林秋云在笑他没文化，一时说不出话来，没想到拍马屁，拍打到蹄子上还打了他的脸。

“娄主任，娄作家，我的意思是，小作家不如卖茶叶蛋的，对吧，新闻上不是说了吗，很多诗人作家糊口都难，谁还瞧得起穷酸书生！你就不一样了，你是菱湖市的名人，你是大作家。”

“其实我也不想当作家，只是在报社负责副刊，和作者接触得比较多，就随波逐流了。”娄主任说着不停地擦着额头上的汗水。

“娄主任谦虚了。”林秋云说。

何显贵只是看着林秋云笑。

娄主任摇头，起身说：“不早了，回去还要赶稿子。没想到这个汪迁口才不错。”说罢呵呵地笑着。

“他平时很少说话的。”何显贵说完起身，朝娄主任笑笑先出去了。

“林书记呀，做思想工作，你还是有一套的，我还真怕汪迁什么都不说。你的一句‘就当朋友聊天’起了作用。”

“我和汪迁本来也是朋友。”林秋云说。

“来了农村就要和他们打成一片，这样工作才能顺利进行。你公公最近好么，我也好久没跟他走动了。”娄主任说。

“老样子呗。”林秋云说。

3

这时候，童家声跑过来，靠在门口，盯着汪迁。汪迁看看童家声，又介绍了家具厂目前的经营情况。

童家声不停地跟汪迁招手，汪迁只好出门。童家声说："你狗日的出名啦，林书记跟何主任都往你这里跑。那个人是谁呀？"童家声指着娄主任说。

"作家，来采访我的。"汪迁说。

"'坐'家，不坐在家里，跑来'踩'你干什么？"童家声一本正经地说。

"你找我做什么？"汪迁觉得跟童家声没法说。

"我跟你借斧头，我现在到北架山开荒种紫香芋了，不打鱼了，渔船没用了，丢掉又怪可惜，怕小偷给偷了去，我要把渔船劈了当柴火烧。靠，你这里好热呀！"童家声扯开了衬衣纽扣说。

汪迁看着童家声满脸的疤痕随着说话的腔调不停地跳动。

这时候，又来了几个人看热闹。娄主任是个生人，他们盯着不放。

林秋云出来说："我们在工作，你们没事不要扎堆。"林秋云盯着童家声说："你带来的？"

"我又不是母狗，哪有这个本事，腿长在自己身上。"童家声说。

"你有事？"林秋云问。

"我来找汪迁。"童家声说。

"是要跟汪迁好好学，你看人家，现在不也脱贫了。"林秋云说。

"我学不来，汪迁有文化，肚子里都是花花肠子，再说，村委会又照顾他，还帮他办厂，我们学不来。"童家声说。

童家声的话让汪迁很不自在。

"谁说的？"林秋云很气愤。

"蓝水村哪个不这样说，发财的事情让他汪迁一个人碰到了。瞎猫碰到了死耗子！"

"林书记，我现在还没有做好，但是，我的低保名额不要了，给村里需要的人吧。"汪迁看了看童家声。

"你是到这里来要低保来了？"林秋云说。

"我是来借斧头劈渔船的，如果能顺便要个低保那也不赖。"童家声笑嘻嘻地说。

“童家声，我给你说，你不是也在开荒吗，也是创业呀，好好干，也能脱贫致富哩，你说，村里哪个需要帮忙，村委会没有出面的，你不能这样乱带节奏知道吧？”林秋云说。

“人家说的，又不是我说的，我只是来借斧头的，林书记问，我就说呗！”童家声说。

“林书记，汪小罗说，汪迁发财了，要把钱分给我们每个人，因为他的机会都是村里给的，也是他汪小罗给的，等于分了我们的机会给了他。”童家声说。

“胡说八道，不许造谣！”林秋云呵斥道。

“不信，你可以去问汪小罗。”童家声说。

“你渔船先不要毁掉，到时候村委会出面收购，先回去。”林秋云说。

“林书记，多少钱一条呀？”童家声睁大眼睛问。

“先回去，以后再说，我这里忙。”林秋云往屋里走。汪迁也跟着进屋了。

何显贵望着林秋云，说：“童家声又来看热闹？”何显贵的话林秋云懂，她看了眼娄主任，说：“乡下人，知道我们娄作家来了，都想看热闹。”

娄主任不动声色，说：“乡下人淳朴。 我也要回去了。不然惊动了太多乡亲，就不好了。”

汪迁把娄主任和林秋云送出门，看到何显贵拎着两盒茶叶在车旁等着。太阳很毒，晒得何显贵黑皮脸上都发光，看起来油腻腻的。

“空调已经开了。”何显贵说。

娄主任笑着说：“何主任真是贴心呀。”说着眯着眼，钻进车里。

娄主任上车，林秋云说：“娄主任，难得到乡下来体验生活，吃过晚饭再走吧？”

“对，娄主任，我们蓝水湖的河虾不错的。”何显贵说。

“不了，林书记，你们这么忙，我就不打扰了，客走主人安嘛，再说，我确实要赶写一篇报告文学，是省里的任务。”

快到村委会的时候，娄主任让林秋云停车，自己去把车开出来。娄主任把车停在林秋云的车旁，林秋云把茶叶塞进娄主任的大众车里，说：“这是蓝水村的土特产，到了秋天，霜降过后，蓝水村的紫香芋就能上市了，你一定要来指导呀！”

“林秋云，林书记，看来，这次你到乡村工作，没有白来，学到了不少哩！”娄主任笑着说。

“娄主任，我们蓝水村还真是锻炼人的地方。”何显贵说。

林秋云把开发北架山深潭的规划跟娄主任说了。娄主任说：“林书记，你能把土地守护好，也是不容易的。”

林秋云迟疑了会儿，说：“还有很多的事情，我没有办法进行下去。”

“周厂长不是说那个大股东八月能回来么，你再去找他好了。”何显贵赶紧接过话头说。

“林书记一手要乡村振兴，一手要守护土地，两手抓，两手都不能放松，那么问题来了。”娄主任说。

“有没有这样一种可能，把生态保护和乡村振兴和谐发展呢，我觉得乡村振兴和生态保护不能对立起来，只有生态好了，乡村才能算得上真正意义上的振兴。”林秋云很激动。

“我只是个记者，或者说，一个写作的人，我不懂，你是聪明人，你要找到突破口，需要我的时候，我肯定帮你。”

林秋云听得出，娄主任对蓝水村的情况有所了解，只是林秋云不知道哪些事情娄主任可以帮忙。

4

小米放暑假了，也没有跟林秋云视频，电话也不打。林秋云突然袭击回家了。小米爱上了爸爸汪俊贤的手机，一天到晚抱着看视频。

七月，天气变化无常。送走父母和小米后，就是一场暴雨。还好，没有多久暴雨就停了。

林秋云接到临湖镇防汛通知，要到镇里开蓝水湖防汛第五次会议，从六月开始，菱湖市就进入梅雨季节，到八月的雨季，蓝水湖就像个定时炸弹。还好，这些年，蓝水湖的堤坝修了很多次，也稳固多了。俗话说，千里之堤毁于蚁穴，每年汛期菱湖市防汛办不敢有一丝松懈。蓝水湖直通长江，就算菱湖市天高云淡，只要长江上游地区下暴雨，下游就要遭殃，经受考验。1998年的洪灾就是个教训。

林秋云到了何显贵办公室说了下："要去开会，你跟我一起去。"何显贵也才回来，他说："还没来得及开空调，又要出门。"

林秋云在办公室找了一会儿钥匙，站了一会儿，满身大汗。林秋云进门，不知道谁早在她回来之前就开了空调，她进了办公室，真是别有洞天，一阵阵冒着寒气的空调风吹着她，她能明显感觉到身上的汗水一丝丝地冷却、消散。

她看着桌上的那盆鹤望兰不见了。

这时候，左春霞拿着一根哈根达斯进来，说："林书记，我知道你要回来了，提前开了空调，给你，在这40度的夏天，没有什么困难是一根哈根达斯解决不了的。"

说实话，左春霞真是像姐妹一样体贴入微。

"我的鹤望兰呢？"林秋云接过哈根达斯说。

"搬到我的办公室了，这么热的天，你天天到外面跑，不要说鹤望兰，神仙都会被热死。"

"行，那你帮我养着吧，我马上去镇里开会。"林秋云说。

"没有问题的。"左春霞吃着哈根达斯，舌头被冻得通红，鲜艳欲滴。

"林书记，还有一件事我要向你汇报，便民信箱又来了匿名的举报信。"左春霞说。

"先放在你那里，我开会回来，你再送过来。"林秋云叮嘱。

"林书记歇会吧，你辛苦了！"左春霞说着就带上门，出去了。

林秋云想：又会是什么事情呢？

第八章

台风过境

1

8月8日，立秋：丁香花，诗曰：芭蕉不展丁香结，同向春风各自愁……

林秋云在台历上记录着“台风过境”。这是菱湖市防汛指挥部发布的消息，临湖镇防汛地在会议上做了重点任务布置。林秋云不敢松懈，特别在蓝水村托老中心落成典礼时，马万成书记还叮嘱过她。不但记录在台历上，更是时刻记在心里，如千斤重担。散会后，负责蓝水村的刘镇长特意留下林秋云说：“你是一个女同志，蓝水湖蓝水村段的防汛任务交给你，有点为难你。必要时，有压力，就让何主任帮你挑担子。”林秋云说：“刘镇长，我是蓝水村的党支部书记，这个担子必须我来挑！”

“有你这个表态，镇里就放心了。”刘镇长笑着说，然后把蓝水湖沿岸容易出现险情的点位图纸交给林秋云。

林秋云一看时间，马上5点半了。要是在农林局，都准备下班吃晚饭了。可是到了蓝水村，就没有下班的概念了。家人好像也了解了情况，不再打扰她了。连女儿小米也不联系她了，与其说不打扰她还不如说不搭理她了。想到女儿，林秋云心里一片低落。

会议结束，路上，林秋云的车子开得飞快。

林秋云知道，这个暑假，没有办法陪伴女儿了。央视新闻上说第14号台风“剑鱼”就要来了，伴有13级台风还有暴雨。台风经过沿海，浙江、福建沿海一带是台风的正中心，台风绵延数千公里，蓝水村也会受到极大的影响。特别是暴雨后的蓝水湖，随时都会有泛滥决堤的危险。主要是蓝水湖附近都是河沟，形成湖水倒灌，会波及河岸湖岸的百姓和建筑。

晚上，林秋云接到防汛执勤的通知，带着雨披、雨鞋和手电筒去了防汛指挥中心。凌晨5点，她才回到宿舍小眯了一会儿。

雨急如泻，又哗啦哗啦一夜喧哗，直到天色薄明时才收住。一弯下弦月蹿出来，天空渐渐光亮如洗。只是，没过多久，乌云又开始聚拢，狂风一阵响过一阵。

林秋云一夜未眠。雨水也一夜未眠。好在年初的时候，临湖镇兴修水利，加固堤坝，减少了风险。何显贵多次跟林秋云说：“林书记，你放心，那些堤坝是我亲自参与的，每年都会加固，不是吹牛，我不敢说五百年一遇的洪水，至少一百年一遇的洪水是没问题的。当时刘镇长坐镇，你放心。”

不怕雨大，就怕连下。蓝水人都这么说。大河涨水小河漫，一眼望去，白茫茫一片泽国。

林秋云突然想到北架山深潭生态旅游开发项目，她没来得及吃早饭，就开车去北架山深潭看看，看看那里泛滥没有，锦鲤有没有跑出来。还好，深潭地处北架山山坡，海拔高。这里是配合菱湖市打造的绿野仙踪旅游“打卡”地，要是还未让游客“打卡”，自己先卡住了，那就麻烦了。

路上，乌云涌动。雨点一阵一阵地大了。猛然间，大风吹得林秋云的车身摇晃。

2

左春霞突然来了电话，说，蓝水村的几条小河水漫过堤坝，淹没了村子，很多志愿者正在村委会，要去抢险救灾，等林书记回来安排。林秋云回到办公室，问何主任呢，左春霞说，我告诉他蓝水湖决堤后，他说了一句，“要死了”，就跑出门了，可能带人去堤坝那里抢险救灾去了，他手机都忘记带了。左春霞说。

林秋云看着何显贵破了皮的手机，黑黑的，破的地方，亮亮的，像破损的墙壁。林秋云拿着何显贵的手机准备去蓝水湖边走一段，雨忽然密了起来。

林秋云放下手机赶紧往村委会跑，一路上河水漫过路面。

水情危急。临湖镇东西南北四个门，进出道路近乎全被洪水阻断，交通陷入全面瘫痪状态。唯有南门通往临湖镇的公路还露出黑黝黝的背脊，车辆仍在艰难地运行。

一些人站在走廊里避雨。门口已停着一辆大客车，把村委会大院挤得满满的的。

童家声也在。他跑过来说："林书记，我也来抢险救灾了。"林秋云问道："你的孩子咋办？"童家声说："何主任已经安排到临湖镇小学了。两个狗崽子在那里有吃有住，享福哩。"林秋云打电话问春桃："小贾的三个孩子安排好没有？"雨声很大，林秋云听不清楚，春桃那边轰隆隆地响着。林秋云急了，大声吼道："孩子怎样啦？"春桃说："都好，孩子接到临湖镇上了。"

挂了电话，林秋云望着童家声疤痕扭曲的脸，说："不要空手去。"

童家声说："又不是拜年，还要带礼品不成？"

童家声说完就往车上挤。

林秋云也急了，说："我的意思是你把你的小渔船开去救人抢险。"

"哎呀，林书记，你看我这脑子。"说着就下车朝湖边跑去。

"谁的车？"林秋云问。

"我的，我也是志愿者。"一个光头男人转过头说。

"小左，登记。"林秋云说。

左春霞拿出笔记本和红袖套。

小吴跑过来问林秋云，要不要他去。林秋云说："你在村委会候命，随时都会出新现情况，车里准备好手电筒、面包和矿泉水，还有雨披。"

车厢里，志愿者们一个个埋头拨弄手机，争辩一刻儿不休，像旧时茶馆里一样喧闹。林秋云只拿耳朵听。一个说蓝水村破圩决堤，一个反驳说这种说法不对，是漫圩决堤，而不是破圩决堤。有人说，一个"破圩"，一个"漫圩"，本质上没有区别，结果相同，一样大的水灾，都让大水给淹了。

左春霞忍不住了，她咬定破圩和漫圩是两个概念，破圩含人为因素。漫圩呢，自然因素，人斗不过天，漫圩说明大水上涨到极限，无可阻挡了，纵然你有多种措施也左右不了天下多大的雨、多长时间的雨。

林秋云听出弦外之音：破圩决堤可能导致追责问责，一追一问一大串。是大堤年久失修，是防范措施不到位，还是河床增高清淤不力，或者是豆腐渣工程？弄得许多人如坐针毡、心惊肉跳。而漫堤破圩一推了之，大家都干干净净，相安无事。谁能说得清楚谁能还原事实？一笔糊涂账保平安啊！

一片热议，争议声愈来愈激烈。左春霞坚持“统一口径”之说，慢慢平息了车厢内的唇枪舌剑——志愿者的任务是抗灾救人，其他可以忽略不计，免得节外生枝。

旁边的志愿者小声问林秋云：“你怎么不说雌也不说雄？你说是破圩还是漫圩？”

“管它破圩还是漫圩，大灾以后何惧洪水滔天？”林秋云冒出一句值得咬嚼玩味的话。

亮一亮下一丈，蓝水村的民间谚语灵验。这不？早晨还满天透亮，现在又雨水如珠，吧嗒吧嗒地跳动。车窗玻璃被雨雾蒙住了，模糊了视野，林秋云用手拭拭，擦出一圈光亮，看见窗外的景物笼罩在一片白茫茫的水雾中，飘飘忽忽地摇曳。也许是她太累了，眼睛迷糊了。

大客车离蓝水湖不远了。

左春霞开始登记车上的志愿者信息。一张表格自己填写。姓名，性别，单位，联系电话，简简单单。

表格传递给林秋云签字，她磨磨蹭蹭不动笔。她的思维还停留在泛滥的洪水之中。

身旁的志愿者催促：“画几笔得了，哪里绣花哪里做文章啊？”

“这是我们蓝水村的林书记。”左春霞说。

“哇，书记跟我一起去抢险救灾！”很多人不信，向林秋云投来怪怪的目光。

快到目的地之前，林秋云交代：“所有人必须听从指挥部安排，会划皮划艇的去村庄救人，不会的在岸上做安置服务工作。”

客车穿过临湖镇集镇，向南摇摆约莫3公里停住。

志愿者们挨个儿下车，先前的欢快活跃让雨水吞噬了，一个个阴着脸，一副心事重重的样子。

几个警察在接应志愿者，林秋云拿着登记表与汤警官边说边打着手势。

3

童家声划着船慢慢地冒出了头，他立在船头，大声喊道：“林书记，童家声前来报到！”

“童家声，你赶紧带人进村。”林秋云说道。

村离湖不远，现在已经分不清哪里是湖，哪里是村子了。

这里是一片高地，聚集的人很多，场面乱哄哄的，雨声人声混合着。镇政府的干部在呼喊，组织者寻你找他，警察用扩音器疏导指挥，被转移而来的百姓说的闹的都有，最清亮的是小孩的哇哇哭声……林秋云多年不见这样的场景，她偶尔在电视上看到洪水泛滥、人心凄凄惶惶的场面。1998年蓝水湖洪灾的景况渐渐成为遥远的记忆。

转眼之间，左春霞不见了，同行的志愿者跑散了，眼前晃来晃去的是一张张陌生的脸。

林秋云心里风停雨歇，像行走在故乡的集市里，自由自在地呼吸和观望。走过来走过去，走过去走过来，在高地的后面碰到一个刚被转移上岸的老翁。她问老翁，再向南走，路通吗？老翁告诉她，前面不到一里地，路死了，齐腰深的水啊，一眼白汪汪的！林秋云不死心，问老翁能绕过去吗？前面看见北架山。老翁笑笑：看山跑死马，跑死了也跑不到北架山。向东是水，向西也是水，绕到天上也是水……向后退吧，退到菱湖城去！万般无奈，林秋云谢过老翁，转身重回人群中。

她的眼里，是远处的不少黑点，那是一座座孤单的房子。里面会不会有被困住的人，房屋被洪水湮没，会不会倒塌。林秋云心急如焚。

救灾临时指挥部设在高地的右侧，油毡毛竹搭建的雨篷，刘镇长已经在那里指挥。雨水落在雨篷上，沿着篷布的几只角朝下流淌，像一眼细流，自上而下，潺潺不息。雨篷里的人进进出出，刘镇长的高音喇叭不停地传输指挥部发出的指令。几个菱湖市电视台的记者扛着摄影机，不停地向刘镇长拍摄特写镜头。

临湖镇派出所弄来几十艘皮划艇，型号大小不一，歇人不歇皮划艇，绕着被洪水围困的村庄转，一个村庄一个村庄地查找，把受灾的老百姓救上岸。临湖镇的无人机也开始在天上搜索。

半天时间一晃而过，还有许多百姓被洪水围困，指挥部下达了死命令：天黑前，必须转移出全部受灾群众！据气象消息，长江中下游一带，今夜仍然有大雨，局部地区暴雨。雨情危急，刻不容缓！

林秋云挤到皮划艇下水的地方，一眼发现汤警官在指挥皮划艇上上下下换人，嗓音嘶哑却依然挣出高声，听着让人揪心。林秋云不自觉地顺应着他的呼唤，走几步刹住脚步，抖抖缩缩地犹豫。

汤警官愍了愍，喊一声："你是哪个单位的，不要再往洪水里跑，不怕淹死？"

林秋云回头一看，说："是我。"

"林书记，洪水里危险，你要指挥，到岸边。"林秋云说，"汤警官，帮我安排一只皮划艇，我要到那座房子里检查一下。"汤警官说，"林书记，危险，说不定那房子会被洪水冲塌掉。"

"没事的。"林秋云坚决地说。

林秋云认识好几个人，没有时间跟他们说话。她赶着要去救人。

汤警官问："林书记你会划吗？"

林秋云笑笑，"大学读书时，参加过皮划艇比赛拿过银奖呢，只是现在生疏了！"

汤警官把一艘小艇交给她，立马和颜悦色："当心、当心。"

"不要紧。"林秋云说。

汤警官说："林书记，刚才我急得火烧心，态度不好……"

"没什么没什么，都是为了救人！"

"你看到何主任没？"林秋云突然问。

"哦，他带人去湖堤坝那边去了。"汤警官指着茫茫的蓝水湖说。

皮划艇昂首前冲，眨眼间闪出一片宽阔的水面，回头望，岸上已是人影簇簇，融成一团一团的，凭肉眼已分辨不出谁是谁了。

抹一把雨水，仰望天空，林秋云真想再快一点，她心里忽然一亮，黑点变成黑团了，北架山也更加伟岸了。

皮划艇慢慢游走在果树园内。百亩果树园或探出树冠，或上半截露出水面，低矮的果树只剩得叶片浸入水中晃荡，像湖里的水草。伸出水面的树杆树枝上爬满紫铜色的龙虾，一只只乖巧胆怯，匍匐着一动不动。皮划艇一擦而过，树身摇晃，龙虾便扑哧扑哧地掉入水中，不再浮出水面。果园里走半天，不见一只鸟雀惊飞。林秋云听母亲说过，鸟雀比人聪明，鸟雀的天空大，洪水来之前就扑扑翅膀飞走了。果树上下不见一条蛇盘绕，蛇也匆匆逃离了。母亲说，鳖有鳖道，蛇有蛇路，蛇的鼻子比人尖，藏在土里容易闻到大水的味道，所以早早搬家了。

缓缓接近一个小村庄，约莫二十户人家。村里的房屋大都半截泡进水里。低房矮屋彻底埋进水里，隐隐看见黑黝黝的屋脊。村东口几家中西合璧的小楼，二楼以上探出水面，却不见人走动。村中央有好几个人站立屋脊，使劲儿摇手向林秋云呼唤！

林秋云放慢皮划艇速度，小心翼翼地凑近二楼，寻个翘角栓牢绳索。此时屋脊上的六个人争着朝前挤。林秋云好言解释，艇小，一次载不动，分两次走，她还会回来的。六个人骚动不安，像篓子里的螃蟹，一个个争着朝上爬，谁也不让谁。林秋云疾言厉色，近乎用命令的口气让老人孩子还有女人先走，剩下的三个男人等下一趟。

雨势渐弱，几声闷雷沉重而压抑，哼哼唧唧从远处翻滚着过来。

偏偏一个小个子男人抢先爬上皮划艇，嘴里叽叽咕咕的："皇帝的命老百姓的命，哪个的命不是命啊？你救谁不是救啊？”

林秋云横着浆叫他下去，再犟一犟，把他扔进水里喂鱼！

小个子男人瘪缩缩地重回屋顶，样子十分可怜：“听你的听你的，求求你快去快回……”

女人拽着一个小男孩。一位老人两眼红肿，嘴唇乌紫，一叠连声地谢恩，问林秋云是不是城里政府派来的志愿者。

林秋云点点头，说，“蓝水村的林秋云。”

老人耳背没有听清：“志愿军好啊，当年抗美援朝，志愿军跨过鸭绿江，打败美帝野心狼……”

林秋云笑了：“老伯伯，志愿者和志愿军两码事。志愿者普通人，志愿军部队里的人、打仗的人。”

“不管不管，反正是志愿，千金难买心头愿。”老人一半明白一半糊涂，只是咧着嘴憨憨地笑。

皮划艇悠悠往回走。

女人一直扭头长长瞭望村庄，眼神和表情痛苦得像诀别。望着望着，突然迸发出一阵撕心裂肺的痛哭，好长时间情绪才平稳些，她告诉林秋云，昨日深夜破圩前，她男人敲锣巡堤的……她隐隐约约听见锣声响。她知道这是乡规，百年传下来的，锣声就是警报声，敲锣就是喊人救圩……圩破了，她男人到现在杳无音讯，只怕凶多吉少啊！

林秋云心头一阵抽搐，她拿好言宽慰女人：“好人有好报，好人平安归来。”

哪有好报？好人不长久，祸害一千年。好人没有肚脐眼。女人仿佛一夜间看透人生百态。她断断续续告诉林秋云：“以前圩堤年年修，年年查，现在鬼都不管，青草疯长，河堤塌陷，大水浸泡不破才怪呢！以前年年开河清淤泥，人山人海地忙，现在的人心掉进钱眼里，哪有闲空开河？弄得河心越来越厚，越缩越小，盛不下一盆水了……”

年初何显贵不是说蓝水湖修过堤坝了吗？林秋云听了心里一阵透凉，像是被大雨淋湿。

林秋云犹豫了一会儿说："你说是破圩堤还是漫圩堤呢？"

女人抹一把雨水："弯弯绕，勾子心。难怪主任上午挨家挨户关照，不问死不问活，开口第一句就交代什么漫圩决堤，不是破圩决堤，要与上面统一口径。明明大水还没漫过圩顶，圩堤就被撕破了豁口，越挣越大，偏偏说大水漫过圩堤，浸泡在水里没法抢救了，睁着眼睛说瞎话啊！"

划桨的节奏明显加快，能听见绵绵不绝的水响。皮划艇跳跃着、歪动着，一颤一颤地破水而行。

雨势又走强走密了，条条倾斜的雨线，敲打着皮划艇，如漫天银针穿来，却寻不着眼儿而纷纷折跌。抖一抖残留在雨衣上的水珠，哗啦一片。

女人替孩子紧紧雨衣。

老人叫林秋云慢慢划，她太吃力了。

林秋云说屋顶上蹲着三人等呢，她得快去快回。

三人安全抵岸，林秋云心里轻松一截。

女人几次问她姓名，在县城哪个单位上班，日后带着孩子登门感谢。

林秋云微笑不语。

老人劝女人别问了，说千道万，世上还是人比畜生多，好人多，隐名埋姓的活雷锋多！

林秋云搭把手，汤警官贴着老人近乎抱着他上岸。

老人流着泪谢别林秋云和汤警官。

汤警官一面夸奖林秋云行动快，一面把几只带着余温的菜包子递给她，说中午的一盒快餐肯定不够，待会儿饿了可以抵挡一阵。

汤警官问林秋云要不要换一个人，歇人不歇艇。

林秋云什么也没说，桨一点岸，身子朝后一埋，皮划艇滴溜溜地兜了个圈，大模大样地向前冲去。

汤警官眼里窝着感动，目送着皮划艇在视野中一斑一斑缩小，直至完全消失。他没想到林秋云这么拼。

4

重回小村庄，林秋云转了又转，却发现屋脊上等候的三个男人不见了。林秋云内心生出微微的不安，她毕竟承诺过他们，她不该骂那个小个子男人，鸟雀尚且大难临头各自飞，何况人呢！她又感到安慰，因为屋面依旧裸露朝天，说明三人不可能出现意外，再说他们是男人！他们肯定乘别的皮划艇离开了。林秋云继续向西寻找灾民，一户一户看过去。村西耸立着最显眼的一幢三层小楼如鹤立鸡群，尽显土豪气派。临近小楼院墙铁门，林秋云隔空喊话有人在吗？小楼内一片寂静。铁门虚掩，她使劲往两边一推，皮划艇滑门而入。一楼完全被水包裹，混沌不见底细。拾级上二楼，二楼五个房间，两间锁着，一间棋牌室，桌面散落着麻将和纸牌；一间是卧室，被褥等物品全新；另一间堆积着食物和灶具，看得出是临时厨房。

林秋云忽然想起上次在蓝水村抓偷捕时的情景，会不会这里也是聚集的据点呢？

转至村庄的北面，林秋云又接到两个灾民。往岸边转移时，林秋云有意无意问村上的情况，问那幢三层小楼的主人。

年长的灾民告诉她，村子基本上是空村、死村，平时多数人家一把锁，家家养蛇养老鼠，满村里只剩十几个老头老太晒太阳等死……刚刚弄了个美丽乡村，砌了花台门楼、鱼池画廊，家家户户外墙刷得雪白，听说花了好多钱，现在大水一冲，美丽全跟着跑了！

年长的灾民说，那幢小楼的主人做房屋买卖的，富得流油。一家大大小小全迁进城里快活了。村上砌幢小楼，说是回来呼吸新鲜空气。主人的父亲以前老实巴交，进城几年回到村上味道不一样了，假声假气说乡下比城里好，可是待不了几天就急着回城，说乡下不方便，撒尿拉屎不习惯……这次回来，刚巧遇到破圩，估计一家三魂吓掉两魂了！

林秋云把灾民说的全装进心里。林秋云想着：没有人的乡村还叫乡村吗？怎么留下人，让乡村有人气，才是乡村的出路。

半道中与童家声碰面。童家声舞动着手臂朝里面的村庄划，与林秋云方向相反，他先看见林秋云，大声问林秋云救上去几个人，口气雄壮得像挑战。林秋云轻吐一句“没你多”，然后猛划几浆，拉大了两艇之间的距离。童家声呆住了：林书记也是典型的二货，友谊的小船说翻就翻?

林秋云抵达岸边时，那汤警官不在了。

林秋云看到负责调度的临湖宣传委员刘晓歌，刘晓歌问林秋云累不累，要不要换个人?

“息人不息皮划艇，救人第一位，各个村的干部都在抢险！”林秋云说。

林秋云一口咬定能继续救人。女人不是豆腐渣，水一冲没骨没肉。

刘晓歌以欣赏的眼光从头到脚审视她一遍，看得林秋云心里嘀咕：刘委员目光怪怪的，怎么啦?

刘晓歌让她再去桃花坞，那里有人向指挥部发出了求救的信息。

来回折腾几趟，林秋云浑身累得快散架了。抵达岸边时她远远望见几辆大客往县城方向跑了，她顿生被遗忘被抛弃的感觉。广播喇叭里呼叫上岸的人把皮划艇交给指挥部和派出所，以便安排突击队做最后的搜寻，绝不能漏掉一个灾民。高地上来来去去的人仍然不断，一个个行色匆匆，场面上延续着嘈杂混乱的状态。在这样紧要的时候，何显贵却没有了踪迹，林秋云满心的怒气。

一记响雷强烈而鲜明，直刺耳膜。紧接着几道闪电撕开云层，像一把锋利的刀解剖天空。雨水如珠，敲得水面啪嗒啪嗒脆响；雨水如线，一丝一丝缝合着天地间破裂的伤口。

无人指令换林秋云上岸歇脚，也无人安排林秋云的晚餐。林秋云掉转皮划艇再向村庄划去。这刻儿，她感觉鸟在天上飞，鱼在水里游，自由自在，没人管也管不着。

水面上漂浮着各色塑料袋、杂草和纸屑，偶尔看见不少死鱼几只死蟹白肚朝天，也有小动物趴在水面上像睡着了。不知道是浑水淹死的，还是化工污水毒死的。

雨小了，淅淅沥沥的，水面显得安静平和，木浆划出的水响清清入心。划着划着，林秋云几回扭头张望，只有一艘皮划艇远远地尾随其后。横眼逡巡，见几只皮划艇朝岸上方向懒懒游走，先前的紧张气氛如雨骤停。艇上的人稀稀拉拉，还有几只艇空空荡荡。触景生情，林秋云的心情忽然跌进无边的雾霾中，她甚至觉得自己是一个多余的人，一个孤独的不速之客，她的周围蛰伏着许多不可预知的危险，一种阴冷森森的感觉如洪水涌来……

5

林秋云骂自己二货脑筋，健忘得一塌糊涂。刚刚救人的小村庄怎么说没就没了？她记得真真实实的那幢小楼难道突然间倒塌了，陷进水里了，长两只大长脚飞走了，还是她脑子进水跑错了方向？

视线渐渐模糊，或远或近的几个村庄，呈现出一簇一簇的阴影，只看得见寂静而孤立的村庄形状。

林秋云寻找先前发现的村庄和小楼，却与记忆中的场景相去甚远。她完全进入了一个陌生的村庄。慢划慢游，一家一户门前过一遍，没有呼救，没有声响——一座人走村空的孤岛。村上的灾民可能早早转移，也可能被其她志愿者救走了，她仅仅起拾遗补缺的作用，谁救不是救？目的一致。划着划着，她发现最南面一幢小楼胀眼睛。小楼局部三层，再加一个蘑菇形状的顶冠，造型有点滑稽。她确认不是她想寻找的那幢小楼。

皮划艇与小楼之间的水面距离变窄变短，她仰脸看见三楼伫立着一个黑衣女人，似乎在等候她慢慢凑近！

林秋云边挥手边呼唤，催促黑衣女人赶快下楼。

黑衣女人泥塑木雕一尊，枯立着一动不动。

“再晚就走不了啦！今夜还有大暴雨……”林秋云继续劝说。

黑衣女人还是那副姿势，还是那样静默无语。

聋子不愁惊雷响，死猪不怕开水烫。林秋云心里说。莫非这个女人是聋哑人、智障女子，还是重病缠身毫无知觉？她心里顿生怜悯之意，怨恨这场洪灾祸害了不知多少人。林秋云划着皮划艇蹚进院落，抖抖绳索，系住探出水面的树枝，然后轻跳落地，一步一步地拾级上楼。紧挨楼道口偎着两只老羊和几只小羊，它们不叫不闹，痴痴地盯着林秋云看。二楼东面一间门洞开着，里面圈着三头猪，肉滚滚的一身好膘，一向喜好折腾的猪们似乎意识到灾难降临和主人的困境，这刻儿卖乖而温和，偶尔哼哼几声，声音低弱且沉闷。楼道中间屯着一只竹篾鸡笼，六七只草鸡蜷缩相拥，瑟瑟抖颤。林秋云轻轻一踢鸡笼，鸡们不跳不飞，直朝一边挤。看得出来，二楼变换了原先的用途，改成临时的牲畜避难所。

林秋云再上三楼。

黑衣女人依然固定着那个凝望的姿势，她甚至没有感到洪灾的存在和危险。

看模样应该称她姐姐了。林秋云连唤几声姐，催她快走，快走啊！

“叫我小琴吧……人家都这么叫。”黑衣女人慢慢回过脸来，脸上几道泪痕清晰可辨。一个陌生女人的突然出现，她并没有表现出太多惊惶不安，只拿余光匆匆一掠。

“姐，你别怕，我是蓝水村的林秋云。”

“姐，姐，趁天没黑，快走吧，你是最后一个了。”林秋云催促着。

“姐，姐，姐，留得青山在，不怕没柴烧。人活着就好啊！”

“姐……你听见吗？”

小琴边流泪边说：“难得你一片好心，你走吧，我不走，我走也是不走，不走也是走，走与不走差不多……”

她一番话云山雾水，迷迷糊糊。突然，小琴突然记起了什么，扭头说：“你就是蓝水村的林秋云书记吧。我听我公公说起过你。”

小琴心中的堤坝倒塌，话语滔滔而来——她的老公在外面混，经常不回家，小琴还说，她已经离婚了。林秋云听了，说：“没有什么，我们可以重头再来的。”

小琴说她一个人全部身心都投入到这几十亩的鱼塘里，谁知道蓝水湖决堤，几十亩鱼塘遭遇了灭顶之灾，一个农家女子三年的努力付诸东流！

林秋云想：这就是每年都修的蓝水湖堤坝吗，看着到这样情景，良心就不会疼吗？

不料一场天灾降临，她只落得两手空空，一切归零。现在，所有的汗水和心血都被大水冲得一干二净，小琴心如死灰，眼前一片灰暗，好像走到了人生的尽头。

“你是刘网保的儿媳小琴吧？”林秋云问。

“你怎么知道的？”小琴吃惊地望着林秋云说。

林秋云神秘地笑笑说：“蓝水村的每个人都在我这里。”她指了指自己的心。

林秋云仍旧好一句歹一句地劝说小琴离开被洪水围困的小楼。林秋云说：“你安全了，以后村委会想办法，跟你一起解决难题。”

小琴情绪松动些，似乎被她的热心和真情感动，转身领她进屋喝杯水。她从塑料桶里舀起一杯冷水，见林秋云疑虑，连忙解释说水已用明矾沉淀过滤了一遍，不然水浑浑的不干净，化工水，一塌糊涂。林秋云端着玻璃杯，只是不朝嘴边凑。小琴长叹一声，大水来得太猛，自来水停了，煤气罐里的气不多了，只能节省着用，鬼晓得大水哪天退！小琴让她凑合着，否则烧壶开水泡茶喝，冰箱里放着上等茶叶呢！她这么说，林秋云反而不好意思了，一仰脖颈，“咕噜咕噜”几口杯底朝天。

小琴重舀一杯，叫她慢慢喝，弯弯腿歇歇脚，救你救他上岸很辛苦。她又顺手递给她几本时装杂志和电影画报。她说她去二楼给猪给鸡喂点吃的。她让她等她回来再走，快慢也不在乎一二十分钟，皮划艇划得快些可以把耽搁的时间补回来。林秋云说好，等你一起走，小琴嘴角边漾起一丝笑意，回头再说吧。

小琴在二楼换了套紫色连衣裙上三楼，她见林秋云留意她的服饰，忙解释原因，她刚才去喂食，猪饿得急吼吼的，抢食时拱翻食盒，弄脏了她的衣裳……

“姐，我们一起走吧，过了今夜明天再回来。”

小琴闷声不响。

“姐，鱼跑掉明年再养，鱼不在人还在呀！”

小琴一番话忧伤而疼痛：“林书记，一个人一个苦，你不懂我的苦。鱼是我的全部，是我的命，我的命就是鱼，鱼就是命，鱼和命绑在一起分不开！鱼塘淹了，鱼跑光了，留着命也是空的，死的！”

“车到山前必有路，船到桥头自然直。人活着就好，人能活着就留下翻身的本钱。姐！”

“林书记你站着说话不腰疼，担子不压在你肩上你不觉得重。”

“我像你，像你一样能活下去多好呀……”

“像我一样活着？这话颠颠倒倒，难道你比我惨吗？”小琴不仅话语凌厉，目光里好像挟裹着悬疑的芒刺，一下子塞进她的内心。

“拿东西比，只是一个比喻而已。”林秋云把话收住，不朝深处展开，“姐，话已说尽，你不走我只能上岸到指挥部汇报……”

小琴突然手捂小腹部，说肚子隐隐地疼，可能吃了不干净的东西。林秋云问她家里有肠胃药吗，小琴说找找看。林秋云四处张望，无意间发现一个竹匾里晾着马齿笕。她告诉小琴，马齿苋也是一味中药，有清热解毒、止痢之功效，适用于细菌性痢疾、疮疡热毒等症……可煮汤饮用。小琴惊奇：你懂中药？林秋云笑答——一点皮毛，不足为奇！

林秋云突然接到电话，指挥部说联丰自然村有个老人滞留。林秋云知道那个自然村里离这里不远，准备接了小琴一起去。小琴说：“林书记，联丰村那里我知道，我知道。天快黑了，我给你带路。”

小琴帮着林秋云划船。

“这就叫同舟共济吧。”林秋云笑笑说。

6

她们一起划到一个破平房前面。幸亏这里地势高。房子的基脚被淹了。天昏沉沉的，屋子里很暗只有堂屋的灯是亮的，是白炽灯，节能的，闪烁着微弱的光亮。

“有人吗？”林秋云喊道。

“你们总算来了，我差点热死了。”屋里出来一个老人。林秋云一看，一惊，这不是李大爷吗？

李大爷看着林秋云，笑了，“是你呀，林书记。”林秋云进屋，闻到一股闷热冒出的怪味道，像是霉味夹着煤球的气息，很呛人。小琴默不作声地走到屋外，看着远处的洪水。

林秋云帮李大爷开了窗户，把大门敞开，说：“李大爷，通通风，不然煤炭会有毒气的。”

“我都这么大岁数了，怕个啥，就是太热，你开了窗也热，还有蚊子飞进来。”李大爷倔强地把门关了起来，他瞥见门外的小琴，又开了一条缝隙。

“家里没电了，我热坏了，受不了才打电话的。”李大爷不好意思地说。

“你给市里打电话的？跟谁呀？”林秋云发现李大爷的能量不小。

“菱湖市政法委的，他父亲跟我是战友。他每年都会来看我。还别说，这小子跟他父亲一样重感情。”李大爷说。

“李大爷，你现在是菱湖市的名人，大家都对你很敬重的。”林秋云说。

“什么名人不名人，不也怕热嘛，马上死掉了，人名都没有了。”李大爷说着还笑，露出了豁牙。

林秋云看着李大爷，心里很不是滋味，四月份见到李大爷的时候，他还有一口好牙齿，几个月不见，他的牙齿也掉了。岁月催人老呀！

“李大爷，你这么热不开空调吗，我回去给你买一台。”林秋云说。

李大爷说：“不是停电了吗，有空调也没用呀。”

林秋云抬头看了看灯笑了，“李大爷，堂屋的灯都亮着，哪里会停电呢？”

林秋云检查了开关和插座，发现李大爷连接空调插头的插座开关没有开。林秋云帮李大爷开了空调，屋子里过了一会儿就凉快了。

“嗨，我真是老糊涂了。”李大爷说。

“我们也经常会犯糊涂呢。”林秋云说。

李大爷把虚掩的门关起来，悄声对林秋云说：“你还真是犯糊涂了。”林秋云一惊，心想：我林秋云冒着危险来救你，怎么犯糊涂了？林秋云看着李大爷，等着李大爷发言。

“林书记，你还不知道吧，蓝水村的化工污染，在这次水灾中让老百姓损失很大，化工污水随着洪水倒灌，什么鱼塘，灌浆的稻田、土地都受到影响。大片大片的死鱼在湖里漂，那不是洪水，水能淹死鱼吗？是搞化工污染排放把鱼毒死的。你看，要不赶紧叫停化工排污，今年的稻子也会遭殃。他们把排污的管道都伸到蓝水湖中间去了，污水从蓝水湖中间的湖下排出的。”李大爷瞪着眼说。

林秋云沉吟着，她没有想到，顺泰化工竟然如此狡猾。他们故意在河边安一个排污管，让林秋云去查，查到后可以罚款，可以关闭，但是不会再想到他们还有其他的排污渠道。其实他们最大的排污管道是在湖中间的。谁会想到呢？

蓝水村的化工污染是她林秋云的心病，只是李大爷不知道，她也没法儿说。李大爷帮不上忙，不能给他增加苦恼。

“李大爷，蓝水村的排污我们正在处理，一直找不到他们的大股东，他们小老板也做不了主，他们的大股东就在这个月回来，我们会好好处理的。”

“林书记，这个人我知道，一般人动不了他，你也不行，不然早就动手了。”

“李大爷，你知道这个人？”

“听说总在外地疗养，他根本就不是什么病人，一直在菱湖市。蓝水村的大部分化工厂都是他的，他是背后老板。在临湖镇没人动他，他每年帮镇里赚不少钱。”

林秋云突然惊出一身冷汗。那个人可能就是他的学长欧阳。她也想起来，其实刘镇长跟何显贵肯定知道蓝水村顺泰化工厂幕后老板就是欧阳，只是他们都闭口不谈。甚至当林秋云有疑问的时候，他们还故意搪塞。

镇里和村里都不想动的人，她林秋云这个没有根基的村官能动得了吗？林秋云很少这样悲观。

林秋云沉默不语，她在想：有什么办法让欧阳就范，让欧阳把顺泰化工厂迁走呢，实在不行，转型也好。林秋云想起欧阳两个字，内心五味杂陈。她想起，每次遇到困难、无助的时候，都是欧阳站出来帮她解围。林义善后的60万，建托老中心。林秋云想不出有什么理由去针对欧阳。在林秋云的心里，欧阳像她的兄长一样。只是李大爷说到“欧阳林上”这个名字的时候，她觉得特别的陌生。林秋云多希望欧阳不是欧阳林上呀！

林秋云听了李大爷的话，心里觉得真正的台风就要来了。

“妈妈的，又下雨了。”小琴骂骂咧咧地跑进屋里。林秋云接到电话，是汪迁的。他带着哭腔说：“林书记，我这里倒霉了，林书记村里能帮我吗？林秋云问什么是，那头却挂掉了。林秋云打过去，怎么也没人接听。

林秋云听着屋外大雨滂沱，风也很大。窗户开着，雨水从窗外飘进来，飘到林秋云的脸上，凉凉的，林秋云感到雨中无比的凄凉。她不能把李大爷留在这个危房里，太危险了。

林秋云劝说李大爷离开。李大爷在屋子里转了几圈，说：“我要做什么的，突然忘掉了。”

林秋云说：“你就什么都不要做了，临湖中学有临时安置点，什么都有，带两件换洗衣服就行。”

“哦，我忘记关空调了。”说着去把开关一按。

“你们就在门口等我一下。”李大爷进了房间，窸窸窣窣不知道干什么。

李大爷拿着几把香走出来。小琴眼睁睁地看着李大爷，像是在看稀奇。

李大爷看出小琴的意思，说：“马上七月半到了，我要给无名烈士上香。”林秋云说：“你还真是重情重义。”

“你们说什么？”小琴问。

林秋云不说，李大爷也不说。

林秋云让小吴开车来接她去汪迁那里。

把李大爷送上岸后，李大爷把林秋云叫到一边，左右看看，没有人，就拿出一个笔记本，说：“这是顺泰化工厂老板的材料，你看着办，不要莽撞。”

林秋云赶紧把本子收起来，钻出忙乱的人群，小吴早已经在路边的浅水处等林秋云。

天色渐渐暗了。小吴开启了车灯，还有雾灯。

“林书记，这么晚了，还要去汪迁那里干吗？”小吴问。

“汪迁给我打电话说要村委会帮忙，我去看看。车里有手电筒吗？”林秋云问。

“你可真是敬业，真是服了你。”小吴说。林秋云笑笑说：“水汽太重，视线不好，好好开车。”

“怎么今天一天都没有见到何主任？”小吴问。

“他在湖堤坝那边呢，现在还不知道情况。”林秋云透过车窗，天已经黑了。

7

到了汪迁的工厂，天已经黑透了。

林秋云听到厂房彩钢瓦被掀开的声音，不时哗啦哗啦地响着。林秋云拿着小吴的手电筒，冒着大雨，闯进黑夜，看到厂房顶上已经有几片彩钢瓦被掀开，雨水淋到木材上和机器上。暴风一阵接着一阵，而且越来越大。雨也越下越大。顶上的彩钢瓦很高，没有办法上去加固。林秋云只能拿塑料纸盖着车间里的成品和半成品的家具。可是风太大，刚盖好的彩条布就被大风掀掉。

汪迁正在往家里搬运做好的家具。他的母亲和哥哥也在帮忙，他们的身上湿透了，头发耷拉着。可是他们家除了母亲，汪迁和哥哥身体都不好，个子又矮，很难搬动大件的家具。汪迁只好找来彩条布盖上。

汪迁无助地一次一次地用彩条布盖住木头。汪迁的身上湿透了，可是汪迁顾不得这么多。有些成品马上就要发货了，如今被雨水浸泡，又要重新制作，不但延误工期，很可能还要面临客户的退单。

汪迁没有办法再盖住彩条布。

“林书记！”汪迁喊林秋云。

“快点！”林秋云帮着把一些成品往家里搬运。不久老秦也赶来了，可是，大部分木材和电机都被暴雨淋透了。

突然，哐啷一声，厂房顶上的彩钢瓦落下来，砸在林秋云的身边。

小吴赶紧跑过来拉林秋云，让林秋云在屋里躲躲。

林秋云看到汪迁还在雨里站着不动，她怕出事，又跑出来拉汪迁，说：“材料和机器损失了我们可以再买，万一人出事了，就什么都没有了。”

汪迁没有进屋，他站在暴雨里，眼睁睁地看着自己亲手建立起来的厂房在暴风里被掀开，看着木料和成品以及机器被暴雨淋湿。

此时，林秋云看到汪迁脸上都是雨水，还有泪水。

汪迁开始收拾厂房。这时，他才发现，他新买的电锯被落下的钢梁砸坏了。制作的成品、半成品大多已经被暴雨淋湿，堆在厂房里的木材也都受潮、发霉。他知道，这些购买来的木材已经不能再使用了，很快就会变形。这次台风侵袭给汪迁很大的打击。他很沮丧，他说："为什么别人创业就那么顺利，而轮到自己想做一点事情就那么难呢？"

林秋云说："汪迁，没事的，我们可以重头再来！"汪迁却没有理睬林秋云。

这时林秋云的手机响了，是左春霞。

"林书记，我们这边的湖堤坝又出现了险情，何主任正在组织人堵决口。"左春霞急急忙忙地说。

"马上来。"林秋云挂了电话，和小吴朝湖堤坝赶去。

黑夜的湖面闪烁着凌乱的灯光，场面嘈杂得很，不少船只运着沙袋往堤坝处前行，童家声也在。林秋云上了童家声的船，说："什么情况了？"

"还没大问题，就是雨太大，林书记，太危险，你就别去了。"童家声说。

"我怎么能不去呢！"林秋云说。

"快点，先把涵洞堵起来！"还没到堤坝，就听到何显贵的叫喊声。

小船慢慢停下来，堤坝处水位高，快到堤坝顶了。浑浊的大浪不停地拍打着湖堤坝，感觉整个堤坝都在摇晃。雨水打在林秋云的脸上。

何显贵赤着上身，在打桩。打桩处有一个废弃的涵洞，涵洞大概有几十米长，是干旱时抗旱抽水的。现在湖水不断地倒灌，湖水涌进涵洞，冲进小河，掀起一圈一圈的旋涡。

"快用沙袋填筑涵洞！"何显贵喊道。

林秋云和童家声赶紧把沙袋抬下来，左春霞也跑过来帮忙。几袋沙袋丢下去，旋涡依然汹涌。

一船沙袋又来了。何显贵停来下，看着旋涡，说："这样不行，沙袋堵不准位置。要人跳下去，把沙袋搬到涵洞口才行！"

何显贵小心翼翼地蹚到涵洞边上，一手抓住芦苇，一边伸腿试了试旋涡水流。旋涡击打着他的腿，溅起一阵水花。

林秋云跟童家声抬起一袋沙包准备往水涵洞处，何显贵扛起沙包用力往涵洞处抛，突然，他的脚下一滑，整个人都跌入涵洞的旋涡里。林秋云伸手想抓住何显贵，可是刚伸手，何显贵就被卷入汹涌的旋涡里，被吸进了涵洞。

林秋云的心一沉，让小吴打电话给汤警官，林秋云拿着竹篙，让童家声抓住，她沿着竹篙下水。

"林书记，太危险！"左春霞尖叫道。

"快点！"林秋云喝道。童家声只好抓紧竹篙，看林秋云扶着竹篙下水，她一只手抓住竹篙，一只手在旋涡处打捞何主任，希望能抓住他。

"何主任，何主任！"林秋云不停地叫着何显贵，她的脸上都是水珠，不知道是汗珠，是水珠，还是泪珠。

其他人看了，也四处寻找何主任，有人跳入涵洞出水处，有人在芦苇丛中，都没有找到何显贵的踪迹。

110和120都来了，整个堤坝恍如白昼。

何显贵是在第二天清晨找到的，已经死了。

何显贵趴在浑黄的洪水中，在蓝水湖涵洞外很远的地方，像一条鱼趴在那里。他趴在一丛芦苇里，他的手里死死地抓着两把泥土，土里芦苇的根茎嫩嫩的，亮亮的，像一根婴儿的手指。大水还没退去，陆地跟蓝水湖连成了一片……

林秋云跟着120去了医院，医生说，不是家属不要跟着去了，可是林秋云还是执意要陪着去。

何显贵被装进了尸袋，圆圆的，像一条健壮的黑鱼。林秋云静静地坐在车里，车在泥泞路上不停地打滑、摇晃，林秋云脑海一片模糊，都是何显贵抢险落水的情景，都是何显贵喜怒笑骂的样子，林秋云很后悔，当时何显贵要扛沙袋的时候，她为什么没有阻止……

何显贵被放进了冰库，医生让林秋云通知家属，林秋云并不知道何显贵老婆的电话，何显贵的手机也还在办公室。

雨停了，林秋云回到办公室，何显贵的手机还在办公桌上，不停地响着，他的来电音乐不知道什么时候换成了《感恩的心》：天地虽宽，这条路却难走，我看遍这人间坎坷辛苦，我还有多少爱，我还有多少泪，要苍天知道，我不认输，感恩的心，感谢有你，伴我一生，让我有勇气做我自己……

手机显示是老婆子，是何显贵老婆张秀菊打来的。

林秋云蹲下来，她的心里像是淤积了沉重的泥浆，她脑海里都是何显贵大大咧咧的笑容，好好的一个人就这样没了，林秋云忍不住眼泪流了下来……

林秋云还是回给张秀菊了，说："何主任救灾时出事了，在医院。"

"老何没事吧！"张秀菊急得说话声音都变了。

林秋云却不知道该说些什么。

林秋云参加了何显贵的葬礼，何显贵就安葬在蓝水村公墓，靠着林义。李招娣一条龙安排的。葬礼上，林秋云一直陪着张秀菊，张秀菊已经呆滞了，什么事都没有了主见，林秋云帮着张秀菊人前人后忙着张罗。

事后，村委会通知李招娣去结账。一共2.6万。李招娣只肯收1.6万。消息传开，蓝水村人都说：太阳西边出了！

8

台风过后，汪迁到村委会找到林秋云，说他不想再办厂了，这次台风，把他所以的积蓄都赔进去了，他不敢再冒险了。

林秋云听了，心里很难过。她没想到汪迁变得这么脆弱。但是林秋云没有表现出来，给汪迁拿了瓶矿泉水，说："这事情你要跟镇里汇报。"林秋云心情糟透了。

汪迁只好去镇里，然后又找林秋云，说："刘镇长太凶了。"

林秋云说："他也是为你好，你自己想想。"

汪迁说："我想了，实在是没办法，才想放弃的。"

"办法是有的，你只是怕了。你要知道，今年这么大的灾害是难得一见的。"

汪迁叹口气说："我哪里还经得起雨水的折腾！还不如让我承包种植白芹，香山的白芹电商平台生意很火爆。"

林秋云说：“是你提醒了我，你要是不做电商了，我指望你帮童家声和香山在电商平台卖货的，我怎么跟他们交代？”

“我去跟他们说吧。”汪迁说。

“你说什么，不帮他们卖货了，他们怎么搞，你真是关键时候撂挑子。何主任以前跟你说的，你都能做到。别说你对不起何主任，我林秋云也不会饶了你！”林秋云突然发火了。

“你要是继续做电商，我可以帮你，如果你放弃。我也没有什么好说的。”林秋云把汪迁一个人丢在办公室，下楼去了。

几天之后，汪迁给林秋云发了信息，说愿意继续做电商平台，重新借钱进货。

9

林秋云的心情总算好了一些。汪俊贤和小米因为暑假到婆婆家去了。林秋云本想给小米一个惊喜，谁知道扑了空。

林秋云心里空落落的。

林秋云打开电视机，菱湖电视台正播着“苏陕合作”第六批支援扶贫工作人员凯旋的视频，循环播，中间插一曲具有地方文化特色的女声独唱《纸花谣》，似乎刻意烘托热烈的气氛。

林秋云撩开窗帘一角朝外窥视一刻，然后把电视机的音量调得低低的。好不容易回家一趟，小米却不在。她竭力控制自己的情绪，似乎想让内心的焦躁不安转移到歌声里飘走。她一边手忙脚乱地收拾东西一边强迫自己听歌。电视显示屏的画面变化着不同环境和色彩，变化着女孩的姿态与服饰。女孩长得好，唱得也甜——

巧手中生，纸片上长，无风花自摆，无水起波浪。茅屋油灯映花黄，奶奶她羞羞答答剪花忙。剪一对烛影摇红盼情郎，剪一对鸳鸯戏水暖洞房，人说纸花花非花，谁知它年年岁岁韵味长……

收好东西，林秋云给母亲打电话，说晚上回来陪她和父亲吃晚饭。

母亲说，还不是小米在哪里，你就赶到哪里。前些天大水，临湖镇的路面还有积水，你要慢点!

林秋云说知道了。林秋云去楼下超市买了些牛奶和保健品，很久没有看爸爸妈妈了。她还特意给小米买了份肯德基带回去。她怕小米不理她。

小米倒是没有不理她，抢过肯德基就大口吃起来。汪俊贤说：”林秋云，你不要把小米惯坏了。说好的一年只有生日和圣诞节吃肯德基的呢？“

林秋云说：“在婆婆家，小米百无禁忌。”

小米望着妈妈说：“妈妈变成黑皮了。”林秋云这时才照照镜子，果然脸色被烈日晒红了，白皙的皮肤变成了暗红色。看起来黑乎乎的、脏兮兮的。林秋云赶紧洗洗脸，还是没法还原以前的白皙。

“真是的，大晚上的照什么镜子，不作兴的。”林秋云的母亲端着菜从厨房里出来，责怪她。

“你们还没有吃饭吗？”林秋云问。

“这是给你留的饭菜，才热过。”母亲说。

“热天，冷的也可以吃。”林秋云拿起筷子。

“胃是有讲究的。”母亲说着，坐在一边看着林秋云吃饭，说，“你真是黑了。”母亲轻轻叹口气说。

“妈，”林秋云扭头看着母亲说，“你一直盯着我，我吃不下。”林秋云放下筷子。林秋云突然觉得，在母亲面前说话口无遮拦，就像小时候那样任性。

汪俊贤都看不下去了。说：“秋云，你跟妈说话真是不客气。”

“好，好，我不看你吃饭，我去看小米。”母亲说这话时，倒是很高兴的，心满意足的那种。

“官腔这个东西，丢在外面，不能带回家。”林秋云的父亲说。

“爸爸，我是回家了，放松了，才有这样随意的感觉，在村里，你不知道，我就像个变色龙。”

“什么龙？”父亲问。

“就是一种蜥蜴。”小米吃着肯德基大鸡腿说。“我在《动物世界》上见过的。”

“是不是人人都可以捏死？”父亲问。

“我可不是蜥蜴。”林秋云听到小米主动跟她说话，喜出望外。

“你自己说你是的。”

“我不是。”林秋云就笑。

“你就是。”小米也笑着说。

汪俊贤看娘俩斗嘴，回房间收拾去了。

好久没有跟林秋云亲密接触了，汪俊贤看林秋云回来，暗自窃喜，他洗了澡，把牙齿口腔都洗干净了，把席子也用开水烫干净了，把手都烫红了。林秋云和小米说笑，跟她讲北架山深潭的美景，小米吵着要去“打卡”。

汪俊贤躺在床上，有些不耐烦了，就听网络小说。他的哥们儿请他去夜宵，他没有回，哥们打来视频，汪俊贤也不接。

汪俊贤辗转反侧，浑身燥热。

林秋云还没有来。

林秋云和小米也不说话了。

汪俊贤蹑手蹑脚地到了客厅，开了灯，找到小米的房间。林秋云和小米在猜谜语。

小米看到爸爸，也要拉他猜谜语。汪俊贤说：“我不会。”

小米就抱着汪俊贤的脖子，非要他出谜语。林秋云看着汪俊贤笑。

汪俊贤说：“天生眼，地生包，水长骨头，路接腰——猜四个答案。”说着拉林秋云说：“过来一下。”

小米说：“你叫妈妈干吗？”

“我给你妈妈出谜语。”汪俊贤说。

“我也要猜。”小米嚷道。

“你不懂，这四个谜语你猜不出答案，妈妈就不过来。”汪俊贤说着，拉着林秋云回房间了。

“你想搞什么鬼？”林秋云问。

“你懂的。”汪俊贤给林秋云一个眼神。

林秋云说：“不好。”

“孤男寡女的，有什么不好。”说着要抱着林秋云。林秋云说：“在妈妈家，不好。”

拉拉扯扯，林秋云不从。她说：“在妈妈家，我们是客人，不好……你是蓝水村人你不知道这个规矩？”

“规矩是死的，爱情是活的。”

“你是不是心里没有我了。”汪俊贤突然说。

林秋云想说一句粗话，但是忍住了。小米就站在门口，看着他们俩闹。

“爸爸，我猜不出。”小米跑过去，爬到爸爸的肚子上，玩起了骑马的游戏。

汪俊贤不当活马了，成了石头马，他一动不动。小米很失望，说：“爸爸，快跑呀，你是千里马。”

“我是死马。”汪俊贤说着闭上了眼睛。

“爸爸告诉我谜语的答案。”小米依然在汪俊贤身上蹦跶。林秋云笑得眼泪都出来了。

汪俊贤依然闭着眼睛说：“星星、坟墓、冰、桥！”

10

林秋云本来想，在开学前几天带小米和爸妈一起去北架山的。小米急不可耐地催促，林秋云只好在八月中旬就带他们去北架山。林秋云父亲说，太热了。母亲说，闺女难得陪我们，你真是狗坐轿子。

“你的腿？”父亲说。

“不要紧的。”母亲看看林秋云说。

北架山那片采石场挖的荒山已经绿意葱葱了。父亲说：“那片荒地好多年了，都是灰灰的，现在都种上树苗啦？”

“不是树，是紫香芋种植，过了八月半，就有又香又糯的紫香芋吃了。”

弯弯绕绕，终于来到山顶。站在山顶，山脚云雾缭绕。深潭碧波悠悠。小米叫嚷道：“看呀，妈妈，下面有好多人划湖船呢，我也要去。”

“不急，待会儿我们去划船，去看漂亮的锦鲤。”

“真的！我要去游泳。”小米说。

“你会游泳？”林秋云问。

“我还要潜水呢！”小米说。

“你不常回家，小米已经不是你印象中的小米了。”汪俊贤淡淡地说。

“真是三日不见，刮目相看呀。”林秋云极力地赞美自己的女儿。“不是三日，你有三十日没有回家了。”小米并不买林秋云的账。

一个人扛着锄头从半山腰往上走。一条花狗跟在后面，摇摇晃晃的。林秋云看着挺熟悉的。花狗仰头看到山上的小米在欢叫，汪汪汪地吠着。

扛锄头的人也看到山顶的林秋云了。

“林书记，是台风把你吹来的吧？”一个男人扯着嗓子喊道。

林秋云一看，是童家声。

好一儿，童家声才走到山顶，不停地喘气，说：“我就说像林书记嘛！”

一个枯瘦的女人从紫香芋地里探出头，朝这边望着，然后弯着腰朝山顶走来。

“汪汪汪。”母狗小粉朝陌生人叫着。小米吓得哭起来。

“小粉，不要叫！”林秋云学着童家声的腔调呵斥这母狗。

童家声连说：“花花，不要叫！”

“咦，怎么，这狗你不是叫她小粉么，怎么改名啦，户口也要改了吧？”林秋云笑着说。

这时候，枯瘦的女人看着童家声，说：“你把花狗叫小粉，你要死！”

“没有，小粉，你听我说，花狗舌头是粉色的，不就是小粉吗？”童家声说。

“你就是小粉，你回来可是太好了，童家声还真离不开你。”

“我是舍不得两个孩子。以前，我让他上岸，他死活不肯，我才出去打工的，现在我们也有了这么多土地，他也做了正经事，我才回来的。”

童家声说："多亏了林书记。"

"你就是林书记吧！"汪小粉说。

"我是林秋云，不要谢我，大家把蓝水村土地利用好，就对得起这片土地。"

"我童家声不管对不对得起这片土地，只管对不对得起林书记。"

"童家声，你拍马屁的本事见长！"汪小粉说。

"不是，你不知道，林书记来了，解决了我们多少难题。你不在，两个孩子都是村委会解决的读书问题，不然早失学了。"

"除了低保名额没有搞定，其他的都还好。"童家声说。

"你现在还要低保，我问了汪迁了，你这几百亩的紫香芋，在电商平台一个月就能销售掉，现在都已经有单子来了。"

"什么事情都瞒不住林书记。如果今年顺利的话，我就不是贫困户了，我童家声也要发财了，做梦都没想到我童某人有今天。"

"你就是个夜壶嘴，大话连天。"汪小粉说。

"小粉，你回来，就是童家声最乐观的事情。"林秋云说。

"你去挖点紫香芋给林书记带回家尝尝。"童家声说。

汪小粉瞧了瞧童家声烧坏的花脸，说："我晓得。"

"紫香芋正在生长旺盛期，还没有长好，不要了。"林书记忙阻止童家声。

汪小粉听了，看了童家声一眼，没有动。

"八月半，吃吃看。叫你去赶紧去！"童家声呵斥道。

汪小粉笑着朝林秋云看看，显然满脸的委屈，她还是努力地朝林秋云笑，童家声也不好意思地笑笑，他嘴瘪着，脸皮烧伤，也笑不开了，林秋云心里有些说不出的感觉。

汪小粉扛着童家声的锄头朝山坡走起，仰着身体，脚下走得艰难。

"童家声，你老婆好不容易回来，不能又把她气走。"林秋云说。

"她气，我还没气呢！"童家声一屁股坐在栾树下。

林秋云没有说话，也不好打他的脸。

"要不是林书记带我去蓝水湖抓偷捕，要不是蓝水湖的大水，两个狗崽子可能再也见不到他们的妈妈了。最主要的是，林书记，我也不瞒你说，我承包这这山上的荒地，村里人说，我童家声也是种田大户，成了山大王，发财了，她汪小粉才回来，她个死女人那年土地征用的钱都被电信诈骗搞走了。你以为她是为了孩子，听她的，她是以为我童家声咸鱼翻身。夫妻本是同林鸟，大难来时各自飞，一点不假，要是我还跟以前一样，要钱没钱，要地没地，她还不知道死到哪里去了。”

“小粉回来就好，你就知足吧。”林秋云劝道。林秋云想问那次夜晚在蓝水湖孤芦苇滩那两个女人中有没有汪小粉，但想想还是算了，不要节外生枝了。

“林书记，你看，长势还不错，都有鸡蛋大了。”汪小粉捧着几个紫香芋，毛茸茸的，颜色艳丽，红壤土包裹着。

“我说了，我不要，看起来长势不错，天热是除草的最好时间，你们赶紧去忙吧。”

小米在远处的松树下，不停地叫热。林秋云也是满身细汗。

“你们先忙，好好过日子，小粉回来，看看，多好！”林秋云看着汪小粉笑着说。

童家声和汪小粉到了紫香芋地里，林秋云能看见他们两个黑黑的脑袋，不一会儿，就不见了。

林秋云擦着汗，回头看见山顶白色的房子，那是欧阳的，欧阳林上。想起这个名字，林秋云心里一沉，是该解决这个问题的时候了。

小米在北架山深潭游玩得很开心，林秋云凝视着孩子，觉得这个时候，她才是最开心的，最纯粹的。她陪着父母和汪俊贤，她是一个母亲，也是一个女儿，还是一个妻子，虽然她不那么爱汪俊贤。

也只有此时此刻，她才是林秋云，才是她自己。

11

林秋云决定跟欧阳摊牌了。她手里的那个笔记本发烫。那是李大爷交给她的。李大爷一直盯着蓝水村的化工污染问题。林秋云也是。

林秋云开车去了顺泰化工厂，周厂长说过他们的大股东八月会回来解决问题，现在已经八月下旬了。

林秋云见到周厂长，周厂长说，他们的大股东不是谁都能见到的，至少要镇长来。

林秋云听了很生气，林秋云说："我是来找你们大股东谈事情的，毕竟这还是在蓝水村。"

周厂长知道林秋云的来意，也不像上次那么客气。周厂长说："我们厂不是你蓝水村的，我们是临湖镇的，或者说是菱湖市的知名企业。如果要解决问题，得让我们大股东跟临湖镇领导谈。再说，我们被处罚，已经交了罚款。"

林秋云吃了闭门羹。她没想到周厂长才是变色龙，翻脸比翻书还快。她也知道，这大概是大股东的意思，也是对上次罚款耿耿于怀。

林秋云只好回去跟刘镇长汇报。不过，她得找欧阳谈谈。

出门时，汪明偷偷溜出来，说："林书记，我们老板后台硬着哩，你能躲就躲吧，不要引火烧身。"

林秋云看着唯唯诺诺的汪明，说："我知道。"

欧阳，我想跟你谈谈。林秋云发完信息，坐回车里，车里的热浪包裹着林秋云，让她无法呼吸。

林秋云开着车，漫无目的地在蓝水村转悠。

大片的稻田清香飘溢，满眼的绿色让林秋云心里舒服了些。农机厂的几台无人机正在天空盘旋着打药水。这是稻田最后一次打药水，稻子灌浆了，棉铃虫很活跃，要把它们消灭在萌芽状态。

汪德厚家门前的那片农机厂还是原来的规模，那片被挖得深深浅浅坑的地被推平了，成了蓝水村千亩良田的一部分。

欧阳还没有回信息。

林秋云把车停到稻田的路边，看着烈日下矗立的菱湖市（稻田）推广示范基地的牌子。这里已经纳入省现代农业产业技术体系。上面有整个省的区域地图，那一个深绿色的区块就是菱湖市，菱湖市的一个红褐色的点，就是蓝水村。

建设地点：菱湖市临湖镇蓝水村。

建设规模：2002亩。

建设内容：常年实验示范武运粳23号、南粳5055号、镇糯19号、武运粳30号、扬辐麦4号、宁麦14号、扬麦25号等20多个稻麦新品种。

林秋云知道，这些小品种都是经过多年实验的，对土壤要求极高，而且采用了试验示范区的测土配方施肥技术，水稻侧深施肥技术，高地隙植保机农药减量施肥技术，稻麦封闭除草技术，水稻稻温病综合防控技术，小麦多位一体机械化适期精量、半精量播种技术，基于微喷灌溉的机插机械化塑盘基质育秧模式等16项新技术或模式。

基地主任写的是她林秋云的名字。她看着自己的名字，公布在这样大庭广众之下，她的压力是很大的。

幸好这片千亩试验田离顺泰化工厂有些远，但是林秋云担心，化工污水会在土壤里浸润，慢慢向这里延伸，这是无法阻止的。除非关闭顺泰化工厂，实施土壤处理，不然后患无穷。顺泰化工厂是何显贵在多年前引进的，何显贵已经不在了，这个只能她林秋云来处理。这里面会有很大的阻力。阻力有多少，林秋云并不完全知道。

林秋云其实有一个设想，让顺泰化工厂搬迁到北架山下的偏远地区，转型光伏产业，不知道是不是可行。

林秋云决定试一试。

老地方吧。欧阳回信息了。不咸不淡。林秋云知道考验来了，暴风骤雨般的较量也来了。

林秋云提前到了北架山顶。

欧阳姗姗来迟。

“学长，好久不见。”林秋云说。

“林秋云，我以为我把时间拖延一下，可以挽回我们之间的情谊，没想到，你还是如此果断。”欧阳林上笑笑，有些疲惫。

“感谢你的坦诚。”林秋云说。

“你步步紧逼。我不能不坦诚。”欧阳林上站在平台上，看着脚下的白云。立秋后的一场新雨，洗刷了树叶上的蒙尘，整个北架山一片绿意盎然。

“你知道我的来意。”林秋云说。

“我知道你的来意。”欧阳重复着林秋云的话。

“你想好退路没有？”林秋云站在欧阳林上旁边，盯着他，眼睛一眨不眨。

欧阳林上嘴巴撇了撇说：“你觉得我需要退路？我欧阳在临湖镇经营了十几年，不是没有道理的，要想好退路的不光是我。”

“我知道，我不是让你退一步，我没有这个能量。”林秋云进屋，坐在靠门的实木椅子上。左手放在右手上，但是她感觉两只手都不是她自己的。

“你觉得对于我来说，有商量的余地吗？”欧阳林上跟着进屋，关起门。

“这是蓝水村化工企业的终结。我想你是很明白的，在菱湖市大力保护土地资源、发展生态的大背景下，你觉得你的化工企业能够继续生存吗，我是说你不搬迁，或者说不转型的话。”林秋云说。

“这个我想过，在蓝水村，至少还有五年的红利。我是说，你不来的话。”欧阳林上说。

“但是我来了，我必须要面对这个问题，你看看蓝水湖的污染，蓝水村的病人，你的顺泰化工厂改变了很多。蓝水村千亩良田计划的实施，才是加快你顺泰化工厂落幕的主要因素，而不是我林秋云。我林秋云不来，还有李秋云、张秋云。”

“我支持你来蓝水村是个错误，我是在帮助你来给我掘墓。”欧阳林上惨笑着说。

“你偷排化工污水才是错误。”林秋云说。

“这不是我的意思，这是他们背着我干的。”欧阳林上说。

“你是大股东也是幕后老板，你必须负责。”林秋云还是盯着欧阳不放。

“我已经交了罚款。”欧阳说。

“这是不够的。”林秋云说。

“给我一碗饭吃吃。”欧阳笑了。

“蓝水湖是我们菱湖市的母亲湖，你给菱湖市的子孙留一口饭吃。”林秋云说。

“林秋云，你不要得理不饶人，我帮你建设托老中心，帮你摆平了林义的60万，我帮你扫平了前进路上的所有困难。这个还不够，你还要把我往死里整？”欧阳林上不敢看林秋云的眼睛，他看着墙壁上的字。

“名随土地贵，味逐水泉迁。字字伤心。”欧阳林上眨了眨眼睛，不知是不是墙壁太白。花了眼。

“秋云，你不该这样逼我，你让我心寒。”欧阳林上满脸的真诚。

“欧阳学长，我们之间的友谊不是投资，也不是交易。我只想做好我能做的事情，做我想做的事情，哪怕我明天就离开蓝水村。”林秋云说。

欧阳起身，往外走。林秋云知道这是送客的意思。

“秋云，我不想伤害谁，我们都是文明人，我只想用文明的办法解决我们之间的问题。”欧阳林上望着关闭的门说。

“欧阳，不是解决我们之间的问题，我们之间没有什么问题，是你和蓝水村土地的问题。”林秋云说。

“一样的。”欧阳笑笑。

“你如果这样认为的话，那就算是我们之间的问题吧，你可不能把自己推到土地的对立面。”

“林秋云，你并能不代表蓝水村的全部！”欧阳林上说。

“我是蓝水村的村委书记。”林秋云说。

这次是欧阳林上先走的，把林秋云一个人扔在山上。林秋云没有急着下山，她一个人吹着山风。立秋了，晚上的风有些凉，更凉的是林秋云的心。她没想到欧阳这样倔强，她本想为欧阳指一条明路的，可是欧阳林上并不买账。她突然觉得，从刚开始，欧阳就想把她当作一个棋子，他们之间所有的交集都是欧阳的投资，或者说，他们的友谊是基于欧阳在蓝水村的利益，不过是一场交易，她想起倒在蓝水湖的何显贵，想起他临死时手里还抓着两把泥土，她觉得何显贵又可怜，又悲壮。她林秋云何尝不是这样呢？

“欧阳，欧阳林上。”林秋云念叨着。

什么是文明的解决问题的办法，林秋云无法预知。

第九章

白露为霜

1

9月9日，白露：桂花， 诗曰：远于沉水淡于云，一段秋清孰可分……

蒹葭苍苍，白露为霜，所谓伊人，在水一方。林秋云看着台历上，居然有一首《蒹葭》。蒹葭，就是芦苇，多年生本草植物，蓝水湖畔也有。

所谓伊人，在水一方。这句话在初秋，深深地触动林秋云的心弦。

院子里的桂花开放了，小小的花粒，却分外地香。林秋云打开窗户，让浓浓的桂花香味透进来。只是，林秋云感觉除了喜爱的那个味，还有说不清的怪味裹挟着桂花香在空气里蔓延。

林秋云关了窗户。窗外，那辆尾灯掉线的黑色电瓶车还停在村委会院子里，没人动它。

村委会少了何显贵，好像冷清了很多，林秋云时时想起何显贵，有种说不出来的伤感。

林秋云接到刘镇长的电话，说有人把蓝水村土地纷争情况反映到市里，让林秋云处理好。林秋云知道，一定是李军山。村委会收回他长期承包的土地，归村委会流转，也是给蓝水村的村民留下了土地，随时可以耕种。动了李军山的蛋糕，他也跑到市里告状去了。林秋云想：这不是坏事，民意上传下达，没什么不可以的，等她有机会跟市说明情况，应该没有问题。

林秋云去了汪迁的家具厂，看看他的情况。让林秋云欣慰的是，汪迁还是振作起来了，家具厂安排得井井有条，他的电商平台也不错。汪迁说，现在流行网络平台直播，等童家声的紫香芋上市了，让汪小粉网络直播。林秋云说这想法不错。现场就安排在北架山的深潭“打卡”地。

林秋云接到左春霞的电话，说镇里通知林秋云去菱湖市开会。林秋云觉得奇怪，以前都是刘镇长直接通知她，现在怎么不打她的手机，而打座机呢？林秋云也就这么恍惚一想，没多在意。

林秋云去菱湖市开会，市里决定派一批基层干部对口支援“苏陕合作”，市里推荐一批先进的基层干部去交流学习半个月，林秋云的名字赫然在列。林秋云很惊讶，蓝水村文化广场正在建设之中，北架山的紫香芋基地刚上马，蓝水村化工污染正在处理之中，市里怎么突然派她去陕西呢？林秋云还想着跟欧阳再好好谈谈，其实引进光伏产业远比化工企业有前途。林秋云深信，在蓝水村，化工厂被淘汰是迟早的事情。她不理解老谋深算的欧阳为什么不明白这个趋势。林秋云想到欧阳，便把自己被派去陕西交流的事情联系在一起，会不会是欧阳在背后有动作。故意来个“调虎离山”呢？幸好只有半个月时间。

知道林秋云要出远门，母亲要给林秋云包饺子吃。

“让汪俊贤也来。”父亲说。

“汪俊贤说他没时间。”林秋云说，“叫他干吗，他肯定又在外面鬼混。”

“去多久？”父亲帮着包饺子，满手的白面。

“差不多半个月吧，很快的。”林秋云说。

“你就知道工作，经常不回家，这样不好。”母亲轻声说。“现在离婚的又多，我是担心你呀！”一边说，一边在厨房里忙。林秋云看着母亲蹒跚的脚步跟小米小时候一样了，心里堵得慌。自从多年前那次小中风，母亲身体差了很多，幸好说话还利索，不然都不知道日子怎么过。

“妈，我知道你的意思。”林秋云说。

“你就知道添乱，秋云和小汪蛮好的，要说什么离婚不离婚的，这不是让秋云糟心吗？”

“我不是担心吗！”母亲说。

“你去把小米接过来吃饺子。”母亲说。

“算了，太远了，再说，现在小米应该在她奶奶家。”

汪俊贤不在，小米也不在，一顿饺子吃得相当沉闷，父亲和母亲你一句我一句，争论着村委会书记是不是官。林秋云却想女儿小米。小米上学有爷爷奶奶接送，林秋云倒也不用操心。放下碗筷，她就要往家赶。母亲怎么也留不住，留着留着林秋云急了，说：“我又不是不回来了！”

看着林秋云的背影，母亲流着泪，眼巴巴地看着，说：“也不知道去了陕西，水土服不服，吃得习惯不习惯，听说，陕西都吃面食的，我家秋云可要受苦咯。”说着抹着泪。

“女大不中留，随她去吧，她又不把小米带去。”父亲说。

想着还有小米在他们身边，母亲倒也好一点了。

小米在爷爷奶奶家了，林秋云觉得比汪俊贤带着靠谱。

林秋云放心不下的是蓝水村的顺泰化工厂，她还没来得及让它转型或者搬离湖区，就要出去半个月。她有预感，这半个月会出事情。林秋云心里很不是滋味。

她安静地想了想，会不会这是欧阳在动用他的人脉“文明地处理”？林秋云越想越觉得欧阳林上可疑。

林秋云感觉辜负了李大爷的托付。她去看望李大爷，李大爷身体已经不太好了。林秋云还没说笔记本的事情，李大爷就猜到了。

“林书记，临湖镇复杂哩。”李大爷说。

“是的，我只是想为蓝水村做一些事情，留住我们的土地，保护我们的母亲湖，却动了某些人的蛋糕，我对不起你的托付。”林秋云拿出笔记本，说，“我准备汇报一下。”

“林书记，你可去不得，这个还是我找人递上去。”李大爷说。

“你都这么大岁数了，还麻烦你，让我们晚辈惭愧。”林秋云说。

“我当兵那会儿，有不少战友的儿女在省里和市里工作，他们会方便一点。”李大爷说，“再说，这也是我们共同的麻烦，我们一起担责才对。其实呀，那场台风呢，我是怕我死掉了，这个笔记本就没人知道了。现在我活着，你还是交给我。”

“李大爷，这些应该由我来承担，你就放心吧。”林秋云看着无名烈士的墓碑，凝视着，眼泪都下来了。

“这是原来的墓碑吗？”林秋云问。

“不是，那块我亲自做的碑搬不过来，留在原来的地方，我有时候也去看看，算是一个念想。”

李大爷看着林秋云，说：“你就拿这个吧！”李大爷拿出一个新的本子，里面夹着几张纸。

“你这里还有其他的资料？”林秋云问。

“不是的，这是复印件，把原件留在我这里。”李大爷低声说。

林秋云想：果然姜是老的辣。

林秋云出差前，把那个笔记本复印件给交上去了。林秋云感觉暴风骤雨就要来了。她也是豁出去了，没有什么可以顾忌的了。

2

林秋云出差回来，上面先后来了几次人，可是找不出顺泰化工厂排放污水的证据。

林秋云觉得很蹊跷，她亲自看到顺泰化工厂将污水排进河道的，怎么可能没有证据呢？林秋云怕打草惊蛇，她又去了排污的那个河道。那个管道已经封闭了，果然没有污水排出来。真是奇怪了，这么大个化工厂，不可能没有污水排放！

林秋云想起李大爷的话，顺泰化工厂把排污管道偷偷铺到了蓝水湖底，一直延伸到湖中偷偷排污。林秋云想让李大爷帮她，可是想到李大爷已经80多岁了，再麻烦他不好，林秋云决定自己亲自去湖里。临行前，林秋云又去了李大爷那里。李大爷说："要是在湖里，就不好办了。"

"我会把排污口找到的。"林秋云说。

"这个太困难了，大海捞针呢！"李大爷说。

"我会想到办法的。"林秋云很坚定。

林秋云去找童家声。

"童家声，你知不知道化工厂把排污管道铺在蓝水湖底的事情？"林秋云单刀直入地问。

"知道呀！"童家声说。

"为什么不跟村委会汇报？"林秋云没想到童家声知道这件事，更想不到童家声会一直隐瞒。

"你没问，我也就不说，多一事不如少一事，再说，我也是听说。也不知道到底铺在哪里，蓝水湖那么大！"

"你的船我借用一下。"林秋云说。

"林书记，你那时候学会划船了？"童家声问。

"不是有你吗？"林秋云盯着童家声。

"借船可以，借人不行。我哪有这个胆子？"童家声忙摇手说。

"行，我林秋云从来不勉强人。"说着，林秋云上了船，拿起浆，慢慢朝湖里划去。

"算了算了，林书记，我没见过你这样倔的人，就当我童家声欠你的。"说着，拉回缆绳，让小船靠近岸边，跳上船。

深秋的午后，微风拂面，白色的芦花在风中飞舞，落入清澈的湖面。白云悠悠地倒映在水中，天上人间分不清。

要是顺泰化工真的把化工污水排进蓝水湖，真是千古罪人！林秋云想。

林秋云回望，岸边隐隐地藏着村落，白墙黑瓦，有些华丽的小楼格外显眼。船离岸边越来越远，视野越来越开阔，整个蓝水村都在林秋云的眼里。

堤坝横卧在湖边，那个黑洞洞的涵洞让林秋云心里一沉。那是何显贵最后的地方，为了拦住洪水。如今，洪水退去，被淹没的地方还有痕迹，淤泥淹没的地方，杂草都还没缓过来，远远看着，灰蒙蒙的，犹如林秋云此时的心情。

“林书记，我是听说的，假如排污管道不在湖里，不是白忙了？”童家声说。

林秋云没有作声，低头看着湖面，湖中的水草划着船底，哗哗地响着。湖面是蓝天白云的影子，林秋云有些恍惚，似乎倒悬在天空。林秋云头脑眩晕，她不知道渔民们是怎么克服这种困难的。

林秋云揉揉眼睛，似乎有许多的蚊虫在眼前飞舞。林秋云闭上眼睛，似乎患了飞蚊症。

“你看！”林秋云忽然说。湖面一阵气泡翻滚。林秋云让童家声把船停下，她趴在船舷，扒开水草，想看看清楚。

“林书记，这个气泡蓝水湖太多了，不可能是排污的。”

林秋云跳下冰冷的湖水，湖水不深，脚下也没有淤泥，而是黄泥，林秋云的脚下硬硬的，似乎踩到了河蚌。

“林书记，这么冷的天，当心冻着。”童家声喊道。

“没事的。”林秋云说着，脚在湖水中探索着，忽然，一股冰冷的水冲击着林秋云的脚，林秋云感觉脚上裹着冰块一样。

林秋云用脚试了试，感觉是一个洞口，很深，这些冰冷的水不知道从哪里来的，可能是排污口。

童家声跟着下水，看看说，“林书记，这个我们渔民知道，是蓝水湖的泉眼冒水。蓝水湖有好几处。”

林秋云找了许久，没有找到管道，洞口都是黄泥，看起来确实是泉眼。

林秋云上了船，又巡视了很久，还是没有什么发现。

林秋云突然想起蓝水村污水处理站。她找到蓝水村处理站的小王，排查了各个排污口。小王在这里有几年了，哪个口通向哪里，都了如指掌。

林秋云让小王打开窨井盖，一根巨大的主干管道，还有几根分支汇集到主干管道，林秋云在管道上做好记号，然后用矿泉水瓶子收集各个管道排出的生活污水。

“林书记，你这是干什么呀？”小王不解地问。

“哦，没事，我就是看看，污水处理的效果怎么样。”林秋云笑着说。

林秋云又把蓝水村污水处理站的污水收集了半瓶。她把收集的几份污水样本送到环保中心化验。居然和她的猜测一样，顺泰化工厂真的把化工污水混进了生活污水，排入了市政设施管道。

事情很蹊跷，蓝水村污水处理站的生活污水中并没有有害的化学物质，只有一份样本有着有害化学成分。也就是说，顺泰化工的污水排放也没有通过蓝水村的污水处理站。

林秋云请小王介绍各个排污管道的来路。小王介绍了三根管道，而最后一根，小王却忽略不说了。

“这根管道呢？”林秋云说。

“这些管道是很早以前铺设的，我也不清楚。”小王说。

为了确保化验的准确性，林秋云把这根管道排出的污水又收集了一份，送去化验。

结果不是化工排污水。

林秋云陷入困境。她似乎想到了什么。她再次让童家声划船到到湖中间的那个芦苇滩，在屋子附近的湖水中，终于找到了排污的线索。管道一直铺到了芦苇丛中。

林秋云跟环保局汇报了情况，又回到村委会开会，让老秦打起精神，最近蓝水村可能有突发事件。

林秋云这几天都在办公室。她知道，顺泰化工厂搬迁或者关闭，她将面临什么，工人将面临什么，几十个家庭将面临什么。

左春霞不时来敲门，询问林秋云是不是不舒服。林秋云笑笑，现在没有人能够理解她的心情。

“林书记，顺泰化工厂已经被封了，你知道吧？”左春霞兴冲冲地说。

林秋云怎么能不知道呢，就是知道了，她才忧心忡忡的。下棋的人都是下一步看三步。她林秋云只能看到一步，下一步怎么走，脑海里一片云雾。

左春霞自顾自地说着，林秋云陷入思考，慢慢地，脑海里有些清晰了。

楼下有些吵闹。老秦突然跑上来说，“林书记，顺泰化工厂关闭了，工人都涌到村委会。”

“林书记，真让你说中了。”老秦苦笑着说。

林秋云坐着没动，一阵嘈杂的脚步声传来。

咚咚，咚咚！有人不停地敲门。

老秦用身体堵着门。

“老秦，开门让他们进来说，说通了就好了。”

“他们还不把办公室挤破！”老秦说。

“让他们找两个代表进来谈。”林秋云拿出会议记录本。

门口聚集的人有些混乱起来。

“汪明，你跟领导熟悉，你去谈。”有人推荐汪明。

汪明说：“谈就谈。”然后推门进来。汪明看着林秋云说：“我们要村里赔偿损失。”

“你坐下慢慢说。”林秋云看着汪明。

“我不坐，坐了就是你们一伙的了。”汪明直直地站着。林秋云觉得汪明的话很好笑。

林秋云给汪明泡杯茶，放在汪明的面前，然后坐着瞟了眼门外。

汪明说：“我们只想要赔偿，你们把我们厂搞垮了。”

“汪明，你要清楚，是环保局查封的你们厂，还有，是你们顺泰化工厂非法排污，肯定要关闭的。顺泰化工厂对蓝水村的土地生态破坏很大，你是知道的。再说，就你们这些人想干吗，我们蓝水村有几百号人，你要动粗吗？现在是法治社会！”林秋云看着汪明说。

“我们一家要吃饭呀，我们这几十号人，要养家呀！”汪明不敢正视林秋云。

“这样，你要跟顺泰化工厂谈补偿问题！你们就这样不分青红皂白闯进村委会，你想过后果吗？”林秋云盯着汪明。

“你们在这里耽误时间，万一化工厂老板跑路了，你们就亏大了，我们村委会是跑不掉的。”林秋云提醒道。

林秋云一说，汪明恍然大悟，他走到门口，跟其他的人商量，然后离开了。

林秋云知道这件事不会这么过去，她去临湖镇汇报，又连续两天跑了几个工厂。

林秋云接到左霞红电话，她在电话里说："林书记不好了，村委会出大事了！"

林秋云只好往村委会赶。

还在楼下，林秋云就听到玻璃破碎的声音。林秋云双手发颤，真是太过分了！

老秦一群人被揪着，满脸血迹。"你们这些狗日的！"老秦破口大骂。

下了楼，汪明他们松开老秦，围着林秋云。

"你们不要乱来，我报警！"老秦要打电话。

"老秦，不用了。"林秋云静静地站着，瞪着汪明和背后气势汹汹的一群人，有人甚至搬起林秋云办公室的椅子朝楼下扔，啪嗒一声，椅子的脚落下时刮到林秋云的额头。

林秋云的额头渗出血来。左春霞忙帮着擦。林秋云推开左春霞说："你们是不是冲着我林秋云来的？"

"我们是冲着补偿款来的，厂里说了，不是厂里辞退我们，是蓝水村村委会搞得厂子倒闭的，你们必须负责补偿。"

林秋云知道，他们跟顺泰化工厂有感情，还有，多年来听惯了厂里的话。

"这样，你们把村委会的窗户修好，把秦主任送去医院检查，处理好了，我再跟你们谈！"林秋云冷冷地说。

说着，她径直往办公室走。一群人望着林秋云，却没有人敢出头说话。

汪明跟着林秋云，林秋云回头看着他，说："听清楚了没有？"

汪明点点头。

林秋云的办公室桌子都被掀翻了，水壶也被摔碎了，满地的凌乱。林秋云蹲下来，缓了缓情绪，其实，她刚才也是假装镇定，要是这些工人一气之下跟她闹，她也拦不住，也许会和老秦一样进医院。老秦还是改不了暴躁的脾气。

林秋云请几位工厂的老板到村委会谈心，希望他们接受顺泰化工厂的下岗工人。老板倒也不遮遮掩掩，说接受可以，但是入职前要体检，化工厂的工人不健康，后续会有很多麻烦，年龄太大的也不能要。林秋云答应了。

老秦还好，只是皮外伤。老秦从医院回来，说："林书记，还是你厉害，不怒自威，满身都是杀气。"林秋云笑笑，说："没有你秦主任杀气重。"

两人都笑了。

自从何显贵不在了，蓝水村党支部书记和村委主任都是林秋云一肩挑。上面也没有说法，林秋云找刘镇长，他经常不在，电话又不接。林秋云也不好多问。

汪明来到村委会找林秋云，说："顺泰化工厂的宿舍出现斗殴。"

"你们周厂长呢，老板呢？"林秋云问。

"他们说现在不生产，没有钱来维持工人的伙食，现在厨房门都锁了，都是工人花钱买菜自己做饭吃。乱成一锅粥了。"

林秋云知道，这显然是欧阳给蓝水村添乱。林秋云让顺泰化工厂的工人拿着劳动合同来村委会，来的人不多。说起劳动合同，工人们才知道自己根本没有。林秋云联系人社局，让顺泰的工人找劳动仲裁。

劳动仲裁虽然有了说法，但是要等补偿下来，还早着呢！

找不到刘镇长，林秋云跟刘晓歌联系。刘晓歌含含糊糊地说，刘镇长进去了，已经一个多月了，据说临湖镇马上要来新镇长了，从南溪镇过来的朱镇长。

刘镇长落到个地步，说实话，林秋云并不感到奇怪。林秋云感觉临湖镇陷入了反腐和化工污染窝案之中，幸好，自己远离那个旋涡。

顺泰化工厂的事情终于尘埃落定，村委会的人都下班了，林秋云还在办公室。

一头的心思。

夜深人静，办公室里只有丝丝作响的日光灯，林秋云望一眼门外，看着月光，冷风一阵阵吹来，她不知道为什么想起了初恋曾帆。她去汉水县的时候，听说曾帆就在隔壁的岚山县，她本来想去看望曾帆的，可这么多年过去了，已经没有激情也没有动力看望这个老朋友了。

林秋云也想起周晓慧。不知道她和曾帆是不是在一起。或许她还是爱着帅气的曾帆，还对她林秋云耿耿于怀。

林秋云觉得自己的爱情是那么脆弱，远不及周晓慧。林秋云甚至怀疑，自己这辈子就没有过热烈的爱情，白白来人间走一遭。

周晓慧如今在哪里呢，是不是在每个夜晚都想起那个年轻时的曾帆。

月光如水。

“蒹葭苍苍，白露为霜。所谓伊人，在水一方。溯洄从之，道阻且长。”林秋云想起台历上那首《蒹葭》，想起多年前的那个女孩周晓慧。其实，那个追求纯洁爱情的女孩，难道不也是自己吗？

第十章

蓝水与春风

1

12月23日，冬至：蜡梅花，诗曰：冰雪林中著此身，不同桃李混芳尘……

林秋云接到去镇里开会的通知，是快要过元旦的时候。

林秋云去镇里开会，新来的朱镇长让蓝水村好好处理顺泰化工厂的善后工作，把污染源彻底切断。会上，朱镇长告诫各级基层干部，要和企业家保持联系，但是也要保持距离，不然会犯错误的，我们临湖镇有前车之鉴，有沉痛的教训。

林秋云和欧阳有联系，幸亏很警惕，一直保持距离。欧阳几次暗示，林秋云都不接招。在欧阳的眼里，她林秋云是块油盐不进的石头。

林秋云想去看看李大爷，让会计小吴一起。小吴说："林书记，老李已经住院了。"林秋云一惊，问："哪时候的事情？"

"差不多一个月了。"小吴说。

林秋云想：有空一定要去看望一下李大爷。他是在她艰难的时候帮助过她的。林秋云眼前似乎出现李大爷带着笑意的眼神，默默地注视着她。

好在李大爷没什么大事，就是支气管炎犯了，要挂水，静养一段时间。

从医院回来，林秋云无力地回到宿舍，望着台历发呆。

林秋云用餐巾纸把台历上的灰尘擦干净，不小心撕裂了一段，台历已经没有几页了。

林秋云用一个本子垫在台历薄薄的几页纸后面，想记录此时的心情，或者写下工作计划，反正不能闲着。她还要很多的事情要处理。马上村委会主任要改选了，蓝水村的文化广场已经建设竣工，就等着验收了。

林秋云把笔停在“蓝水土地”四个字后面，心里沉甸甸的，她怕她下笔会把台历几页纸划破，因为没有了厚重的日子，无法承担起她的力量。在林秋云的心里，蓝水村已经是她的家了，蓝水村的人，蓝水村的树木和稻田，蓝水村的一切，在林秋云心里都是一本账，清清爽爽的。所以林秋云写下“土地”的时候心里舒畅了些 ，是归心似箭的那种迫切感，是满心欢喜的使命感，也是一种归宿感。

林秋云把台历放在办公桌上，想起欧阳把这个带有花历的台历送给她的情形，感慨万千。她慢慢地翻着这本台历，仿佛重复着过往的日子，花历上的诗词，似乎一直印证着自己的心绪。她发现花历的诗词中还嵌入了自己的名字——“白露：桂花， 诗曰：远于沉水淡于云，一段秋清孰可分……冬至：蜡梅花，诗曰：冰雪林中著此身，不同桃李混芳尘”——欧阳也真是用心。

据说欧阳现在正在接受调查，不管欧阳有没有事，林秋云和欧阳这辈子也许是老死不相往来了。欧阳的顺泰化工厂停产了，化工污染处理工作正在进行，也许要一年，或许两年，才能把化工污染源处理好。

左春霞端着一盘热气腾腾的饺子，说：“林书记，今天冬至，厨房煮了饺子。快12点了，我看你还在楼上，厨房汪阿姨要回家去汪迁那里上班，厨房的门要锁了，我就端给你了。”

林秋云看着左春霞，说：“我妈晚上也叫我回家吃饺子。今天可真是饺子开会呀。”

“作兴的。”左春霞说。

“汪迁的家具厂怎么样？”林秋云问。

“火爆得一塌糊涂，他还真的除了在电商平台卖家具，还帮着卖童家声的紫香芋，还有香山的白芹，甚至连北架山深潭养殖的锦鲤他也卖，不少人还专门来北架山观赏锦鲤哩。林书记，现在蓝水村环境好多了，没有了熏人臭味。进村的那条路也修宽了，现在很多人都开车到蓝水村参观。”

林秋云从窗户外，看见一条油光闪亮的柏油路在笔直的水杉的掩映下延伸，像一条巨龙。林秋云见证了蓝水村的变化。

左春霞说：“林书记，你还别说，汪迁虽然残疾，但人品不错，村里的老弱病残都到他的家具厂干活，工资蛮高的，他还给他们买了保险，现在大家都争着去他那里干活呢！林书记你来了，蓝水的变化太大了。”左春霞说。

“这是上面政策好，即使我不来，张秋云、汪秋云来，蓝水村也会越来越好的。”

“林书记，你那盆鹤望兰，我还帮你养着哩，待会儿，我给你拿过来。”左春霞说。

林秋云吃着饺子，觉得很久没有吃过家乡的饺子了，真是又嫩又鲜。

“行。”林秋云说。她本想让左春霞帮她去买一本有花历的台历的，但是一想，还是自己去好。

林秋云开着车，从宽阔的柏油路上经过，车子很平稳，一直驶向临湖镇小商品批发中心，找了很久，终于找到一模一样的台历。还有几天才是新年，现在还用不上，先放在办公桌的角落上。

临湖镇宣传委员刘晓歌打电话来说：“林书记，告诉你个好消息……”然后故意卖关子。

林秋云想：什么好消息?

“蓝水村舞狮被评为第二十批省级非遗项目。朱镇长还批了在蓝水村建立农家书屋的计划，马上就可以上马了。这对蓝水村不是好消息吗？”刘晓歌说，“镇里准备春节搞一个舞狮大会，庆祝非遗成功。”

林秋云一听，精神振奋，努力了这么久，蓝水村的舞狮终于申遗成功了，他要去告诉汪小满，以后不用像讨饭那样了。

挂了电话，林秋云打电话想告诉汪小满这个好消息。汪小满没接。林秋云找老秦问问汪小满最近是不是又出门打工了，小吴说老秦刚下班就走了。林秋云打电话给老秦，老秦说他不知道，最近都在忙顺泰化工厂的事情，他要去做治安工作。林秋云就不再问了。

林秋云习惯性地拨了何显贵的电话，又赶紧挂掉，林秋云心里空空荡荡的，蓝水村没有了何显贵，她心里不是滋味。

林秋云晚上又给汪小满打电话，汪小满那边很吵，似乎还在喝酒。过了一会儿，汪小满回电话："林书记，真是大姑娘坐花轿，我蓝水村的舞狮队头一回得到关心，要是林义还在的话，他要高兴疯了！"

2

村委会主任选举在元旦过后，紧接着是春节，春节蓝水村要举办"舞狮队申遗成功庆典大会暨首届蓝水村文化艺术节"，到时候菱湖市的非遗项目都要在蓝水村文化广场一展风采。林秋云忙得焦头烂额。刘晓歌每天一个电话，询问排演进度。

文化广场验收了，篮球场和运动器械场馆都好了，还有广场舞单独的场地，旁边是蓝水村的农家书屋和村史馆。村史馆的文献和文章、照片除了跟党史办刘良协商，寻找资料，还特意请了娄主任撰写文章在《菱湖日报》宣传蓝水村的文化建设。蓝水村的锡剧有人唱，故事有人讲。林秋云又请娄主任牵线搭桥，元旦请来菱湖市文化馆专家来蓝水村文化广场慰问演出。艺术节上左春霞和菱湖市文化馆花旦沙婷婷表演锡剧《痛说革命家史》李奶奶和铁梅的唱段。市委宣传部领导和临湖镇新到任的朱镇长都要来观摩。每场戏都要精心准备，不能拉郎配。

舞狮队彩排好几次，基本上不会走样了，林秋云才放心。可是林秋云担心的事情还是来了。

村委会主任选举，村民们选了汪迁。汪迁说他不愿意当主任，怕搞不好，他还有电商要做。林秋云说："村民选择你，是你的光荣，该挑的担子，你还是要挑的。何主任不是也有田地耕种，他不一样做了这么多年？"汪迁说："先试试，等有合适的他就不当了。"林秋云只好先这样安排。

蓝水村文化艺术节开幕，蓝水村的村民都赶来看热闹。林秋云的父母也来了，小米放假，更加不会错过，何况还能看到妈妈。

汪俊贤也要过来，他说："平时也见不到老婆，一家人在文化艺术节团聚，也算沾点文化气息。"

母亲的腿脚不方便，但是还能走路，好在乡村公交开了，也方便。

小米蹦蹦跳跳，到处找妈妈林秋云。林秋云忙着接待，一刻也不得闲，哪里顾得上女儿。

蓝水村文化广场彩旗飘飘，人黑压压一片，音响里播放的《小苹果》声响震天，喜庆得很。万人空巷，人头攒动，不一会儿，小米一家都淹没在人海。

"没想到蓝水村文化广场的舞狮场面这么震动人心！"汪小粉叹道。

"这才开始，大场面还在后面呢！"童家声说。

忽然，文化广场上的灯都熄灭了，人声开始骚动，一些孩子吓哭了，吵吵嚷嚷的声音到处飞窜。一阵阵尖锐的口哨裹挟着笑声划过黑暗，在广场上空回荡。

3

此时，锣鼓响起，广场的地坪都开始颤动，一条巨龙在黑夜里蜿蜒飞腾。这是"火巨龙"，舞"火巨龙"的人都是赤膊上阵，一块块铁碳被铲子抛起，又被击板打碎，瞬间，一阵火树银花在夜空里绽放，而翻江倒海的巨龙在火花里闪亮奔腾。

李招娣望着夜空里闪烁的星星点点的火花和飞腾的巨龙，她拍着童家声的肩膀说："看，这才是我们蓝水村真正的舞狮哩！"

"你脑袋长在屁股上啦，这是舞龙，龙跟狮子，你分不清，这是菱湖市的火龙，以前在天安门前表演过，跟全国几十条龙一起舞的。"童家声说。

"童家声，你不会说人话，不跟你说，你家小粉就不该回来，你个死人，不跟你说了，我还要做生意。"李招娣骂道，然后转出人群。

"火树银花不夜天，金龙醉凤舞新年。"站在童家声旁边的一位老先生喃喃自吟。童家声瞄一眼，那人窝着笑，回敬一眼，童家声猜他肚子里的墨水多，吟诗作对恐怕是把好手。

童家声扭头对汪小粉说：“蓝水村的舞狮堪称天下一流，好玩，好看！”

“两个崽子跑哪里疯去了。”童家声像多喝了几杯，眼珠儿定定地出神，他没听见汪小粉在耳边叽叽咕咕。

抬阁已经走过，渐渐消失在拐弯的广场小树林处，童家声的目光还没有收回。

几只色彩斑斓的狮子，披着长毛，稳步朝广场中心走来，一阵欢呼，犹如大海的波涛。童家声大喊大叫。

“不要瞎叫，人家都看着你呢。”汪小粉说。

“汪小满，看，汪小满！”童家声指着走在前面的大头狮喊道。

“你怎么在知道，他们都在狮子皮里面。”“刚才大头狮张嘴，我看到他那张苦瓜脸。”童家声说。

“你真是是个土狗。”汪小粉骂道。

“我童家声不土，要是没有北架山的那片土地，你吃屎去！”童家声回嘴骂。其实童家声还想说别的，一阵欢呼声，淹没了童家声刻薄的话。好在汪小粉没有听到。

童家声家的母狗小粉在场外，被小贾的几个孩子撵得呜呜地叫着。

童家声扭头看到了，大喊：“狗日的贾家狗崽子，敢欺负我家小粉，说着就朝几个孩子走过去……”

“童家声，童家声……”汪小粉不停地叫唤着。童家声没有了踪影。

童家声想治治小贾的毛孩子，居然打他童家声的狗，打狗不要看主人的吗？小粉，小粉！童岩追得很带劲。

“这只狗现在叫花花。听到没！”童家声正色到。

“你以前都叫它小粉的，我都习惯了，改不掉。”童岩说。

“以前是以前，现在是现在。”童家声说。

童岩答应不喊小粉叫小粉，但是要吃冰糖葫芦，文化广场上李招娣拉着三轮车，上面有各种杂货，还有冰糖葫芦。童岩盯着很久了。

童家声走到李招娣摊子前说：“李招娣，你逮商机的鼻子比狗还灵。”

“你个要死的短命鬼，会不会说人话。”李招娣扭头看着舞台上，嘴巴撇撇，说：“有什么，我也能唱。”舞台上，广场舞队上台表演了，十几个中老年妇女，穿着艳丽的服饰，衣袂飘飘，动作整齐划一，瞬间青春活力都回到她们的身上了。虽然化了妆，李招娣也认得郭彩凤，李招娣说：“切，都老壳了，还装嫩。”

“喂。李招娣，北架山下的农产品超市是你开的？”童家声问。

“哼，靠近你，我怕掉块肉！”李招娣瞪着童家声说。

“我童家声又不上你的身，你哪里会掉？”童家声嬉皮笑脸地说。

“不跟你说了。”李招娣说。

童家声给童岩和童雨买了一串冰糖葫芦。小贾的三个娃子也围着童家声，说：“我们也要吃。”

童家声拉着小贾最小的儿子：“小贾子，你叫我爸爸，我就给你们买冰糖葫芦。”小贾的大儿子说：“童家声，你叫我爷爷，我就不要你买。”

“你们这些倒霉孩子。”童家声扬起手要打，三个孩子吓得到处跑。

“你这个童家声跟孩子一般，真是没出息。”李招娣说。

“你大方，你不给他们吃的，他们肯定喜欢叫你妈，你干脆做他们的后妈算了。”童家声边说边笑。

李招娣想到小贾，他瘫在床上这么久了，要不是村里林书记，他早就死了，这几个孩子都无家可归了，想想真是可怜。

童家声和童岩童雨走后，她招呼那三个孩子，一个人给一串糖葫芦，还给了一包彩色糖果。

小贾的大儿子不肯要，说：“我们不叫你妈。”

“谁让你叫，赶紧拿去吃，你个兔崽子！”李招娣骂道。

文化艺术节一直到晚上9点半才结束。林秋云叫了滴滴打车把汪俊贤和小米他们送回家，说：“你们先回去，还有后续的事情，我要忙，等我休假，好好陪你们。”

“你没有休假，你不是说5加2，白加黑吗？”小米嚷嚷着。

“小米，妈妈忙，爸爸陪你。”汪俊贤说。

娄主任过来跟林秋云打招呼，说赶回去连夜写通稿。林秋云说：“你是副刊部的领导，怎么也写通讯稿。”娄主任说：“我们报社一专多能。”

林秋云看到汤警官还在维持秩序，人群三三两两地散去，刘晓歌和朱镇长还在舞台下面，仰望着高高的舞台，舞台上副市长祁德彰跟舞狮队长的汪小满握手交谈。

春桃也在人群里，特别显眼。她穿着一身黑衣服。她到林秋云跟前说：“林书记……”然后哽咽着，说不出话。

“春桃嫂子，我以为你不会来的，也没给你打招呼，真不好意思。”林秋云走过去拍拍春桃的肩膀。厚厚的棉袄下，春桃的肩膀显得瘦弱，空空荡荡的。

“林书记，我真的不该要那60万块钱，都是林义为了土地跟汪小满争斗，舞狮也斗，出事了也是他的责任。都是我弟弟鲁莽。我这心里一直都不好过。再说，和汪小满争了那么多年的田地，现在我家林义也就只占了一个平方那么点大的地方，林书记你说到底图什么？”

“春桃嫂子，事情过去了就过去了。”林秋云说。

“我现在也承包了一些土地，跟着种植黄金水稻，现在我们的土地都归村里了，我能种多少种多少，也不再跟人争斗，要流转也好，要征用也好，随便林书记。”春桃说。

“现在要搞特色种植，生态农业前景不错。”林秋云说。

“我也不懂什么生态不生态，只要林书记指导我们，我们就跟着干。这人呀，就是要有文化，要是我家林义懂得多一些，也不会跟汪小满他们斗气。”春桃说着，朝暗处走去。

舞台的灯光渐渐暗了。只有偶尔升腾绽放的烟花把黑夜照亮，五彩斑斓的。

一个穿着红色羽绒服的女人朝舞台走去。舞台空空荡荡的，工作人员正在收拾道具。老秦、小吴和左春霞也跟着帮忙。

林秋云一看，是小琴，那模样就像八月台风时林秋云在大水中见到的小琴一样，只是衣服的颜色热烈了很多。

小琴显然也看到了林秋云，走过来说："哎，我还是来晚了，怎么这么快就结束啦？"

"你养鱼太忙了。"林秋云笑着说。

"我不养鱼了，我在养籽虾。"小琴说。

"你要帮忙，随时到村委会找我。"林秋云搬了一把塑料椅子给小琴。

"我不坐，我就是看看林书记在不在这里。"小琴抿着嘴说。自从上次分开，她再也没有找过林秋云，只是电话联系了下，请林秋云帮她联系水产销售商。这次特意来找村书记，肯定有事。小琴扭扭捏捏的，感觉难以启齿。

"我马上回办公室写文化艺术节的总结，你要不要去坐坐？"林秋云说。

"我就想问问，我们蓝水村还能办理迁户口进来吗？"小琴小声地说。

"这个现在很难，我实话跟你说吧，有规定，除了婚迁，一般不能动。"林秋云说。

"就是婚迁。"小琴说。

"你要结婚啦？"林秋云本来想说，你又结婚啦，但是想想不合适。

"就是上次发大水认识的。"小琴只说了半句。剩下的半句林秋云也不问，说："婚迁应该没有问题，到时候你来村委会吧！"林秋云要赶回去弄稿子。

小琴走后，林秋云走回办公室，看到何显贵的办公室灯亮着。

"林书记，你还是坚持白加黑呀！"张秀菊尴尬地笑笑。

林秋云很疑惑，张秀菊怎么会来村委会，她怎么会有村委会的钥匙的？

"林书记，你不要误会，我是想趁着没人，把播放机拿走，那是老何最稀罕的，也是他的遗物，那天处理的时候忘记了，白天来拿，大家看着，怕不好。他肯定不想让人知道他死了我还来拿他忘记的东西，还有，他的钥匙没有还给村委会，老何不会拿村委会的一针一线，你知道我家何显贵的脸比命重要。"

林秋云还想说什么，张秀菊已经把钥匙放在桌子上，出门走了。

林秋云拖着沉重的步子上楼，想起张秀菊的话，何显贵是条汉子，可是错也错在讲义气，错在太好面子。怎么说呢。

“林秋云，你是死到哪里去了，这么久也不跟我联系。”林秋云听到小凡的尖叫声。她的嗓子细细的，天生给人刺激感。

小凡把车熄火了，说：“嘿，这路是你修的，可以呀！”小凡拿着手机，下了车，笑盈盈地盯着林秋云。

“我哪有你清闲呀！”林秋云做了一个请的动作，准备带她上楼坐坐。

“我才不上去坐冷板凳呢，姐姐我今天请你去吃大餐，反正过年嘛！”小凡朝车里瞟了一眼。

“你车里还有谁？”林秋云问。

“不管是谁，你跟我走不就知道了！”小凡拉着林秋云往车边走。

“不行，今天我还要加班做总结，这两天也是我值班。”林秋云不好意思地说。

“哎，我真是运气不好，每次找你，你都不方便。”小凡把“不方便”说得很重，林秋云知道她的意思。

“下次，下次我一定好好陪你。”林秋云抱歉地说。

“我要是你老公，我肯定休掉你。”闺蜜小凡口无遮拦地说。

林秋云只好苦笑。

“哎，林秋云，你还别说，你这人还真是越来越没劲。”小凡抱怨着，开车走了。

林秋云始终不知道车上还有谁。小凡也许终于过了空窗期。

林秋云上楼的时候也想：我林秋云真的是越来越没劲了吗？

那盆鹤望兰左春霞已经搬到她办公室了，居然开花了，肉肉嫩嫩的花朵、白色的花瓣、嫩黄的花蕊，看着让人心疼。

灯光寂静地亮着，桌上的台历已经翻开了新的一本，也是新的一页。今天的工作告一段落，林秋云翻过一页，然而这本没有花历，失去很多的乐趣。

4

2月3日，立春。又是一年立春。去年立春是在2月4日，今年立春比去年早了一天。她来蓝村整整一年，虽然只有一年，可是林秋云却觉得就像过了一生。

这一年该经历的不该经历的，她都经历了。她唯一值得自豪的是，守住了蓝水村的每一寸土地，爱着这里的每一棵植物。

林秋云看着台历上的黑字和红字，感觉没有花信风真是少了色彩。她一直都很喜欢以前那本台历，现在尤其想念。

欧阳，对的，欧阳林上，他曾经的好友，她的学长，就这样消失在她的生命中。

道不同不相为谋。林秋云喃喃道。

林秋云拿出那本旧台历随意地翻着，像给一个个逝去的日子做个道别。台历一页一页地在林秋云手里翻动而且带着风，风是寒冷的，却依旧带着油墨的清香。似乎台历上的花信风还在吹拂，那些节气里的花儿依次绽放在她的面前，在她的手中……她觉得她的这个习惯太好了，把所有刻骨铭心的记忆都保存着，即使以后老了，健忘了，拿出这一本本的台历看一看，那些过往都还在。林秋云想起还有去汉水县的那段时间没有记下来。她拿起笔，却犹豫着，不知该如何下笔，她叹口气，还是算了吧，就让那段时间成为她生命里的黑洞，是她记忆里微小的秘密。也许，那段过往她会忘记，再也想不起来……

一夜难眠。

5

天刚亮，林秋云去了蓝水村公墓，在墓地的最后一排，看到何显贵的墓地。林秋云给何显贵敬献了一束花，是野花，太阳花，这个季节最美，黄黄的花蕊，细细的、白白的花瓣，在蓝水村土地里生长的花朵。林秋云在他的墓碑前放了一包拆过的香烟，林秋云呆呆地看着何显贵的遗像，那熟悉的农民似的粗犷的笑容……何显贵一定喜欢。

林秋云在墓园的边沿，看着高高低低的、大大小小的墓碑。这里面有太多的故事，有太多的富贵跟贫穷，这些都随着后人的心愿埋在了大地里。

有一个残破的墓碑在公墓的一角，林秋云想起了李大爷的话，她想去看看。干枯的葎草缠绕的废弃的墓碑。林秋云用手抛开荒草，看见水泥墓碑上写着“无名女烈士之墓”，顶端的五角星依然是红色的，在阳光下透亮。墓碑的旁边还有一些无主的墓地，他们的墓碑已经看不清了，有的甚至没有墓碑。一座座荒冢，野草杂生。历史和时间，就在这隐秘之中。

这里也许埋葬着自己的祖辈，可是都无法查询了，也不知道过了多少辈，多少年，林秋云听父亲讲起蓝水窑和北架山两村人在童子塘为几分土地大打出手，死伤惨重，他们会不会长眠于此呢？童子塘早就不在了，被窑厂挖空了。他们要是九泉下有知，会作何感想呢！

蓝水湖边，有一排高耸的厂房，据说，那里就是临湖镇赫赫有名的封缸酒厂。酒厂倒闭了很多年，一直荒废着，寂静得像这些墓碑。林秋云想：如果有可能，她希望再喝到用蓝水湖的水酿造的封缸酒。

墓园的清晨很安静，柏树树影幢幢，不知名的鸟儿在鸣叫。

起风了，春风，清凉中带着柔软的暖意。

天空升起红色的朝霞。远处蓝水湖像一方镜子，映射着蓝色的天，映射着东方一片片朝霞。

林秋云听到有人哭泣。她默不作声地四下巡视，在林义的墓前，一个男人蹲在那里，烧着纸钱，蓝色的烟随风吹起。

汪小满。林秋云心里说。

那人号啕大哭。林秋云不想打扰，她悄悄地离开，站在一块巨石上。石头看起来是从北架山采石场挖来的，不知道放了多久，上面生满了暗绿色的苔藓，经过冬季，苔藓已经枯萎了。她看着远处墨色的北架山，听到蓝水湖哗哗的浪花，像是一曲动人的歌谣……

2022年1月3日—9月6日（一稿）

2022年9月13日—10月22日（二稿）

2022年11月10日—11月28日（三稿）

2022年11月30日—12月5日（四稿）

2022年12月7日—12月14日（五稿）